Katie Henry

Gideon Green – Das Leben ist nicht schwarz-weiß

AF177281

Katie Henry

GIDEON GREEN

Das Leben ist nicht schwarz-weiß

Aus dem Amerikanischen von Anne Emmert

Für Mom,
die mir unzählige Geschichten vorlas
und mir, als ich später selbst welche erzählte,
immer zuhörte

DISCLAIMER ZUM DISCLAIMER

Die folgende Warnung ist eine Parodie auf den Disclaimer »Alle Figuren sind frei erfunden«, der als juristische Standardformulierung aufkam, nachdem Prinzessin Irina Alexandrowna von Russland die Produktionsfirma MGM wegen der Darstellung ihrer Person in dem Film *Rasputin: Der Dämon Rußlands* aus dem Jahr 1932 erfolgreich verklagt hatte.

Auf weitere pädagogisch wertvolle Inhalte wird in diesem Buch verzichtet.

DISCLAIMER

Diese Geschichte ist frei erfunden, wie du dir wahrscheinlich schon gedacht hast, als du dir das Buch in der Romanabteilung deiner Buchhandlung ausgesucht hast. Alle Figuren, Orte und Organisationen entspringen bis auf wenige der Fantasie der Autorin. Jede Ähnlichkeit mit wahren Ereignissen wäre reiner Zufall und wirklich ziemlich überraschend.

Die Ermittlungsmethoden der Teenager werden weder von der Autorin noch vom Journalistenverband noch von irgendeiner bekannten Rechtsordnung gutgeheißen und sollten deshalb nicht nachgeahmt werden. Ihr würdet dafür ins Gefängnis wandern.

Kapitel 1

Die drittgrößte Tragödie meines Lebens ist, dass ich nicht in einem Film noir lebe.

Die zweitgrößte Tragödie meines Lebens ist, dass es noch vierhundertachtundneunzig Tage bis zu meinem achtzehnten Geburtstag sind, dass es also vierhundertachtundneunzig Tage dauert, bis ich aus San Miguel, Kalifornien wegkomme oder, genauer gesagt, aus der Presidio Highschool oder, allgemeiner gesprochen, aus der Warteschleife, in der mein Leben kreist.

Welche die größte Tragödie ist, tut nichts zur Sache, denn die geschah vor langer Zeit und ist weder interessant noch außergewöhnlich. Sie trifft viele Leute, und ich bleibe lieber bei den Punkten, in denen ich mich von anderen unterscheide.

Zwei Beispiele:

Alle anderen, die ich in der Mittagspause sehe, haben Shorts und T-Shirt an, ich trage einen Trenchcoat.

Alle anderen essen in der Gruppe, ich esse allein.

Aber das ist schon okay. Es ist sogar gut so, weil ich so in aller Ruhe nachdenken kann.

Zum Beispiel darüber, warum im Film noir nie einer sein Mittagessen aus einer braunen Papiertüte holt. Mir fällt kein einziger Film noir ein, in dem der Privatdetektiv ein Hühner-Focaccia-Sandwich gegessen hätte, und ich habe so gut wie alle Kriminalfilme aus den Dreißiger- und Vierzigerjahren gesehen. In einem Film noir geht auch keiner auf die Highschool, aber egal, wie oft ich Dad darum bitte:

Er lässt mich die Schule nicht abbrechen. Deshalb sitze ich hier.

Wer sich eine Schulcafeteria vorstellt, in der ich mich zur Essensausgabe anstelle und die Tische für rivalisierende Cliquen reserviert sind, liegt falsch. Das ist ein Klischee. Jedes Filmgenre hat seine Klischees, die garantiert auftauchen und die man auch erwartet – und gibt es im Teeniefilm ein verbreiteteres Klischee als Cliquen in der Cafeteria?

Vielleicht schon. Ich schaue mir nicht so viele Teeniefilme an.

Aber wir sind in Südkalifornien. Nichts findet hier in Innenräumen statt, wenn es nicht unbedingt sein muss, und deshalb sind die Bänke und Metalltische draußen über den ganzen Schulhof verteilt. Alles hat hier reichlich Platz, egal ob Schnellstraßen oder Mittagstische. Und der einzige Mensch, der an einem bestimmten Tisch hängt, bin ich.

Da räuspert sich jemand. Erst jetzt merke ich, dass sich eine ganze Horde um meinen Tisch versammelt hat.

Das mit den Highschool-Cliquen ist, wie gesagt, ein Klischee, aber wenn ich dieser speziellen Gruppe einen Namen verpassen sollte, würde ich sie als »Elite-Uni-Überflieger« bezeichnen. Das sind die klassischen Streber, die alle möglichen Zusatzkurse belegen. Die würden dich mit bloßen Händen erwürgen, wenn sie sich damit in der Notenrangfolge einen Platz nach vorn schieben könnten. Vielleicht ist das auch unfair, denke ich, als ich ganz hinten Lily stehen sehe, die sich sichtlich unwohl fühlt. Aber nach allem, was sie mir angetan hat, vielleicht doch nicht.

Ganz vorne, so nah vor mir, dass ihre Beine meinen Tisch berühren, steht die Chefin der Gruppe, die sich geräuspert hat: Mia. Ich weiß nicht genau, auf welchem Platz meiner

Tragödienliste sie rangiert, aber dass es Mia McElroy gibt, ist definitiv eine Tragödie.

Wenn mein Leben ein Film noir wäre, würde ich die Figur der Mia so beschreiben:

```
MIA MCELROY (w, 16), knallharte
Superfrau mit Beinen bis zum Hals
und Lippenstift, der zwei Rottöne
dunkler ist als ihre Haare.
```

Aber wir sind hier in der Highschool und Mia ist nur ein Mädchen mit dem Charakter eines Piranha.

»Hi«, sagt Mia und zieht das Wort über fünf Sekunden, damit die versteckte Botschaft *Fick dich ins Knie* besser bei mir ankommt. »Wir brauchen den Tisch.«

Wer sich Mia in Cheerleader-Uniform vorstellt, liegt wieder daneben. Das ist auch nur so ein Klischee.

Sie räuspert sich noch mal. »Hast du gehört?«

»Ja.«

»Und?«

»Und ich sehe das anders.« Ich beiße von meinem Sandwich ab. »Ihr braucht den Tisch nicht.«

»Doch, wir brauchen ihn.«

»Man braucht ein Dach über dem Kopf. Man braucht etwas zu essen. Wollt ihr den Tisch etwa essen?«

»Oh mein Gott«, murmelt Mia.

»Mia«, höre ich Lily sagen, aber ich würdige sie keines Blickes. »Vielleicht könnten wir …«

»Wir brauchen den Tisch, weil wir anders als du in der Mittagspause etwas zu erledigen haben«, sagt Mia. »Wir planen die Lebensmittelsammlung für die Tafel, aber dir ist die

Tafel wahrscheinlich völlig egal, weil es dir gar nicht in den Schädel käme, für die Allgemeinheit oder für irgendjemandem außer dir auch nur einen Finger krumm zu machen.«

Ich deute auf den schwerfälligen Typ neben ihr – ihren Freund, sein Name fällt mir nicht mehr ein –, der gedankenverloren auf seinem Handy herumtippt. »Echt jetzt? *Der* engagiert sich für die Tafel?«

Mia sieht ihren Freund an. Als sie ihm auf den Arm klopft, erschrickt er sich zu Tode. »Wie wär's, wenn du dein Handy mal vergisst und dich um den hier kümmerst?«

Mias Freund steckt das Handy weg, als hätte er sich die Pfoten verbrannt. Sein Blick wandert von mir zu ihr. »Aber … der sitzt doch nur da.«

»Ja genau«, sage ich. »Danke! Du bist wohl der Mann fürs Grobe?«

»Was?«, fragt er.

Lily beugt sich zu Mia vor. »Wir könnten uns doch auf den Rasen setzen. Wenn Gideon nicht wegwill …«

Zum ersten Mal seit fünf Jahren hat Lily meinen Namen gesagt. Das wäre nichts Besonderes, hätte sie ihn nicht damals, als wir noch beste Freunde waren, jeden Tag ausgesprochen.

»Nein.« Mia verschränkt die Arme. »Wir brauchen eine feste Unterlage und wir brauchen Platz. Er nicht. Es gibt jede Menge anderer Tische, an die er sich setzen kann …«

»Aber das ist mein Tisch«, sage ich.

»Kleinere Tische, Tische, die für eine Person genau richtig sind …«

»Ich sitze immer an diesem Tisch.«

»… und die für Gideon völlig ausreichen würden, wenn er nicht so egoistisch wäre.«

Ich weiß nicht, was ich sonst noch sagen könnte. Ich habe mir diesen Tisch in der zweiten Woche der neunten Klasse ausgesucht und seither jeden Tag hier gesessen. Deshalb muss ich auch heute hier sitzen. Mir leuchtet das vollkommen ein, aber an der Art, wie mich alle anstarren, erkenne ich, dass sie es nicht verstehen.

»Was stellst du dich so bescheuert an!«, schnauzt Mia. »Setz dich doch einfach an einen anderen Tisch.«

»Ich bin nicht bescheuert.«

»Was denn sonst?« Sie deutet mit großer Geste auf meine gesamte Erscheinung. »Wer zur Hölle rennt schon bei über sechsundzwanzig Grad mit Jacke herum?«

»Das ist ein Trenchcoat. Ich trage immer einen Trenchcoat.« Keine Reaktion. »Früher haben die Leute dauernd so was getragen. Und einen Fedora, das ist ein Filzhut mit breiter Krempe, falls du das nicht weißt. Und Schuhe, die nicht aus Plastik waren.« Damit mache ich es nicht besser, aber jetzt kann ich nicht mehr aufhören. »Wenn Leute aus den Dreißiger- oder Vierzigerjahren sehen könnten, was du anhast, würden sie dich für bescheuert halten, nicht mich.«

»Wow. Du bist also immer noch auf dem Trip.« Sie lächelt, ohne die Zähne zu zeigen. »Du spielst immer noch Detektiv.«

Ich habe nicht Detektiv gespielt. Ich war einer. Betonung auf *war*.

»Ich bin kein Detektiv.«

»Das ist ja fast schon rührend«, fährt sie fort, »wie begeistert du dabei bist. Aber nur fast.«

»Warum fragst du nicht einfach jemand anders, ob er dir seinen Tisch abtritt, Mia?«

»Weil du als Einziger allein hier sitzt.«

»Ich esse immer allein.«

»Stimmt.« Mia durchbohrt mich mit ihrem stechenden Blick. »Hast du dich schon mal gefragt, *warum*?«

Ohne diese Frage würde ich es vielleicht gut sein lassen. Oder wenn es jemand anders gesagt hätte. Aber nach allem, was sie mir angetan haben – einschließlich Mia, ja, Mia ganz besonders –, sprudeln die Worte aus meinem Mund, ehe ich es verhindern kann.

»Dein Freund geht fremd.«

Mias Augen treten fast aus ihren Höhlen. Dem besagten Freund klappt die Kinnlade runter.

»Wie bitte?«, sagt sie.

»Oh.« Ich blinzle sie an. »Er hat was mit einer anderen am Laufen.«

Sie stützt beide Hände auf meinen Tisch. »Was zum Teufel hast du eigentlich für ein Problem, Gideon?«

»Das ist nicht mein Problem«, sage ich. »Es ist dein Problem. Deins und …« Ich wende mich an ihren Freund, der den Mund noch nicht zugemacht hat. »Tut mir leid, mir fällt dein Name nicht ein. Colton, Ashton, Braxton …«

»Matt«, sagt er.

Na gut, das war ziemlich weit daneben.

»Matt«, wiederhole ich, »es tut mir leid, dass ich dir das antun muss – na ja, so leid auch wieder nicht, immerhin gehst du ja wirklich fremd.« Ich hole tief Luft. »Hast du gesehen«, frage ich Mia, »wie hektisch er wurde, als du ihn gerade angesprochen hast? Ich wette, das kommt in letzter Zeit öfter vor. Stimmt's, Mia? Ist er öfter so schreckhaft?«

Matts Telefon klingelt in seiner Tasche. Nur einmal, ein hoher melodiöser Klingelton. Er ignoriert ihn. »Und siehst du, das ist doch auch interessant«, sage ich. »Das war nicht der Standard-Klingelton. Nimm es mir nicht übel, Matt, aber du siehst mir eigentlich mehr nach Standard aus.«

»Mann«, sagt er. »Mach das nicht.«

»Mach was nicht, Matt?«, blafft Mia ihn an.

»Ich wette, er hat für einen Kontakt einen speziellen Klingelton eingestellt«, sage ich. »Für einen ganz besonderen Kontakt.«

»Gib mir dein Handy«, sagt Mia. »Ich will dein Handy sehen.«

»Was? Nein!« Matt legt schützend die Hand auf seine Hosentasche.

»Ich will nur dein Handy sehen«, wiederholt sie in gefährlich ruhigem Ton. »Warum kann ich dein Handy nicht sehen?«

»Du brauchst sein Handy nicht«, versichere ich ihr. »Es gibt noch andere Indizien.«

Matt wirft entnervt die Hände in die Luft. »Indizien? Das ist doch alles Quatsch!«

Ich deute auf Matts Gesicht. »Er versucht, sich einen Bart wachsen zu lassen. Siehst du das? Ich meine, es klappt nicht so richtig, aber … Stehst du überhaupt auf Bärte, Mia? Ich wette, nicht. Für wen macht er das dann wohl, was meinst du?«

»Das Rasieren schadet meiner Haut!«, wendet Matt ein.

»Seine Klamotten sind auch neu, als wollte er bei jemandem Eindruck machen.« Ich deute auf Matts Hosen. »Er hat vergessen, das Größenschild zu entfernen.«

Matt schaut auf seine Jeans hinunter, flucht und reißt das Klebeetikett ab.

»Was soll das, verdammt noch mal?«, brüllt Mia ihn an,

zeigt dabei aber auf mich. »Hat das kleine Arschloch etwa recht?«

Mit einem Meter siebenundsechzig habe ich genau die Durchschnittsgröße aller Sechzehnjährigen in den USA, aber das will Mia in ihrem mentalen Zustand wahrscheinlich nicht hören.

»Baby, natürlich nicht«, sagt Matt sanft.

»Es ist Ava Clark, stimmt's?«

»Trägt Ava Clark rosa Lipgloss?« Die beiden starren mich sprachlos an. »So einen Pfirsichton, relativ neutral, mit etwas Glitter?«

»Warum?« Mia schnaubt vor Wut. »Warum, Gideon?«

»Ach, nur so.« Ich deute auf meinen Hemdkragen. »Der Fleck da auf seinem Kragen.«

Mia schaut nach. Findet ihn. Und dann explodiert sie und ihre flammende Empörung ergießt sich wie vulkanische Lava über den grünen Campus.

»Was ist das, Matt?«, schreit sie. »Von wem ist das?« Sie deutet auf ihre roten Lippen. »Von mir jedenfalls nicht!«

»Mia.« Sein Blick huscht über die Schülerschar, die sich um uns herum versammelt hat. »Ich kann das erklären.« Sie wartet. Er überlegt, dann sagt er: »Wusstest du, dass der Mensch von Natur aus gar nicht monogam ist?«

Der Mann fürs Grobe: hat direkt reingelangt.

»Ich glaub's nicht!«, schreit sie ihn an. »Du … du gehst echt fremd!«

»Ja stimmt.« Ich beuge mich vor und lächle sie an. »Hast du dich schon mal gefragt, warum?«

Eine Sekunde lang sieht Mia aus, als wollte sie mir eine knallen.

Dann knallt sie mir eine.

Kapitel 2

Mr Wallace wäre ein grauenhafter Detektiv.

Da er Direktor geworden ist, spielt es für ihn keine große Rolle, aber ein Detektiv muss gut organisiert sein. Auf keinen Fall darf er jeden Zentimeter seines Schreibtisches mit Papier zupflastern und die Aktenordner vor den Fenstern stapeln. Wie soll man irgendwelchen Hinweisen nachgehen, wenn man nicht einmal einen Stift finden kann?

Ein weiterer Grund, warum er kein guter Detektiv wäre: Er hat keine Ahnung, wie man eine Vernehmung führt. Bisher hat er mir noch nicht eine einzige Frage gestellt, und mein Stuhl ist ziemlich bequem, hat sogar ein Kissen. Mr Wallace beherrscht offenbar nicht einmal die Grundlagen.

Vielleicht ist es auch gar keine Vernehmung. Sollte es auch nicht sein, es war ja nicht meine Schuld.

Mr Wallace tippt noch etwas in seinen Computer, ehe er den Kopf hinter dem Bildschirm hervorreckt und mich ansieht.

»Gideon …?«

»Green.«

Er tippt weiter. Dann rollt er mit dem Bürostuhl zur Seite, sodass wir uns Auge in Auge gegenübersitzen.

»Habe ich dich schon mal gesehen?«, fragt er.

Eines mag ich am Film noir besonders: Der Hintergrund ist nicht verschwommen. In den meisten klassischen Filmgenres stellt die Kamera nur die Personen im Vordergrund scharf und fängt ein, was sie sagen, tun oder fühlen. Alles, was sich im Hintergrund befindet, bleibt verwaschen und verschwommen. Im Film noir sind auch die Leute im Hintergrund scharf. Auch sie sind wichtig.

Bis heute sind in vielen Filmen die Leute im Hintergrund nur undeutlich zu sehen. Wie im echten Leben.

»Habe ich?«, hakt Mr Wallace nach. »Dich schon mal in meinem Büro gesehen?«

Ich schüttele den Kopf.

»Dein Name kommt mir so bekannt vor«, sagt er. »Gideon Green.«

Ich zucke mit den Schultern. Er faltet die Hände auf dem Tisch.

»Na gut. Kannst du mir sagen, was in der Mittagspause passiert ist?«

»Ich habe Mia gesagt, dass ihr Freund fremdgeht. Und dann hat sie mir eine reingehauen.« Ich halte kurz inne. »Und dann hat ihr Freund sie weggezogen und sie hat ihn angeschrien. Ich meine, sie hat die ganze Zeit geschrien, aber dann hat sie noch lauter geschrien. Und dann hat er zurückgeschrien, und dann hat Mia gesagt, Ava Clark wäre eine beknackte Abrissbirne, was nicht ganz stimmt, weil Mias Haus ja noch steht.«

»Na gut. Tja …«

»Schließlich wohnt sie zu Hause und nicht bei ihrem Freund. Ex-Freund. Da kann man Ava Clark ja wohl nicht als Abrissbirne bezeichnen, das wollte ich damit nur sagen.«

An seinem starren Blick kann ich ablesen, dass ich ins Fettnäpfchen getreten bin. »Nach der Mittagspause bin ich in den Chemiesaal gegangen«, füge ich hinzu. »Und dann kam Ihre Sekretärin und hat mich geholt und da sind wir nun.«

»Hast du …« Er scannt mein Gesicht, sucht nach etwas, kann es aber nicht finden. »Welche Gedanken hast du zu dem, was heute passiert ist?«

»Der durchschnittliche Mensch hat pro Minute etwa neunundvierzig Gedanken«, sage ich. »Aber ich bin mir ziemlich sicher, dass es bei mir mehr sind, deshalb …«

Er scannt mich noch einmal. »Ich meine, fühlst du dich verantwortlich für das, was in der Mittagspause passiert ist?«

Ich schnaube. »*Ich* habe Mia jedenfalls nicht betrogen.«

»Findest du nicht, es war grausam?«, fragt er. »Mia das so mitzuteilen? Sie vor versammelter Mannschaft zu blamieren?«

Ich frage mich, ob es ihm überhaupt in den Sinn kommt, dass auch sie grausam gewesen sein könnte. Auch eine Klassensprecherin und angehende Jahrgangsbeste kann die Hölle auf zwei Beinen sein.

Aber er kennt Mia. Er mag sie. Und mich hat er noch nie gesehen.

»Wissen Sie«, sage ich, »immerhin hat sie mich geschlagen.«

Seinem Blick nach zu urteilen, findet er, ich hätte es nicht anders verdient. Und vielleicht stimmt das auch. Aber nur, was meine letzte Bemerkung anging. Nicht weil ich Mia die Wahrheit gesteckt habe. Das ist schließlich die Aufgabe eines Detektivs: den Leuten die Wahrheit zu sagen, auch wenn sie sie nicht hören wollen.

Ich bin zwar kein Detektiv mehr, aber die Wahrheit ist mir immer noch wichtig.

»Mia war … reumütig«, sagt er. »Wegen der Ohrfeige.«

Oh bitte. Das Wort »reumütig« kennt Mia McElroy nur aus dem Vokabular für den Uni-Aufnahmetest.

»Aber offenbar beschäftigt es sie, dass das bei dir Methode hat.«

»Methode?«

»Sie sagte …« Er sieht in seinen Notizen nach. »›Gideon hält sich für so eine Art Sherlock Holmes, dabei hat er mit Sherlock Holmes nur gemeinsam, dass er auch ein hochintelligenter Soziopath ist.‹«

In dieses Thema wollte ich eigentlich nicht einsteigen, aber Mia hat natürlich dafür gesorgt, dass mir nichts anderes übrig bleibt. »Sie meint meine Detektivarbeit.«

Bei diesen Worten schießen seine Augenbrauen Richtung Himmel. »Wie bitte, du bist … Detektiv?«

Er verwendet die falsche Zeitstufe. Genau wie Mia.

»Ich *war* Detektiv. Jetzt nicht mehr.« Ich verschränke die Arme. »Ich habe mich zur Ruhe gesetzt.«

Die »Green-Privatdetektei« hatte ich in den Sommerferien nach der vierten Klasse gegründet. Ich besaß ein Schild und ein Büro mit allem Drum und Dran. Eigentlich wollte ich mir eine richtige Lizenz besorgen, wie Dad sie für seine Restaurants hat – sein erstes wurde damals gerade eröffnet –, aber er meinte, das Amt würde mir im Leben keine erteilen.

Ich berechnete meinen Klienten einen Dollar plus Provision, falls ich etwas Wertvolles zutage förderte. Meist geschah das nicht. Meistens ging es um Liebeskram und Jennie Burkes schäbiger Stoffhase war auch nicht gerade hoch versichert. Aber ich weiß noch, wie sie mir die Arme um die Taille schlang, als ich ihn ihr zurückbrachte.

Ich spürte jede Menge verlorener Spielsachen auf. Vermisste Fahrräder, gestohlene Gamecontroller und solche Sachen. Fand heraus, wer anderen Zettel mit fiesen Sprüchen auf den Tisch gelegt oder wer das Waschbecken im Schulklo geflutet hatte oder beim UNO schummelte. Und dann …

»Warte mal.« Mr Wallaces Gesicht hellt sich auf. »Ich erinnere mich an dich.«

Alle Sehnen meines Körpers spannen sich gleichzeitig. Er erinnert sich nicht an *mich*. Er erinnert sich an etwas, das ich mit zehn Jahren getan habe – aber auch nur, wenn ich Glück habe.

»Gideon Green, ich wusste doch, der Name kommt mir bekannt vor«, sagt er langsam, als würde ihm alles scheibchenweise wieder einfallen. »Du warst in den Nachrichten. Vor fünf Jahren oder so? Man hatte einer Frau die Halskette gestohlen und du hast die Polizei zum Täter geführt. Das warst du doch?«

»Es war ein Set, Halskette und Ohrringe.«

»Und die Polizei hat eine Art Feier für dich veranstaltet, stimmt's? Die haben dir eine Medaille verliehen und der Polizeichef hat dir die Hand geschüttelt und du warst im örtlichen Fernsehen. Meine Frau hat den Beitrag aufgenommen, weil sie das Ganze so niedlich fand.«

Das ist doch genau, was sich jeder Detektiv wünscht. Dass die Leute ihn bewundern.

Er hält inne. Runzelt die Stirn. »Oder … warst du vielleicht zweimal in den Nachrichten? Einmal mit der Medaille und später noch einmal …«

»Nein«, unterbreche ich ihn. »Nur einmal.«

Bewunderung kann sich innerhalb von Sekunden ins Gegenteil verwandeln.

Doch da er nickt, nehme ich an, dass er mir glaubt. Noch ein Grund, warum Mr Wallace einen schlechten Detektiv abgäbe: Er hat ein grottenschlechtes Gedächtnis. Ich wünschte, das wäre bei allen so.

»Wann hast du denn damit aufgehört?«, fragt er.

Ich hole tief Luft, ehe ich antworte. »In der Mittelschule.«

Für mich war das Ende völlig unerwartet gekommen. Dabei hätte ich es wissen müssen, als in den Sommerferien zwischen der sechsten und siebten Klasse keine Kundschaft mehr kam. Tag für Tag hockten Lily und ich in Dads Garage und schmorten in der Hitze, bis Lily mich zwang, mit zu ihr nach Hause zu gehen, wo es wenigstens eine Klimaanlage gab.

»Was ist passiert?«, fragte ich sie. »Warum kommt keiner mehr?«

»Ich weiß es nicht, Gideon«, sagte sie. Aber sie wusste es.

Folgendes war passiert: Die Pubertät hatte alle anderen getroffen wie der Blitz und ich hatte es nicht einmal bemerkt. Wenn Lily mir erzählte, wer wen geküsst und wer mit wem Schluss gemacht hatte, hörte ich ihr nicht zu. Oder wahrscheinlich begriff ich einfach nicht, was es bedeutete.

In diesem August fuhr Lily ins Ferienlager. Wir hatten seit dem achten Lebensjahr die Sommerferien zusammen verbracht, aber die anderen Mädchen fuhren auch alle. Als Lily zurückkam, trug sie neue Klamotten, reckte die Brust raus und sah mich mit einem Blick an, der Welten weit weg war.

Von da an hatte sie jede Menge Ausreden parat, warum sie nicht zu mir kommen konnte. Als die siebte Klasse begann – die Mittelschule war für mich ein Wirrwarr aus neuen Gebäuden, neuen Lehrern und dreimal so vielen

Kids wie in der Grundschule –, mied sie meinen Blick und machte sich aus dem Staub, sobald es klingelte. Wenn ich in den Schulhof kam, saß sie schon mit einer Horde Mädchen zusammen, die mich, wenn ich ihnen zu nahe kam, mit Blicken erdolchten.

Schließlich kümmerte sich Mia darum. Und sie ging, typisch Mia, mit dem Feinsinn und Gespür einer Handgranate vor.

Sie stellte mich an meinen Spind. »Du kapierst es wohl nicht?«, keifte sie. »Lily will nicht mehr mit dir abhängen, also hör auf, uns auf die Pelle zu rücken.«

»Aber sie ist meine beste Freundin«, widersprach ich. »Warum will sie denn nicht …?«

Mias Blick wanderte von meinem Secondhand-Fedora, zu den Dashiell-Hammett-Krimis, die meinen Schrank verstopften. »Ja, das ist echt ein Rätsel, was?«

Seither habe ich kein Wort mehr mit Lily gewechselt.

Das war nicht die größte Tragödie meines Lebens. Tragödien sind schlimme Sachen, die passieren, ohne dass jemand daran schuld wäre. Deswegen sind sie auch so tragisch.

Dies aber war offener Verrat.

Mr Wallace schiebt Papiere auf seinem Schreibtisch hin und her und beobachtet mich aus dem Augenwinkel. Wahrscheinlich habe ich zu lange nichts gesagt. Wahrscheinlich hätte ich etwas sagen sollen, obwohl ich nichts zu sagen hatte.

»Tja. Das, was da heute passiert ist, war natürlich … unglücklich«, sagt Mr Wallace.

»Es tut mir leid«, sage ich. Ein bisschen stimmt das auch. »Ich habe nicht geahnt, dass Mia dermaßen ausflippen würde.« Das stimmt definitiv.

»Vielleicht könntet ihr beiden euch aussprechen«, sagt er hoffnungsvoll. »Wir könnten für dich und Mia eine Mediation organisieren, damit ihr wieder Freunde werdet.«

»Hätten wir dafür nicht schon mal Freunde sein müssen?«

Er schließt die Augen. Seufzt. Öffnet sie wieder. »Am besten … behältst du deine Erkenntnisse in Zukunft einfach für dich.«

Ich nicke. »Okay.«

Er steht auf, bringt mich zur Tür und deutet hinaus in den leeren Flur. »Ich hoffe aufrichtig, dass ich dich nie wieder hier sehe.«

Wird er nicht. Ich weiß ja, was ich bin: eine verschwommene Gestalt im Hintergrund.

San Miguel ist wie viele andere Städte im San Diego County keine richtige Stadt.

Ich meine, genau genommen, ist es schon eine. An der Autobahn steht ein Schild »Willkommen in San Miguel« und es gibt einen Eintrag auf Wikipedia. Aber es ist eben keine echte Großstadt mit Hochhäusern, U-Bahn-Stationen und dunklen Gassen. Es ist eine mittelgroße Schlafstadt, die nicht nah genug am Meer liegt, als dass sie einen eigenen Strand hätte.

Dad sagt, ich wüsste gar nicht, was für ein Glück wir haben, hier zu leben. Klar, das Wetter ist perfekt, die Lebensmittel sind frisch und die Gehwege wie geleckt, aber – muss man erst jemand umbringen, damit hier mal was los ist?

Unser Wohnviertel hat einen großen Vorteil: Ich kann zu Fuß in die Schule gehen. Klar, morgens muss ich einen gigantischen Berg hoch, aber immerhin komme ich jeden Tag allein nach Hause, ohne dass ich mich abholen lassen oder wie ein lebensmüder Waschbär über die Autobahn flitzen muss. Das ist schon fast wie ein Sechser im Lotto.

Zu Hause angekommen, hänge ich in der Küche den Schlüssel an den Haken über dem Telefon. Wir sind bestimmt die einzigen Menschen unter achtzig, die noch einen Festnetzanschluss haben, und Anrufe bekommen wir nur noch von Telefonverkäufern und meiner Oma Felicitas. Da sie sich aber weigert, eine neue Telefonnummer auswendig zu lernen, kann mein Dad das Telefon nicht abmelden.

Ich gehe schnurstracks in mein Zimmer, schließe möglichst leise die Tür hinter mir, schleudere meine Schuhe auf den Schuhfriedhof unter dem Bett und setze den Rucksack neben dem Nachttisch ab. Neben mir höre ich ein Rascheln, gefolgt von einem wütenden Fiepen, und mein Chinchilla beißt in die Gitterstäbe seines Geheges.

»Okay, Asta, du darfst raus.« Ich öffne die Tür und schnappe ihn mir. »Du brauchst gar nicht so ein Geschrei machen.«

Asta beißt wieder zu, diesmal in meinen Finger.

Ich lege mich aufs Bett und setze mir Asta auf die Brust, wo er sich zusammenrollt. Die vier Wände meines Zimmers sind bis auf den letzten Zentimeter mit Postern meiner Lieblingsfilme zugekleistert. Dad sagt immer, er versteht nicht, wie ich mich entspannen kann, wenn mich so viele Typen mit Fedora und Pistole anstarren. Und ich antworte, ich verstehe ja auch nicht, was am Joggen entspannend sein soll, meckere aber nicht daran herum.

Die Wahrheit ist, dass ich nirgendwo in der Welt entspannter bin als hier. Draußen ist es heiß, in meinem Zimmer dagegen dunkel und kühl. Acht Stunden Schule sind hart, Astas Fell dagegen ist weich unter meinen Fingerspitzen. Alles, was ich mag, und alles, was ich brauche, habe ich in diesem winzigen Raum, der nur mir gehört.

Es klopft an der Tür. Ehe ich »Komm rein« sagen kann, hat Dad sie schon geöffnet und steht im Türrahmen.

»Hey, Kiddo«, sagt er.

»Hey«, sage ich, sehe aber weiter Asta an, während ich mich für den Rest unseres täglichen Zwei-Minuten-Gesprächs wappne. Er wird sagen: *Wie war's in der Schule?* Und ich werde sagen: *Wie war's gestern Abend?* Und er wird sagen: *Ach, du weißt schon.* Und ich werde nicken, als wüsste ich Bescheid.

Es macht viel Arbeit, ein neues Restaurant aus dem Boden zu stampfen, das weiß ich, weil es nicht das erste Mal ist, aber diesmal wirkt Dad erschöpfter. Wenn ich ihn überhaupt zu Gesicht bekomme. Und das geschieht nicht allzu häufig, denn wenn Dad nachts nach Hause kommt – nachdem die letzten Gäste ihre Rechnung bezahlt haben, die Küche geputzt und das Personal gegangen ist –, schlafe ich schon. Und wenn ich morgens in die Schule gehe, schläft *er*.

Das war nicht immer so. Früher blieb Dad öfter zu Hause, und ich verbrachte mehr Zeit im Restaurant, seinem ersten, in dem es Burger gab, nicht in dem neuen, das für Kinder rein gar nichts auf der Karte hat. Als Kind war ich gern in Dads Restaurant. Die College-Studentinnen, die dort bedienten, brachten mir immer heimlich Nachtisch. Das war Welten besser als bei einem Babysitter oder in der Nachmittagsbetreuung meiner Schule. Ich fühlte mich dort zu Hause.

Aber ich bin kein Kind mehr, und deshalb habe ich nur noch das Gefühl, im Weg zu sein.

Dad kommt ins Zimmer und schiebt mit einem seiner klobigen, rutschfesten Clogs meinen Rucksack zur Seite.

»Kannst du Asta mal in den Käfig setzen? Ich möchte mit dir reden.«

»Das ist kein Käfig«, sage ich und setze Asta hinein. »Das ist ein Gehege.«

Dad schüttelt den Kopf. Ein Käfig ist etwas, in dem man gegen seinen Willen gefangen ist. Ein Gehege ist ein Lebensraum, in dem man alles hat, was man braucht. In dem man zu Hause ist.

»Ich bin auf dem Weg ins Verde, für den Abendservice.«

»Okay«, sage ich, meine aber: *Ach was?*

»Was willst du zu Abend essen? Es ist jede Menge im Kühlschrank.« Er zählt mit den Fingern ab. »Eine Portion Hühnerragout, eine Viertel Quiche ... und einmal Wolfsbarsch.«

»Ist das ein Tier oder ein Fisch?«

»Fische sind Tiere.«

Das heißt, es ist Fisch. »Vielleicht mache ich mir ein paar Pommes.«

Er verzieht den Mund.

»Die Leute zahlen für meinen Wolfsbarsch gutes Geld«, sagt er, »und du isst lieber Pommes aus der Gefriertruhe.«

Ich bin froh, dass sie zahlen. Ich wohne gern in einem Haus, würde ich am liebsten sagen. *Aber ich mag keinen Fisch. Du weißt doch, dass ich keinen Fisch mag.* Aber ich sage besser nichts.

Dad hüstelt. »Pommes und ...?«

»Nur Pommes.«

»Iss Gemüse dazu.«

»Genau genommen«, erkläre ich, »ist eine Kartoffel ...«

25

»Du machst mich fertig«, sagt er. »Grünes Gemüse, meine ich.«

Ich nicke, als würde ich darüber nachdenken – was nicht stimmt –, aber er starrt mich weiter an. Ich starre zurück und überlege, was er von mir erwartet. Dann wendet er den Blick ab. Atmet einmal tief durch die Nase ein.

»Gideon …«

»Was?«, frage ich misstrauisch, denn wenn er das macht – wenn er meinen Namen zu einem gigantischen Seufzer dehnt –, entwickelt sich das Gespräch selten zu meinen Gunsten.

»Hast du das nicht bald mal satt?« Ich sage nichts, weil ich nicht weiß, was er meint. Er deutet rundherum auf mein Zimmer, bis sein Zeigefinger auf mir ruht. »Jeden Nachmittag dasselbe.«

Ich mag das, immer dasselbe.

»Du verkriechst dich in diesem Zimmer …«

Ich mag mein Zimmer.

»Ziehst die Vorhänge zu …«

Er tut so, als wäre ich ein Vampir, dabei hat das nur praktische Gründe. »Es muss dunkel sein, sonst kann ich keine …«

»… Filme sehen«, unterbricht er mich. Er klingt, als hätte er gerade einen Marathon hinter sich gebracht. »Ja, ich weiß, deine Filme. Schau mal, ich würde ja auch gar nichts sagen, wenn es andere Filme wären. Wenn du … keine Ahnung … sämtliche Kultfilme der Filmgeschichte anschauen würdest. Wenn du dich auf die Filmakademie vorbereiten würdest oder so. Aber du guckst jeden Tag dieselben Filme.«

»Ich sehe immer einen nach dem anderen.«

»Es ist entweder der mit dem Tankstellenbesitzer, der nach Mexiko geht …«

»*Goldenes Gift.*«

»Oder der, in dem ein Versicherungsvertreter einen Mann erwürgt und das Mädchen mit dem hässlichen Pony …«

»*Frau ohne Gewissen* und er bricht ihm das Genick.«

»Will sagen: Es ist immer dieselbe Leier. Du musst da mal raus.«

Für den einen ist es immer dieselbe Leier, für den anderen Routine. Und an Routine gibt es nichts auszusetzen.

»Meinetwegen. Na gut, ich schau mir einen neuen Film an.«

»Ich meinte das wörtlich: Du musst mal raus.«

Das funktionierte nicht, als er mich mit zwölf zu einem Sportferienlager anmeldete (Baseball + mieses Ballgefühl = gebrochene Nase), und es funktionierte auch nicht, als er mich mit vierzehn jeden Nachmittag in den Hof aussperrte (Sommer in der Wüste + kein Schatten = Sonnenstich). Ich frage mich, was er diesmal vorhat. Und was ich mir dabei einfange.

»Du könntest mitkommen und bei mir arbeiten«, schlägt er vor. »In deinem Alter hatte ich auch meinen ersten Küchenjob.«

Das ist schlimmer als eine gebrochene Nase. »In der Küche?«

In der Küche ist es laut, heiß und chaotisch, die Leute schreien Bestellungen und rennen umeinander herum und es sind immer zehn Kochplatten auf einmal an. Ich kann mir keinen Ort vorstellen, an dem ich weniger gern wäre.

»Oder als Bedienung«, sagt er. »Du würdest gutes Trinkgeld bekommen.«

Kennt er mich überhaupt? Eine Bedienung muss freundlich bleiben, auch wenn die Leute unhöflich sind. Man muss sich für Dinge entschuldigen, für die man nichts kann. Mit Ehrlichkeit bekommt man kein gutes Trinkgeld.

Während Dad mich mustert, frage ich mich, inwieweit das Bild, das er von mir hat, der Realität entspricht, und inwieweit es auf Wunschdenken beruht.

»Na gut«, sagt er achselzuckend. »Ich dachte, ich erleichtere dir die Sache, aber wenn du dir selbst etwas suchen willst, ist das auch okay.«

»Wie meinst du das, etwas suchen?«

»Ich meine, du sollst eine Beschäftigung finden, die dich aus diesem dunklen kleinen Zimmer herausholt. Einen Job, einen Sport, ein Hobby – wie du willst. Wenn du nichts findest, kommst du mit mir ins Restaurant. Verstanden?«

»Aber ...«

»Nein«, sagt er. »Ob du verstanden hast, habe ich gefragt.«

Wenn ich Ja sage, hat er gewonnen, wenn ich Nein sage, wird er immer weiterreden. Also werfe ich ungeduldig die Arme in die Luft und rufe: »Das ist so was von unfair!«

»Dieses eine Mal würde ich gern ein einfaches ›Ja‹ von dir hören, Gideon.« Er schaut auf die Uhr. »Wir sehen uns morgen. Leg nicht das Haus in Schutt und Asche.«

Das ist erst ein Mal passiert und es war nur der Herd. Hat Dad mich je dafür gelobt, wie gut ich das mit dem Feuerlöscher hingekriegt habe? Nein, hat er nicht.

Er geht hinaus, ohne die Tür zu schließen, und ich höre seine Schritte im Flur, das Klimpern der Autoschlüssel und die Haustür, die hinter ihm ins Schloss fällt.

Als ich sicher bin, dass er weg ist, stehe ich auf und knalle die Zimmertür zu. Danach geht es mir auch nicht besser. Bei Dad läuft es immer auf dasselbe hinaus: Was er mag, mag ich nicht, und irgendwie bedeutet das für ihn, dass mit dem, was ich mag, etwas nicht stimmen kann.

Früher hat ihm das nicht so viel ausgemacht. Als ich in der ersten Klasse jeden Abend Nudeln mit Butter essen wollte, nahm er es hin, dass wir womöglich nie denselben Geschmack haben würden. Als es sich herausstellte, dass ich nicht schlägerschwingend um mein Leben rennen konnte, nahm er es hin, dass ich nie wie er zum Kapitän des Baseballteams aufsteigen würde. Aber je älter ich werde, desto mehr Unterschiede werden sichtbar. Das ist wie mit den Mehlsäcken, die ich ihm ins Restaurant tragen helfe. Wenn man einen nach dem anderen nimmt, kann man es schaffen. Aber wenn man sich alle auf einmal auflädt, bricht man darunter zusammen.

Es schellt an der Tür. Ich stehe nicht gleich auf, weil der Postbote manchmal klingelt, wenn er ein Päckchen vor der Tür ablegt. Als es noch einmal klingelt, nehme ich an, dass Dad seine Schlüssel oder das Handy vergessen hat. Oder ihm noch eine Charakterschwäche eingefallen ist, die er mir aufs Brot schmieren will.

Während ich zur Tür gehe, klingelt es ein drittes Mal.

»Gott, ja«, sage ich, während ich die Klinke drücke. »Immer mit der …«

Doch als ich öffne, bleibt mir der Rest des Satzes im Hals stecken.

Denn vor mir steht nicht Dad.

Es ist Lily.

Kapitel 3

Das Erste, was Lily sagt, ist: »Ich brauche deine Hilfe.«

Dann sagt sie: »Oh Gott, das war nicht der Plan.«

Ehe mein Gehirn meine Stimmbänder einholen kann, begräbt sie mich unter einer Wortlawine. »Ich habe einen Plan gemacht, weil ich ja immer alles plane. Als du die Tür aufgemacht hast, wollte ich ›Hi‹ sagen, und dann hättest du ›Hi‹ gesagt, und ich hätte gefragt, ob ich reinkommen kann, und die Sache mit der Hilfe wäre erst viel später gekommen.«

Sie holt Luft. Ich packe die Gelegenheit beim Schopf.

»Willst du?«, frage ich.

Sie blinzelt. »Will ich was?«

Ich trete zur Seite. »Reinkommen?«

»Oh. Ja.«

Im Flur dreht sie sich einmal im Kreis.

»Wow«, sagt sie, während ich die Tür hinter uns schließe. »Ich war schon ewig nicht mehr hier.«

Mein Nacken verspannt sich, und ich drehe mich zu ihr um, sodass wir uns direkt gegenüberstehen. »Und wer ist daran schuld?«

Ihr Blick wird weich und traurig. »Ich wollte nicht …«

»Schon gut.«

»Ich wollte nur sagen …«

»Möchtest du etwas trinken?«, unterbreche ich sie wieder. »Wasser oder …?«

Lily wirkt erleichtert. Wahrscheinlich hat sie vergessen, was sie sagen wollte. »Wasser wäre toll. Danke.«

Ich deute auf den Flur. »Du weißt noch, wo es ist, oder? Mein Zimmer?«

»Ja. Klar.« Sie macht sich auf den Weg.

Während ich ihr Glas am Wasserhahn fülle, spule ich immer wieder ihre Worte ab. Vier Worte. »Ich brauche deine Hilfe.«

In meinem Leben ist nichts wie in einem Film noir. Ich habe keine Privatdetektei mit Namensschild an der Tür. Ich gehe nicht in nebligen Nächten auf Spurensuche oder renne allein über nasse Gehwege. Wir haben im Jahr etwa vierzig Tage Regen. Noch so eine Tragödie. Der ständige Sonnenschein verhunzt echt die Ästhetik.

Nichts in meinem Leben ist wie in einem Film noir – bis auf das hier.

Denn so läuft das immer ab: Der Detektiv sitzt in seinem Büro. Es klopft an der Tür. Ein Mädchen bittet ihn um Hilfe.

Gut, okay, es sind Frauen, keine Mädchen. Femmes fatales, um den Fachbegriff zu bemühen. Mit allem, was dazugehört, dunkler Vergangenheit, verborgenen Motiven und Röcken, die so eng sind, dass ich nicht begreife, wie sie damit überhaupt laufen können.

Allerdings ist das nur mein Zimmer, denke ich, kein Büro, als ich hineingehe. Und es ist auch nicht irgendein Mädchen, sondern Lily.

»Dein Zimmer sieht genau so aus, wie ich es in Erinnerung habe«, sagt sie und nimmt mir das Glas ab. »Fast wie früher.«

Fast sage ich, sie soll doch mal suchen, was sich verändert hat, wie in diesen Kinderrätseln »Finde den Unterschied«.

»Deins nicht?«, frage ich.

»Was?«

»Sieht dein Zimmer nicht aus wie früher?«

Sie lacht. »Wie in der sechsten Klasse? Da hatte ich noch meine Puppensammlung.«

Ich runzle die Stirn. Sie runzelt die Stirn.

»Nein«, sagt sie, leiser. »Ich … es hat sich viel verändert. Seitdem.«

Ich weiß nicht, was ich darauf antworten soll, und Lily wahrscheinlich auch nicht, denn einen Moment lang herrscht Stille.

»Also«, sage ich schließlich. »Asta ist jedenfalls neu.« – Mit einem Nicken deute ich auf Astas Gehege.

Lily dreht sich um. Dann schnappt sie nach Luft, läuft hin und sinkt neben dem Gehege zu Boden. »Oh Gott. Die ist ja niedlich.«

»Das ist ein Junge.«

»Tut mir leid, das mit dem falschen Geschlecht, Asta«, sagt sie.

Er ist offenbar nicht beleidigt, sondern beschnuppert ihre Finger.

Lily blickt über die Schulter zu mir herauf. »Warum heißt er Asta?«

»Das ist ein Filmzitat.« Ich deute auf die Wand mit den DVDs; dort steht auch *Der dünne Mann*, in dem der Hund Mr Asta heißt. »Das ist so mein Ding.«

»Kein Scheiß.« Lily mustert mit zusammengekniffenen Augen das Regal. Sie hat ihre Brille nie gern getragen, ich vermute, daran hat sich nichts geändert. »Hast du nur Filme, die in der Vergangenheit gemacht wurden?«

»Alle Filme wurden in der Vergangenheit gemacht.«

»Du weißt, was ich meine.«

Ich denke, das Leben wäre deutlich einfacher, wenn die Leute sagen würden, was sie meinen, damit ich nicht dauernd raten muss.

Da ruft Lily unvermittelt: »Oh krass!« Zuerst denke ich, sie ist überwältigt von Astas weichem Fell (was verständlich wäre), doch dann merke ich, dass ihr Blick nicht auf ihm ruht, sondern auf der Pinnwand über meinem Schreibtisch.

Ich muss nicht fragen, welches Foto ihr aufgefallen ist. Es ist das ganz außen, mit den aufgerollten Ecken. Das, auf dem Lily und ich – oder zumindest unsere kindlichen Pendants – vor meiner Garage und dem Schild »Green-Privatdetektei« stehen, das wir aus Packpapier und Farbe gebastelt haben. Wir sind klein, wir lächeln und wir sind noch befreundet.

Lily steht auf, geht hin und zieht das Bild samt Reißzwecke heraus. »Wie alt waren wir da? Neun?«

»Zehn.« Aus diesem Winkel sehe ich beide Lilys auf einmal, die eine auf dem Foto und die andere, die in meinem Zimmer steht. Und ich sehe auch sämtliche Unterschiede. Die Haare kürzer und nicht zu Zöpfen, sondern zu einem Pferdeschwanz gebunden. Die Sommersprossen auf dem Nasenrücken verblasst. Die Gestalt größer und schlank statt dürr.

Auch ich bin natürlich größer, und meine Haare sind mittlerweile eher braun als rot, aber … Lily sieht fast schon ein bisschen erwachsen aus. Ich habe mich kaum verändert.

»Nicht zu glauben, dass du das noch hast«, sagt sie.

»Was, das Foto?«

»Das Foto von uns.«

Das ist kein Foto von uns. Es ist ein Foto von mir und meiner Detektei. In ihren Augen beweist es, dass ich sie vermisst habe, aber ich habe sie nicht vermisst. Ich vermisse sie nicht.

Ich räuspere mich. »Du hast gesagt, du brauchst Hilfe.«

Sie legt das Foto auf den Tisch und setzt sich aufs Bett. Ich bleibe an den Türrahmen gelehnt stehen.

»Also.« Sie klingt plötzlich nervös. »Wie du vielleicht weißt, oder auch nicht, bin ich Kulturredakteurin beim *Herald.*

Ich sehe sie verständnislos an.

»Die Zeitung.«

Mein Gesicht bleibt unbewegt.

»Die Schülerzeitung. Deiner Schule.«

»Oh.« Ich nicke. »Ja. Klar.«

Sie verzieht das Gesicht. »Du scheinst sie nicht regelmäßig zu lesen.«

»Da ist immer ein Kreuzworträtsel drin, stimmt's? Ich glaube, ich habe …«

»Wie auch immer. Ich bin für den Kulturteil zuständig.«

Kino gehört auch zur Kultur. Vielleicht haben wir doch etwas gemeinsam. »Geht es da um Filme?«

»Nein, Filme gehören zur Unterhaltung. Im Kulturressort geht es mehr um Menschen. Porträts bekannter Leute oder Vereine. Interessante Ereignisse, die es nicht in die Schlagzeilen schaffen. Du weißt schon.« Ich weiß nicht, nicke aber trotzdem.

»Und mir macht das wirklich Spaß. Ich meine, im ersten Jahr bin ich nur zur Schülerzeitung gegangen, weil es sich gut in meinem Lebenslauf macht, aber mittlerweile ist es mein Lieblingshobby – und ich habe viele Hobbys, das hat also was zu sagen. Ich würde im nächsten Jahr den Kulturteil noch einmal übernehmen, aber am allerliebsten wäre ich ...« Sie zögert, als fiele es ihr schwer, es auszusprechen. »... Chefredakteurin.«

»Oh.« Ihrem entrückten Blick entnehme ich, wie viel ihr das bedeutet. Ich kann das nicht nachvollziehen. Nichts, was an der Highschool abläuft, hat für mich irgendeine Bedeutung. »Ich hoffe, du schaffst es.«

»Ich auch, aber ...« Sie schüttelt den Kopf. »Am Anfang des Schuljahrs dachte ich, ich wäre die Favoritin. Außer mir sind nur der Kommentar-Redakteur und eine aus der Nachrichtenredaktion an dem Job interessiert und ich schreibe bei Weitem die besten Texte. Außerdem hat die derzeitige Chefredakteurin immer so getan, als hätte ich den Job schon in der Tasche. Aber seit Kurzem ...« Lily schnaubt frustriert. »Ich weiß auch nicht. Jetzt ist sie sich anscheinend nicht mehr so sicher. Vielleicht, weil meine Beiträge keine Schlagzeilen gemacht haben. Sie kommen so gut wie nie auf die Titelseite, und das eine Mal, als es geklappt hat, war es die totale Katastrophe, obwohl das nicht mal meine Schuld war ...« Sie holt tief Luft. »Jedenfalls muss ich etwas unternehmen. Einen richtigen Knaller schreiben. Und ich glaube, diese Story könnte es sein.«

»Welche denn?«

Lily zögert einen Moment, ehe sie sagt: »Kennst du Luke Dobson?«

Ich schüttele den Kopf.

»Er ist in der zwölften Klasse, bei uns an der Schule. Na ja – er war auf der Presidio. Bis vor Kurzem.«

»Hat er die Schule geschmissen?«

»Nicht ganz«, sagt sie. »Er wurde verhaftet.«

Jetzt bin ich hellwach. In die Presidio gehen über tausend Kids, da gibt es immer welche, die von der Schule fliegen, weil sie in einen Spind gepinkelt haben oder so – aber eine Verhaftung? Das kommt eher selten vor.

»Weswegen?«, frage ich. »Drogen?«

»Vandalismus, soweit ich weiß. Er ist noch siebzehn, und solange man minderjährig ist, kommt das nicht an die Öffentlichkeit. Aber als ich davon hörte, habe ich ihn angerufen, und da hat er es mir erzählt. Ich konnte nur eine Minute mit ihm sprechen, aber das hat er jedenfalls gesagt. Dass er wegen Vandalismus angeklagt ist.« Sie zögert kurz. »Und dass er hereingelegt wurde.«

Ja logisch. Im Gefängnis sitzen ja auch nur lauter Unschuldige.

»Du kennst ihn«, sage ich, und es ist keine Frage. »Das ist nicht nur irgendein Presidio-Schüler. Er ist dein Freund.«

»Ein Freund der Familie«, erklärt sie. »Als wir noch klein waren, haben unsere Mütter mit ein paar anderen Familien eine Krabbelgruppe gegründet. Deshalb haben wir uns oft gesehen – das ist ein ziemlich kleiner Club, die Kinder von lesbischen Moms im East County. Aber in der Schule hatten wir nichts miteinander zu tun.«

»Also Freunde, aber nicht beste Freunde«, fasse ich zusammen. »Wie wir früher.«

Sie starrt die Bettdecke an. »Genau.«

»Aber du magst ihn, und deshalb … ja, was? Willst du ihn entlasten?«

»Ich würde gern einen Artikel für den *Herald* schreiben«, erklärt sie, »so eine vertiefte Langzeitreportage über Jugendliche, die in das Justizsystem geraten, mit all den

Schwächen des Jugendstrafrechts. Und natürlich wollte ich Lukes Erfahrungen in den Mittelpunkt stellen: einen, der wie wir alle aus San Miguel kommt und dessen Leben wegen eines einzigen Vergehens – es war ja kein Gewaltverbrechen – kopfsteht. Jedenfalls habe ich es unserer Chefredakteurin vorgeschlagen. Aber die hat mich abblitzen lassen. Hat die Story total abgewürgt.«

Ich hätte sie wahrscheinlich auch nicht gelesen, aber das heißt ja nicht, dass sie nichts taugt. »Warum denn?«

»Tess meinte, die Schulleitung fände einen Artikel über einen Presidio-Schüler, der in die Kriminalität abgerutscht ist, bestimmt nicht gut. Aber ich kenne sie: Wenn sie von der Story überzeugt ist, macht sie sich auch dafür stark.« Lily starrt auf ihre Hände. »Sie hat einfach nicht geglaubt, dass ich das durchziehen kann.«

»Wie hast du sie dann überzeugt?«

Lily zögert. »Gar nicht. Noch nicht.«

Den Cop, der wie ein wandelndes Pulverfass jederzeit in die Luft gehen kann, kennen wir als Filmfigur, aber von einer gemeingefährlichen jugendlichen Chefredakteurin habe ich noch nie gehört.

»Ich wollte aber nicht gleich aufgeben«, fährt Lily fort und zieht ein ramponiertes blaues Notizbuch aus dem Rucksack. »Ich dachte, vielleicht kann ich ihr zeigen, dass es um mehr geht als um einen Freund meiner Familie. Ich wollte beweisen, dass die Sache wirklich einen Artikel wert ist. Deshalb habe ich mir die Kriminalstatistiken angesehen. Und die waren … echt schräg.«

»Wie, schräg?«

»San Miguel ist eine Stadt, in der sich nicht groß was verändert …«

»Das ist so ziemlich das einzig Gute, das man über sie sagen kann.«

»In Sachen Kriminalität, meine ich. Da tut sich nicht viel.« Lily blättert in ihrem Notizbuch. »Die Kriminalitätsrate ist von Jahr zu Jahr stabil. Sinkt nicht sonderlich, steigt aber auch nicht stark an – bis zu diesem Jahr.«

Sie zeigt mir die aufgeschlagene Seite. Und ohne wirklich zu verstehen, was ich da tue, setze ich mich neben sie aufs Bett. Es ist ein großes Schaubild, von Hand gezeichnet, mit Linien in allen möglichen Farben. Einige weisen steil nach oben, andere verlaufen flach.

Ich deute mit dem Finger darauf. »Da hat sich offenbar nichts geändert.«

»Und das ist das Seltsame! Gewaltverbrechen – Körperverletzung, Raub, häusliche Gewalt – sind unverändert ziemlich niedrig. Hochgegangen sind die anderen Verbrechen, die ohne Gewalt.« Sie zeigt es mir. »Einbrüche um siebzig Prozent, Vandalismus um fast hundert Prozent und mehr Autodiebstähle als in den drei Vorjahren zusammen …«

»So viel zur ruhigen Wohngegend.«

»Ja, und den Leuten fällt das natürlich auf. Das ist ein wichtiges Thema für den Bürgermeister und die Vorstadt-Moms, die ihm Petitionen überreichen, unter dem Motto ›Rettet unsere Straßen‹.«

»Na gut, also …« Ich zucke mit den Achseln. »Mit der Stadt geht es bergab. So was passiert eben, oder?«

»Aber nicht so plötzlich«, sagt sie kopfschüttelnd. »Nicht ohne erkennbare Gründe und nicht nur bei den minderschweren Verbrechen ohne Gewalt.«

»Für die es keine Zeugen gibt.«

»Wie?«

»Für die meisten dieser Verbrechen gibt es keine Zeugen«, erkläre ich. »Bei den Leuten wird ja nicht eingebrochen, wenn sie im Wohnzimmer sitzen und fernsehen.«

Darüber denkt Lily kurz nach. »Wir haben allerdings einen Zeugen.«

»Wir, was heißt das, *wir* …«

»Ich konnte Luke dazu bringen, mit mir über alles zu sprechen, und wenn er glaubt, er wurde hereingelegt, muss ihn doch irgendetwas mit dieser seltsamen Entwicklung in Verbindung bringen.«

»Mir ist nicht klar, was das alles mit mir zu tun hat.«

»Zuerst habe ich probiert, die offiziellen Wege zu gehen«, sagt sie. »Ich habe die Polizeiprotokolle für die Festnahmen angefordert, aber das kann Monate dauern. Und ich habe sogar direkt bei der Polizei von San Miguel angerufen, um zu fragen, ob man da eine Erklärung hat.«

Ich hätte Lily aus Erfahrung sagen können, wie herablassend man beim SMPD auf eine solche Anfrage reagieren würde. »Das war bestimmt eine Sackgasse.«

»Ich wollte die Pressestelle fragen, aber einer Pressesprecherin am nächsten kommt da die Assistentin des Polizeichefs, und die hat mir etwas vom ›Dienst an der Allgemeinheit‹ erzählt und aufgelegt, ehe ich nachhaken konnte.«

Wer kann es der Assistentin auch verübeln, wenn sie nicht sieht, was sich direkt vor ihrer Nase befindet? Ihr Chef hält es schließlich genauso.

»Yep, das sind Pfeifen und Idioten noch dazu, die sind einfach so gepolt.« Mir geht so langsam die Geduld aus. »Aber ich kann da nicht viel tun. Von Verbrechensstatistiken oder Journalismus habe ich keine Ahnung.«

»Kann sein.« Lily faltet die Hände im Schoß. »Aber du weißt, wie man Fälle löst.«

Als ich es endlich kapiert habe, ist mein erster Gedanke: Oh.

Mein zweiter Gedanke ist: Verflucht, nein!

»Lily ...«

»Es sieht vielleicht erst mal nicht aus wie ein Fall, jedenfalls nicht, wie du das gewohnt bist, aber es ist einer. Ich bin mir sicher, ich habe irgendwas übersehen, es muss eine Erklärung geben. Aber ich heiße eben nicht Woodward oder Bernstein.«

»Ja klar, du heißt Krupitsky-Sharma.«

»Noch nie was von Watergate gehört?« Lily schließt die Augen. Schüttelt den Kopf. Öffnet sie wieder. »Ich meine: Ich kann gut schreiben, aber Ermitteln ist nicht meine Stärke.«

»Du hast doch mitbekommen, was ich zu Mia gesagt habe. Ich bin auch kein Detektiv mehr.«

»Du hast vielleicht das Schild an der Garage weggemacht. Aber ich war in der Mittagspause da, bei der Sache mit dir und Mia, und ich weiß Bescheid.«

»Was weißt du?«

»Dass du immer noch Fälle löst«, sagt Lily. »Du machst es halt nur im Kopf.«

Eine Weile ist nur Asta zu hören, der in seinen Holzspänen buddelt.

»Na ja, wir hatten ... nicht viel miteinander zu tun.« Lily klopft mit dem Finger auf meine Bettdecke. »Ziemlich lange.«

Das ist die Untertreibung des Jahrhunderts.

»Und klar, dass du mir nicht so richtig vertraust.«

Nein, *das* ist die Untertreibung des Jahrhunderts.

Andererseits … Lily ist gekommen, obwohl sie nicht wusste, ob ich sie überhaupt hereinlassen würde. Sie hat es riskiert und Lily war nie besonders risikofreudig. Sie musste immer erst überredet werden, meist von mir.

Was schon beweist, dass das alles keine spontane Aktion ist.

»Ich glaube, da steckt echt was dahinter. Und wir könnten das zusammen lösen.« Sie sieht mich an, halb hoffnungsvoll, halb ungeduldig. »Was sagst du?«

Was soll ich sagen? *Du hast mich abserviert? Du bist nur gekommen, weil du glaubst, ich könnte dir nützlich sein? Du hast heute direkt hinter Mia gestanden und keinen Ton gesagt?*

Nein, ich muss logischer an die Sache herangehen. Detektive scheitern immer dann, wenn sich die Geschichte als Tragödie entpuppt. Wenn sie sich von ihren Gefühlen hinreißen lassen und die Fakten nicht mehr sehen.

Fakt 1: Je öfter ich aus dem Haus gehe, desto weniger wird mich Dad mit seinem Gesülze vom »vergeudeten Potenzial« nerven.

Fakt 2: Wenn Lily sich täuscht und das alles ein großer Irrtum ist, und in Wahrheit nur ein jugendlicher Delinquent von seiner Unschuld faselt, habe ich außer Zeit nichts verloren.

Fakt 3: Wenn Lily recht hat und die Sache ein großes Ding ist, kann ich den Fall lösen. Und damit wäre alles anders.

Wenn ich ihn löse, wenn ich richtigliege und alle davon erfahren, würde das bedeuten, dass ich auch sonst richtiglag. Es würde bedeuten, dass ich mich schon mit zehn

Jahren zu Recht als Detektiv betrachtet habe – als echten Detektiv. Es würde beweisen, dass das nie nur ein Spiel war, wie Lily glaubte, oder eine Phase, wie Dad glaubte, oder der Beginn einer kriminellen Karriere, wie die Polizei glaubte. Wenn ich tatsächlich für so etwas geboren bin, lag Lily daneben, als sie mich im Stich ließ, Dad lag daneben, als er von mir enttäuscht war, und alle anderen lagen daneben … na ja, in allem, was mich angeht.

Wenn ich richtigliege, wenn ich den Fall löse, kann ich ihnen das beweisen.

»Okay«, sage ich zu Lily. »Ich bin dabei.«

Kapitel 4

Wenn sich Dad ausnahmsweise den Montagabend freinimmt, müsste man meinen, dass er sich mal eine Pause vom Verde gönnt. Dass er sich keine Sorgen um das Restaurant macht und er uns etwas zu essen bestellt oder so. Aber falsch geraten. An solchen Abenden probiert er neue Rezepte aus und benutzt mich als Versuchskaninchen.

Man müsste auch meinen, dass er nichts zu meckern hätte, wenn ich schweigend meine Hühnchen-Fajitas esse. Wieder falsch geraten.

»Du schmeckst das nicht richtig, wenn du so schlingst«, beschwert er sich.

Ich schlucke einen Bissen hinunter. »Doch.«

»Und, wie schmeckt es?«

»Ähm. Gut?«

»Mit ›gut‹ kann ich nicht viel anfangen. Was fehlt denn noch?« Er schiebt mir die Salz-und-Pfeffer-Streuer hin. »Muss noch Salz rein oder fehlen Gewürze oder ist zu viel Limette drin?«

»Weiß nicht.«

Ein Knurren steigt aus seiner Kehle auf. »Könntest du vielleicht mal länger als eine Sekunde darüber nachdenken?«

Es ist Essen. Es schmeckt wie Essen. Ich habe keine Ahnung, wie ich ihm weiterhelfen kann. »Vielleicht mehr Salz?«

Er nickt. »Okay. Klingt vernünftig. Ich überlege, ob ich es auf die Karte setze.«

»Solltest du. Es ist gut.«

»Wenn du es magst …«, sagt Dad. Er zögert. »Ich könnte dir zeigen, wie man es macht. Es ist gar nicht so schwer.«

Ich nehme mir noch eins. »Besser als du bekomme ich das niemals hin.«

Er zieht die Augenbrauen zusammen, als würde ihn diese Bemerkung noch mehr ärgern. Ich kapiere das nicht, es war doch ein Kompliment.

»Also.« Dad legt die Gabel hin. »Ich habe mit Mario geredet – du weißt schon, mein Geschäftsführer –, wie wir dich unterbringen könnten.«

»Unterbringen? Wo?«

»Im Restaurant.« Und ehe ich etwas einwenden kann, legt er schon los. »Ich habe doch gesagt, du kannst nicht jeden Tag in deinem Zimmer hocken. Wenn du dachtest, ich hätte das nicht so gemeint …«

»Ich habe etwas gefunden«, werfe ich ein. Das gefällt ihm nicht, aber er bricht seinen Vortrag ab.

»Du hast etwas gefunden«, wiederholt er.

»Eine Beschäftigung. Die nicht in meinem Zimmer stattfindet.«

Er sieht mich skeptisch an. »Und was ist das?«

So weit hatte ich noch nicht gedacht. Ich kann ihm ja schlecht sagen, dass ich wieder Ermittlungen anstelle. Nicht nach dem, wie es das letzte Mal ausging. Aber da ich etwas sagen muss, platze ich mit dem Erstbesten heraus, das mir einfällt.

»Ich steige bei der Schülerzeitung ein.«

Er sieht mich noch skeptischer an. Was ich verstehe, denn ich kenne mich schließlich auch ganz gut.

»Bei der Schülerzeitung.«

»Genau.«

»*Du*. Steigst bei der Schülerzeitung ein.«

Ich wünschte, er würde aufhören, alles zu wiederholen. Er scheint mir nicht zu glauben. Und, na gut, ich lüge ja wirklich, aber nur, weil er mich in die Ecke gedrängt hat. Damit werde ich mich auch verteidigen, falls ich auffliege.

»Lily hat mich gefragt.« Das sind so die Antworten, die man geben muss, wenn man von der Polizei oder der CIA oder seinem Dad verhört wird, der schließlich weiß, dass man in Englisch fast durchgefallen wäre und nie im Leben freiwillig in der Zeitungsredaktion mitarbeiten würde. Man sagt die Wahrheit, soweit es eben geht, und lügt nur an den wenigen Stellen, wo es absolut notwendig ist.

»Lily?« Dads Augenbrauen schießen wieder nach oben. »Ich dachte, ihr redet nicht miteinander.«

»Ja, bis letzten Freitag war das auch so. Da kam sie und fragte, ob ich mitmachen will. Sie ist Redakteurin, für … Kultur? Na, jedenfalls sind die wahrscheinlich total unterbesetzt und ein bisschen verzweifelt, und nachdem du gesagt hast, ich muss etwas machen, dachte ich …« Ich zucke mit den Achseln. »Warum nicht?«

»Gut. Okay.« Er lehnt sich zurück. »Klar. Das macht sich bestimmt auch in der Bewerbung fürs College ganz gut.«

»Bestimmt.«

»Nein, weißt du, es ist wirklich eine tolle Idee. Vor allem, wenn du mit Lily zusammenarbeitest.« Er nimmt wieder die Gabel zur Hand. »Sie hatte immer einen guten Einfluss auf dich.«

Am nächsten Tag suche ich nach der letzten Schulstunde ewig nach Lily. Ich kenne ja ihren Stundenplan nicht, und da ich ihre Handynummer nicht habe, kann ich ihr auch nicht schreiben. Endlich entdecke ich sie in einem der Gänge mit den Spinden.

»Also, wo gehen wir hin?«, frage ich sie.

Sie runzelt die Stirn. »Wo wir hingehen?«

»Ja. Um zu ermitteln.«

»Oh«, sagt Lily und dreht sich weg. »Vor dem Wochenende können wir eigentlich nichts unternehmen.«

»Warum denn?« Ich renne ihr hinterher, während sie schnellen Schrittes den Gang entlangläuft. »Du hast gesagt, es wäre wichtig.«

»Stimmt auch, aber die Spätschicht ist auch wichtig.«

»Spätschicht?«

»Produktionswoche«, erklärt sie ungeduldig. »Für die Zeitung. Die Redaktion arbeitet die ganze Woche länger, damit ...«

»Du wirst lachen«, unterbreche ich sie. »Ich habe meinem Dad erzählt, ich würde bei der Schülerzeitung mitmachen.«

Sie bleibt abrupt stehen. »Du hast was?«

»Ich musste ihm doch erklären, warum ich nicht zu Hause bin, wenn wir unsere Ermittlungen anstellen, falls wir jemals damit anfangen ...«

Lily schnappt nach Luft. »Das ist ja perfekt!«

»Na ja, eine perfekte Lüge ist es vielleicht nicht gerade, aber ...«

Ehe ich den Gedanken zu Ende bringen kann, zieht mich Lily schon am Mantelärmel hinter sich her. »Ich bin dauernd im Redaktionsbüro vom *Herald*, und wenn du mitkommst, können wir besser zusammenarbeiten.«

Ich brauche eine Sekunde, bis mir klar wird, was sie

schon entschieden hat: Ich soll in die Redaktion eintreten. Nicht zum Schein, sondern richtig. Eine weitere Sekunde später packt mich die Panik.

»Warte mal, Lily …«

»Du würdest auch was dabei lernen. Nimm's mir nicht übel, aber von Journalismus und allem, was sich nicht um Krimis dreht, hast du offensichtlich keinen Schimmer.«

»Doch, das nehme ich dir schon ein bisschen übel …«

»Das könnte die beste Idee sein, die du je gehabt hast.«

»Ich hatte schon jede Menge gute Ideen.«

»Ja genau.« Während wir durch die Gänge gehen, zählt sie an den Fingern ab: »Einmal wolltest du aus Sprudelwasser und dem Ingwerpulver aus dem Gewürzregal deines Vaters Ginger Ale machen.«

»So schlecht hat es gar nicht geschmeckt.«

»Ein andermal hast du den Küchenboden meiner Moms mit Bratöl eingeschmiert, damit wir ›Schlittschuh laufen‹ konnten.«

»Wenn du mir erzählen willst, dass dir das keinen Spaß gemacht hat, ist das eine glatte Lüge.«

»Und als Mrs Miller in der fünften Klasse in Mathe total sauer auf uns war und gefragt hat, seit wann wir ihr eigentlich schon nicht mehr zuhören, hast du geantwortet: ›Etwa seit Oktober.‹«

Ich werfe die Arme in die Luft. »Ja und? Das war die Wahrheit!«

»Aber nicht besonders klug.« Lily bleibt vor einer großen Doppeltür stehen. Auf dem Schild steht »H102: Schülerzeitung/Jahrbuch«. »Da wären wir.«

Sie drückt eine Tür auf und lässt mir den Vortritt.

Wenn mein Leben ein Film noir wäre, würde er das Chaos, das sich vor uns ausbreitet, wohl mit einem langen ununterbrochenen Kameraschwenk einfangen. Etwa so:

REDAKTIONSRAUM DES HERALD – INNEN – TAG

Ein großes Klassenzimmer, in dem sich alle möglichen Geräusche vermischen: das Klicken von Computertastaturen, die Stimmen von mehr als zehn Jugendlichen, die reden, lachen und streiten, das Klingeln eines Handys und das Rattern des Uraltdruckers an der Wand, der eine Seite nach der anderen ausspuckt.
Mehrere Desktopcomputer reihen sich an eine andere Wand, an wieder einer anderen steht ein durchgesessenes beiges Sofa, das aussieht, als käme es direkt vom Sperrmüll, und dazwischen verteilen sich sechs große Holztische. Das Redaktionsteam des *Herald* (divers, Teenager) sitzt meist paarweise an jeweils einem Laptop. Und an dem Tisch in der Mitte ...
NAHAUFNAHME: Ein Mädchen mit löchrigen Jeans und einem T-Shirt, auf dem das Logo der University

of California, San Diego, prangt,
beugt sich über mehrere sorgfältig
ausgebreitete Ausdrucke.
LILY (VOICE OVER, ruft)
Hey, Tess!
GROSSAUFNAHME: Das Mädchen –
dunkle Haare, strahlende Augen
und (nicht dass es etwas zur
Sache tun würde) ziemlich
hübsch – blickt vom Tisch auf.
LILY winkt ihr zu. GIDEON fragt
sich, warum seine Hände plötzlich so feucht sind.

Das Mädchen kommt zu uns, mustert mich von oben bis
unten, streckt mir die Hand hin und sagt: »Hi. Ich bin Tess
Espinoza.«

Es dauert einen Moment, bis mir einfällt, woher ich den
Namen kenne. Als der Groschen fällt, sucht mein Blick unwillkürlich ihre andere Hand – die linke Hand mit einem
geflochtenen Armband und einer Lücke dort, wo eigentlich
Zeige- und Mittelfinger sein sollten.

»Du hast wohl auf eine Tess Espinoza mit zehn Fingern
gehofft?«, fragt sie leichthin.

Mein Kopf schnellt nach oben, und ich merke, wie mir
das Blut ins Gesicht schießt. Das war ja so was von dämlich. Ich bin so was von dämlich. Warum musste ich ihre
Hand anstarren?

»Tut mir leid«, beeile ich mich zu sagen. »Ich wollte
nicht …«

»Kommt vor. Wie heißt du?«

»Ehrlich«, sage ich. »Es tut mir sehr leid.«

»Das ist ein ungewöhnlicher Name«, witzelt Tess mit ungerührter Miene.

Ich schlucke. »Gideon. Ich heiße Gideon.«

»Schön, dich kennenzulernen, Gideon.« Ihr Blick huscht zu Lily. »Und warum lerne ich dich kennen?«

»Wir brauchen einen neuen Korrektor, stimmt's?«, fragt Lily.

»Immer.«

Lily schiebt mich einen Schritt nach vorn. »Ich dachte, er könnte mal den Test machen.«

Ich wirble zu ihr herum. »Was?«

»Hast du schon mal Korrektur gelesen?«, fragt Tess.

Ich schüttele den Kopf.

»Gehst du gern in den Englischunterricht?«

Ich schüttele wieder den Kopf.

Tess stößt einen tiefen Seufzer aus. »Weißt du, was ein Korrektor *ist?*«

Meinem Blick entnimmt sie offenbar, dass ich es nicht weiß. Sie hebt ungeduldig die Arme. »Lily, echt jetzt.«

»Ein Korrektor sucht nach Fehlern«, erklärt mir Lily. »Schreibfehlern, Grammatikfehlern. Ihm fällt auf, wenn ein Name im ersten Absatz mit zwei *r* geschrieben wird und im zweiten mit einem. Er spürt Unstimmigkeiten auf.« Sie sieht mich an. »Verstanden?«

Verstanden. Lily will mich nicht nur in der Nähe haben, sie glaubt sogar, ich könnte das schaffen.

Ich schaue wieder Tess an. »Ich mache den Test. Wenn es für dich okay ist.«

»Das musst du wissen.« Sie macht auf dem Absatz kehrt und geht davon.

Als sie außer Hörweite ist, senke ich die Stimme und sage zu Lily: »Du hättest mir sagen müssen, dass das Tess Espinoza ist.«

»An dieser Schule ist sie die einzige Tess«, flüstert Lily zurück.

Ich wusste nicht einmal, dass wir dieselbe Schule besuchen. Ich vermute, sie ist eine Klasse über mir und Lily, und ganz sicher ging sie nicht in unsere Grundschule, denn damals war es passiert – unsere Eltern redeten in jenem Sommer über nichts anderes: Ein kleines Mädchen hatte am vierten Juli auf einer Feier zum Nationalfeiertag einen Böller in die Hände bekommen und er war explodiert. Wie oft Dad mich über die Jahre daran erinnerte, dass man mit Sprengstoff aufpassen muss.

Irgendwann habe ich dann ein Bild von ihr in der Zeitung gesehen – einer richtigen Zeitung, nicht im *Herald*. Tess mit nassen Haaren und Surfboard am Strand. An die Überschrift kann ich mich nicht mehr erinnern.

Tess kehrt mit zwei zusammengehefteten Blättern zurück und klatscht sie auf den Tisch. »Ich bin in fünf Minuten wieder da.« Sie deutet auf Lily, redet aber mit mir. »Wenn sie versucht, dir zu helfen …«

»Ich würde das nie zulassen«, verspreche ich.

»Das nenne ich einen guten Riecher.« Tess lächelt verschwörerisch. »Lily hat im ganzen Team die schlechteste Rechtschreibung.«

Ich lache und Lily wirft mir einen wütenden Blick zu. Ich konzentriere mich auf den Test.

Die Anweisung ist simpel: »Finde alle Fehler.« Oder wie Lily sagen würde: »Spüre die Unstimmigkeiten auf.«

Die Rechtschreibfehler sind leichter zu finden als gedacht: »wider« statt »wieder«, »Messe« statt »Messer«, »Balett« statt »Ballett«. Ich kenne mich weder mit Grammatik noch mit Baseball besonders gut aus, aber ich weiß, dass ein Apostroph in »Michael's Homerun« nichts zu suchen hat. Und mir fallen jede Menge andere Sachen auf: Im einen Absatz sind die Zahlen ausgeschrieben, im anderen stehen sie als Ziffern. Ein Zitat wird niemandem zugeordnet, eine Abkürzung nirgends erklärt.

Als ich fertig bin, wertet Tess meine Probearbeit aus. Ihr Blick springt zwischen dem Test in der einen und dem Antwortschlüssel in der anderen Hand hin und her.

»Die fehlenden Kommata vor erweitertem Infinitiv hast du übersehen«, sagt sie. Ich widerspreche nicht, zumal ich keinen Schimmer habe, was sie meint. »Macht aber nichts, das kann man lernen.«

»Heißt das, er ist an Bord?« Als Tess nickt, grinst Lily und haut mir auf die Schulter.

»Aua! Mann, Lily!« Dann frage ich Tess: »Wirklich?«

»Ja, gratuliere«, sagt sie. »Du hast gerade knapp deinen Gegenkandidaten geschlagen: Niemanden.«

»Das ist ein ungewöhnlicher Name«, sage ich.

Wir sehen einander lächelnd an, bis Lily mich am Ellbogen wegzieht. »Dann stelle ich dich mal den anderen vor.«

Ich bin sauer auf sie und weiß gar nicht, warum. »Okay.«

»Maya und Araceli sind unsere Nachrichtenredakteurinnen.« Sie deutet auf beide Mädchen, die vor einem Computermonitor sitzen und lebhaft über etwas diskutieren. Neben ihnen hockt ein dünner Junge mit Brille und ernstem Gesichtsausdruck. »Und Jason ist für die Kommentare zuständig.«

Während sie mich den anderen vorstellt, verschwimmen die Namen, Gesichter und Rubriken. Ich hatte keine Ahnung, dass für so eine dünne Zeitung so viele Leute gebraucht werden. Schließlich bringt mich Lily zu einem extrem alten und extrem hässlichen Sofa, auf dem zwei Typen sitzen und über etwas auf dem gemeinsamen Computerbildschirm streiten. Den einen, der groß und blond ist, kenne ich nicht, doch mit dem anderen – klein, kräftig und mit einem Band-T-Shirt der *Rabid Pandas* – saß ich schon in dem einen oder anderen Kurs. Ryan.

»Hey«, unterbricht Lily die beiden. »Leute, das ist Gideon. Er ist der neue Korrektor.«

»Hey, was geht?«, sagt der Blonde.

»Willkommen in der Hölle«, sagt Ryan.

»Hört auf damit«, sagt Lily.

»Wir sind für die Unterhaltung zuständig«, erklärt Ryan. »Das ist Noah und ich bin Ryan.«

»Ja, ich weiß«, sage ich, »wir haben einen Kurs zusammen. Letztes Jahr hatten wir sogar zwei.«

Ich spüre, wie Lily neben mir zusammenzuckt. Ich hätte das wohl anders formulieren müssen.

»Mein Fehler, Kumpel«, sagt Ryan ungerührt. »Keine Ahnung, warum ich dich nicht erkannt habe.«

Die Antwort lautet: Ich sitze in jedem Kurs in der letzten Reihe und sage keinen Ton. Doch Noah kommt mit einer anderen Theorie daher. »Wahrscheinlich, weil du immer high bist.«

»Verleumdung«, sagt Ryan. »Bösartige Verleumdung.« Er sieht zu mir auf. »Warte mal, welches Fach?«

»Chemie.«

»Mist«, sagt er. »In Chemie bin ich wirklich immer high.«

Lily schaut sich um. »Und dann ist da noch Will, der den Sport macht, aber den sehe ich nirgends. Wahrscheinlich parkt er gerade sein Auto um.«

»Müsste nicht auch … eine Aufsicht da sein?«, frage ich.

»Wir haben eine Betreuungslehrerin, Mrs Flueger.«

»Und wo ist sie?«

»Wenn ich raten soll«, sagt Tess, die gerade dazukommt, »würde ich sagen, sie hat im Hinterzimmer einer Honda-Niederlassung Sex mit ihrem Mann.«

»Tess«, stöhnt Lily. »Sag das nicht, du machst Gideon nur Angst.«

»Warum sollte ihm das Angst machen? Schließlich ist er nicht derjenige, der auf einem Haufen ausgedienter Autoschlüssel eine Nummer schiebt.«

»Uah«, sagt Lily.

»Mir macht das keine Angst«, sage ich. Und es stimmt. Angst ist nicht das richtige Wort.

»Mrs Flueger und ihr Mann wünschen sich ein Baby«, erklärt Lily.

»Genau, und deshalb hat sie, immer wenn der Eisprung kommt, etwas zu ›erledigen‹. Sie verschwindet den ganzen Nachmittag und taucht erst wieder auf, wenn wir abends absperren.« Tess sieht mir an, was ich fragen will, und fügt hinzu: »Sie hat mal ihren Google-Kalender offen gelassen. Ryan hat Screenshots gemacht.«

Noah macht sich gerade auf den Weg zur Tür. Er ruft Tess und Lily über die Schulter zu: »Hey, meine Mom ist mit dem Essen da.«

Tess sieht auf ihr Handy. »Schon? Es ist noch so früh.«

»Weiß auch nicht, wahrscheinlich hat sie noch was anderes vor.«

»Ich helfe dir beim Reintragen«, bietet Lily an und lässt Tess und mich stehen.

»Was meinst du?«, fragt sie. »Vielleicht bleibst du ja länger als unser letzter Korrektor. Oder besser gesagt … die letzten.«

»Wo liegt denn der Rekord?«

Sie denkt nach. »Drei Monate.«

»Den kann ich schlagen.«

Dad sagt immer, mein Mundwerk ginge schneller als mein Verstand und ich solle erst denken, bevor ich rede. Das muss mal wieder passiert sein, warum hätte ich sonst so etwas sagen sollen? Auf gar keinen Fall bleibe ich länger als drei Monate. Das Ganze ist doch nur eine Tarnung. Aber irgendwie werde ich das Gefühl nicht los … dass es mir damit ernst ist.

Tess streicht sich die Haare aus dem Gesicht, mit der rechten Hand, nicht der, die ich zuvor angegafft habe. Sofort kehrt die Scham zurück.

»Ich wollte …« Als Tess mich ansieht, wird es nur noch peinlicher. »Ähm. Ich hätte dich nicht so anstarren sollen. Vorhin.«

Sie zuckt mit den Achseln. »Wie schon gesagt, das kommt immer mal wieder vor.«

»Tut mir trotzdem leid.«

»Hast du schon erwähnt«, sagt sie. »Schau mal, ich will nicht darauf herumreiten. Und das solltest du auch nicht, sonst haben wir ein ziemlich ungemütliches Abendessen vor uns.«

»Abendessen?«

»Yep, und wenn du von dem gebratenen Reis was abhaben willst, musst du dich mit Ryan darum prügeln.«

Im Weggehen fügt sie hinzu: »Nur so als Warnung.«

Ich höre, wie die Doppeltür aufgestoßen wird. Lily und Noah kommen, beladen mit Papiertüten, herein und stellen sie auf den großen Tisch in der Mitte. Die anderen stürzen sich darauf und packen das Essen und die Limo aus.

Lily hat ja gesagt, es sei eine »Spätschicht«. Ich weiß nicht, wie lange die anderen noch bleiben, aber es muss immerhin so lang sein, dass es sich lohnt, zwischendurch noch etwas zu essen. Und sie essen gemeinsam.

Ich könnte gehen, wenn ich wollte. Bis auf Lily würde es niemandem auffallen, und so überraschend, wie ich hier aufgetaucht bin, würde es mir wahrscheinlich auch niemand übel nehmen. Ich sollte sogar gehen. Wenn ich auflisten müsste, was ich am wenigsten leiden kann, stünde an zweiter bis vierter Stelle: mit Leuten abhängen, die ich nicht kenne, mit Leuten abhängen, die ich kenne, und etwas essen, das ich mir nicht selbst ausgesucht habe.

An erster Stelle stünden Braunbären. Aber das tut nichts zur Sache.

Ich überlege, wie peinlich es wäre, mit den Leuten hier zu essen, die ich gerade erst kennengelernt und deren Namen ich schon wieder vergessen habe. Die freiwillig den Abend für eine Schülerzeitung opfern. Für eine Zeitung, die ich noch nicht einmal gelesen habe.

Ich denke daran, wie ich zu Hause essen würde: in meinem Zimmer, bei einem Film, allein.

Ich könnte gehen. Aber ich gehe nicht. Ich schlendere zu den anderen und setze mich an den Tisch.

Kapitel 5

Wenn mein Leben ein Film noir wäre, würden wir dieses Gespräch im düstergrauen Besucherraum eines Gefängnisses führen.

Im Skript stünde:

> **BESUCHERRAUM – INNEN – TAG**
> GIDEON und LILY sitzen hinter
> dem Metallgitter, das sie von
> LUKE DOBSON trennt. LUKE trägt
> die typische schwarz-weiß
> gestreifte Gefängniskleidung
> und raucht wahrscheinlich
> eine Zigarette, denn in den
> Vierzigerjahren durften die
> Leute überall rauchen, sogar
> im Kreißsaal.

Aber es ist kein Film noir und deshalb sieht es eher so aus:

> **LUKES ZIMMER – INNEN – TAG**
> GIDEON und LILY stehen auf
> einem kleinen Streifen freien
> Teppichs, auf dem weder schmut-
> zige Kleider noch halb leere
> Farbsprühdosen herumliegen.
> Vor ihnen sitzt LUKE DOBSON
> in Hoodie und Schlafanzughose,

```
obwohl es vier Uhr nachmittags
ist. Er raucht einen Joint –
warum auch nicht, denke ich.
```

Und wie es sich herausstellt, ist Luke nie im Jugendgefängnis gelandet.

»Man nennt das … Resozialisierung«, erklärt er uns. »Wenn ich es innerhalb des nächsten Jahres nicht verkacke, sind praktisch alle Anklagen vom Tisch.«

»Einfach so?«, frage ich.

»Nein, ich musste mich vor Gericht schuldig bekennen, und statt an der Presidio High muss ich meinen Abschluss an einer anderen Schule machen und vorher diese beschissene Kunsttherapie absitzen, in der ich lerne, ›meine Kreativität produktiv freizusetzen‹.«

Er macht eine Geste, als explodiere ihm der Kopf, und nimmt den nächsten Zug von seinem Joint.

»Keine Drogentests, nehme ich an?« Lily runzelt die Stirn.

»Gott sei Dank nicht.« Luke atmet den Rauch aus.

So langsam bereue ich es, dass ich mitgegangen bin. Luke scheint mir keiner zu sein, an dem man einen Fall festmachen kann. Er scheint mir nicht mal einer zu sein, dem man die Fütterung seines Goldfischs anvertrauen sollte.

»Ich weiß echt nicht, warum ich die ganze Geschichte noch mal erzählen soll«, sagt Luke zu Lily. »In einem Jahr wird es sein, als wäre nie was passiert.«

»Ich glaube, da steckt etwas Größeres dahinter«, erwidert sie. »Vor allem, weil – du hast doch gesagt, man hat dich reingelegt.«

»Ja.« Er fährt sich mit der Hand durchs Haar. »Das stimmt vielleicht nicht so ganz.«

»Warum überrascht mich das nicht?«, sage ich. Lily wirft mir einen bösen Blick zu.

»Ich meinte eher, ich wurde dazu angestiftet. Verstehst du?«

Nun sieht ihn sogar Lily skeptisch an. »Jemand hat dir gesagt, du sollst einen Laden verwüsten?«

»Jemand hat mich bezahlt, den Laden mit Graffiti zu besprühen«, sagt er. »Bei dir klingt das gleich so kriminell.«

»War es ja auch«, rufe ich ihm in Erinnerung. Lily knufft mich mit dem Ellbogen.

»Mein Freund hatte einen Job für mich, das war alles: schnelles Geld, keine Probleme mit den Cops.«

»Tja«, sage ich, »das hat ja schon mal nicht gestimmt.«

Lily starrt mich wütend an. Luke glotzt nur.

Dann sagt er: »Wer bist du noch mal?«

»Gideon.«

»Green«, fügt Lily schnell hinzu. »Gideon Green, er war auch auf der Emerson-Grundschule. Weißt du noch, in der fünften Klasse – du warst in der sechsten –, da half ein Schüler der Polizei, einen Dieb zu fangen.«

Luke wirkt nicht sonderlich beeindruckt. »Kann sein.«

»Es kam in den Nachrichten.« Weil der elfjährige Luke natürlich ein begeisterter Fan des Lokalfernsehens war. »Gideon hat eines Nachmittags beobachtet, wie jemand durch die Hintertür des Nachbarhauses kam, und gleich gewusst, dass das verdächtig war.«

»Wissen konnte ich es nicht«, korrigiere ich sie. »Jedenfalls nicht mit Sicherheit.«

»Er geht also schnurstracks zu dem Typen hin und fragt

ihn, wer er ist, und der Typ sagt, er ist der Sohn der Nachbarn. Aber Gideon wusste, dass sie keinen Sohn hatten, deshalb hat er die Polizei gerufen …«

Ich stöhne. »Aber es war doch ganz anders!«

»Na gut, wie war es dann?«, fragt sie.

Die Geschichte habe ich seit Jahren niemandem mehr erzählt. Aber ich erinnere mich noch an jede Sekunde.

»Der Typ sagte, er sei der Sohn von Mr und Mrs Cabot. Ich wusste nicht, ob sie überhaupt einen Sohn hatten, aber dann fielen mir seine Augen auf.«

Luke runzelt die Stirn. »Seine Augen?«

»Sie waren braun. Und Mr und Mrs Cabot haben blaue Augen, deshalb war es biologisch unmöglich, dass er ihr leiblicher Sohn war.«

»Dann haben sie ihn halt adoptiert«, sagt Luke achselzuckend.

»Möglich, wenn auch statistisch unwahrscheinlich. Aber möglich, deshalb sagte ich: ›Oh, der aus Florida?‹, und er blinzelte mich an, ehe er sagte, ›Ja, genau‹. Da wusste ich, dass er log. Und außerdem fiel mir auf, dass er so eine Footballjacke mit großen Taschen anhatte, obwohl es echt heiß war.«

»Und, hast du ihn zur Rede gestellt?« Luke taxiert mich von oben bis unten mit einer verletzenden, aber berechtigten Portion Skepsis.

»Nein. Ich bin zurück ins Haus, als würde mich das nicht interessieren, habe beobachtet, wie er wegging, und die Cops angerufen.«

»Die das Ganze für einen Streich hielten«, fügt Lily hinzu.

»Die haben mich nicht ernst genommen«, bestätige ich.

»Deshalb habe ich gesagt, bei ihnen würde eine Anzeige eingehen wegen eines Diebstahls – etwas Kleines, das in eine Jackentasche passt, aber sehr wertvoll ist und aus dem Haus unserer Nachbarn gestohlen wurde. Und wenn die Anzeige käme, müssten sie jemanden suchen, der als Nummer siebzehn im Football-Team der Presidio Highschool gespielt hat, einen roten Truck fährt und wahrscheinlich bei der Sicherheitsfirma arbeitet, die die Cabots einige Monate zuvor beauftragt hatten, denn ich war die ganze Zeit in unserem Vorgarten, und die Alarmanlage ist nie losgegangen.«

Lily lächelt. Luke glotzt.

»Wie auch immer. Mrs Cabot merkte, dass Schmuck fehlte, die Polizei brauchte nur zwei schlappe Stunden, sich den Typen zu schnappen, und ich wurde …« Ich zucke mit den Achseln. »… gelobt.«

»Nun weißt du, warum ich ihn mitgebracht habe«, sagt Lily zu Luke. »Auch wenn du dich nicht mehr daran erinnern kannst …«

»Warte mal.« Luke stützt sich mit der einen Hand auf dem Schreibtisch ab und zeigt mit der anderen auf mich. »Warst du nicht der, der auf dem Dach der Highschool festsaß?«

Klar, das hat er nicht vergessen. Meine Siege schon, aber nicht die eine schreckliche demütigende Niederlage.

»Ich saß nicht auf dem Dach fest«, sage ich. »Ich bin schließlich keine Katze.«

Lily bemüht sich, das Gespräch umzulenken. »Du hast uns doch von deinem Freund erzählt«, sagt sie. »Der dir den Auftrag gegeben hat. Was war das für ein Freund? Geht der auch auf die Presidio?«

»Nein, er ist älter. Er heißt Jackel. Ist ein guter Kumpel.«

»Und wie heißt er wirklich?«

»Keine Ahnung. Er wird immer Jackel genannt.«

»Hast du ein Bild von euch beiden?«, fragt Lily. »Oder nur von ihm?«

»Oh klar.« Luke zieht sein Handy heraus, tippt darauf herum und gibt es Lily.

Es ist die Profilseite eines sozialen Netzwerks, das ich nicht habe. Der Name lautet: @thejackel_sd.

Es gibt jede Menge Bilder, die meisten von ihm auf seinem Motorrad oder von ihm mit seinen Kumpels in einer Bar, außerdem Werbebilder, offenbar für seine Drogendealerdienste.

Besonders gefällt mir eine Fotoreihe, die offensichtlich innerhalb einer halben Stunde aufgenommen wurde.

Jackel, wie er einen Kurzen kippt.

Jackel, wie er einem Türsteher den Stinkefinger zeigt.

Jackel, wie er betrunken einen Einkaufswagen durch die Gemüseabteilung eines Supermarkts schiebt.

Während ich wische, blättert Lily in ihrem Ordner. Triumphierend holt sie schließlich den Ausdruck eines Zeitungsartikels heraus. Sie gibt ihn Luke und deutet auf das Polizeifoto in der Mitte.

»Ist er das?«

Luke hebt die Augenbrauen. »Ja.«

»James Ellington«, liest Lily von dem Ausdruck ab und reicht ihn mir weiter. »Jack-El. Clever.«

Ich überfliege den Artikel und klaube mir die wichtigsten Informationen heraus. »James Ellington, 23«, »Diebstahl«, »jüngste Serie nächtlicher Autoeinbrüche« und »verängstigte Familien im Viertel« – Letzteres kommt mir ein wenig überzogen vor, wo den Leuten doch nur die Sonnenbrille aus dem Volvo geklaut wurde, aber was soll's.

»Moment mal. Er wurde auch erwischt?«, fragt Luke.

»Ja.« Lily schließt den Ordner. »Das wusstest du nicht?«

»Ich habe ihn die ganze Zeit nicht verpfiffen. Sogar als ich mich schuldig bekannt habe und eigentlich alles hätte sagen müssen, weil die einen sonst wieder einbuchten können. Danach dachte ich, es wäre sicherer, ihm nicht zu schreiben oder so. Sicherer für ihn.«

Luke ist vielleicht nicht die hellste Kerze auf der Torte, aber loyal ist er, das muss man ihm lassen.

»Jackel hat dir also diesen Job vermittelt«, sagt Lily. »Hat er gesagt, wer der Auftraggeber war?«

Luke schüttelt den Kopf. »Er hielt es wohl für besser, wenn ich es nicht weiß.«

»Was ich nur nicht verstehe … Warum sollte jemand wollen, dass du ein Haus mit Graffiti besprühst?«

»Jackel sagte, es gehe um die Versicherung. Wenn das Gebäude verschandelt würde, könnte der Besitzer oder der Vermieter das von der Steuer absetzen oder so, keine Ahnung.«

»Und das war alles?«, hake ich nach. »Du hast die Haustür besprüht und bist abgehauen?«

Er windet sich ein bisschen. »Ich habe auch ein paar Fenster eingetreten. Warum auch nicht? Das war ja mein Auftrag.«

»Hattest du keine Angst, erwischt zu werden?«, fragt Lily.

»Jackel hat gesagt, er hätte schon ein paar solcher Jobs erledigt. Ihm sei nie was passiert.«

Klar, aber das waren ja auch Autoeinbrüche gewesen. Ich

frage mich, ob Luke das wusste oder ob er ihn überhaupt danach gefragt hat. Versicherungsbetrug könnte auch da eine Rolle spielen – wenn die Leute absichtlich Wertgegenstände im Auto liegen lassen –, aber es könnte genauso gut um etwas ganz anderes gegangen sein.

Ich lege den Artikel auf den Tisch. »Und du hast nie bezweifelt, dass er die Wahrheit gesagt hat?«

»Er ist mein Freund.«

»Es ist schon irre, wie manche Freunde einen aufs Kreuz legen.«

Lilys Miene gefriert, doch sie erholt sich schnell wieder. »Welcher Polizist hat dich verhaftet?«, fragt sie. »Weißt du das noch?«

Luke zuckt mit den Schultern. »Ein großer blonder. Harris oder so ähnlich.«

»Nein, warte«, unterbreche ich ihn. »Erzähl doch mal von Anfang an, wie die Nacht ablief. Chronologisch.«

»Es muss nicht chronologisch sein«, sagt Lily.

»Doch«, sage ich.

»Ich bin absolut in der Lage, eine Befragung zu führen«, schnauzt Lily mich an.

Ich werfe entnervt die Hände in die Luft. »Warum bin ich überhaupt hier?«

»Gut.« Lily deutet auf Luke. »Dann eben chronologisch.«

Luke schildert uns alles, von seinem Treffen mit Jackel in der Kneipe, wo er erfuhr, wann und wo genau er den Job erledigen sollte – »Ich habe ihm gesagt, Donnerstag geht schlecht, ob ich es auch am Freitag machen kann, und er meinte, nein, es muss am Donnerstagabend erledigt werden« –, über die Frage, welches Motiv er sprühen sollte –

»Er sagte, such es dir aus, dem Typen ist es wahrscheinlich egal, wie es aussieht« –, bis hin zu dem Moment, als er sein Bild halb fertig hatte, plötzlich eine Polizeistreife mit Blaulicht auftauchte und Luke mit »einer Dose roter Farbe in der Hand auf frischer Tat ertappt« wurde.

»In flagranti«, sagt Lily.

»Und dann haben sie mir Handschellen angelegt, mich aufs Revier gebracht und alles protokolliert. Das war die längste Nacht meines bescheuerten Lebens. Vielleicht, weil der Polizist so krass drauf war.«

»Harris oder so ähnlich«, sage ich. »Der große blonde.«

»Ja, und ein bisschen durchgeknallt war der auch.«

»Durchgeknallt?«, wiederholt Lily. »Wie meinst du das?«

»Also, als die mir die Handschellen angelegt haben, lachte und blödelte er noch mit seinem Partner herum und machte sich über mich lustig. Aber als er mir den Ausweis aus der Tasche nahm, wurde er plötzlich einsilbig. Er fragte mich, wie alt ich bin, und als ich es ihm sagte, fragte er noch mal – als würde ich ihm eine andere Antwort geben! Und danach schien er einfach nur sauer zu sein.«

»Weil du minderjährig warst«, sagt Lily.

»Und er das nicht erwartet hatte«, füge ich hinzu.

»Ja, wahrscheinlich macht es mehr Arbeit, wenn man noch keine achtzehn ist. Die müssen dich mit einem Anwalt reden lassen, ehe sie dich verhören dürfen, und so weiter. Aber es war schon ein bisschen extrem, wie der sich aufregte.«

Eine unangemessene oder auch nur merkwürdige Reaktion sagt schon viel aus. Entweder liegt es in der Natur dieses Typen, wegen nichts und wieder nichts aus der Haut zu fahren – oder es gab einen Grund dafür, dass er so ausrastete. Einen, den wir noch nicht kennen.

Ich beuge mich vor. »Kam dir noch etwas komisch vor?«

»Na ja«, sagt er, »ich wurde verhaftet, Alter. Das allein war schon ziemlich schräg.«

»Sonst noch etwas, das seltsam war? Außer dass der Typ sauer wurde, nur weil du noch nicht volljährig warst. Wenn du später an die Nacht gedacht hast, ist dir da noch etwas aufgefallen?«

Luke starrt den Teppich an und schweigt einen Moment, ehe er zu mir hochsieht. »Das Timing war perfekt.«

»Perfekt«, wiederholt Lily.

»Nicht für mich. Für die. Ich hatte die Fenster schon eingetreten und gerade die Konturen gesprüht, stand da mit der Farbdose in der Hand, und da tauchten sie auf, genau im richtigen Augenblick. Ernsthaft, wie wahrscheinlich ist es, dass so etwas passiert? Es war fast, als …« Seine Stimme verliert sich, als könne er etwas so Unglaubliches nicht aussprechen.

»Fast, als …?«, hake ich nach.

»Es war fast«, sagt Luke, »als wüssten die, was ich vorhatte.«

Kapitel 6

Jeden zweiten Freitag erscheint eine Ausgabe des *Herald*, deshalb wird immer in Zwei-Wochen-Blöcken daran gearbeitet. In der ersten Woche werden die Themen auf die Reporter und Fotografinnen verteilt, da muss ich nicht dabei sein. Anders in der zweiten Woche, wenn die Artikel eingereicht werden und die einzelnen Ressorts ihre Seiten füllen. Dann bleibt das gesamte Redaktionsteam von Montag bis Donnerstag nach der Schule da, um das Layout für die jeweiligen Rubriken und die gesamte Zeitung zu erstellen. Das sind die Spätschichttage.

Für das Layout einer sechzehnseitigen Zeitung sind so viele Arbeitsschritte zu erledigen, dass ich sie gar nicht alle aufzählen kann – vom Textumbruch über das Erstellen von Kästen bis zum Herausziehen einzelner Zitate –, aber zum Glück muss ich das ja auch nicht. Meine Aufgabe besteht darin, die fertigen Seiten eine nach der anderen durchzulesen und auf Fehler zu überprüfen.

Tess hat mir den Styleguide gegeben, den ich mir an einem Abend durchlese. Die Lektüre ist nicht gerade spannend, denn es ist eine lange Liste von Regeln dafür, was in Großbuchstaben gesetzt wird und was nicht, welche Zahlen ausgeschrieben und welche als Ziffern gesetzt werden und so weiter. Aber ich hatte fast vergessen, wie es ist, mein Gehirn zu beschäftigen.

Nach jeder Zeugnisausgabe predigt mir Dad, dass ich »mein Potenzial nicht ausschöpfe« und »mich nicht genug anstrenge«. Vielleicht hat er ja recht, aber im Unterricht kommt mir das alles so sinnlos vor. Natürlich könnte ich zum Beispiel die Zahl der Elektronen eines Natriummoleküls auswendig lernen, und ich wäre durchaus in der Lage, mir die Ursachen des Amerikanischen Unabhängigkeitskriegs reinzuziehen – aber wofür? Nur um sie in der Klassenarbeit wieder auszuspucken?

Mit der Redaktionsarbeit ist das anders. Die ist eher ein Job. Und ein Job hat mir gefehlt.

An manches muss man sich erst noch gewöhnen. Da die anderen schon unzählige Stunden zusammen in diesem Raum verbracht haben, wird es, wenn alle durcheinanderreden, ziemlich laut, und die meisten Witze gehen auf Insider-Wissen zurück.

Es vergehen zwei Wochen, bis ich Tess frage, was es eigentlich mit der langen Liste auf sich hat, die neben einem der Fenster an einer Tafel hängt.

»Oh, das sind unsere Regeln«, sagt sie und streicht ein Eselsohr glatt. »Die Liste habe ich im letzten Mai begonnen, als ich Chefredakteurin wurde.«

Die ersten Regeln sind noch ziemlich normal, aber dann steht da:

4. DAS SOFA DARF NICHT FÜR
ONE-NIGHT-STANDS MISSBRAUCHT WERDEN.

Ich werfe einen Blick auf das Sofa. »Krass.«

»Ja, nicht wahr?«, sagt Tess. »Da stehen die Federn ja praktisch einzeln heraus.«

Ryan stellt sich neben uns. »Und weißt du, was da sonst noch rausgeschaut hat ...«

Tess legt ihm die Hand auf den Mund. »Nein.«

»Die Regel wurde wohl für eine bestimmte Person gemacht?«, frage ich.

Ryan zieht Tess' Hand von seinem Mund. »Das ist bei jeder Regel so. Diese wurde für Max aufgestellt.«

»Ressortleiter Unterhaltung im letzten Jahr«, erklärt Tess.

»Ist nicht mehr da«, wirft Noah, der an einem Tisch in der Nähe sitzt, sehr ernst ein. »Verschwunden wie die Einhörner.«

»Max ist auf dem College«, sagt Tess. »Nicht ausgestorben.«

»Die Einhörner auch nicht.«

Gewöhnen muss ich mich auch an das gemeinsame Abendessen an den Spätschichttagen. Ich bin nicht mit Geschwistern oder Cousins und Cousinen aufgewachsen und hatte eigentlich niemanden außer Dad. Deshalb ist es für mich eine neue Erfahrung, mit so vielen Leuten an einem Tisch zu sitzen, die über die Köpfe der anderen hinwegrufen und sich um das Knoblauchbrot zanken, das Jasons Mom gebacken hat und das jeden Streit wert ist.

Heute gibt es Pizza und Caesar-Salat, was für mich völlig in Ordnung ist. Jedenfalls die Pizza. Das Caesar-Dressing mag ich nicht. Genauso wenig wie alle anderen Salatsoßen. Dressing macht den Salat so glitschig. Aber ich schätze, so bleibt für andere, die das mögen, mehr übrig.

Als mir Lily die Salatschüssel reicht, gebe ich sie deshalb gleich an Ryan weiter. Doch er nimmt sie mir nicht ab.

»Magst du keinen?«, fragt er.

»Nein.«

»Bist du sicher? Es ist genug da.«

»Oh, äh.« Mein Gesicht glüht, weil ich mir bewusst bin,

wie schräg das klingt. »Ich mag keine Soße auf meinem Salat.«

»Heißt das, du isst den grünen Salat ... ohne alles?«, fragt Ryan.

Tess deutet auf die Schüssel. »Nimm dir doch ein bisschen. Der ist gut für dich. Was würde deine Mom sagen?«

»Hey, Tess«, wirft Lily ein, doch ihre panischen Augen ruhen auf mir, nicht auf Tess. »Hast du schon mit dem Besitzer der Kunstgalerie gesprochen? Wegen dem Artikel, den ich schreiben wollte?«

»Ja.« Sobald Tess' Blick zu Lily wandert, drücke ich Ryan die Salatschüssel in die Hand. »An der Schülerausstellung sind ein paar Leute aus San Miguel beteiligt. Zum Beispiel Becca Carroll aus der zehnten Klasse. Und ...« Sie räuspert sich. »... Ethan Kincaid.«

»Ethans Kunst ist echt abartig«, sagt Noah.

»Sie ist abstrakt«, sagt Tess.

»Skulpturen ohne Kopf, schreiende Gesichter mitten im Torso und alles voller Glitter. Das ist schon abartig.«

»Hat er aus dir jemals ein abartiges Kunstwerk gemacht?«, fragt Ryan Tess.

Tess nimmt sich zwei Stückchen Peperoni. »Über meinen Ex-Freund müssen wir jetzt wirklich nicht sprechen ...«

Noah grinst. »Cool, ja. Reden wir stattdessen über Clara Fleck.«

»Meine Ex sind alle kein passendes Thema fürs Abendbrot.«

Ich kenne Clara und Ethan – zumindest weiß ich, wer sie sind. Clara ist in meiner Stufe und eine super Sportlerin, und Ethan ist in der Zwölften, und ich kenne seinen Namen, weil viele seiner Kunstwerke in der Schülergalerie hängen.

Tess geht mit Mädchen, aber auch mit Jungs. Sie ist mit der extrovertierten Kapitänin des Basketballteams ebenso zusammen gewesen wie mit dem stillen, empfindsamen Künstler, was beweist, dass sie sich nicht auf einen bestimmten Typ festgelegt hat.

Nein, »beweist« stimmt nicht. Das beweist gar nichts. Es müsste irgendwie wichtig sein, um etwas zu beweisen, aber das ist es nicht, weil es mich überhaupt nicht interessieren muss, mit wem Tess geht oder warum. Das ist kein Beweis. Es sind nur Fakten. Fakten, die für mich völlig unerheblich sind.

»Wollt ihr nun über die Zeitung reden?« Tess blickt von Noah zu Ryan. »Oder nur über mein nicht existentes Liebesleben?«

Dieses »nicht existent« würde beweisen, dass sie derzeit Single ist, falls es mich nur im Geringsten interessieren würde, ob sie Single ist, was es nicht tut.

»Liebesleben«, entscheidet Ryan.

»Ja, definitiv Liebesleben«, stimmt Noah ihm zu.

»Entscheidung der Redaktionsleitung: Wir reden über die Titelseite.«

Tess schiebt einige Teller zur Seite und legt ein großes Blatt mitten auf den Tisch.

»Das haben wir bisher.« Sie deutet zuerst auf Araceli. »Da ist die Schlagzeile über den Lagerhausbrand im Stadtzentrum und dann die Basketballjungs, die ausnahmsweise mal gewonnen haben …« Sie zieht den Deckel ihres Füllers ab und zeichnet einen Kasten in ein noch weißes Feld. »Und da haben wir noch etwas Platz. Wer hat was?«

»Wir könnten mit meinem Feature über den Abschlussball aufmachen«, schlägt Lily vor.

Tess blickt nicht einmal auf. »Und wenn du den Beitrag zurückziehst, habe ich am Ende ein riesiges Loch.«

Lilys Lippen werden schmal, aber sie sagt nichts, sondern sammelt die leeren Sprudelflaschen ein.

Tess schaut Noah und Ryan an. »Unterhaltung?«

»Bei uns sieht es diese Woche mager aus«, sagt Ryan.

Sie lässt nicht locker. »Wie lang ist denn eure Besprechung des Einakter-Festivals?«

»Sechshundert Wörter vielleicht?«

»Und ist sie einigermaßen freundlich?«

»Äh …«

»Die Sache mit der *Antigone* darf sich nicht wiederholen, Noah. Kann es passieren, dass mich Laurie Drew nach dem Sportunterricht am Spind festnagelt und herumheult, weil du so gemein zu ihr warst?«

Noah wirkt schuldbewusst, sagt aber: »Laurie war diesmal gar nicht dabei.«

Lily steht hinter der Flurwand, für die anderen unsichtbar, bei den Recyclingtonnen neben dem Eingang. Sie winkt mich zu sich. Ich stehe auf, denn wahrscheinlich soll ich ihr entweder mit den Flaschen helfen oder sie will sich beschweren, weil Tess gerade ihren Vorschlag abgelehnt hat. Tatsächlich habe auch ich den Eindruck, dass Tess mit Lily strenger umgeht als mit allen anderen.

»Was gibt's?«, frage ich.

»Nicht so laut«, zischt sie und beantwortet damit meine Frage: Es geht um unsere Recherche, und sie will verhindern, dass jemand – besonders Tess – mithört. »Hast du am Freitagnachmittag Zeit?«

»Ich habe immer Zeit. Warum?«

»Wir sollten das Lokal abchecken, diese Kneipe.«

»Wow«, sage ich. »Treibe ich dich schon in den Alkohol?«

Sie verdreht die Augen. »In den *Alkoholismus*.«

»Heißt das ja?«

»Nein.« Sie zieht das Handy aus der Tasche. »Ich habe mir Jacks – Jackels – Seiten in den sozialen Netzwerken noch mal angesehen und er hat immer wieder eine bestimmte Kneipe getaggt. Und nicht nur das: Er hat auch einen von denen getaggt, der auf meiner Liste von Verhafteten steht.«

»Ein Drogendealer? Oder noch ein Graffiti-Künstler?«

»Nein, ein Brandstifter.«

Brandstiftung. Ein echter Aufstieg. Ich kann es gar nicht erwarten, unseren ersten Mörder kennenzulernen.

»Er heißt William Potter«, fährt sie fort, »wird aber scheinbar nur Pyro genannt. Ein wahnsinnig unkreativer Spitzname, aber …«

»Aber du glaubst, es gibt eine Verbindung zu der Kneipe.« Dann fällt mir noch etwas ein. »Hat sich Luke mit Jackel nicht auch in einer Kneipe getroffen?«

Sie zeigt mit dem Finger auf mich. »Bingo. Ich habe es mir von Luke bestätigen lassen. Es war die hier: Doc Holliday's.«

Sie zeigt mir ihr Handy, damit ich mir das Bild ansehen kann: das grottenschlechte Werbefoto einer dieser schmierigen Spelunken, inklusive Billardtisch, Dartscheibe und zerbeulter Jukebox.

»Der totale Beschiss«, sage ich. »Warum benennt man eine Kneipe nach Doc Holliday, wenn sie nicht mal ein Klavier oder eine Saloontür zu bieten hat?«

Lily starrt mich entgeistert an. »Was meinst du damit?«

Wilder Westen. Berühmte Duelle. »Vergiss es.«

Lily schließt den Deckel der Recyclingtonne. »Wir reden morgen weiter. Tess fällt sonst auf, dass wir fehlen.«

»Vielleicht solltest du es ihr einfach sagen«, schlage ich vor. »Dann müsstest du dich nicht dauernd verstecken.«

Lily schüttelt entschieden den Kopf. »Nein, es ist besser so. Vertrau mir.«

Ist es wirklich besser?, überlege ich, während wir zu den anderen zurückgehen. Oder ist es nur bequemer?

Als wir uns wieder an den Tisch setzen, ist die Titelseite immer noch nicht gefüllt.

»Aber wenn du da vorne den halben Artikel reinstellst, haben wir auf Seite zwölf ein Loch«, wendet Ryan ein.

»Dann gebe ich dir eben eine Anzeige!«, entgegnet Tess genervt.

»Was für eine?«

»Hardys Haushaltswaren, First National Bank oder das Jahrbuch. Such es dir aus.«

»Gut«, sagt Noah. »Das Jahrbuch.«

Nach dem Abendessen kehren alle zu ihren Computern zurück, und ich wende mich wieder den Seiten zu, die ich noch Korrektur lesen muss. Ich höre Tess nicht kommen, doch plötzlich steht sie neben mir und sagt:

»Woran arbeitest du gerade?«

»Äh …« Ich sehe zu ihr hoch und dann auf meine Arbeit, als hätte ich vergessen, was ich vor zwei Sekunden gelesen habe. Und das stimmt auch. »Nachrichten. Irgendwas über Bildungsanleihen und Schulfinanzierung.«

»Klingt faszinierend.«

»Ist es aber nicht.«

»Ja. Nein, ich weiß.« Tess seufzt. »Arme Araceli. Sie

muss die langen Stadtratssitzungen über sich ergehen lassen. Wir sollten ihr einen Ödniszuschlag zahlen.«

»Müsste sie dafür nicht erst mal ein Gehalt bekommen?«

»Stimmt auch wieder.« Tess schweigt kurz. »Da fehlt noch ein Komma.« Sie deutet auf einen der Absätze, aber ich weiß nicht, welchen sie meint.

»Wo?«

Tess legt eine Hand auf den Tisch, ganz knapp neben meinem Arm. Dann beugt sie sich über meine Schulter und zeigt mir die Stelle. »Schau mal.« Dabei rutscht ihr eine Strähne aus dem Pferdeschwanz und wischt mir über die Stirn. Es dauert nur eine Sekunde. Ihr Haar riecht nach Salzwasser.

In diesem Moment schiebt mir Noah von der anderen Seite des Tisches ein Blatt herüber. Tess und ich zucken zusammen. »Das kannst du haben, Gideon.«

»Okay«, sage ich, und meine Stimme klingt ein bisschen piepsig. Was seltsam ist. Tess richtet sich auf und zupft den Kragen ihres Hemdes zurecht. Was auch seltsam ist, denn da war nichts zu ordnen. »Ich … äh … danke.«

Ich beuge mich über den Tisch und fische mir Noahs Seite, die etwas mehr Spannung verspricht. Die Beobachtung verdunstenden Wassers wäre interessanter als ein Artikel über Schulfinanzierung. Doch dann fällt mir etwas ins Auge.

»Wow.« Ich sehe genauer hin. »Das ist … mal was anderes.«

Tess, die schon ein paar Schritte gegangen ist, macht kehrt. »Was denn? Der Artikel über die Schulbehörde?«

»Nein, die Anzeige.«

Sie zieht die Nase kraus. »Was?«

»Die Anzeige für das Jahrbuch.« Ich halte die ausgedruckte Seite hoch und zeige sie ihr.

Hey, Leute, Bock auf ein Jahrbuch?

Kommt schon, ihr müsst nur schlappe siebzig Dollar berappen! Ja, ich weiß, es wimmelt von Schreibfehlern, aber Freunde, uns geht's echt an den Kragen, die Schulden stehen uns bis zum Hals. Tag und Nacht kleben mir die Kredithaie an den Fersen, und wenn ich bis Ende der Woche nicht zahle, zertrümmert mir Vinnie glatt die Kniescheiben. Ich flehe euch an, Leute, ich habe drei Kinder zu Hause, und wenn ich nicht zahlen kann – oh Gott. Da ruft Vinnie an, oh mein Gott …

KAUFT EIN JAHRBUCH ODER
DIE KNIESCHEIBEN SIND MATSCH!

Tess schnappt mir das Blatt aus der Hand und dreht sich auf dem Absatz um. »*Ryan!*«

Ryan verkriecht sich hinter seinem Monitor. »Das war Noahs Idee.«

»Hey, musst du mich in die Pfanne hauen, Kumpel?«, sagt Noah.

»Ich kann euch gern beide in die Pfanne hauen!« Tess wedelt mit dem Blatt. »Das ist nicht der Anzeigentext, den ich euch gegeben habe!«

»Er hat aber was Dramatisches«, sagt Ryan.

»Pathos«, sagt Noah.

»Kredithaie«, füge ich hinzu.

Tess durchbohrt uns mit einem bösen Blick, einen nach

dem anderen. Dann geht sie wortlos zu der Liste, die an der Tafel hängt, und schreibt ganz unten hin:

24. KREDITHAIE HABEN IN EINEM
ANZEIGENTEXT NICHTS ZU SUCHEN.

Kapitel 7

»Kannst du mal die Klimaanlage anmachen?«

Lily verzieht den Mund, lässt aber beide Hände fest am Lenkrad. »Ich habe dir doch gesagt, du sollst das nicht anziehen.«

»Was, Kleider?« Ich verschränke die Arme über dem Trenchcoat.

»Nicht Kleider. Verkleidung.«

»Es ist nur ein Mantel.«

»Es ist ein Regenmantel und draußen haben wir siebenundzwanzig Grad. Deshalb ist dir so warm.«

»Dafür habe ich den Hut dabei. Der spendet mir Schatten.«

Lily tippt sich an die Nase. »Der Hut ist irgendwie … noch schlimmer.«

Ich streichle besänftigend meinen Fedora, als könnte er die Beleidigung hören. »Er ist cool.«

»Vielleicht, wenn wir das Jahr 1922 hätten.«

»Für die Neunzehnzwanziger hat er nicht die richtige Krempe.«

»Ich verstehe einfach nicht, warum du dich nicht normal anziehen kannst.«

Ich finde, meine Kleidung *ist* normal. Ich sehe sie schließlich jeden Tag in meinem Kleiderschrank. Das ist buchstäblich meine Norm. Und wer entscheidet überhaupt, was normal ist? Gibt es dafür eigene Gesetze? Wird im Parlament darüber abgestimmt, in einem beigefarbenen Saal?

»Ich weiß auch nicht.« Ich sehe aus dem Fenster. »Ich mag halt, was ich mag.«

Lily seufzt. Und schaltet die Klimaanlage ein.

»Ich habe über die Kneipe ein bisschen recherchiert«, sagt sie. »Um ein Gefühl dafür zu bekommen, was da auf uns wartet.«

»Und?«

»Und …« Sie schüttelt den Kopf. »Vor allem verstehe ich nicht, warum die überhaupt noch auf ist.«

»Wieso, gab es Messerstechereien auf dem Parkplatz?«

»Allein im letzten Jahr gab es fünfzehn Verstöße gegen das Gaststättengesetz, deshalb finde ich es merkwürdig, dass sie noch nicht dichtgemacht wurde.« Sie nimmt eine Hand vom Lenkrad, um sie an den Fingern abzuzählen. »Mäuse in der Küche, Alkoholausschank an Minderjährige, eine Unmenge baulicher Mängel …«

Von den baulichen Mängeln einmal abgesehen, müsste es schon für die Verstöße gegen die Lebensmittelhygiene astronomische Strafen hageln.

Dad fürchtet die Kontrollen des Gesundheitsamts wie Tod und Teufel.

Lily biegt auf einen fast leeren Parkplatz unterhalb des Highways ab und hält an.

Ich beuge mich vor und verschränke die Arme auf dem Armaturenbrett. »Ist sie das?«

Wenn mein Leben ein Film noir wäre, hätten wir jetzt Nacht. Dunkelheit und Schatten würden der Szene eine düstere Stimmung verleihen. Aber da mein Leben kein Film noir ist, haben wir vier Uhr nachmittags, und die südkalifornische Sonne brennt auf die abblätternde weiße Farbe des kleinen quadratischen Hauses nieder, in dessen

Fenstern die Leuchtreklame für diverse Biersorten flackert wie defekte Weihnachtsbeleuchtung.

»Das muss es wohl sein«, sagt Lily. »Das Schild sagt alles.«

Wenn Lily ihre Brille trägt, sieht sie besser als ich. Ich muss die Augen zusammenkneifen, um auf dem Schild die Worte »Doc Holliday's« und einen Cowboy zu erkennen, der halsbrecherisch mit einer Hand am *y* hängt.

Wir steigen aus. Je näher wir der Eingangstür des Doc Holliday's kommen, desto unsicherer werde ich. Der Parkplatz ist mit Bierflaschen und Zigarettenkippen übersät, die Motorräder, die dort stehen, wirken einschüchternd, und die Geräusche, die aus dem Lokal dringen, klingen auch nicht gerade nach Kirchengruppe. Ich bin keine neun mehr und habe es nicht mit dem Fall des verlorenen Teddybären zu tun. Wir stehen vor einer echten Kneipe, in der wir eigentlich nichts zu suchen haben.

»Lily.«

»Ja?«

»Ich ...« Aber ich will nicht zugeben, dass ich am liebsten kneifen würde, und so erkläre ich: »Ich sollte dir wohl sagen, dass Doc Holliday verletzt wird.«

»Was?«

»Doc Holliday hat sich im Film und ich glaube, im richtigen Leben auch, in der Schießerei am O. K. Corral eine Kugel eingefangen.«

»Aha«, sagt sie. »Keine Ahnung, was das heißen soll.«

»Es soll heißen, dass wir auf das Schlimmste gefasst sein müssen.«

»Es wird schon alles gut«, sagt sie, kann aber das Zittern in ihrer Stimme nicht unterdrücken. »Das ist doch nur ...«, sie schaut auf das Schild, »eine ›Bar mit Grill‹. Im Grunde so etwas wie ein Restaurant.«

Ich deute auf den vermüllten Parkplatz. »Im Grunde eher so was wie ein Crystal-Meth-Labor.«

Sie strafft die Schultern und marschiert los. »Komm mit.«

Lily bewahrt sich ihr Selbstbewusstsein genau die zwei Sekunden, die wir brauchen, um die Kneipe zu betreten und uns umzusehen.

Wenn mein Leben ein Film noir wäre, würde nun ein langer Kameraschwenk folgen, der dem Publikum einen Überblick verschafft. Etwa so:

DOC HOLLIDAY'S — INNEN — TAG
Als GIDEON und LILY den Raum betreten, fällt ein Sonnenstrahl durch die noch schwingende Tür. Künstliche rote Innenbeleuchtung erhellt den quadratischen Tresen mit den Barhockern. An den dicht gedrängten kleinen Tischen sitzen Gäste, obwohl es um vier Uhr nachmittags noch ein bisschen früh für Alkohol ist.
Ein Mann haut auf die Jukebox in der Ecke, die offenbar sein Fünfundzwanzig-Cent-Stück gefressen hat, aber vielleicht hat er auch nur ein Aggressionsproblem. Die Szene ist insgesamt chaotisch und laut.

        GIDEON und LILY wird klar, dass
        sie geliefert sind.

Lilys Blick huscht durch den Raum. Vielleicht will sie herausfinden, wer sich als Gesprächspartner am besten eignet:

        Ein Mann in Lederweste, der
        gerade eine Billardpartie
        verloren haben muss, denn die
        Hälfte seines zerschmetterten
        Stocks liegt auf dem Tisch, die
        andere hat er noch in der Hand.
        Eine Frau, die lässig ein paar
        Glassplitter von ihrem Tisch
        auf den Boden wischt.
        Ein Hund, ein richtiger Hund. Er
        leckt etwas von der Wand ab, das
        hoffentlich Barbecuesoße ist.

»Erkennst du jemanden?«, frage ich Lily.
    »Nein.«
    Sosehr ich die Highschool hasse, kann ich mich dort wenigstens mehr oder weniger unsichtbar machen. Detektive dürfen nicht auffallen, sie müssen sich in ihre Umgebung einfügen. Aber in einer Kneipe fällt man als Sechzehnjähriger garantiert auf und in einem Raum voller Rocker sticht man mit Trenchcoat automatisch heraus. Ich habe keine Ahnung, was ich tun soll.
    Ich weiß nur, was in einem Film noir passieren würde, weil es immer wieder passiert: Der Detektiv geht lässig zur Bar, als hätte er dort schon sein ganzes Leben verbracht –

was sogar stimmen kann –, bestellt sich etwas Hochprozentiges und kippt es hinunter wie Wasser. Das ist simpel. Das ist einfach.

Ich müsste also wissen, was zu tun ist. Ja, ich weiß definitiv, was zu tun ist.

»Warte«, flüstert mir Lily zu. »Wo gehst du …«

Aber ich bin schon auf dem Weg zur Bar und zermartere mir das Gehirn, wie die Drinks in den Filmen heißen: *Manhattan, Bronx, Gibson, Gimlet – Giblet? Nein, Gimlet.*

Doch als sich der Barmann zu mir umdreht, rotiert mein Hirn und schaltet gleichzeitig ab. Ich stütze den Arm auf den Holztresen, schiebe den Hut in den Nacken und sage die ersten Worte, die mir einfallen:

»Einen doppelten Bourbon und lassen Sie die Flasche da.«

»Du machst wohl Witze, Kleiner?«, fragt der Barmann.

Was soll's. In *Rattennest* hat es funktioniert.

»Nein, nein, wir wollten nicht …«, wirft Lily, die jetzt schräg hinter mir steht, schnell ein. »Er wollte nicht …«

»Was seid ihr denn?«, fragt der Barmann. »Kinderspitzel?«

Wir schauen ihn verständnislos an, bis er erklärt: »Manchmal schicken die Behörden uns so Kindergarten-Cops in die Kneipe, um zu sehen, ob wir denen Alkohol ausschenken. Die Kids sollen etwas bestellen.« Er füllt ein Glas zur Hälfte mit einer braunen Flüssigkeit und stellt es für mich unerreichbar auf den Tresen. »Aber trinken dürfen sie es nicht.«

Ich lehne mich langsam über den Tresen. Ich nehme das Glas, und wie ich es in den Filmen gesehen habe, kippe ich den Bourbon auf ex hinunter.

Mein erster Gedanke ist: Habe ich das echt getan?

Mein zweiter Gedanke ist: Was für eine saublöde Idee.

Während ich mich hustend und prustend am Tresen festklammere, um nicht umzukippen und tot auf dem schmierigen Holzboden zu landen, übernimmt Lily das Gespräch.

»Wir suchen jemanden«, sagt sie. »Jackel?«

»Der war schon länger nicht mehr da.« Der Barmann wischt mit einem Lappen die Zapfhähne ab. »Was wollt ihr denn von dem?«

Ich müsste Lily helfen, ringe aber immer noch um Luft, nachdem ich dieses Zeug geschluckt habe, das geschmacklich irgendwo zwischen Batteriesäure und Baumrinde lag.

»Nur ... mit ihm reden.«

»Also bitte, ihr seid doch nicht hergekommen, um zu plaudern.« Er wirft mir einen höhnischen Blick zu. »Oder einen über den Durst zu trinken.«

»Was war das?«, frage ich und deute auf das leere Glas.

»Ein doppelter Bourbon«, erwidert er.

»Ehrlich«, sagt Lily. »Wir müssen ihn etwas fragen. Ihn oder vielleicht – Pyro?«

Der Barmann, der weiter die Zapfhähne geputzt hat, erstarrt in der Bewegung. Einer der Typen an der Bar hebt den Kopf. Es ist totenstill, bis der Barmann sagt: »Was?«

Lily zögert eine Sekunde lang. »Tut mir leid. William? Auch bekannt als ...«

»Komisch«, sagt der Barmann langsam, »dass ihr nach den beiden sucht.«

»Ähm.«

»Da muss ich mich doch fragen, warum ausgerechnet die? Was haben die denn gemeinsam?« Sein Blick bohrt sich in Lily, die vor ihm zurückweicht. »Und warum bist du so dämlich, dich nach den beiden zu erkundigen, obwohl du doch genau wissen müsstest, wo sie sind?«

Dazu fällt Lily offensichtlich nichts ein. Mir, ehrlich gesagt, auch nicht. Der Barmann dagegen ist um Worte nicht verlegen.

»Schaut, dass ihr Land gewinnt«, befiehlt er.

Lilys Augen weiten sich. »Was?«

»Du hast mich gehört. Mir ist es egal, wer euch geschickt hat, aber jetzt verzieht euch, verdammt noch mal, und lasst euch nie wieder hier blicken.«

»Okay, okay, wir gehen ja schon.« Lily hält beschwichtigend eine Hand in die Höhe und zieht mich mit der anderen am Ärmel hinter sich her.

»Oh mein Gott!«, flüstert sie, während wir uns zurückziehen. »Das war …«

»Bleib ganz ruhig«, sage ich zu ihr. »Dir passiert nichts. Uns passiert nichts.«

Auf halbem Weg zur Tür höre ich hinter uns zwei Männer leise reden.

»Charlie …«, sagt eine Stimme. Wahrscheinlich ist das einer der Typen an der Bar, der Große, der uns beobachtet hat, links vom Barmann.

»Halt mal die Klappe, Joe«, schnauzt ihn der Barmann – vermutlich Charlie – an.

»Der Barmann glaubt, ich kenne die beiden«, flüstert Lily kurz vor der Tür. »Hat er nicht gesagt, ich müsste wissen, wo sie sind?«

Ich würde ihr gern erklären, dass sie (namentlich) nach den beiden gefragt hat und weiß, wo sie sind (im Gefängnis), aber ich bin abgelenkt. Der Große an der Bar wollte etwas sagen und hätte es auch gesagt, wenn Charlie ihn nicht unterbrochen hätte. Ich will wissen, was er auf dem Herzen hat.

Ein rascher Blick über die Schulter bestätigt mir, dass Charlie uns nicht mehr beobachtet, sondern damit beschäftigt ist, seinen Freund zum Schweigen zu bringen.

»Lily«, sage ich, als sie auf der Schwelle steht, »wenn ich in fünf Minuten nicht bei dir bin …«

Aber ich weiß nicht, was ich sagen soll. Ruf die Polizei? Nein, denn ich habe gerade einen doppelten Bourbon getrunken.

Lily drückt die Tür auf. Charlie steht mit dem Rücken zu mir. Jetzt oder nie.

Also sage ich: »Ich bin in fünf Minuten bei dir.«

»Was …?« Lily schafft es gerade noch nach draußen, ehe ich von innen die Tür zuziehe. Dann schleiche ich im Schutz einiger Stehtische an der Wand entlang zurück und krieche hinter die Jukebox neben der Bar.

Zum ersten Mal in meinem Leben bin ich froh über meine geringe Körpergröße. Ein paar Zentimeter mehr und ich würde nicht in die Nische passen. So aber verschwinde ich vollständig hinter der kühlen Metallrückwand und bekomme trotzdem alles mit, was an der Bar geredet wird.

»Ich will nichts mehr davon hören«, erklärt Charlie der Barmann gerade.

»Ich schon, Mann! Das Ganze ist doch verdammt unheimlich.«

»So was passiert halt.«

»Aber nicht so.«

Wenn mein Leben ein Film noir wäre, könnte ich jedes Wort verstehen, das Joe als nächstes sagt, weil es wichtig sein muss. Stattdessen kommt Folgendes bei mir an:

Gegenstand (klein, metallisch)
fällt klimpernd neben GIDEON auf
den Holzboden. Er schaut nach.
Wenige Zentimeter neben seiner
Hand dreht sich ein Vierteldol-
lar um sich selbst, ehe er neben
GIDEONS rechtem Sneaker umfällt.
MÄNNERSTIMME
Mist.
Die Holzdiele neben GIDEON
knarrt und das Gesicht eines
BÄRTIGEN KERLS taucht über ihm
auf. Als er GIDEON sieht, zuckt
er zurück.
BÄRTIGER KERL
(starrt ihn an)
GIDEON
(starrt zurück)
Bedächtig streckt der BÄRTIGE
KERL die Hand aus. GIDEON
tastet nach der Münze, hebt
sie auf und gibt sie ihm. Der
BÄRTIGE KERL starrt ihn noch
kurz an. Dann steht er auf.
Stille. GIDEON hält den Atem an.
Wir hören, wie die Münze in den
Schlitz der Jukebox fällt und
ein COUNTRY-KLASSIKER beginnt.

Das muss man den Rockern lassen: Sie kümmern sich um
ihren eigenen Kram.

Jetzt, da die Musik spielt, sind Joe und Charlie schwerer zu verstehen, aber sie reden noch.

»Die Polizei hat um die Ecke gewartet!« Joe schreit fast. »Die wussten doch, dass er kommen würde.«

»Das heißt noch lange nicht, dass jemand …«

»Er hat hier sein Bier getrunken, und wenn er was getrunken hat, hat er auch geplaudert. Jemand wusste, was er vorhatte.«

Der Chor singt den Refrain und ich höre kein Wort mehr. Als die Luft rein ist, krieche ich hinter der Jukebox hervor, laufe, ohne mich umzusehen, zum Ausgang und renne weiter zu Lily, die im Auto wartet.

Ich reiße die Beifahrertür auf, werfe mich auf den Sitz und knalle die Tür zu. Lily gibt ohne Vorwarnung dermaßen Gas, dass ich in den Sitz gedrückt werde.

Eine Weile sagen wir beide kein Wort. Lily findet als Erste ihre Sprache wieder.

»Ich könnte dich erwürgen«, sagt sie mit zitternder Stimme.

Erwürgen? Ich war doch derjenige, der das Risiko auf sich genommen hat. Sie müsste mir dankbar sein. »Warum denn?«

»Das war so was von dämlich!«, schreit sie. »Ich hatte eine Scheißangst, und du … du hast wohl gedacht, das ist ein Film.«

»Ich dachte nicht …«

»Genau, du denkst nicht, ehe du handelst, und das war wohl die blödeste Idee, die du je gehabt hast.«

»Du wirst noch froh sein, dass ich es getan habe«, verspreche ich ihr.

»Erklär's mir«, sagt sie.

Das tue ich. Ich wiederhole jedes Wort, das ich Charlie und Joe habe sagen hören. Die neuen Informationen entspannen offenbar die Wogen – okay, Tess würde wohl sagen, das ist ein schiefes Bild.

»Es gibt also einen Spitzel«, sagt Lily. »Da sitzt einer in dieser Kneipe, der belauscht, was die Leute sagen, und dann der Polizei erzählt, was sie vorhaben.«

»Und deshalb ist die Zahl der Verhaftungen gestiegen«, ergänze ich. »Die wissen immer schon im Voraus, wann und wo etwas passieren wird.«

»Als die Polizei Luke in flagranti erwischt hat, war das nicht perfektes Timing. Jemand hat ihn verpfiffen.«

Das ist möglich. Ja, es ist sogar wahrscheinlich. Aber möglich heißt noch lange nicht, dass es auch so war, und wahrscheinlich heißt nicht, dass es garantiert so war. Besonders nach dem, was ich in der Kneipe gehört habe.

»Oder«, sage ich, »es war eine Falle.«

Kapitel 8

Ein paar Tage später treffen Lily und ich uns zu einem »Post Mortem«. Ich kann mit dem Begriff nichts anfangen – es ist ja niemand gestorben. Obwohl es mehrmals auf Messers Schneide stand.

Während sich Asta in den Holzspänen seines Geheges einbuddelt, macht es sich Lily auf meinem Bett bequem und schlägt ihr Notizbuch auf.

»Wir müssen uns fragen: *Cui bono?*«

»Gesundheit!«

»Sehr witzig.« Sie verdreht die Augen. »Das ist Lateinisch.«

»Du hast doch Spanisch belegt.«

»Ich mache beides. Diese Frage wird in der Rechtsprechung oft gestellt. *Cui bono?*. Das heißt: ›Wer hat was davon?‹«

»Wer hat was davon?«, wiederhole ich. »Also: Wer hat ein Motiv?«

»Genau. Um herauszufinden, wer etwas verbrochen hat, muss man erst mal in Erfahrung bringen, wer einen Vorteil daraus zieht. Wer profitiert von dem Ereignis? Wer hat etwas von diesen Bagatellvergehen?«

»Und es kommt noch etwas dazu«, ergänze ich. »Wenn Luke recht hat und die Polizisten auf ihn gewartet haben und wenn Pyro, wie sein Freund im Doc Holliday's offenbar vermutet, wirklich reingelegt wurde: Wer hat etwas davon, dass die Jungs für diese Vergehen verhaftet werden?«

»Vielleicht ein konkurrierender Drogendealer? Der Jackel aus dem Weg haben wollte?«

»Aber Pyro war Brandstifter. Luke macht einfach gern Graffiti. Es müsste jemand sein, dem alle möglichen Straftaten einen Vorteil bringen. Nicht nur ein bestimmtes Verbrechen.«

»Cui bono?«, wiederholt Lily, mehr für sich selbst.

Ich zucke mit den Achseln. »Die beiden Jungs haben jedenfalls nichts davon.«

In der Woche darauf lese ich in einer Spätschicht wieder mal einen von Aracelis sterbenslangweiligen Artikeln über den Schulausschuss, als ein Absatz mein Interesse weckt.

Stadtrat Fred Willets schlug vor, mehr in die Sicherheit an den Schulen zu investieren und für die Presidio Highschool zusätzliche Sicherheitskräfte einzustellen.

»Wir haben in den letzten sechs Monaten einen markanten Anstieg der Kriminalität beobachtet«, sagte Stadtrat Willets. »Wenn Eltern in einem einst familienfreundlichen, sicheren Viertel erleben müssen, dass in ihre Autos eingebrochen, ihre Geschäfte verwüstet und die Wände ihrer Häuser mit Graffiti beschmiert werden, können sie ihre Kinder doch nur ruhigen Gewissens in die Schule schicken, wenn wir ihnen garantieren, dass sie dort keinen Gefahren ausgesetzt sind.«

Ich richte mich kerzengerade auf und lese weiter, so schnell ich kann, also nicht sehr schnell, und so sorgfältig ich kann, also nicht sehr sorgfältig, denn mein Gehirn ist bereits vollauf damit beschäftigt zu verarbeiten, was das alles zu bedeuten hat.

Die Ratsmitglieder Diaz und Yen wiesen auf die Nachteile einer übertriebenen Überwachung der Highschool-Schülerinnen und -Schüler von San Miguel hin, doch Stadtrat Willets widersprach entschieden.

»In San Miguel ist zu beobachten, dass sich die Verantwortlichen vor ihrer Pflicht drücken«, wehrte er die Einwände ab. »Nicht nur in den Schulen. Auf allen Ebenen, besonders vonseiten der Polizei wird unsere Heimatstadt kriminellen Elementen überlassen. Ich jedenfalls finde das skandalös.«

»Lily!« Ich winke sie zu mir und gebe ihr den Artikel.

Ihre Augen huschen über das Blatt, dann reckt sie den Hals und schaut sich im Zimmer um. »Araceli!«

Aracelis Kopf taucht hinter einem der Computer auf.

»Kann ich dich schnell mal was fragen?«

Als Araceli neben uns sitzt, zeigt ihr Lily den Namen in dem Artikel.

»Wer ist dieser Fred Willets?«

»Ein Mitglied des Stadtrats«, sagt Araceli, »ich weiß nicht mehr, für welchen Wahlbezirk. Im nächsten Jahr kandidiert er für das Bürgermeisteramt.«

»Ich meinte eher – wie ist er so? Wofür setzt er sich ein?«

»Na ja, er ist reich«, sagt Araceli. »Er hat in Nordkalifornien in der Tech-Branche angefangen, ehe er vor ein paar Jahren nach San Miguel zog und hier ein paar Firmen kaufte. Ich will ja nicht gemein sein, aber er ist ein Mistkerl.«

»Wieso?«, frage ich.

»Er redet ununterbrochen, und jedes Wort dient nur dazu, sein Image aufzupolieren. Er ist schuld daran, dass die Sitzungen so lange dauern.« Sie hält kurz inne. »Warum willst du das wissen?«

Lily stutzt. »Äh, ich dachte, ich schreibe ein Feature.«

»Über … Verbrechen?« Araceli wirkt verwirrt.

»Nein, äh …« Lily sucht hektisch nach einer Ausrede. »Über ihn. Fred Willets.«

»Oh«, sagt Araceli. »Ach so. Da kann ich dir nur raten, den Chief nicht zu erwähnen.«

»Den Polizeichef?«, fragt Lily.

»Genau. Ich vergesse immer seinen Namen. Stadtrat Willets hasst ihn geradezu.«

»Das kann man ihm kaum zum Vorwurf machen, der Polizeichef ist ja auch eine echte Arschgeige.« Araceli und Lily sehen mich überrascht an. »Habe ich jedenfalls gehört.«

»Also, davon weiß ich nichts«, sagt Araceli, »aber Stadtrat Willets beschwert sich ständig über die örtliche Polizei. Dass die Stadt so unsicher geworden ist und dass die Sachbeschädigungen und Graffiti-Schmierereien zugenommen haben und dass es mittlerweile aussieht wie in Kalkutta …«

»Der reißt halt gern das Maul auf«, sage ich.

»Und ein Rassist ist er auch noch«, fügt Lily hinzu. »Ich wette, der war noch nie in Kolkata.«

Araceli steht auf. »Wenn ich du wäre, Lily, würde ich mir ein anderes Thema suchen.«

Kaum ist Araceli außer Hörweite, wirbelt Lily zu mir herum.

»Das ist heftig«, sagt sie mit leiser Stimme.

Ich verstehe nicht, warum. Da hat ein Politiker die Kriminalstatistik gelesen. Na und? Einer, dessen liebstes Hobby darin besteht, der Polizei von San Miguel ans Bein zu pissen, ist mir gleich sympathisch.

»Warum denn?«, frage ich. »Da ist jemandem dasselbe aufgefallen wie dir. Das heißt ja nur, dass du recht hast.«

»Dass ich recht habe, wusste ich schon.«

»Und wo ist das Problem?«, frage ich und google auf meinem Handy Bilder von Fred Willets. Er sieht aus wie ein klassischer Schleimscheißer.

»Das Problem ist, dass er womöglich schneller ist als ich.«

»Der ist vierzig, den schlägst du mit links.«

»Oh, Gideon!«, sagt sie. »Ich meine, er reißt sich die Story unter den Nagel.«

»Aber er ist doch gar kein Journalist.«

»Ich wette, er kennt welche. Er ist ein Erwachsener, er hat Geld, und wenn ihm das so wichtig ist, wird er die Geschichte vor mir an die Öffentlichkeit bringen.« Sie schnaubt. »Wir müssen uns beeilen.«

In diesem Moment kommen Tess und Noah durch die Doppeltür, jeweils mit einem großen Pizzakarton in den Händen.

Ryan folgt ihnen mit einer schweren Einkaufstasche im einen Arm und einer Salatschüssel im anderen.

»Abendessen!«, ruft Tess. Die anderen lassen ihre Arbeit

stehen und liegen und helfen Lily, zwei Tische zusammen-zuschieben.

»Morgen hole ich die Zeitungen ab«, sagt Tess, während wir uns die Teller vollschaufeln. »Wer hilft mir in der Mittagspause beim Falten?«

Alle schauen in die Luft.

Ich bin erst seit ein paar Wochen da, aber mir ist schon aufgefallen, dass niemand gern die Mittagspause opfert, um sich beim Falten der frisch gedruckten Zeitungen die Finger schwarz zu machen.

»Kommt schon«, seufzt Tess. »Das ist keine Folter. Ich mache es jedes Mal.«

»Ich helfe dir«, platze ich heraus.

Sie weist mit der Hand auf mich. »Danke, Gideon. Noch jemand?«

»Ich helfe dir beim Abholen«, erbietet sich Noah.

Mir ist auch schon aufgefallen, dass aus mir schleierhaften Gründen das Abholen der Zeitungen eine höchst begehrte Aufgabe ist, die von dem- oder derjenigen zugeteilt wird, die gerade fährt.

»Nein, wisst ihr, was?« Tess wendet sich zu mir. »Gideon hat sich freiwillig gemeldet. Er kann mitkommen.«

Meine Augen weiten sich und mein Gesicht läuft rot an. Ich kann es nicht verhindern, aber ich spüre es. Das ist nicht fair. Dad wird auch nicht rot, wenn ihm etwas peinlich ist. Das habe ich bestimmt von …

Nein, damit beschäftige ich mich nicht ausgerechnet jetzt, wo Tess mich allen anderen vorgezogen hat. Stattdessen sollte ich mich mal lieber damit beschäftigen, dass mein Gesicht immer noch für alle sichtbar glüht.

Ich unternehme den verzweifelten und erfolglosen Versuch, mir mit den Handrücken die Wangen zu kühlen, und lächle Tess zu. Sie zwinkert zurück.

Was den rasenden Herzschlag in meiner Brust noch beschleunigt und mein hochrotes Gesicht weiter erhitzt.

»Gibt es gar keine Salatsoße?«, fragt Lily Ryan und deutet auf den trockenen Blattsalat in der Schüssel.

»Doch.« Ryan holt eine Tupperdose aus der Einkaufstüte. »Meine Mom hat uns welche mitgegeben. Wir mischen sie danach unter.«

»Wonach?«

»Nachdem sich Gideon etwas genommen hat.«

Ich will mir gerade einen Bissen Käsepizza ohne alles in den Mund stecken und erstarre in der Bewegung.

»Das wäre doch nicht nötig gewesen«, sage ich.

Ryan blinzelt mich an. »Du hast doch gesagt, du magst kein Dressing.«

»Aber alle anderen mögen es.«

»Du aber nicht. Also warten wir halt so lange, ist doch kein Ding.«

Aus seiner Sicht mag das stimmen, aber doch, es ist sogar ein Riesending. Wenn jemand meine seltsamen Vorlieben kennt, ist das was Besonderes. Wenn jemand Rücksicht darauf nimmt, statt sie mit einem Augenrollen ins Lächerliche zu ziehen, ist das was Besonderes.

Und wenn ich an diesem Tisch sitze, mit den anderen rede und lache und es nicht weiter schlimm finde, dass sie warten müssen, bis ich mir als Erster genommen habe, ist das auch was Besonderes. Ich bin ihnen das lästige Warten wert. Ich bin ihnen nicht lästig.

Ich nehme Lily die Schüssel ab und häufe Salatblätter auf meinen Teller.

Am nächsten Tag bittet mich Tess, sie gleich nach der zweiten Stunde am Seiteneingang bei der Sporthalle zu treffen.

»Pünktlich wie die Uhr«, sagt sie, als sie mich sieht. »Dich mitzunehmen, war die richtige Entscheidung.«

Dann drückt sie die Tür auf und marschiert los. Einen kurzen Moment bin ich zu überrascht, um zu reagieren. Ich habe noch nie blaugemacht. Ich hatte noch nie etwas, für das es sich gelohnt hätte. Bis heute.

»Warte mal, können wir einfach so gehen?«, frage ich und laufe ihr hinterher. »Warum nicht?« Sie schiebt sich die Sonnenbrille auf die Nase. »Das ist eine Exkursion.«

Sie geht in Richtung Parkplatz und ich schließe zu ihr auf. »Aber ich meine … ist das denn erlaubt?«

Tess sieht mich amüsiert an. »Du kommst mir nicht wie einer vor, der sich immer an alle Regeln hält.«

So einer war ich auch noch nie. »Aber so oder so man muss doch wissen, ob das geht, oder? Brauchen wir da keine … Freistellung?

»Freistellung?«

»Ja, ich meine …«

»Mein Onkel ist bei der Army, da weiß ich, was eine Freistellung ist. Du meinst wohl eine Unterrichtsbefreiung.«

Ich werde mich daran gewöhnen müssen, dass man in Tess' Anwesenheit nie der Klügste sein kann. Aber ich glaube, das bekomme ich hin, denn an ihre Anwesenheit könnte ich mich gewöhnen.

»Ich meine, muss ich mir für die dritte Schulstunde ein Alibi ausdenken?«, frage ich.

»Nein, ich schreibe dir eine Entschuldigung.« Sie bleibt neben einem uralten dunkelgrünen Sedan stehen und zieht die Autoschlüssel aus der Hosentasche. »Mit Mrs Fluegers Unterschrift.«

Für mich geht das in Ordnung. Wenn man schon Schule schwänzt, kann man auch gleich noch eine Unterschrift fälschen, oder?

»Zur Druckerei ist es nicht weit«, sagt Tess beim Losfahren. »Willst du vorher essen oder danach?«

»Essen?«

»Warum, glaubst du wohl, reißen sich alle um das Abholen der Zeitungen? Du bekommst ein Mittagessen gratis, das bezahlen wir aus der Kaffeekasse. Das ist so Tradition. Da vorne ist die Ausfahrt – jetzt oder später?«

»Jetzt«, entscheide ich.

Tess wechselt die Spur, fährt ab und biegt in den Parkplatz eines In-N-Out Burgers ein.

Warum sollte ausgerechnet ich mit einer Tradition brechen?

»Du besorgst uns einen Tisch, ich bestelle«, sagt Tess, während wir durch die Tür gehen. »Was hättest du gern?«

»Einen Double-Double mit Zwiebeln.«

»Die Pommes Animal Style?« Als ich den Kopf schüttele, sieht sie mich entsetzt an. »Ein Abtrünniger!«

Während wir darauf warten, dass unsere Nummer aufgerufen wird – es sind mehr Leute da, als ich es an einem Freitagvormittag um elf erwartet hätte –, überlege ich, dass dies der beste Schultag ist, den ich je erlebt habe. Und das nur, weil ich überhaupt nicht in der Schule bin.

»Danke«, sage ich zu Tess.

Sie nippt an ihrem Getränk. »Hm?«

»Dass du mich mitgenommen hast. Dass du … mich ausgesucht hast.«

»Das Korrekturlesen ist der undankbarste Job im Redaktionsteam. Da solltest du schon hin und wieder einen Bonus bekommen.«

»So schlimm ist es gar nicht«, sage ich. »Mir gefällt es.«

»Echt?«

»Vielleicht nicht das Korrekturlesen selbst«, gebe ich zu, »aber ich mag es, dass ich einen Job habe. Ich bin gern mit den anderen zusammen, und ich freue mich, wenn ich die fertige Zeitung sehe und wenn ich weiß, dass ich dazu beigetragen habe, und ich …«

Ich halte inne, weil ich der Wahrheit gefährlich, gefährlich nahekomme: *Ich mag dich.*

Tess wartet. Ich schlucke. Und zucke mit den Achseln. »Zuerst habe ich nur mitgemacht, weil Lily es wollte. Aber … jetzt bin ich echt froh. Dass sie mich mitgenommen hat.«

»Ich habe an meinem ersten Tag an der Highschool in der Redaktion angefangen«, sagt Tess. »Deshalb kann ich mir gar nicht mehr vorstellen, wie sie eigentlich auf Außenstehende wirkt. Vielleicht ein bisschen wie die Kids in *Herr der Fliegen*.«

»Wie?«

»Du weißt schon, eine Horde verwilderter Kinder, die sich ihre eigene grausame Pseudogesellschaft basteln.« Sie überlegt kurz. »Hast du das nicht in der Neunten in Englisch gelesen?«

Ich hätte es definitiv lesen sollen. Ehe sie merkt, dass ich haarscharf wegen Englisch sitzen geblieben wäre – gleich zweimal –, wechsle ich lieber das Thema.

»Dann wolltest du von Anfang an Chefredakteurin werden?«, frage ich.

»Nein, ich bin da sozusagen reingewachsen, aber Journalismus hat mich schon immer interessiert.«

»Wegen dem Artikel über dich?«

Sie hebt die Augenbrauen. »Wie?«

»Ich erinnere mich schwach an einen Artikel über dich. Oder täusche ich mich?« Sie presst den Mund zusammen. »In der Zeitung, der richtigen Zeitung. Nicht dass der *Herald* keine …« Ich räuspere mich nervös. »Das war vielleicht vor fünf Jahren, mein Dad hat ihn mir gezeigt. Du hattest ein Surfboard in der Hand.«

»Genau.« Sie lacht, aber es klingt hohl. »In welcher Hand wohl?«

»I-ich …«, stottere ich. »Das weiß ich nicht mehr.«

»Es ist immer die linke.« Sie lächelt, aber es sieht mehr aus wie eine Grimasse. »Für die Zeitung machen die immer ein Foto von der linken Hand.«

Wahrscheinlich gab es doch mehr Artikel, als mir bewusst war.

»Und deshalb hast du dich für Journalismus interessiert? Weil über dich geschrieben wurde und du wusstest, wie das alles funktioniert?«

»Ja.« Sie zögert. »Aber nicht so, wie du denkst.«

»Was meinst du?«

»Mir ist aufgefallen, was für Fragen die mir stellten. Jedes Mal. Jedes Mal wollten sie alles über den Unfall wissen. Bis in die letzte Kleinigkeit. Es war der traumatischste Augenblick meines Lebens, und sie wollten immer, dass ich ihn im Geiste wiederhole. Das fand ich schlimm, auch wenn ich verstanden habe, warum sie mir diese Fragen stellen.«

Sie stellt den Becher hin und schweigt kurz. Dann holt sie tief Luft und fährt fort.

»Manchmal habe ich denen erzählt, wie wütend mich das machte, wie unfair das alles war. Aber das schrieben sie nicht mit. Wenn sie das Gespräch aufnahmen, wurden sie sauer, warteten genervt, dass ich endlich zur Sache käme. Das hat mich irgendwann richtig gestört.«

Nach der Art, wie sie das erzählt – stockend und viel leiser, als es sonst ihre Art ist –, vermute ich, dass sie nicht oft darüber spricht.

»Viele wollten wissen, wie ich es schaffe, so positiv und glücklich zu sein, aber – das war doch nur eine Annahme! Ich hätte ja auch ein megapessimistisches Miststück sein können.«

»Warst du aber nicht.«

»Ich hätte aber so sein können! Manchmal bin ich auch so. Weißt du, ich bin auch nur ein Mensch.« Sie überlegt. »Als ich noch klein war, gab ich ihnen, was sie von mir wollten. Ich habe es immer allen recht gemacht. Aber wenn meine Mom oder meine Grandma mir die Artikel später vorlasen, fand ich sie … schrecklich.«

»Warum?«

»Weil das nicht echt war! Oder es war echt, ich hatte ja nicht gelogen, aber es war nicht die ganze Wahrheit. Das durchschaute ich erst als Teenager. Sie haben nicht mich beschrieben, mich als vollständigen Menschen, weil die Leute mich nicht so sehen wollten.«

»Nein, Tess«, unterbreche ich sie. »Ich bin mir sicher …«

»Nein, Gideon, du bist dir nicht sicher. Dir ist das ja nicht passiert.«

Ich schließe den Mund, denn sie hat recht. Natürlich kann ich nicht wissen, wie es ihr geht. Aber ich kann das tun, was die Reporter nicht getan haben, nicht tun wollten.

Ich kann mir anhören, wie es ihr wirklich geht. Und versuchen, ihr auch zuzuhören.

»Die wollten keine vielschichtigen Gefühle, keine Wut, keinen Frust – dafür war ich nicht vorgesehen. Ich war gut für die Zwei-Minuten-Inspiration, die Leute morgens beim Kaffeetrinken aufmuntern sollte. Ich war keine Person. Ich war eine Story.«

Ich weiß nicht, kann nicht wissen, wie sie sich fühlt. Aber ich weiß, wie es ist, eine Geschichte zu sein.

»Geschichten sind wichtig«, fährt Tess fort. »Es ist wichtig, wie wir sie erzählen, und auch, wer sie erzählt. Ich hatte es satt, außerhalb meiner eigenen Geschichte zu stehen. Deshalb bin ich in die Redaktion gegangen. Deshalb komme ich her, Woche für Woche, Jahr für Jahr. Ich versuche, Geschichten zu erzählen, die möglichst wahr sind.«

»Darum sollte es doch auch gehen, oder?« Ich glaube, deshalb mag ich die Schülerzeitung. Da wird Ehrlichkeit großgeschrieben. »Nur um die Fakten.«

»Aber Fakten stehen nicht für sich allein«, widerspricht sie. »Sie werden uns von Menschen erzählt, die manchmal Vorurteile haben. Und wir interpretieren diese Fakten wiederum nach unseren Vorstellungen. Das macht die Sache ziemlich kompliziert.«

In diesem Moment ruft die Frau an der Kasse unsere Nummer auf. Tess schaut auf ihren Beleg und springt auf, um das Essen abzuholen. Ich bleibe still sitzen und versuche, mir jedes Wort einzuprägen, das sie gerade gesagt hat. Als wäre es ein Monolog in einem Film. Auch das, was jemand erzählt, kann ein Indiz sein, wenn man es nur zulässt.

Es gibt da eine berühmte Szene in dem Film noir *Der dritte Mann*. Der Bösewicht hat gestohlenes Penicillin ge-

streckt und an Krankenhäuser verkauft, was echt hundsge-
mein ist. An der Szene, in der kranke Kinder in einer Klinik
von der gepanschten Medizin noch kränker werden, kann
wohl nur ein Soziopath seine Freude finden. Der Held des
Films, ein amerikanischer Autor, und der Bösewicht treffen schließlich in einer Gondel des Riesenrads am Wiener
Prater aufeinander. Der Bösewicht, der kalt wie ein Fisch
Kinder ermordet – gespielt von Orson Welles –, deutet auf
die Menschen unter ihnen.

»Schau da runter«, sagt er zu dem Autor, der früher sein
Freund war. »Wenn eines dieser Pünktchen sich nicht mehr
bewegen würde, hättest du wirklich Mitleid?«

Und er hat ja recht: Vom höchsten Punkt des Riesenrads
aus betrachtet, sind die Leute nur Pünktchen. Von unserer
Warte aus sind sie winzig. Das ist eine Frage der Perspektive; sie entscheidet darüber, wie man die Dinge sieht. Darauf
wollte Tess hinaus: Geschichten haben genau wie Bilder
eine Perspektive und die Wirkung ist dieselbe. Kameraein-
stellung und Erzählweise vermitteln eine Perspektive, aber
eben nur eine.

Und die Welt hat mehr Perspektiven als die, die uns gerade präsentiert wird.

Kapitel 9

Lily hatte schon angekündigt, dass es zeitaufwendig ist, die behördlichen Dokumente zu beschaffen – Unterlagen zu Verhaftungen und anderes mehr –, aber dass es so lange dauern würde, habe ich nicht erwartet. Seit wir im Doc Holliday's waren, sind fast vier Wochen vergangen. Wenn wir uns in eine Rockerkneipe einschleichen konnten, erkläre ich Lily, kämen wir mit links auch in die Stadtverwaltung. Aber davon will sie nichts wissen.

Ich bohre nicht weiter. Die Arbeit für den *Herald* hält mich auf Trab, vor allem an den langen Donnerstagen, die jedes Mal die reinste Katastrophe sind. Tess mag es nicht, wenn das jemand ausspricht. Aber eine Katastrophe verschwindet nicht, nur weil man sie hartnäckig ignoriert.

»Tess.« Noah legt die Stirn auf den Tisch. »Es ist neun Uhr.«

»Danke für diese erstklassige Imitation eines Handyweckers«, sagt sie, den Blick fest auf den Monitor geheftet.

»Bist du bald fertig?«, fragt mich Ryan, der sich auf dem widerlichen beigen Sofa ausgestreckt hat. »Ich will nach Hause.«

»Es ist weder meine noch Gideons Schuld, dass ihr beiden euren Teil so spät abgegeben habt«, erklärt Tess.

Ich wedle mit dem Blatt. »Fertig!«

Tess dreht sich auf ihrem Stuhl herum. »Keine groben Schnitzer diesmal?«

»Die Jazzband der Schule klingt nicht mehr wie …« Ich ziehe Noahs ersten Entwurf aus dem Stapel mit den Ausdrucken. »… eine ›Klangmischung aus sterbenden Fröschen und dem heulenden Geist von Miles Davis‹.«

»Auf der Rot-Grün-Skala ist das Gelb«, sagt Noah. »Höchstens Orange.«

»Cantaloupemelonengelb«, schlägt Ryan vor.

»Käsemakkaronigelb«, stimmt ihm Noah zu.

»Bitte geht nach Hause«, sagt Tess.

Als Noah und Ryan durch die Tür verschwinden, wirft mir Tess einen Blick zu, den ich nur schwer deuten kann.

Meint sie: *Das sind vielleicht zwei, was?*

Oder: *Gut, jetzt sind nur noch wir beiden da.*

Oder: *Ich bin seit sechs Stunden hier und habe dieses Lächeln nur im Gesicht, weil mir das Gehirn so langsam durch die Ohren quillt.*

»Kannst du die Korrekturen noch eingeben?«, rüttelt mich Tess aus meinen Gedanken. »Es ist schon ziemlich spät.«

»Du tippst viel schneller als ich«, sage ich.

»Ja, aber ich mache auch viel mehr Schreibfehler«, sagt sie. »Acht Finger reichen für die Geschwindigkeit, aber nicht für die Genauigkeit.«

Ich stehe auf, zögere aber noch. Ist es nicht peinlich, wenn ich mich einfach so neben sie setze? Man soll doch Abstand halten, zum Beispiel im Kino oder im Bus oder … in der öffentlichen Toilette.

Tess sieht zu mir hoch und deutet auf den Stuhl neben sich. »Komm schon. Nimm den. Noah hat seine Datei bestimmt nicht zugemacht.«

Ich setze mich. Direkt neben sie. Ohne Abstand.

In meiner Tasche klingelt mein Handy, und zwar gleich mehrmals. Als ich es heraushole, sehe ich einige Textnachrichten von meinem Dad:

Hey, Kiddo
Wenn wir zumachen, müssen Mario und ich noch
die Buchhaltung für den Monat durchgehen
Ich komme heute sehr spät nach Hause
Warte nicht auf mich

Es folgen ein trauriges und ein schlafendes Emoji. Er beendet seine Textnachrichten immer mit passenden Emojis. Ich würde ihm darauf am liebsten den Smiley schicken, der genervt die Augen verdreht.

»War das Lily?« Tess sieht mich aus dem Augenwinkel an.

Ich stecke das Handy wieder ein. »Nö.«

»Du könntest es mir sagen, weißt du.« Sie klingt fast nervös. »Wenn es Lily wäre.«

»Ich würde es dir sagen.« Ich stocke. »Wenn sie es wäre.« Ich stocke noch einmal. »Aber sie war es nicht.«

»Es ist nur, dass Lily in letzter Zeit irgendwie komisch ist. Früher haben wir oft miteinander gequatscht, aber wenn ich sie jetzt irgendwas frage, wird sie immer hektisch und nervös ...« Tess zögert. »Als würde sie mir etwas verschweigen.«

Oh nein. Weiß sie Bescheid?

»Und da das im Grunde anfing, als sie dich mit zum *Herald* gebracht hat ...«

Oh, Mist. Sie weiß definitiv Bescheid.

»Sieh mal, es ist so ...«, beginne ich, obwohl ich keinen Schimmer habe, wie ich erklären soll, dass Lily und ich unsere Recherche vor Tess geheim halten. Aber sie scheint mich gar nicht zu hören.

»Ich dachte, ihr beide ...« Sie gerät fast ins Stottern. »Äh ... ihr seid vielleicht zusammen?«

Ich zucke erschrocken hoch. Wir starren einander an. Dann breche ich in Gelächter aus.

»Ist ja gut«, murmelt Tess, während ich versuche, mich am Riemen zu reißen. »Offenbar nicht.«

»Wir sind seit unserem sechsten Lebensjahr befreundet«, erkläre ich und lasse der Einfachheit halber weg, dass wir in den letzten vier Jahren kein Wort miteinander geredet haben. »Das wäre, als würde ich mit meiner Cousine gehen. Nur dass ich Lily besser kenne als alle meine Cousinen.«

»Klar, hab schon verstanden.«

»Nicht dass ich grundsätzlich was gegen eine Freundin hätte, aber Lily ist … na ja, ich könnte mir vorstellen, mal eine Freundin zu haben, aber momentan habe ich keine und ich hatte auch noch nie eine, deshalb bin ich nicht gerade ein Experte, so wie du, nicht dass du eine Expertin wärst, weil du zu viele gehabt hättest, aber …«

»Gideon?«

»Ja?«

»Hol doch mal bitte Luft, damit du nicht in Ohnmacht fällst.«

Ich gehorche. Aber nur, weil sie es ist.

»Es war mein Dad«, sage ich, als sich meine Lungen wieder gefüllt haben. »Der mir geschrieben hat.«

»Oh«, sie nickt. »Ja klar, sag ihm, es tut mir leid, dass ich dich so lange aufhalte. Wir sind in …«, sie blickt auf den Monitor, »… zehn Minuten fertig.«

»Alles gut, er ist noch auf der Arbeit.«

»Nachtschicht?«

»Sozusagen. Er ist Koch.«

»Cool«, sagt sie, und ich glaube, sie meint es auch. »Das muss super sein.«

Als Dad sein erstes Restaurant eröffnete, sprach er von seinem »zweiten Kind«. Ich fand das etwas merkwürdig und sagte ihm das auch, aber er erwiderte, ich dürfe nicht alles wörtlich nehmen. Als hätte ich angenommen, dass er ein familienfreundliches Gasthaus geboren hatte.

Aber mich störte, dass wir für ihn auf einer Ebene ange-siedelt waren: ich, eine Person aus Fleisch und Blut, und ein ... Haus. Vier Wände und eine Tür, denen es egal war, ob Dad lebendig oder tot war.

»Ja, er ist so etwas wie eine Mildred Pierce«, sage ich.

»Wer?«

Auch so eine Starköchin, die nicht gerade ein Fan ihres ältesten Kindes war. »Nicht so wichtig.«

Tess sieht mich mit leicht zusammengekniffenen Augen an, als würde ihr noch die eine oder andere Frage auf der Zunge liegen. Aber wenn das so ist, stellt sie sie nicht. Statt-dessen dreht sie sich wieder zum Computer und sagt: »We-nigstens macht es ihm nichts aus, wenn du länger bleibst.«

»Deinem auch nicht, oder?«

»Was, meinem Dad?«

»Ja.«

»Der lebt in Arizona, deshalb bespreche ich solche Sa-chen nicht mit ihm«, sagt sie und fügt eilig hinzu: »Damit will ich nicht sagen, dass er sich nicht um mich kümmert, aber eben eher so allgemein. Eher nach dem Motto ›Wie läuft es in der Schule?‹ als ›Wo bist du am Donnerstag um neun Uhr abends?‹. Auch wenn ich die Sommerferien bei ihm verbringe, ist er ziemlich entspannt.«

»Deine Mom wohl auch, oder? Wenn es ihr nichts aus-macht, dass du nach neun Uhr nach Hause kommst.«

Ein merkwürdiger Ausdruck tritt in Tess' Gesicht.

»Ich … lebe nicht bei meiner Mom.«

»Oh«, sage ich. »Ist sie tot?«

Die Stille schlägt ein wie ein Hammer.

»Was?« Tess hebt die Augenbrauen. »Oh Gott, Gideon, nein.«

Wie ein Hammer, den ich Tess direkt auf den Fuß geknallt habe.

»Tut mir leid«, stottere ich. »Ich …«

»Sie ist nicht tot, sie ist nur unzuverlässig. In der zehnten Klasse bin ich zu dem Schluss gekommen, dass es einfacher ist, wenn ich bei meinen Großeltern wohne, als jedes Mal mit ihr umzuziehen, wenn sie einen Job schmeißt oder mit einem neuen Freund zusammenzieht.« Sie blickt mich forschend an. »Warum hast du das gesagt?«

»Was gesagt?« Aber ich weiß schon, was sie meint.

Tess wendet den Blick nicht ab. »Warum hast du gefragt, ob meine Mutter tot ist?«

»Wahrscheinlich, weil meine tot ist.«

Wieder tritt Stille ein, diesmal ohne Hammerschlag. Eher erfasst sie mich wie eine Welle, ein Tsunami oder etwas, das noch größer ist als so ein beknackter Tsunami, und ich gehe vollständig darin unter.

Nun ist es Tess, die nach Luft ringt und ins Stottern gerät. »Oh Scheiße«, keucht sie. »Gideon.«

Tsunami stimmt schon. Es ist das richtige Wort. Kein Hammer, der dich nur einmal trifft, dich zerschmettert und in aller Ruhe verbluten lässt. Sondern ein Tsunami, der, wenn er einmal begonnen hat, immer und immer wieder über dich hereinbricht.

»Nein, bitte.« Es klingt wie ein Flehen. »Ich will nicht, dass du …«

»Das wusste ich nicht, es tut mir so …«

Leid. Ich weiß, es tut ihr leid, es tut immer allen leid, und sie fühlen sich mies, und ich fühle mich mies, weil sie sich wegen mir mies fühlen.

»Alles gut. Ich war sechs.« Ich will schnell etwas sagen, egal was, Hauptsache, die Spannung lässt nach. »Ich kann mich kaum daran erinnern, deshalb ist es … schau mich nicht so an. Es ist kein großes Ding.«

Tess sagt nichts. Sie wirft mir nicht vor zu lügen. Aber an ihren verengten Augen kann ich ablesen, dass sie mir nicht glaubt.

»Echt«, sage ich. »Es ist … okay.«

Sie sagt immer noch nichts. Ihr Blick ruht forschend auf meinem Gesicht. Dann dreht sie den Stuhl zu mir, sodass wir einander Auge in Auge gegenübersitzen. Ohne jeden Abstand.

»Ich war auch sechs«, sagt Tess langsam, »als ich meine Finger verloren habe.«

Ich weiß nicht, was ich darauf sagen soll. Ich hasse es, wenn mir jemand erklärt, wie leid es ihm tut. Mag sein, mag nicht sein. Deshalb sage ich nur:

»Oh.«

»Das ist kein Alter, in dem einem so etwas Schlimmes passieren sollte.« Sie spricht noch immer langsam, bedächtig.

Ich zucke unwillkürlich zurück, denn irgendwas stört mich. Ich brauche einen Moment, bis ich darauf komme, was für ein Gefühl mich gerade packt. Ich glaube, ich bin … gekränkt.

Ich bin gekränkt, weil ich einen Menschen verloren habe, einen ganzen vollständigen Menschen. Und ich bin gekränkt, weil Tess Schmerzen erleiden musste. Sie hat eine schwere und dauerhafte Verletzung davongetragen. Mir, meinem Körper ist nichts passiert. Ich lag nicht im Gästezimmer, ich brauchte keinen Sauerstoff, ich hatte keine Schmerzen. Ich saß im Flur und spielte mit meinen Dinosauriern.

»Das kannst du nicht vergleichen«, sage ich.

»Natürlich nicht. Es ist etwas völlig anderes.« Sie atmet einmal tief durch. »Aber ich weiß, wie es ist, wenn deine Welt plötzlich auf den Kopf gestellt wird und du noch zu klein bist, um es zu begreifen.«

Kann das so funktionieren? Können zwei Menschen mit einem völlig unterschiedlichen Leben und Erfahrungen, die das Gegenüber weder gehabt hat noch sich auch nur vorstellen kann – können diese beiden einander trotzdem verstehen? Zumindest ein bisschen?

Mir fällt das Venn-Diagramm aus dem Matheunterricht ein. Zwei Kreise, die weitgehend getrennt sind, sich aber überschneiden. »Zwei eigenständige Körper.« So hat unsere Lehrerin die Kreise beschrieben, und ich habe es mir gemerkt, weil ich es so passend fand. Auch ich war ein eigenständiger Körper, eine eigene unangetastete Sphäre.

Aber nun wird mir klar, dass ich das Wichtigste übersehen habe. Es ging nicht nur um die beiden eigenständigen Körper. Es ging um die Schnittmenge.

Gemeinsamer Raum, und wenn er noch so winzig sein mag. Davon kann viel abhängen.

»Aber es ist ja nicht mir passiert.« Ich möchte, dass Tess das versteht. »Es ist ihr passiert. Genau wie das mit …« Ich mache eine vage Handbewegung. »Es tut mir leid, ich weiß nicht, wie ich es nennen soll …«

111

»Wenn es angeboren ist«, sagt sie, »spricht man von einer Amelie. Ich kann mich nicht entscheiden. Amputation? Fingerverlust? Keine Ahnung.« Sie runzelt die Stirn. »Manchmal klingt mir ›Verlust‹ zu negativ.«

Das erstaunt mich, weil – ist das denn nicht zwangsläufig etwas Negatives?

Tess kann anderer Leute Gedanken viel besser erraten als ich: Sie liest mir nicht nur mein Erstaunen, sondern auch meine Frage vom Gesicht ab.

»Du darfst das nicht falsch verstehen, es war ein Trauma, schlimmer als ein Trauma. Das Krankenhaus, die Operationen und dann, dass ich alles neu lernen musste und so. Der Unfall hat mein ganzes Leben umgekrempelt.« Sie überlegt kurz. »Aber genau das ist es ja. Er hat mein *ganzes Leben* verändert. Ich bin die, die ich bin, weil ich diesen Unfall hatte.«

»Aber doch nicht nur …«

»Hey, nein, das ist ja auch gar nichts Besonderes. Wir alle sind schließlich so, wie wir sind, weil uns dies oder jenes zugestoßen ist. Zumindest zum Teil und dieser Teil kann ziemlich groß sein.«

Eine Filmfigur wird von ihren Charakterzügen und ihrer persönlichen Hintergrundgeschichte geprägt. Ich habe nie darüber nachgedacht, dass das auch für echte Menschen gilt. Es gibt Eigenheiten, mit denen man auf die Welt kommt, und Ereignisse, die einem zustoßen. Und ohne diese Dinge wäre man nicht man selbst – jedenfalls nicht genau diese Person.

Deswegen ist aber natürlich eine Tragödie nicht weniger tragisch. Man empfindet es nicht als weniger schmerzhaft oder ungerecht, wenn man schwer verletzt wird oder ein

Mensch stirbt, ehe man ihn überhaupt richtig kennengelernt hat. Solche Erlebnisse sind deshalb nicht okay.

Aber sie formen uns.

»Die Art und Weise, wie ich in meinem spezifischen Körper lebe, beeinflusst mein Denken, meine Sicht der Welt – wie ich bin.« Tess zuckt mit den Achseln. »Und mir gefällt, wer ich bin.«

»Mir gefällt auch, wer du bist.«

Ihr Mundwinkel hebt sich. »Danke.«

Ich wünschte, ich würde mich mögen, wie Tess sich mag. Oder ich könnte wenigstens sicher sein, dass es okay ist, wenn ich mich mag. Mir kommt es ziemlich oft vor, als wäre es nicht okay.

»Meinst du nicht, dass niemand dich jemals richtig kennen kann?«, platzt es aus mir heraus.

Ihre Augenbrauen wandern wieder nach oben. »Oh! Ähm …«

»Tut mir leid. Die Frage war strange.«

»Nein, es ist nur …«

»Immerhin besser als die Frage, ob deine Mutter tot ist, stimmt's? Ich bessere mich.«

»Die Frage ist nicht das Problem«, sagt sie. »Du musst mir das nur ein bisschen genauer aufdröseln.«

Ich atme tief ein und unternehme den nächsten Versuch.

»Hast du manchmal das Gefühl, auch wenn du anderen immer wieder erklären würdest, was du für ein Mensch bist, wenn sie direkt in dich hineinsehen könnten, wenn sie alles sehen könnten, was dich ausmacht …« Ich ringe nach Luft. »… dass sie dich trotzdem überhaupt nicht verstehen würden?«

Tess denkt kurz nach. »Ich glaube auch, den meisten fällt

es schwer, einmal hinter sich zu lassen, was … normal ist. Was sie für normal halten. Und ich glaube, wenn du bestimmte Erfahrungen oder …« Sie sieht durch die Wimpern zu mir auf. »… Sichtweisen hast, die außerhalb des Normalen liegen, kannst du so ein Gefühl bekommen, als wärst du …«

»Fremd.«

»Genau«, stimmt sie mir zu. »Das ist das richtige Wort.«

Über so etwas rede ich sonst nicht. Wenn ich es verhindern kann, denke ich nicht einmal darüber nach, weil ich noch nie zu irgendeinem Ergebnis gelangt bin. Aber Tess hat mir von sich erzählt. Persönliche, schwierige Sachen. Wenn ich das nicht auch schaffe, bin ich ja wohl ein ganz schöner Feigling, oder?

»Da ist …« Ich denke nach. »… so ein Spalt. Eine großer Spalt. Gibt es ein anderes Wort für einen riesigen, tiefen Spalt?«

Sie überlegt in aller Ruhe, ehe sie vorschlägt: »Kluft.«

Kluft. Genau. Mir gefällt das Wort, es klingt genau nach dem, was es ist. »Da ist so eine Kluft zwischen mir und anderen. Ich weiß nicht, wie ich zu ihnen rüberkommen soll, und ich schaffe es auch nicht, sie zu mir zu holen.«

»Ich weiß, was du meinst.«

Ich schaue sie überrascht an. »Echt?«

»Bei mir ist es vielleicht nicht genau wie bei dir. Aber ich versuche schon mein Leben lang, fröhlich und zuversichtlich und zufrieden auf andere zu wirken, weil sie das von mir erwarten. Man hat das Gefühl, man müsste etwas gutmachen. Und so entsteht eine Distanz.«

Ich weiß nicht, wie sie das empfindet. Aber mit Distanz kenne ich mich aus.

»Ich glaube, meine Beziehungen – Liebesbeziehungen, meine ich – verlaufen genau deswegen alle im Sande. Am Anfang ist es lustig und unkompliziert, aber je länger es geht, desto mehr Distanz baut sich auf, und ich weiß nicht, wie ich sie überbrücken soll. Genau wie du es gesagt hast.« Sie wirft frustriert die Hände in die Luft. »Mir kommt es immer so vor, als wollten andere nicht, dass ich verwundbar bin, und deshalb bin ich es auch nicht. Aber dann ist es, als würde sie genau das wütend machen!«

»Aber mir hast du gerade alles erzählt«, sage ich. »Obwohl du es nicht musstest. Machst du dich damit nicht auch verwundbar?«

»Stimmt.« Sie wirkt überrascht. »Ich schätze schon.«

Das nun folgende Schweigen ist anders als die entsetzliche Stille nach meiner Frage, ob ihre Mom gestorben sei. Oder der Schockmoment, als ihr klar wurde, dass meine Mutter tot ist.

Es ist ein eher sanftes Schweigen, wie in den Stummfilmen, als man Ton und Bild noch nicht in Übereinstimmung brachte, aber das Publikum auch ohne Worte erkennen konnte, wie sich die Figuren fühlten. Es ist, als veränderte sich die Szene fast unmerklich, Bild für Bild, so langsam, dass man es nicht nachvollziehen kann. Wenn heute im Film etwas passiert, dann meist mit einer Explosion und einem Feuerball, mit Schüssen und ohrenbetäubenden Schreien. Aber im echten Leben vollzieht sich vieles in aller Stille.

Vielleicht sogar alles.

»Wenn wir nicht die ganze Nacht hierbleiben wollen, müssen wir schauen, dass wir fertig werden.« Tess dreht ihren Stuhl wieder zum Computer.

»Ich bleibe so lange, wie du mich brauchst.«

Tess hebt die Augenbrauen. Ich rudere zurück, mal wieder.

»Nicht dass du mich brauchst. Du bist stark und unabhängig und du brauchst niemanden.« Ich zögere. »Aber du musst natürlich auch nicht alles allein erledigen, vor allem, weil du schon so viel machst, und es wäre völlig okay, wenn du mich bräuchtest ...« Mein Kopf fühlt sich ganz leicht an, als würde ich gleich das Bewusstsein verlieren. »Keine Ahnung, was ich da rede.«

»Keine Sorge.« Sie lächelt. »Ich verstehe dich schon.«

Ich verstehe dich schon.

Hat schon mal jemand diese Worte zu mir gesagt, in dieser Reihenfolge? Ich würde mich wahrscheinlich daran erinnern. Es hätte mir etwas bedeutet, deshalb wäre es wohl hängen geblieben.

Ich verstehe dich schon, hat sie gesagt.

Um Himmels willen, ich glaube, das könnte sogar stimmen.

Nachdem Tess alles erledigt hat – das Titelblatt noch einmal überprüft, nachgesehen, ob die Reihenfolge stimmt, die Datei an die Druckerei geschickt und angerufen, ob sie auch angekommen ist –, schnappen wir unsere Sachen und machen uns auf den Weg.

Als Tess die Hand auf die Türklinke legt, dreht sie sich zu mir um. Und sie sagt: »Ich habe meine Meinung geändert.«

»Worüber?«

»Über das Wort, das du vorhin benutzt hast. Fremd.«

»Ach so, ja«, sage ich achselzuckend. »Ich kann mit Wörtern nicht so gut umgehen wie ihr anderen.«

»Nein, du hast es ja völlig korrekt verwendet. Mich stört nur, was darin mitschwingt.«

»Was meinst du?«

»Man bekommt die ganze Verantwortung. Als wäre das halt so ein Zustand: Du bist allein auf einem anderen Planeten, und du kannst dich nur retten, indem du deine grüne Haut versteckst und dich anpasst.«

»Tess, ich ... verstehe immer noch nicht, was du meinst.«

»Andere können dir das Gefühl geben, fremd zu sein.« Sie öffnet die Tür und hält sie mir auf. »Aber das heißt nicht, dass du fremd bist.«

Kapitel 10

In der darauffolgenden Woche will ich nach der Mathestunde gerade in die Mittagspause und zu meinem gewohnten Tisch gehen, als mich Lily vor dem Klassenzimmer abfängt. Sie platzt fast vor Aufregung, rückt aber erst mit den Neuigkeiten heraus, als wir uns hinter den Umkleidecontainern neben dem Sportplatz versteckt haben, wo uns bestimmt niemand hören kann.

»Ich habe gerade etwas bekommen.« Sie wedelt mit einem unscheinbaren weißen Umschlag. »Von der Stadtverwaltung.«

»Wenn du ins Rathaus eingebrochen bist, ohne mich mitzunehmen, rede ich nie wieder ein Wort mit dir.«

»Dein unterentwickelter Selbsterhaltungstrieb ist legendär«, sagt sie. »Aber manchmal kommt man auch auf legalem Weg ans Ziel. Zum Beispiel über einen IFG-Antrag.«

»Einen ... was?«

»IFG, Informationsfreiheitsgesetz.« Sie reißt den Umschlag auf. »Danach haben wir das Recht, staatliche Dokumente und Informationen von öffentlichem Belang anzufordern. Dazu gehören auch die Festnahmeprotokolle.«

»Du hast die Polizeiprotokolle über die Verhaftungen bekommen? Echt?«

»Die meisten jedenfalls. Manche haben sie nicht herausgerückt, ich weiß auch nicht, warum.« Lily sitzt mit gekreuzten Beinen auf dem Boden und zieht den Papierstapel aus dem Umschlag. »Ich nehme die eine Hälfte, du die andere.«

Die Container bieten Schutz, aber absolut keinen Schatten. Ich schwitze in der Mittagssonne und kann mich nur schwer konzentrieren. Lily liest sich offenbar jeden Bericht, den sie auf dem Schoß hat, einzeln durch, aber mir geht das zu langsam. Deshalb mache ich das, was ich gut kann: Ich schaue mir alle Blätter an und suche nach Gemeinsamkeiten.

Doch je länger ich durch die Berichte blättere, desto nervöser werde ich, denn ich kann keine Gemeinsamkeiten erkennen.

Eine bestimmte Wohngegend? Nein, die Verhaftungen haben überall stattgefunden.

Immer dieselbe Straftat? Auch nicht. Es sind lauter Eigentumsdelikte ohne körperliche Gewalt, aber Vandalismus und Einbruch sind schließlich nicht dasselbe. Nicht dass ich eins von beiden je ausprobiert hätte.

Dieselbe Tageszeit? Nein, Tag und Nacht – allerdings montags und mittwochs nur tagsüber, an den anderen Wochentagen nachts, was mir seltsam vorkommt. Dann fällt mir etwas auf.

»Der Name!«, rufe ich.

Lily blickt auf. »Was?«

»Der Name«, wiederhole ich und blättere, um sicherzugehen, noch einmal durch meinen Stapel. »Auf meinen Protokollen steht immer derselbe Name.«

»Wurde denn jemand mehr als einmal verhaftet?«

»Nicht der Täter. Der Polizist.« Ich zeige ihr den Namen. »Festnahmeprotokoll: O'Hara.« Ich lege das Blatt zur Seite und zeige ihr das nächste. »Festnahmeprotokoll: O'Hara.«

»Also der Polizist, der den Bericht verfasst hat«, sagt Lily. Sie blättert durch ihren Stapel. »Oh Gott, du hast recht, sein Name taucht überall auf. Ich habe nur einen Bericht, in dem ein anderer Name steht. Einen einzigen.«

»Es ist immer derselbe?«

»Immer derselbe«, sagt Lily. Sie klatscht ein Blatt nach dem anderen auf den Boden. »O'Hara, O'Hara, O'Hara.«

»Das muss der sein, den Luke gemeint hat: ›Harris oder so ähnlich‹«, sage ich.

»Wenn der alle Festnahmeprotokolle geschrieben hat, war er bei jeder Verhaftung vor Ort, wahrscheinlich als Erster.« Lily verschränkt die Arme. »Kann das Zufall sein?«

Die Polizeidienststelle ist nicht gerade riesig, daher wäre es möglich. Aber … »Wenn es ein Zufall ist«, sage ich, »dann jedenfalls ein ziemlich merkwürdiger.«

Lily tippt schon auf ihrem Handy herum. Sie schüttelt den Kopf. »Auf keinem Bericht steht der Vorname und die Polizeidienststelle führt ihre Beamten auch nicht auf. Trotzdem – wir müssen ihn finden. Wir müssen mit ihm reden.«

»Was würdest du ihm denn erzählen?«

Sie runzelt die Stirn. »Was meinst du?«

»Du kannst ihm ja wohl nicht sagen, wer du wirklich bist«, erwidere ich. »Warum du mit ihm reden willst. Welche Lüge willst du ihm auftischen?«

»Ich kann doch nicht lügen«, sagt sie. »Das wäre unethisch. Es widerspräche allen journalistischen Grundsätzen.«

»Was spielt das denn für eine Rolle? Du bist doch schließlich keine richtige Reporterin.«

Lilys Blick verdüstert sich. Sie presst die Lippen zusammen. Ich wiederhole innerlich Wort für Wort, was ich gesagt habe. Bis ich meinen Fehler erkannt habe, hat Lily schon ihre Sachen zusammengepackt, ist aufgestanden und losmarschiert.

»Warte!«, rufe ich und laufe hinter ihr her.

Sie bleibt nicht stehen. »Keine richtige Reporterin. Okay. Cool.«

»Das habe ich nicht so gemeint.«

»Doch, hast du.«

»Tut mir leid, dass ich das gesagt habe. Ist das wirklich wichtig?«

Sie wirft wütend die Hände in die Luft und marschiert weiter. »Ja!«

»Du siehst das völlig falsch.«

Sie wirft mir einen bösen Blick über die Schulter zu. »Lass mich raten: Das hast du auch nicht so gemeint.«

»Doch, habe ich.« Ich trete ihr in den Weg. »Es ist ja ein Vorteil, dass du keine R —« Ich stocke kurz. »Dass du nicht erwachsen bist.«

»Warum denn?«

»Weil er so keine Angst vor dir hat. Er hat ja keine Ahnung, dass er Angst haben müsste.«

Ihre Schultern entspannen sich, zumindest ein bisschen. »Er ist nicht so misstrauisch, meinst du.«

»Vielleicht plaudert er etwas aus, weil er nicht annimmt, dass du es gegen ihn verwenden könntest.«

»Also, was soll ich ihm sagen? Dass ich selbst gebacke-ne Kekse für die Pfadfinderinnen verkaufe?«

Nein, am besten bleibt man möglichst nah bei der Wahr-heit. »Sag ihm, dass du einen Artikel für die Schülerzeitung schreibst. Das stimmt ja auch, also hast du schon mal nicht gelogen, was deine Person angeht. Aber nenn ihm irgend-ein blödes Thema, du weißt schon, so was wie ›Helden des Alltags‹.«

Sie verzieht das Gesicht. »Grauenhaft.«

»Ja, genau, je kitschiger, desto weniger dürfte es ihn beunruhigen.«

Sie überlegt einen Augenblick. Dann sieht sie mich an. »Magst du nach der Schule zu mir kommen?«

Lilys Haus sieht nicht aus, wie ich es in Erinnerung habe, aber das habe ich auch nicht erwartet. Nicht weil ich es vergessen hätte. Wenn ich mich anstrenge, sehe ich vor meinem inneren Auge sogar noch den rosafarbenen Keramikbriefkasten mit den Blumen und Ranken darauf, den Lily und ich in der zweiten Klasse mit angemalt haben. Oder die blau-grünen Batikvorhänge im großen Fenster zur Straße, die mich an den Lilienteich im Balboa-Park erinnerten. Oder die bunte Fußmatte, die aus alten T-Shirts gewoben war.

Aber Lilys Haus hat sich schon damals ständig verändert. Ihre Moms stellten dauernd etwas um oder bastelten etwas Neues, sodass es sich immer weiterentwickelte. Wie die Erde. Oder Coronaviren.

Wie damals liegt allerdings neben der Tür ein Berg aus Schuhen.

»Ich musste dich nicht einmal daran erinnern«, sagt Lily, als ich meine Schnürsenkel öffne.

Ich schüttele mir die Sneaker von den Füßen. »Manches verändert sich nie.«

Ich fand es immer cool, dass man bei Lilys Moms die Schuhe ausziehen musste, ehe man das Haus betrat. Das war anders als bei mir zu Hause. Ich fand es auch toll, dass ich sie schon am ersten Nachmittag, an dem ich zum Spielen bei Lily war, mit Vornamen anreden durfte – Priya und Marzanna. Dad hielt das für schräg, aber er fand sie auch allgemein ziemlich schräg. Die beiden sind Künstlerinnen: Priya macht Druck und Illustration, Marzanna »High-Concept Performance«. Ich war neun, als ich Lily endlich fragte, was das zu bedeuten hat, und sie gab zu, dass sie keinen Schimmer hatte.

»Hey, ich bin zu Hause«, ruft Lily, während sie die Haustür hinter mir schließt. »Und ich habe euch eine Überraschung mitgebracht.«

»Wenn es ein Nachtisch ist, bist du zu spät dran«, ruft Priya von links, wo die Küche ist. Den Grundriss des Hauses habe ich auch nicht vergessen. »Ich backe gerade Kokoskuchen.«

Ich folge Lily in die Küche, wo Priya mit dem Rücken zu uns an der Arbeitsplatte steht und in einer Schüssel rührt.

»Keine Sorge, er ist kein bisschen süß«, sagt Lily. Ich verdrehe die Augen. Priya dreht sich um, und als sie uns sieht – oder besser gesagt, mich –, klappt ihr die Kinnlade herunter.

»Nein«, keucht sie und stellt die Schüssel hin. »Gideon?«

Ich kann nicht verhindern, dass sich ein Lächeln auf mein Gesicht stiehlt. »Genau.«

»Ja, ich weiß schon, er ist richtig erwachsen geworden«, versucht Lily, ihre Mutter abzuwürgen – als würde das jemals funktionieren.

»Komm mal her«, sagt Priya, was unmöglich ist, weil sie im Nullkommanichts vor mir steht. Sie streicht mir das Haar glatt und mustert es, wie sie früher immer die Drucke in ihrem Atelier betrachtet hat. »Oh, gut, da ist immer noch der Rotschimmer drin.«

»Mama, hör auf, ihn zu kraulen«, sagt Lily. »Er ist doch kein Golden Retriever.«

Priya achtet nicht auf sie, zieht aber die Hand zurück.

»Gideon, Schatz. Das ist ja ewig her. Wo hast du dich bloß versteckt?«

Ich frage mich, was Lily ihnen wohl erzählt hat, als ich plötzlich nicht mehr kam. Hat sie mir die Schuld in die Schuhe geschoben? Ich bezweifle, dass sie ihnen die Wahrheit erzählt hat.

»Meistens in meinem Zimmer«, antworte ich daher.

Sie wirft den Kopf zurück und lacht. Es ist wirklich seltsam. Wenn ich etwas ernst meine, lachen die Leute, und wenn ich nur Spaß mache, werden sie sauer.

Priya steckt den Kopf durch eine offene Tür. Sie führt in das Atelier mit den großen Fenstern und dem vielen Sonnenlicht, in dem sich Lily früher immer am liebsten versteckt hat.

»Zanna!«, ruft sie. »Hast du gehört? Gideon ist hier!«

Es folgt eine kurze Pause. Dann: »Was? Hallo, Gideon!«

»Hi, Marzanna«, rufe ich zurück.

Priya senkt die Stimme. »Sie muss einen großen Auftrag abgeben und ist voll im Flow, sonst würde sie bestimmt rüberkommen.«

»»Voll im Flow««, wiederholt Lily und schnappt sich einen Becher aus dem Schrank. »Das heißt nur, dass sie das Haar voller Farbe hat und keinen BH trägt.«

»Wie geht es deinem Dad?«, fragt Priya.

»Gut. Er hat gerade ein neues Restaurant eröffnet.«

»Marzanna hat es neulich gesehen. Süße, du hast es gesehen, stimmt's?«

Aus dem Atelier kommt ein »Ja«.

»Was für eins ist es?«, fragt Priya.

»Mexikanische Fusionsküche«, erwidere ich.

Und aus dem Atelier: »Zu teuer für uns!«

»Wohin ist denn die Kaffeekanne verschwunden?« Lily deutet mit ihrer Tasse auf die Küchentheke.

»Die hat Mom«, sagt Priya.

Aus dem Atelier hören wir: »Der Kaffee ist kalt!«

»War ja klar«, seufzt Lily und stapft nach nebenan.

»Aus dir ist richtig was geworden«, sagt Priya zu mir. »Dein Dad ist bestimmt stolz auf dich.«

Sie will nett sein, das ist mir schon klar. Es ist nicht ihre Schuld, dass sich ihre Worte anfühlen wie Sandpapier, das über die bloße Haut schmirgelt.

»Das ist nicht das Wort, das ich verwenden würde.« Ich halte kurz inne. »Oder das er verwenden würde.«

Ihr Blick wird sanft. »Er war immer so streng mit dir.«

Ich weiß nicht, warum mich das unangenehm berührt. Es liegt nicht daran, dass ich nicht ihrer Meinung wäre. Aber wenn man seine eigene Sicht der Dinge von jemand anderem hört, wird sie gewissermaßen Realität.

Vielleicht kann Priya das an meinem Gesicht ablesen, denn sie fügt hinzu: »Ich meine nur – er erhofft sich viel für dich. Und er erwartet viel von dir. Das kann hart sein.«

»Nein, es ist …« Ich schaue aus dem Fenster in den von Unkraut und Narzissen überwucherten Garten. »Wahrscheinlich besser, als wenn er keine Erwartungen hätte.«

»Wirklich?« Lily schwebt wieder in die Küche. »Sei dir da mal nicht so sicher.«

»Wir haben jede Menge Erwartungen«, entgegnet Priya. »Wir erwarten, dass du dein Glück verfolgst. Und wenn du, um dein Glück zu finden, fünf College-Vorbereitungskurse machen und deine Gesundheit ruinieren musst, indem du bis drei Uhr morgens paukst …«

»Jetzt übertreib mal nicht.« Lily kippt den restlichen Kaffee auf einmal hinunter. »Gestern Abend war ich vor ein Uhr im Bett.«

Priya hebt ergeben die Hände.

»Gideon und ich müssen jedenfalls noch an einem Projekt arbeiten«, sagt Lily, »also ...«

»Ich wusste gar nicht, dass ihr zusammen in einem Kurs seid.«

Sind wir auch nicht. Lily hat ihren Stundenplan mit Fächern auf Collegeniveau und Zusatzkursen vollgestopft, ich dagegen belege die sogenannten Standardkurse. Eine zutreffendere Bezeichnung wäre »Bitte besteht einfach eure Fächer, damit ihr den Abschluss bekommt«, aber das klänge vermutlich nicht gerade ermutigend.

»Es ist für die Zeitung«, erklärt Lily.

»Du bist in der Redaktion?«, fragt mich Priya.

»Ich habe erst in diesem Halbjahr angefangen. Es war Lilys Idee.«

»Das ist toll!«

Lily schiebt sich bereits zur Tür durch. »Yep, super, wir gehen dann mal ...«

»Wirklich«, sagt Priya, »ich bin so froh, dass ihr beiden wieder Kontakt habt. Ich weiß, ich weiß, aus Kindern werden Leute, und sie finden neue Freunde, aber es ist schön, euch so zusammen zu sehen.« Sie verwuschelt mir das Haar. »Es ist schön, dich zu sehen. Punktum.«

»Uah, Mom muss dir endlich mal einen Welpen besorgen«, sagt Lily zu Priya und zieht mich am Ärmel hinter sich her.

Aus dem Atelier hören wir: »Keine Hunde!«

Lily setzt sich an ihren Schreibtisch und öffnet den Laptop. Ich stehe in der Tür und weiß nicht recht, wohin mit mir.

Lily mochte es nie, wenn man sich auf ihr Bett setzte. Sie hatte immer eine besondere Ordnung für die gruseligen Porzellanpuppen, die Jahr für Jahr von ihrer polnischen Großmutter kamen, und sie wollte nicht, dass etwas durcheinanderkam.

»Was ist denn?«, fragt Lily. »Sieht es hier so anders aus?«

Puppen, Ponys und die pastellfarbenen Bettbezüge sind verschwunden, aber das Zimmer sieht noch nach Lily aus.

»Ich wollte mich nicht auf dein Bett setzen, weil dir das immer nicht recht war. Aber der Schaukelstuhl, den du hattest, ist nicht mehr da. Und auf dem Bürostuhl sitzt du. Deshalb habe ich gerade überlegt, was mir für Möglichkeiten bleiben.«

Sie schweigt einen Moment. »Du erinnerst dich wirklich an alles.«

»Klar.«

»Manchmal wäre es mir anders lieber.« Sie weicht meinem Blick aus. »Du kannst dich ruhig aufs Bett setzen, das ist okay.«

Ich nehme Platz. Lily öffnet den Browser und beginnt zu tippen.

»Also. Polizist, O'Hara, San Miguel.« Sie drückt Enter und scrollt nach unten. »Da ist etwas. Ein Artikel über ein Benefizessen zugunsten der Polizei im letzten Jahr. O'Hara wird mit den Worten zitiert, dass er ›den Rückenwind aus der Gesellschaft deutlich spürt‹.«

»Steht da ein Vorname?«

»Und noch mehr. Hier ist die Rede von ›Officer Hank

O'Hara, 31, aus San Miguel‹.« Sie nickt. »Das hilft uns schon mal weiter.«

»Zu wissen, dass er einunddreißig ist?«

»Zu wissen, dass er tatsächlich in San Miguel wohnt. Viele Polizisten wohnen nicht da, wo sie arbeiten.«

Da hat sie recht. Man kann sich kaum vorstellen, dass jemand mit einem Polizistengehalt in La Jolla oder Del Mar lebt; aber auch reiche Leute wählen den Notruf.

»Hank O'Hara, San Miguel …« Sie klickt etwas an und lehnt sich überrascht zurück. »Oh Gott!«

»Was ist das denn?« Ich schaue ihr über die Schulter. »Sein Vorstrafenregister?«

Sie dreht den Bildschirm, damit ich besser sehen kann. »Sein Profil auf einer Dating-Website.«

HANK (M, 32)
1,85 m, das ist dir wahrscheinlich wichtig
(jedenfalls wenn du auf Äußerlichkeiten
achtest).
Bei mir geht immer was ab.
Ich ticke wie ein N64-Spiel: Es gibt kein
Problem, das sich nicht wegblasen lässt.

»Uah«, sagt Lily.

»Was ist ein N64?«, frage ich.

»Keine Ahnung.«

Sie scrollt weiter zu den Selfies. Oje. Die Selfies.

»Der besitzt wohl kein einziges Hemd?«, frage ich.

»Hat der denn keinen Freund, der mal ein Foto von ihm machen kann?«, fragt Lily.

Nicht jede Frage ist zu beantworten. Oder relevant.

»Na gut, wir wissen jetzt, dass er ein Depp ist, aber das hilft uns auch nicht, seine Adresse zu finden.«

Lily schließt das Fenster und scrollt weiter durch die Suchergebnisse. »Nichts.« Wieder tippt sie etwas ein. »Ich hätte darauf gewettet, dass bei ›Hank O'Hara‹ irgendwas auftauchen würde ...«

Mir geht ein Licht auf. »Nicht unter Hank.« Sie sieht mich fragend an. »Das ist nicht sein richtiger Name. Kann sein, dass er so genannt wird, auch auf der Arbeit, aber die Geburtsurkunde und der Mietvertrag laufen bestimmt nicht unter seinem Spitznamen.«

»Wofür steht denn Hank?«

»Hankrick?« Lily sagt nichts. »Hankbert.« Sie durchbohrt mich mit ihrem Blick. »Spaß. Henry.«

Kopfschüttelnd gibt sie den Namen ein. »Das ist doch nur ein Buchstabe weniger, was soll das für ein Spitzname sein?«

»Keine Ahnung. Die Briten sind schuld.«

»Genau, das haben meine Vorfahren auch so gesehen.« – Dann stößt sie einen triumphierenden Pfiff aus. »Da ist er! Henry F. O'Hara, 3047 Linda Lane.«

»Unglaublich, dass du das so schnell gefunden hast«, sage ich.

»Das Internet ist magisch.«

Ich zucke mit den Achseln. »Ich benutze es nicht so oft.«

»Eines Tages, Gideon«, sagt sie, während sie etwas in ihr Notizbuch schreibt, »wirst du feststellen, dass die Welt nicht 1942 aufgehört hat, sich zu drehen.«

»Leider.«

Sie hält inne. Sieht zu mir hoch. Neigt den Kopf. »Für dich vielleicht.«

»Na ja …«, sage ich. Ich wittere eine Falle. »Ich mag halt …«

»Ich weiß, du magst die Mode und die Filme«, sagt sie. »Aber für viele Leute war es damals nicht so toll. Als schwarzes Mädchen mit zwei Müttern würde ich jedenfalls ungern in so einer Zeit leben.«

Bei diesen Worten komme ich mir vor wie ein privilegierter Arsch. Und natürlich stimmt es, was sie über die Vierziger sagt. Sogar mir fällt auf, wie sexistisch es im Film noir meistens zugeht. Im besten Fall werden Rassismus und Scheinheiligkeit verharmlost und schon das ist nicht so toll. Im schlimmsten Fall hat man es mit einem Charlton Heston mit brauner Schminke zu tun, der in dem Krimi *Im Zeichen des Bösen* den Drogenfahnder Miguel Vargas spielt, während die echten Mexikaner die verboten dämlichen Gangster geben dürfen.

Diesen Film habe ich mir genau ein Mal angesehen, und ich war froh, als er vorbei war. Aber darüber mache ich mir nicht so oft Gedanken. Wahrscheinlich, weil ich … mir keine Gedanken machen muss.

»Du hast recht«, sage ich zu Lily. »Das ist echt ein gutes Argument.«

Sie sieht mich überrascht an. »Wow.«

»Findest du etwa nicht?«

»Doch, ich weiß es sogar«, sagt sie. »Ich habe dich nur noch nie zugeben hören, dass jemand anders als du recht haben könnte.«

Bei diesen Worten komme ich mir vor wie ein privilegierter Klugscheißer.

Sie tippt O'Haras Adresse in ihr Handy ein. »Gehen wir.«

Das Haus des Polizeibeamten O'Hara, über den wir rein

gar nichts wissen, ist so durchschnittlich wie nur was. Und dafür, dass wir unbedingt etwas über ihn in Erfahrung bringen müssen, ist es ärgerlich nichtssagend. Wie alles in dieser Stadt wurde es in den Sechzigern erbaut, im Ranchstil mit Veranda rundherum. Wir können daraus nur folgern, dass O'Hara nicht das Geld oder die Lust zum Renovieren hat. Das hilft uns nicht sonderlich weiter.

Ich habe keine Ahnung von Autos – jedenfalls von modernen Autos –, aber für mich sieht der Wagen, der in der Auffahrt steht, so durchschnittlich aus wie alles andere. Lily merkt, dass ich ihn betrachte.

»Er muss zu Hause sein«, überlegt sie, und ich nicke. Er lebt allein. Da braucht man keine zwei Autos.

Lily klopft an die Tür. Dann kurz darauf noch einmal. Aber es kommt keiner.

»Entweder hat er sich beim Anblick deines Trenchcoats aus dem Staub gemacht oder er ist nicht zu Hause.« Lily geht einen Schritt zurück. »Aber sein Auto steht da.«

Plötzlich geht mir unser Denkfehler auf. »Aber sein Polizeiauto nicht.«

»Ich schätze, wir müssen noch mal wiederkommen«, sagt Lily. »Was für eine Benzinverschwendung.«

Sie sieht wieder alles völlig falsch. Was für eine Chance!

Während Lily noch einmal an die Tür klopft, fällt mir links neben der Eingangstür etwas ins Auge.

»Lily, schau mal.« Ich deute auf den Boden unter dem Briefkasten.

»Fußspuren?«, fragt sie.

»Matschige Fußspuren. Letzte Nacht und heute früh hat es geregnet.«

Als ich mich auf den Weg zur Schule gemacht habe,

hing Dads Jacke zum Trocknen im Badezimmer, und die Gehwege waren noch feucht. So etwas fällt einem nur auf, wenn man in einer Region lebt, in der es nur vierzig Tage im Jahr regnet.

»Sie führen zum Briefkasten und wieder zurück zur Treppe. Aber nicht zur Tür.« Ich knie mich hin, um mir die Spuren genauer anzusehen. »Wer würde nur zum Briefkasten gehen und nicht zur Haustür?«

»Der Postbote«, sagt sie. Als wäre das offensichtlich.

»Das kannst du nicht wissen.«

»Hast du schon mal von Ockhams Rasiermesser gehört?«

»Nein, ich benutze No-Name-Rasierer.«

»Was?« Sie schüttelt den Kopf. »Das ist ein Prinzip der Problemlösung. Es besagt, dass die einfachste Erklärung meistens die richtige ist.«

»Und wenn der Schuhabdruck glatt ist, ohne Kerben oder Muster, was würde Oxman dann wohl sagen?«

»Ockham.«

»Er würde sagen, dass kein Postbote Schuhe ohne Profil tragen würde. Die einfachste Erklärung ist also: Es war jemand anders.«

Ich öffne die Klappe des Briefkastens und wühle in der Post. Ein Katalog, eine Speisekarte vom Lieferdienst und … Rechnungen. Jede Menge Rechnungen.

»Die hier ist von einem Inkassobüro.« Ich drehe den Umschlag hin und her. Vorne steht nichts, was uns weiterhelfen würde. Kein »Überfällig« oder »Letzte Mahnung« oder »Dein Kredit ist im Arsch, Kumpel«.

»Leg das zurück«, befiehlt mir Lily. »Das ist eine Straftat!«

»Nur wenn ich ihn aufmache.« Während Lily versucht,

durch das Fenster ins Innere zu spähen, halte ich den Umschlag gegen das Licht, aber daran hat man wohl gedacht, denn er ist blickdicht. Wie stehen die Chancen, dass das die einzige Mahnung ist, die er bekommen hat? Niedrig. Sogar Oxman und sein Rasierer würden mir zustimmen.

Die Müllabfuhr kommt heute nicht, weshalb es nicht weiter erstaunlich ist, dass O'Haras Mülltonnen nicht draußen stehen. Ich spähe über das Verandageländer und sehe alle beide – die grüne und die braune – hinter einem kleinen Holzzaun stehen, der wohl den Garten begrenzt. Ich springe über das Geländer, nicht annähernd so elegant, wie ich es erhofft habe. Das ist der Vorteil actionreicher Filme: Da gibt es ausgebildete Stunt-Doubles.

Das kleine Gartentürchen aus Holz ist nicht verschlossen, sondern nur von innen verriegelt. Ich kann mit der Hand durch die Latten greifen und den Riegel öffnen.

»Wo bist du?«, ruft Lily von der Haustür.

Ich würde es ihr ja sagen, möchte aber keine Aufmerksamkeit erregen. Stattdessen öffne ich den grünen Mülleimer und durchforste ihn nach nützlichen Hinweisen.

Eine Plastikschale für Bestellessen, ein Kunststoffbecher, eine Take-away-Tüte mit Smiley: O'Hara lässt sich oft Essen liefern, kann wahrscheinlich nicht kochen – nicht dass ich darüber urteilen dürfte, denn ich kann es auch nicht.

Eine halbe Rechnung, in der Mitte durchgerissen. Die behalte ich vorerst.

Ich klemme sie mir unter den Arm und suche weiter.

Eine Bierdose, noch eine Bierdose, noch eine Bierdose, eine Wasserflasche – hin und wieder tut er also auch etwas für den Wasserhaushalt –, noch eine Bierdose.

Eine weitere zerrissene Rechnung, mit einer anderen Schriftart gedruckt als die erste.

Lily beugt sich über das Verandageländer. »Oh Gott, durchwühlst du den Müll?«

»Nein.« Das wäre ja widerlich. »Es ist die Recycling-Tonne.«

»Gideon!«

»Was?«

»Was soll das heißen – *was?*«

Als ich die erste zerrissene Rechnung auffalte, bleibt mein Blick an den Zahlen am unteren Seitenende hängen.

aldo Vormonat: – $ 6.972,45
aldo aktuell: $ 0,00

Das Wort, dessen erster Buchstabe fehlt, heißt sicher »Saldo«, also Kontostand. »Saldo Vormonat« und »Saldo aktuell«. Erst ein hoher Minusbetrag, dann null. Hm. Ich falte die zweite zerrissene Rechnung auseinander. Eine andere Schriftart, im Briefkopf ein anderes Logo.

Sehr geehrter Mr O'Hara,
anlässlich der geleisteten Zahlungen
wir Ihnen mitteilen, dass oben genannter
über die Begleichung der Schuld infor

Verschiedene Briefe unterschiedlicher Firmen – Inkassobüros? Jedenfalls haben sie mit Schulden zu tun. Diversen Schulden. Hier geht es nicht nur um eine überzogene Kreditkarte, sondern um gleich zwei Forderungen, nach der Rechnung im Briefkasten zu schließen, vielleicht eine dritte.

»Was hast du gefunden?«, fragt Lily. »Hast du was?«

»Er hat Schulden. Richtig hohe Schulden.« Aber nein, so stimmt das nicht. »Er hatte Schulden«, verbessere ich mich. »Und jetzt hat er deutlich weniger. Auf einmal. Ganz plötzlich.«

Ich kann mir nicht vorstellen, dass man Schulden so leicht loswird, es sei denn, der reiche Opa stirbt, oder man gewinnt im Lotto.

»Dann hat er mehr Geld als früher.« Lily betrachtet noch einmal sein Haus. »Nicht dass man das von außen sehen würde.«

»Dass er fast alle Festnahmeprotokolle geschrieben hat, kann kein Zufall sein«, erkläre ich. »Er bekommt etwas dafür.«

Lily nickt. »Komm mit, wir gehen besser, bevor uns jemand sieht.«

Den ungeöffneten Brief habe ich noch in der Tasche meines Hoodies. Ich reiche ihn Lily über das Verandageländer. »Kannst du den zurücklegen?«

Ich höre die Absätze ihrer Schuhe über die Holzveranda klackern, dann folgt Stille. Der Briefkasten schließt sich scheppernd und plötzlich höre ich Lily japsen.

»Gideon«, sagt sie, diesmal zum Glück etwas leiser. Und eindringlicher, was ein gutes oder ein schlechtes Zeichen sein könnte. »Komm mal her.«

Der schnellste Weg würde über das Verandageländer führen, aber das würde Lärm machen, daher gehe ich durch die Gartentür. Dafür brauche ich auch nicht so viele Bizepsmuskeln – noch ein Pluspunkt.

Lily steht neben dem offenen Briefkasten und hat etwas Kleines Weißes in der Hand.

»Guck mal, was ich gefunden habe.« Sie hält es mir hin: Es ist ein Notizzettel, winzig zusammengefaltet und sorgfältig zugeklebt.

»Wo war das?«

»Der klebte seitlich am Briefkasten.« Sie fängt an, das Klebeband aufzuknibbeln, hält aber plötzlich inne. »Ich weiß auch nicht, vielleicht ist es ja auch gar nichts.«

Ich sehe mich um. Vielleicht, vielleicht auch nicht. Aber wir haben die Gastfreundschaft dieses Hauses schon viel zu lange strapaziert.

»Lass uns ein paar Seitenstraßen weiterfahren«, sage ich.

»Dann machen wir es auf.«

»Ich frage mich, wie lang das da schon hing«, sage ich, während Lily fährt. »Der Zettel.«

Lily denkt nach. »Du hast gesagt, letzte Nacht hat es geregnet.«

»Ja, und heute Morgen war es noch feucht. So sind ja auch die Fußabdrücke hingekommen. Vom Matsch.«

Lily überlegt noch einmal, ehe sie sagt: »Der Zettel hat seitlich am Briefkasten geklebt. Und der Eingang ist nicht überdacht. Wäre er da nicht nass geworden?«

Ich drehe den Zettel hin und her. Sie hat recht: Das Papier ist nicht nur trocken, es ist nie nass gewesen. Keine Falten, keine verlaufende Farbe. Ich nicke. »Jemand hat ihn heute erst angeklebt.«

Wir halten auf dem Parkplatz eines Einkaufszentrums und lesen die Notiz. Zumindest können wir ziemlich sicher sein, dass wir nicht von irgendwelchen Nachbarschaftswachen durchs Fernglas beobachtet werden.

Vorsichtig, um das Papier nicht zu beschädigen, ziehe ich das Klebeband ab und öffne den Zettel.

1atz mrg

Und darunter steht in einem fast unlesbaren Gekritzel:
UHRZEIT WIE IMMER

»Was zum Geier …?«, sagt Lily. »Das sieht ja aus wie ein Cartoon.«

Ist es aber nicht. »Das ist ein Code. Den muss nur der verstehen, der ihn schickt, und der, der ihn bekommt.«

»O'Hara.«

»Genau.«

»Wie sollen wir dann herausfinden, was das zu bedeuten hat?«

1atz. Ein-atz. Nein, Eins-atz.

»Einsatz.« Das ist nicht weiter schwer zu verstehen: Jemand braucht O'Hara. Wer ist für einen Einsatz wohl besser geeignet als ein Polizist in Geldnot?

Lily betrachtet die nächsten Symbole. »Mrg. Halbmond. Morgen Nacht!«

Dann kommt das Clowngesicht. Und … ein Fisch?

»Vielleicht sollen wir die beiden Wörter zusammenlesen«, sage ich. »Clowngesichtfisch? Was soll das denn sein?«

»Clown-Gesicht«, sagt Lily langsam. »Hm, mal sehen …«

Mit flinken Daumen tippt sie etwas in ihr Handy und macht das Victory-Zeichen. »Wusste ich es doch. Echter Clownfisch, siehst du?« Sie zeigt mir ihr Handy, damit ich mir das Bild ansehen kann.

»Sieht ja aus wie Nemo. Okay, also ein Clownfisch«, sage ich. »Aber was zum Teufel soll das heißen? Wie kann O'Hara wissen, wo er hinmuss?«

»Vielleicht ist es das Aquarium«, schlägt Lily vor.

»Das ist aber so weit weg.«

»Auf der Zweiundfünfzig kommst du direkt hin.«

»Ja, aber da muss man bis La Jolla fahren«, sage ich. »Vielleicht ist es auch ein Fischrestaurant, das den Clownfisch auf der Speisekarte hat. Und da treffen sie sich.«

»Wir können uns doch nicht jede Speisekarte im Bezirk von San Diego anschauen.«

Das müssen wir auch nicht. Ich lege den Zettel aufs Armaturenbrett, ziehe das Telefon aus der Tasche und wähle.

»Hallo«, sagt Dad in dieser angestrengten Stimme, die zu nah am Mikro ist, weil er das Telefon zwischen Ohr und Schulter geklemmt hat. »Ich muss gleich los, habe nur eine Sekunde.«

»Gibt es in San Miguel ein Restaurant, das Clownfisch auf der Karte hat?«

»Was?«

»Kann man den irgendwo essen?«

»Clownfische kannst du nicht essen«, sagt Dad. »Das sind Aquarienfische.«

»Oh.« Ich sehe Lily an und schüttele den Kopf. »Okay, danke –«

»Versucht jemand, dir Alkohol aufzuschwatzen?«

»Was? Nein!«, entgegne ich überrascht.

»Das Zeug ist ja noch nicht einmal auf dem Markt.«

»Dad, wovon redest du?«

»Clownfisch, das ist doch ein Bier«, sagt Dad. »Oder besser, es wird ein Bier sein, wenn die Brauerei fertig ist. Das Projekt zieht sich schon Jahre hin.« Er stockt kurz. »Schwatzt dir wirklich niemand Alkohol auf?«

»Wer sollte das sein? Ich sehe doch aus wie zwölf.«

»Also … na gut.« Er zögert. »Aber warum hast du dann gefragt?«

»Hä?«

»Nach dem Clownfisch.«

»Oh. Ähm.« Ich suche fieberhaft nach einer Ausrede. »Ratespiel. In der Schule.«

Diesmal kommt seine Antwort wie aus der Pistole geschossen. »Dir ist aber schon bewusst, dass du mogelst?«

»Es gibt nichts zu gewinnen.«

»Vielleicht sollte deine Ehrlichkeit gewinnen.«

»Oh Gott, ich lasse die Frage aus, okay?«

»Welche Frage?«, flüstert Lily.

»Nicht in diesem Ton«, sagt Dad.

»Entschuldige den Ton, danke für die Hilfe, tschüs!«

Ich beende das Gespräch. Lily schüttelt den Kopf. »Wie hält er es nur rund um die Uhr mit dir aus?«

»Schlecht«, sage ich. »Clownfisch ist ein Bier. Das hat Dad jedenfalls gesagt, bevor er mit der Strafpredigt anfing. Nicht weit von hier entsteht eine Brauerei.«

Lily lässt das eine Weile sacken. »Und da soll O'Hara … diese andere Person treffen.«

»Jemanden, der ihn nicht anrufen konnte. Keine E-Mail schreiben. Nicht einmal eine verständliche Botschaft schicken.«

»Die wollen nicht, dass ihnen irgendjemand auf die Schliche kommt.«

Das ist noch nicht alles. »Und sie wollen keine Spuren hinterlassen.«

»Also schreiben sie sich Nachrichten, die sie leicht vernichten können, und treffen sich an abgelegenen Orten. Zum Beispiel in einer Brauerei, die noch nicht eröffnet wurde.«

»Klang eher nach einer Baustelle.«

»Aber ... wann? Welche Uhrzeit?«

Uhrzeit wie immer. Das hilft uns auch nicht weiter. »Irgendwann zwischen Sonnenuntergang und Sonnenaufgang.

Lily schnaubt frustriert. »Das ist ein zu langer Zeitraum. Wir können doch nicht die ganze Nacht lang eine Baustelle beobachten, da würden sogar *meine* Eltern durchdrehen.«

»Um welche Zeit müssen die abends die Bauarbeiten beenden?«, frage ich sie. »Ich meine, wie sind die städtischen Vorgaben? Wann muss man abends aufhören, zu bohren und sonst wie Lärm zu machen?«

Sie tippt in ihr Handy. »20 Uhr.«

»Also dürfte es danach sein. Oder vielleicht etwas früher, denn morgen ist Freitag. Freitags gehen die meisten früher nach Hause, stimmt's?«

Lily atmet scharf ein. »Aber nicht alle.« Sie drückt mir ihr Telefon in die Hand und sucht auf dem Rücksitz nach dem Umschlag mit den Festnahmeprotokollen. »Ich lese dir das jeweilige Datum vor, und du sagst mir, ob es ein Freitag war.«

Wir gehen die Protokolle blitzschnell durch, bis Lily nur noch eine Handvoll Blätter übrig hat.

»Die früheste Verhaftung, die O'Hara an einem Freitag vorgenommen hat, war um zweiundzwanzig Uhr. Die späteste war um drei Uhr am folgenden Morgen. Freitags hat er offenbar immer Nachtschicht.«

»Irgendwann zwischen acht und zehn«, sage ich langsam. »Das ist der einzige Zeitraum, an dem er noch freihat.«

Lily faltet den Notizzettel zusammen und klebt ihn auf die Mittelkonsole.

Zumindest können wir in Erfahrung bringen, wen O'Hara treffen soll, wer seine Schulden beglichen hat und wer ihm steckt, wen er verhaften soll.

Lily starrt noch eine Weile in die Ferne. Dann schnallt sie sich an und startet den Motor. »Ich hole dich morgen um Viertel vor neun ab.«

Erst als ich an diesem Abend im Bett liege und kurz vorm Einschlafen bin, fällt mir ein, dass wir den Zettel nicht zurückgebracht haben.

Kapitel 11

Pünktlich um zwanzig Uhr fünfundvierzig hält Lily vor meinem Haus. Ich warte bereits am Straßenrand in, wie sie es nennen würde, »normalen Klamotten«: Jeans und einem dunklen Hoodie. Trenchcoat und Hut habe ich in der Wohnung gelassen. In einer Rockerkneipe oder bei O'Haras Haus herumzuspionieren, ist das eine, ein nächtliches Geheimtreffen zu beobachten, ein ganz anderes Kaliber. Da sollte man nicht auffallen.

Auch mein Handy habe ich im Haus gelassen, vermutlich eine übertrieben misstrauische Entscheidung, denn soweit ich weiß, hat Dad die Tracking-App, die er installiert hat, als ich in der sechsten Klasse war, höchstens zweimal verwendet: einmal im letzten Jahr, als er sich ausgeschlossen hatte und ich nicht ans Handy ging, und einmal in der siebten Klasse, als er mich auf ein Erntefestival in dem Örtchen Julian schleppte und ich mich prompt in einem Maislabyrinth »verlief«.

Als ich einsteige, sehe ich, dass auch Lily anders angezogen ist als sonst. Kein Sommerkleid oder Faltenrock, keine Schleifchenschuhe, sondern schwarzes T-Shirt, schwarze Sneaker und schwarze Hose. Ich wusste gar nicht, dass sie so viele schwarze Sachen besitzt. Und dass sie *Hosen* besitzt.

Während der Fahrt herrscht Stille. Lily beginnt weder ein Gespräch, noch schaltet sie das Radio ein, und ich bitte sie auch nicht darum. Erst als wir an einem Schild mit der Aufschrift »Clownfisch-Brauerei – Demnächst hier!«

vorbeifahren und auf den verlassenen, mit Unkraut überwucherten Parkplatz einbiegen, bricht Lily ihr Schweigen.

»Da sind gar keine Autos.« Sie reckt den Hals, um den ganzen Parkplatz zu überschauen. »Vielleicht war es doch nicht die Brauerei. Vielleicht haben wir das falsch verstanden.«

Oder die Person, die O'Hara treffen wollte, ist abgehauen, als er nicht auftauchte. Woran ausschließlich wir schuld wären.

Ich öffne die Autotür. »Es gibt nur eine Möglichkeit, das herauszufinden.«

»Alles dunkel«, sagt Lily, während wir über den leeren Parkplatz gehen. »Gideon … hier ist niemand.«

Ihr Ton macht mich nervös. Sie hört sich an, als würde es sich gar nicht lohnen weiterzusuchen. Als liefe eine Ermittlung wie eine Internetrecherche, bei der man eine Frage eingibt und eine Antwort erhält. Ein Detektiv kommt aber nur ans Ziel, wenn er zwischendurch auch mal in eine Sackgasse gerät.

»Dann schauen wir uns um und versuchen es morgen noch mal bei Officer O'Hara«, sage ich, während sie mit dem Handylicht eine Tür anleuchtet, die vor uns in der Dunkelheit auftaucht. »Schadet ja nichts.«

Das sieht schon besser aus, denke ich, als wir vor dem Gebäude stehen. Es ist dunkel und still und ein bisschen unheimlich. Mir kommt es vor wie im Film.

BRAUEREI – AUSSEN – NACHT
GIDEON und LILY stehen inmitten von Schutt und Dreck vor der unfertigen Brauerei. Hinter

ihnen ragt reglos ein Bagger
empor. In der Sperrholzwand vor
ihnen, die mit Werbeplakaten
für Filme, Politiker und eine
Comedyshow mit einem Hauptact
namens Mo beklebt ist, befindet
sich eine große Eingangstür aus
Metall. Vor der Tür ist kreuz
und quer gelbes Band gespannt.
Polizeiabsperrband.

Allerdings … sieht es auch wieder nicht aus wie im Film.
Ich meine, das Band ist schon gelb-schwarz, aber wer immer es da angebracht hat, hat sich keine besondere Mühe
gegeben. Es klaffen riesige Lücken, die groß genug sind,
um hindurchzuschlüpfen.

»Komm mit«, sage ich zu Lily. »Wir gehen rein.«

Sie sieht mich besorgt an. »Und das Absperrband?«

»Wir kriechen durch.«

»Und wenn es aus einem bestimmten Grund da ist?«

»Ist es wahrscheinlich auch. Um Obdachlose fernzuhalten. Genau wie die Alarmanlage.«

»Alarmanlage?«

Ich deute auf das Schild neben der Tür: »Gesichert von
Argos Wachschutz.« Als ich nach dem Türknauf greifen
will, fällt mir Lily in den Arm.

»Du löst doch den Alarm aus!«

»Die Tür steht schon etwas offen, siehst du?«

Ich deute auf den Spalt, und Lily beugt sich vor, um genauer nachzusehen. »Wenn sie schon offen ist …« Sie zögert, »und der Alarm nicht losgeht …«

»Dann gibt es gar keine Alarmanlage. Alles nur Show.«

»Oder sie wurde abgestellt«, sagt sie. »Von jemandem, der drin ist.«

Schnell ziehe ich die Hand zurück, denn sie hat recht. Diese Möglichkeit hatte ich nicht bedacht.

»Okay«, sage ich. »Dann … ganz leise.«

Die Tür öffnet sich, ohne dass es quietscht, geschweige denn eine Alarmanlage losgeht. Lily und ich schleichen uns vorsichtig hinein. Dort ist es rabenschwarz und totenstill, man hört nicht einmal einen Wasserhahn tropfen oder eine Ratte davonwuseln.

»Ich glaube, ich fühle einen Lichtschalter«, flüstert sie. »Soll ich …?«

»Ja, es ist niemand da.«

BRAUEREI – INNEN – NACHT

Mehrere schwache Lichter gehen an und erhellen den Mittelteil der riesigen, leeren Brauerei- halle. Der Boden ist mit einer grauen Staubschicht bedeckt, als würde schon seit Wochen nicht mehr gebaut. Vielleicht seit Monaten. Mit der endlosen kalten Betonfläche unten und den Metallgerüsten oben wirkt es nicht wie ein Gebäude, sondern eher wie eine Hülle. Oder vielleicht … ein Skelett.

Ich schüttele den Kopf, denn ich muss mich konzentrieren. Sieh nach, was nicht stimmt, rufe ich mir in Erinnerung. Was fällt auf?

Aber es wirkt alles ziemlich normal: die Seile und die knittrigen blauen Abdeckplanen vor den Fenstern, die große Werkbank in der Mitte und die Stühle darum herum. Einer ist umgekippt ...

Moment mal. Ein umgestürzter Stuhl?

Ich laufe hin. Er liegt vielleicht dreißig Zentimeter vom nächsten Stuhl entfernt. Den hat nicht einfach ein Luftzug umgeschmissen: Das war ein Mensch und er hat ihn nicht wieder aufgestellt. Ein Arbeiter? Vielleicht. Oder ...

»Lily. Sieh dir mal den Tisch an.« Lily kommt zu mir und betrachtet die Stelle, auf die ich zeige: Da sind mehrere lange Spuren im Staub. »Siehst du das?«

»Ja.« Sie tritt näher heran. »Aber was ist das ...?«

Ich versuche, mir vorzustellen, wie so eine Spur entstehen könnte. »Jemand hat auf den Tisch gelangt. Oder etwas draufgelegt. So hat er oder sie die Spur im Staub gezogen.«

»Und zwar eine lange.« Ich kann die Rädchen in Lilys Kopf geradezu rattern hören. »Seither ist nicht viel Zeit vergangen, denn es hat sich kein neuer Staub abgesetzt.«

»Es war wirklich jemand da.«

»Vor Kurzem erst«, fügt Lily hinzu. Ich nicke. Sie runzelt die Stirn. »Was den Ort angeht, haben wir uns nicht getäuscht. In der Zeit schon.«

Ich gebe es nicht gern zu, aber es sieht ganz so aus, als hätte sie recht.

»Vielleicht hat er oder sie etwas hinterlassen«, sage ich. »Einen Hinweis darauf, wer es ist.«

Wir sehen uns beide im dunkleren Teil der Halle um, Lily

genauer als ich, da ihr Handylicht besser ist als meine Stift-lampe, die ständig ausgeht.

»Ich finde es hier echt gruselig.« Sie schüttelt heftig den Kopf. »Lass uns gehen.«

»Jetzt?«

»Es ist doch niemand da. Es gibt nichts zu sehen.«

Das ist das Problem mit den meisten Leuten. Sie denken, wenn sie nicht auf Anhieb etwas finden, gibt es auch nichts. Ein kurzer Blick und schon sind sie fertig. Als bestünde die Welt nur aus Neonlichtern. Als gäbe es keine Schatten.

»Lass mich noch eine Minute schauen«, sage ich. »Eine Minute – sechzig Sekunden, du darfst zählen.«

Ich laufe zum hinteren Teil des Gebäudes, wo wir bisher noch gar nicht nachgesehen haben. Lily rennt hinter mir her. »Ich lasse dich nicht allein gehen!«

Wenn mein Leben ein Film noir wäre – und nie kam es mir mehr danach vor –, würde die Kamerafahrt etwa so ab-laufen.

BRAUEREI – INNEN – NACHT

Die Kamera schaut über GIDEONS Schulter und geht zurück zu LILY, die ihm folgt. Abseits der Lichter in der Hallenmitte stolpern die beiden mit LILYS Handylampe, die den Weg erhellt, an Holzpaletten und Pyramiden aus Farbeimern vorbei.

Als ich unvermittelt stehen bleibe, läuft Lily von hinten in mich hinein und fängt sich an meinen Schultern ab.

»Oh Gott«, sagt sie. »Warum …«

»Siehst du das?« Ich nehme ihre Hand und drehe das Handylicht in die Richtung, die ich meine. »Dort drüben. In der Ecke.«

»Ein Schatten«, sagt sie. »Da ist es dunkel.«

Als könnte im Dunkeln nichts sein. Als könnte sich dort nichts verbergen.

»Lily, da ist was.«

»Kisten. Das sind lauter Kisten.«

Das ist eine Vermutung. Keine schlechte, aber es ist eine Vermutung. Und eine Vermutung ist keine Tatsache.

»Leuchte mal hin«, bitte ich sie.

Langsam, zitternd hält Lily ihr Handy hoch.

Etwas – jemand – Unförmiges liegt in der Ecke.

Lily atmet kurz und scharf ein. »Oh Gott. Ist das ein …«

Mensch? »Ja, ich glaube.«

»Aber ist er … sie …«

Am Leben? »Ich weiß es nicht.«

»Wir müssen raus hier«, sagt sie. »Komm schon, wir müssen sofort weg.«

»Wir können nicht einfach abhauen.«

»Doch, können wir«, erklärt sie entschlossen. Wenn Lily die Wahl zwischen Kampf und Flucht hat, ist sie wahrscheinlich immer auf der Seite der Flucht. »Den Weg zur Tür finde ich wieder.«

Das ist kein Film. Es ist echt. Es ist auch kein Spaß mehr. Es macht mir Angst. Trotzdem muss ich noch etwas erledigen.

»Nein, wir müssen nachsehen.«

»Was denn?«

Ich trete einen Schritt vor. »Ich muss nachsehen.«

»Gideon!« Ich spüre kurz ihre Hand an meinem Hoody, doch schon bin ich weg. »Halt, geh nicht …«

»Hey«, sage ich, nicht zu Lily, sondern zu der Person am Boden. »Geht es Ihnen gut?«

»Bist du verrückt?«, brüllt sie mich an.

Ich suche nach der Stiftleuchte in meiner Tasche, bekomme sie aber nicht zu fassen. Meine Finger sind klamm, obwohl es gar nicht kalt ist.

Schließlich gelingt es mir doch, die Lampe herauszuziehen, und ich gehe näher an die Gestalt heran, die nur noch ein oder zwei Meter von mir entfernt liegt. Als ich sehe, was ich vor mir habe, bleibe ich abrupt stehen. Lily bemerkt das offenbar.

»Was ist?«, fragt sie. »Hat er sich bewegt?«

»Nein.« Ich drehe mich zu ihr um. »Das geht schlecht, wenn man tot ist.«

Lily schlägt sich die Hand vor den Mund, um einen Schrei zu unterdrücken – oder ein Kreischen? Einen passenden Laut jedenfalls.

Ich bin merkwürdig ruhig. Und das macht mir irgendwie noch mehr Angst.

»Heilige Scheiße«, höre ich Lily flüstern. Dann wiederholt sie es wieder. Und wieder. »Heilige Scheiße, heilige Scheiße, heilige …«

Doch schon bald höre ich nichts mehr. Nicht unbedingt, weil Lily schweigt, sondern weil ich nichts mehr hören will. Sie wird mich gleich dazu zwingen abzuhauen, in einer Minute, vielleicht weniger, und ich muss mir einprägen, was ich sehe, was mich in diesem Moment an diesem Ort umgibt. Und den toten Mann. Ich muss mir einprägen, was *da* ist.

Schwarzes Haar. Braune Augen. Augen offen. Weit aufgerissen.

Liegt auf dem Rücken. Kopf in einer Lache aus dunklem Blut.

Groß, aber nicht sehr groß. Schlank, aber nicht dünn. Nicht alt, aber auch nicht jung.

Kleidung, die Kleider: T-Shirt, Jeans, eine Jacke, für die es zu warm ist, wahrscheinlich hat er sie an, weil er sie schick findet – alles perfekt, wie für ihn entworfen. Wie für ihn gemacht. Wie maßgeschneidert.

Jackenärmel aufgerollt – nein, hochgeschoben. Nur der linke. Bis knapp über den Ellbogen. Zwei Zentimeter darunter ein Gummischlauch, der eng um den Arm gebunden wurde und in die Haut einschneidet.

Irgendwas stimmt hier nicht. Nicht nur die Leiche, die da einen Meter vor mir liegt, die stimmt natürlich schon mal gar nicht. Aber da ist noch etwas anderes. Mir kommt es fast unwirklich vor. Ich weiß, es ist real, denn ich fühle mein Herz im Brustkorb pochen und spüre durch ein Loch in meinem Schuh den feuchten Boden, dazu kommt eine schleichende Angst.

Aber es stimmt noch etwas nicht. Das ist alles total unlogisch.

»Lily«, sage ich und ärgere mich über das Zittern in meiner Stimme. »Irgendetwas ist hier faul …«

Als ich mich umdrehe, verwandelt sich die schleichende Angst in blanken Horror.

Lily tippt in ihr Handy.

»Wen rufst du da an?«

Sie blickt nicht auf. »Notruf!«

Mein Magen macht einen Salto. Ich vergesse den Toten,

stürze mich auf Lily, reiße ihr das Smartphone aus der Hand und beende den Anruf. »Warum denn?«

»Warum denn nicht?«, schreit Lily im Flüsterton. »Da liegt ein Toter!«

Ich schließe die Augen. »Da ruft man doch nicht gleich die Polizei!«

»Doch, bei einer Leiche schon!«

»Aber nicht mit dem eigenen Telefon, niemals mit dem …«

»Was denn – mit deinem vielleicht?«

»Nein, man ruft von der Telefonzelle an!«

»Der Telefon…« Sie starrt mich lange sprachlos an. »In was für einem Jahrzehnt lebst du eigentlich?!«

»Wenn du von deinem eigenen Telefon anrufst, können sie dich orten«, versuche ich, ihr klarzumachen. »Und wenn sie wissen, dass du angerufen hast, musst du ihnen erklären, warum du hier warst.«

»Dann erkläre ich es ihnen eben! Wir recherchieren für einen Artikel über den Anstieg der Kriminalität und sind hergekommen …«

Ich packe sie bei den Schultern. Sie ist zu überrascht, um sich zu wehren. »Nein, nein! Wir recherchieren gar nichts. Okay? Erzähl ihnen etwas anderes, irgendwas anderes. Wir sind in der Nähe spazieren gegangen, wir haben nach deiner Katze gesucht, wir wollten in einer dunklen Seitengasse rummachen …«

»Uah, Gideon!«

»Wir müssen uns was ausdenken, Lily, reiß dich zusammen!«

Ihr Atem geht nun schneller, zu schnell. Ihr Blick huscht unruhig durch den Raum. »Was machen wir jetzt?«

Selbst wenn wir verschwinden, bevor die Polizei eintrifft, können sie Lilys Telefon orten und tauchen womöglich bei ihr zu Hause auf, was noch schlimmer sein dürfte. So oder so haben wir es vermasselt. Da kann ich mir auch gleich die Informationen besorgen, die ich brauche.

»Wir schauen uns das genauer an«, sage ich.

»Was?«

Ich nicke über die Schulter. »Ihn.«

Sie starrt mich mit offenem Mund an. »Warum sollten wir das tun?«

»Er ist ein Indiz.«

»Er ist ein Mensch!«

»Er war ein Mensch«, sage ich. »Jetzt ist er … eine Spur.«

Sie legt sich eine Hand über die Augen. »Um Himmels willen, eine Spur wohin?!«

»Ich weiß es noch nicht, deshalb muss ich nach weiteren Hinweisen suchen …«

»Hinweisen! Oh mein Gott, das gehört doch nicht zu unserer … das hat doch mit uns überhaupt nichts zu tun!«

Noch so eine Vermutung. Oder vielleicht auch nur ein frommer Wunsch. Aber ich glaube nicht, dass es stimmt.

»Bitte …« Ich hebe abwehrend die Hände und gehe auch schon los. »Bleib du hier.«

»Nein, Gideon, nicht …«

Doch ich schließe wieder alle Geräusche aus.

Ich knie mich hin und betrachte den Toten noch einmal genau.

Ein Film noir zeigt einem nie, was im Kopf des Detektivs vor sich geht. Manchmal hat er einen nachdenklichen Gesichtsausdruck, doch meistens untersucht er seelenruhig und mit ungerührter Miene eine Leiche oder ein verwüste-

tes Hotelzimmer. Mir kommt es dagegen vor, als verzweig-
te sich mein Hirnstamm in tausend Richtungen auf einmal,
als speicherte ich tausend winzige Kleinigkeiten ab, denn
man kann ja nicht wissen, was wichtig ist, was Bedeutung
haben wird, wenn man in die reale Welt zurückkehrt. Man
muss es in sich aufsaugen, ehe alles zerfällt und zerrinnt
wie Sand zwischen den Fingern.

Diamantohrstecker links.

Kurze Haare auf der schwarzen Wildlederjacke –
weiß? Gelb. Hellgelb.

Die Jacke – welche Marke? Nein, kein Logo. Vorne
verschmutzt, rechter Ärmel heruntergezogen, am Handge-
lenk –

Moment mal.

Ich kann es nicht sehen. Und ich werde es nur erfahren,
wenn …

Wenn ich die Leiche berühre.

Ich brauche Handschuhe, ich müsste Handschuhe bei
mir haben. In den alten Krimis brauchte man die nicht,
1941 gab es ja noch keine DNA-Analyse. Ich ziehe mir das
Ende meines Hoody-Ärmels über die Hand und fasse die
Leiche bedächtig, vorsichtig an. Falls sie kalt ist, kann ich
das unter dem Stoff nicht spüren. Trotzdem bekomme ich
eine Gänsehaut.

Das ist Wahnsinn. Warum tue ich das, ich dürfte das nicht
tun! Aber ich muss nachsehen.

Ich schiebe den rechten Ärmel weiter nach oben und da
ist es. Genau wie ich gedacht habe.

Rund um das Handgelenk verläuft ein breiter Streifen,
der heller ist als der Rest des Arms, mit einem ebenmäßigen
Oval in der Mitte.

Ich lasse den Arm fallen, als stünde er in Flammen, und zucke zurück, versuche aber weiter, mir Details einzuprägen. Das fällt mir zunehmend schwer.

Dort ist das Haar kürzer ...

Ein Tintenfleck an der Hand, der rechten Hand – nein, da ist meine rechte, seine linke Hand ...

Aber wenn er an der linken Hand ist ...

... passt das alles überhaupt nicht zusammen. Da stimmt doch was nicht.

Schwach, wie aus Kilometern Entfernung, höre ich jemanden meinen Namen rufen. Ich höre nicht hin, sondern präge mir mit starrem Blick den toten Typen ein. *Schwarzes Haar. Braune Augen. Augen offen. Weit aufgerissen.*

Erst als mich eine Hand am Schlafittchen packt und auf die Füße zieht, kehren die Geräusche zurück. Das Brausen des Verkehrs in der Ferne, Lily, die so schnell mit jemandem redet, dass sie über ihre eigenen Worte stolpert, das Pochen meines Herzens, während ich den Mann anstarre, der mich mit eisenhartem Griff am Kragen festhält. Der Mann trägt eine blaue Uniform und eine goldene Plakette und ist definitiv, ohne Frage ein Polizist.

Er glaubt wohl, ich wollte abhauen – als könnte ich rennen mit diesen Beinen, die sich wie gekochte Spaghetti anfühlen –, denn als er meinen Kragen loslässt, packt er mich sofort am Oberarm.

»Was zum Teufel ist denn mit dir los?«, schreit er mich an.

Er schließt die Hand wie einen Schraubstock um meinen Arm, sodass ich vor Schmerz zusammenzucke. »Hast du nicht gehört, dass ich gesagt habe, du sollst dich umdrehen?«

Mein Mund ist wie Sandpapier, mein Gehirn wie Mus.
»Ich …«

Ich schaue mich zu der Leiche um, und der Polizist späht, meinem Blick folgend, ebenfalls ins Dunkel. Als er sieht, was ich sehe, lockert er ein klein wenig den Griff.

Er schüttelt den Kopf und sagt: »Oh Scheiße.«

Genau mein Gedanke.

Kapitel 12

Law & Order stimmt hinten und vorne nicht.

In der Fernsehserie bekommt man, wenn man über eine Leiche stolpert, von den Detectives eine Rettungsdecke und heißen Kakao und wird von einem namenlosen uniformierten Polizisten nach Hause chauffiert.

In Wahrheit ist das Ganze eher, als würde man wie ein Football durch die Arena geschossen. Der erste Officer am Tatort gibt seinem Partner draußen über Funk Bescheid und schiebt uns geradezu aus der Halle. Der Partner übernimmt und blafft uns an, wir sollen uns draußen auf den Bordstein setzen, als wären wir die Verdächtigen. Aber er stellt uns keine einzige Frage, sondern brabbelt nur in sein Funkgerät und behält uns dabei fest im Blick.

Als er uns endlich anspricht, verdächtigt er uns des Diebstahls.

»Krempel mal deine Taschen um«, sagt Officer Nr. 2 zu mir und deutet dann auf Lily. »Und du gibst mir deine Handtasche.«

»Entschuldigen Sie, glauben Sie, wir haben geklaut?«, fragt Lily, während sie ihm die Tasche aushändigt.

»Ihr wärt ziemlich schlechte Diebe, wenn ihr ihm das Geld in der Brieftasche gelassen hättet, aber ...« Er zuckt mit den Achseln. »... so sind halt die Vorschriften.«

Lily beobachtet ihn wie versteinert, als er ihr Recherche-Notizbuch aus der Handtasche zieht, aber er blättert nicht einmal darin, sondern wirft es gleich wieder zurück.

Ich kehre meine Jeanstaschen nach außen, und er scheint

sehr enttäuscht zu sein, dass nur Fussel und ein zusammengeknülltes Kaugummipapier zum Vorschein kommen.

»Identifizieren könnt ihr ihn wohl nicht?«, fragt er.

»Den Toten?«, rate ich.

»Habt ihr ihn schon mal gesehen? Wisst ihr, wie er heißt?«

»Wir haben ihn genau so vorgefunden«, sage ich. »Haben ihn noch nie gesehen.«

»Wir waren auch noch nie hier«, schiebt Lily rasch hinterher. »Noch nie. Wie ich Ihrem Kollegen gerade gesagt habe, sind wir nur spazieren gegangen, und dann …«

Aber er redet schon wieder in sein Funkgerät.

»Hey, die kennen ihn nicht. Haben ihm auch nichts abgenommen.« Er keucht. »Ja, nur so ein paar dumme Kids.«

Bei diesen Worten wirkt Lily erleichtert – im Gegensatz zu mir. Was für ein Arsch.

»Sie dachten, wir hätten ihm seine Karten abgenommen.«

Der Officer sieht mich nicht einmal an. »Hm?«

»Er hatte ein Portemonnaie, das habe ich in seiner Tasche gesehen, und Sie haben es ja auch gesagt. Aber sie wissen nicht, wie er heißt.«

Nun blickt er doch auf. Er ist gereizt. »Ihr auch nicht.«

»Das heißt, Sie haben in seinem Portemonnaie keine Kreditkarten gefunden. Sie haben gar nichts mit seinem Namen gefunden: keinen Führerschein, keine Visitenkarten, nichts. Ich an Ihrer Stelle würde mal davon ausgehen, da wollte jemand nicht, dass er identifiziert wird. Aber was weiß ich schon? Ich bin ja nur ein dummes Kind.«

Officer Nr. 2 dreht sich weg und spricht wieder in sein Funkgerät.

»Ellicot an Zentrale«, sagt er. »Wann können wir mit Verstärkung in der Brauerei rechnen?« Er wartet einen Moment, während der Kollege in der Zentrale antwortet. »Nein, nicht gefährlich. Nur …« Er schaut sich zu mir um. »… extrem nervig.«

»Das ist wirklich nicht der richtige Zeitpunkt, so eine Show abzuziehen«, raunt mir Lily zu.

»Tue ich ja gar nicht.« Na ja, ein bisschen schon, aber darum ging es mir nicht. »Ich will nur helfen.«

»Wie wär's, wenn du zur Abwechslung mal dir selber hilfst«, sagt sie. »Oder mir. Hör auf zu quatschen.«

Als zur Verstärkung ein zweiter Einsatzwagen eintrifft, gehen die beiden Neuankömmlinge in die Brauerei. Officer Nr. 2 schließt sein Auto auf und öffnet eine der Hintertüren.

»Okay, ihr beiden«, sagt er. »Steigt ein.«

»Wollten Sie uns gar nicht fragen, wo wir wohnen?«, sage ich. »Oder macht es Ihnen Spaß zu raten?«

Lily tritt mir gegen das Schienbein.

»Nicht!«, flüstert sie.

»Das ist eine echt beschissene Nacht«, füge ich hinzu. »Ich bin hundemüde, mir ist kalt und ich will nach Hause.«

»Bitte«, sagt Lily, »könnten wir vielleicht meine Mutter anrufen? Damit sie uns abholt?«

»Du kannst ihr sagen, dass sie dich auf dem Revier einsammeln kann.«

Lily sieht aus, als wäre ihr schlecht, aber sie setzt sich auf den Rücksitz. Ich folge ihr nicht. »Steigst du nun ein«, fragt mich Officer Nr. 2, »oder muss ich dich reinschieben?«

Ich steige ein.

Im Polizeirevier angekommen, werden Lily und ich sofort voneinander getrennt. Zuerst denke ich, sie wollen uns einzeln befragen, um herauszufinden, ob unsere Angaben übereinstimmen. Aber schnell wird klar, dass sie mich nicht als Verdächtigen behandeln, sondern meinen Eltern mitteilen wollen, dass ich mich unerlaubt zu später Stunde auf Privatgelände herumgetrieben habe.

Auf dem Namensschild des diensthabenden Beamten, dem ich zugeteilt werde, steht »McBride«, aber wegen seines beeindruckenden Schnurrbarts gebe ich ihm insgeheim den Spitznamen McBartgesicht. Ich glaube, als ich das letzte Mal hier gelandet bin, hatte auch ein Polizist mit Schnurrbart Dienst, aber ich weiß nicht, ob es derselbe war. Die Erwachsenen verschwimmen in meiner Erinnerung. Als er mich auf den Stuhl neben seinem Schreibtisch beordert, mache ich einen schnellen Scan meines Gegenübers. Nur um mir klarzumachen, mit wem ich es zu tun habe.

Kaffeetasse vom Bear Mountain – Skifahren im Winter, also ist er sportlich und zumindest nicht bettelarm.

Gerahmte Medaille – nein, gerahmte Medaillen, Plural – eine mit einem geflügelten Turnschuh, eine andere mit einem Berg, eine dritte mit der Zahl 42,195 ...

Er sieht meinen Blick umherschweifen, zieht aber die falschen Schlüsse.

»Du versuchst aber nicht wegzurennen, okay?«

Ich schaue ihn an. »Laufen Sie nur Marathon oder auch kürzere Distanzen?«

»Ah.« Er blinzelt. »Auch Halbmarathon.«

Das Risiko ist zu groß. »Dann nicht.«

In diesem Moment wird eine der Milchglastüren aufgestoßen, und drei Leute kommen aus dem Büro dahinter: ein Polizist, eine Frau in Zivil und ein Mann, der mit seinem roten, fröhlichen Gesicht auch als Weihnachtsmann durchgehen könnte, wenn man sich seinen schlecht sitzenden Anzug und die schlimme Frisur mal wegdenkt.

Alle Erwachsenen verschwimmen in meiner Erinnerung ... aber er nicht.

Die Frau – blond, Kostüm, Brille – läuft hinter ihm her, einen Stapel Aktenmappen an die Brust gedrückt.

»Sir!« Sie will ihn am Arm packen, gerät aber in ihren hochhackigen Schuhen ins Wanken. »Der Bürgermeister hat schon zweimal angerufen, wir müssen wirklich ...«

Polizeichef Thompson scheint sie gar nicht zu hören.

»Das ist ein Paukenschlag, was?«, sagt er zu dem Polizisten neben ihm – Himmel, wie viele gibt es eigentlich in dieser Scheißstadt –, der zustimmend nickt. »Warten Sie nur, bis dieser Scheißkerl Willets das hört. Bestimmt behauptet der, ich hätte dem Typen die Nadel höchstpersönlich in den Arm gerammt.«

Willets – Fred Willets. Araceli hat gesagt, er und der Polizeichef könnten einander nicht ausstehen, und wie es aussieht, lag sie damit goldrichtig.

»Sie sollten ihm zuvorkommen«, sagt die blonde Frau. »Geben Sie ihm nicht die Zeit, das für sich auszuschlachten ...«

»Dafür ist dieser aalglatte Drecksack doch viel zu blöd.«

Der Polizist, der mit dem Chief hereingekommen ist, geht einen Schritt zur Seite und winkt McBartgesicht zu sich. Der deutet auf mich und wackelt mit dem Kopf. Sein Freund winkt noch einmal, diesmal entschlossener.

»Rühr dich nicht vom Fleck«, befiehlt McBartgesicht.

Ich hebe beide Hände, um meine Zustimmung zu signalisieren.

Was sie zu besprechen haben, ist offenbar nicht für meine Ohren bestimmt. Genau deshalb will ich es unbedingt hören.

Ich knibble an einem losen Faden am Hosenbein meiner Jeans und tue so, als würde mich das Gespräch überhaupt nicht interessieren. Da ich nicht hinsehen kann, bekomme ich nur die Hälfte mit. Den Rest fülle ich nach bestem Wissen und Gewissen auf.

»Hast – gehört –?« Hast du das von dem Toten gehört? Oder so ähnlich. Was könnte sonst so wichtig sein?

»–?«

»–ince.« Der Name. Wahrscheinlich ein Nachname. Der jedenfalls auf –ince endet. Prince?

Da sagt McBartgesicht laut genug, dass ich es hören kann: »Scheiße, nein!« Er ist überrascht. Es ist jemand, den er persönlich oder vom Hörensagen kennt.

Mein Blick wandert langsam zu den beiden. Ich hoffe, dass sie in ihr Gespräch vertieft sind und nicht merken, dass ich lausche. Genauso ist es.

»Ich dachte, es wäre einer der Junkies«, sagt McBartgesicht.

Sein Freund schüttelt den Kopf. »Crawford hat ihn identifiziert, als er mit der Verstärkung hinkam. Er hatte ihn schon mal verhaftet.«

»Crawford ist doch gar nicht in der Einsatzgruppe OK.«

»Nein, es ging auch um Drogenkonsum, Drogenbesitz.« In diesem Moment fällt sein Blick auf mich. Ich schaue schnell weg, aber nicht schnell genug. »Wir reden später weiter.«

Die Eingangstür wird lautstark aufgestoßen und ein Polizist stolziert herein. Sein Blick huscht durch den Raum und sein Adamsapfel hüpft in der Kehle auf und ab: Wenn er keine Uniform tragen würde, könnte man meinen, er wäre selbst gerade erst aus dem Gefängnis ausgebrochen.

Ich erkenne ihn gleich, obwohl er diesmal ein Hemd trägt: O'Hara.

»Hank!«, sagt der Chief und öffnet die Arme, als wollte er ihm um den Hals fallen. »Hast du schon gehört? Du hast mal wieder alles verpasst.«

»Yep«, sagt O'Hara. »Hab's gehört.«

»Der Bürgermeister ist am Telefon, in Ihrem Büro«, unterbricht die blonde Frau. »Schon zum dritten Mal.«

»Gott«, knurrt der Chief.

»Nein, nur der Bürgermeister«, sagt sie mit ausdruckslosem Gesicht.

Der Chief blinzelt. Dann lacht er und klopft ihr so stark auf die Schulter, dass ihre Brille verrutscht. Anschließend watschelt er durch den Flur davon. Ehe die Frau sich umdreht, um ihm zu folgen, wirft sie O'Hara einen kühlen starren Blick zu, und er wendet sich schnell ab, als wäre ihm das peinlich. Oder hat er ein schlechtes Gewissen? Mir fallen die vielen Selfies mit nacktem Oberkörper ein.

»Sind die zusammen?«

McBartgesicht schaut von seinen Akten auf. »Wer?«

»O'Hara und die Dame mit der Brille und den Stöckelschuhen.«

Er schaut sich um und sieht die Frau gerade noch mit dem Polizeichef hinter der Milchglastür verschwinden. »Phoebe? Jesses, nein, die können sich nicht ausstehen.«

Aha. Wahrscheinlich hat er sie mal sitzen lassen.

»Ich dachte, Ellicot hat dich hergebracht.«

»Wer?«, frage ich, ehe mir wieder einfällt, dass Officer Nr. 2 diesen Namen über Funk genannt hat. Ellicot. »Ja, stimmt.«

»Woher kennst du dann O'Hara?«

Das war dämlich. *Denk nach,* befehle ich mir. *Denk schneller.* »Der war mal bei uns in der Schule und hat über die Gefahren von … äh … Gras und Tabletten gesprochen und …« Mir fällt nichts mehr ein. »Beruhigungsmitteln.«

»Herrje«, sagt McBartgesicht, »kein Wunder, dass der in letzter Zeit so schlecht drauf ist.« Er hält kurz inne. »Nichts gegen dich und die anderen Kids.«

»Kein Problem.«

»Okay.« Er greift zum Telefon. »Dann rufen wir mal deine Eltern an.«

Kapitel 13

Ich erkläre McBartgesicht, dass ich gern eine Aussage machen würde, und nein, es müsse kein Elternteil anwesend sein, weil ich schon volljährig sei. Dem zweiten Beamten, der sein Glück probiert, tische ich dasselbe Märchen auf. Als die beiden mich in das Büro des Stellvertretenden Polizeichefs bringen, steht meine Geschichte.

»Wie ich höre, weigerst du dich, uns die Nummer deiner Eltern zu geben?«, fragt der Deputy Chief.

»Ich bin nicht mehr minderjährig.«

»Komm schon, Kleiner«, sagt er.

»Echt nicht,« erkläre ich.

»Kannst du das auch beweisen? Hast du … einen Führerschein zum Beispiel?«

Okay. Neue Taktik.

»Bin ich verhaftet, Deputy Chief …?« Ich schaue auf sein Namensschild, »… Garcia?«

Wenn sie einen nicht verhaften, können sie einen auch nicht festhalten. Aber vielleicht ist das anders, wenn man minderjährig ist. Was ich natürlich noch nicht zugebe.

»Wir könnten dich verhaften, weißt du«, sagt er. Was bedeutet, dass ich nicht verhaftet bin. »Das war Hausfriedensbruch.«

»Die Tür war offen.«

»Einbruch und Hausfriedensbruch sind ja auch unterschiedliche Straftatbestände.«

»Also … wenn ich nicht verhaftet bin, warum kann ich dann nicht nach Hause gehen?«

»Ich versuche ja, dich nach Hause zu schicken«, sagt er. »Mit einem Elternteil.«

Ich sage nichts.

»Hör mal.« Garcia legt beide Hände auf den Tisch. »So kommst du nicht weiter. Nenne mir jemanden, den ich anrufen kann, oder du wirst, bis du es dir anders überlegt hast oder jemand dich als vermisst meldet, *dadrin* warten.«

Er deutet mit dem Kinn durch das Bürofenster. Ich drehe meinen Stuhl und betrachte die Arrestzelle in der Ecke. Ich muss ja mit niemandem reden und vielleicht sehe ich sogar O'Hara noch mal. Andererseits – das ist ein Käfig. Ein richtiger Käfig mit Stahlstäben und einem soliden Schloss.

»Also. Wie machen wir es?«

Ich schlucke. »Er bringt mich um.«

»Wer, dein Dad?«, fragt er. Ich nicke. »Du hast dich zu unerlaubt später Stunde im Rohbau einer Brauerei aufgehalten und auch noch einen Tatort verunreinigt. Er sollte dich wirklich umbringen.«

»Er kann mich nicht einmal abholen«, versuche ich zu erklären. »Er ist Koch, und es ist Abendservice, da stellt er sein Telefon immer ab …«

»Welches Restaurant? Ich rufe beim Empfang an.«

Ehe mir eine Lüge einfällt, warum auch das nicht funktionieren kann, reißt jemand die Tür auf.

»Garcia, wo bleiben Sie denn?« Der Polizeichef stapft ins Zimmer. »Sie müssen Phoebe unterstützen, sonst meldet sie sich noch mit Migräne ab …«

Garcia nickt in meine Richtung. »Bin gleich mit dem Zeugen fertig.«

Ich hefte den Blick auf den Tisch und drehe den Kopf

nicht zur Tür, denn schlimmer kann es nur noch werden, wenn ...

»Ach Scheiße, nein«, sagt der Polizeichef. Der Türrahmen quietscht, als er sich dagegenlehnt. »Unser junger Herr Detektiv.«

... er mich erkennt.

»Ich ...« Garcia schaut von mir zu seinem Chef. »Wie bitte?«

»Ich schätze, Sie waren damals noch nicht da. Es ist ein paar Jahre her«, erklärt ihm der Chief. Dann fragt er mich: »Was hast du denn jetzt wieder ausgefressen?«

Mein Gesicht glüht. »Nichts.«

»Er hat eine Leiche gefunden«, stellt Garcia klar. »Er und eine Freundin.«

»Oh, Garcia, auf den müssen sie aufpassen. Wissen sie noch, auf der Polizeischule hat man uns doch beigebracht, dass sich Serienmörder gern in die Ermittlungen einmischen.« Er breitet die Arme aus. »Von dem Knaben hier haben die bestimmt noch nie was gehört.«

»Ich bin kein Serienmörder«, sage ich zu Garcia.

»Gut zu wissen«, erwidert er.

»Seriennervensäge trifft es besser«, sagt der Polizeichef. »Als ich das erste Mal mit dem Bürschchen zu tun hatte, hat er ständig den Notruf gewählt. Da war er vielleicht acht ...«

»Zehn.« Klein für mein Alter, aber trotzdem zehn.

»Er hat immer wieder was von einem Einbruch gefaselt. Irgendwann hat die Frau in der Zentrale seine Nummer gesperrt. Aber was sagt man dazu: Keine vier Stunden später rufen uns die Nachbarn an. Denen wurde teurer Diamantschmuck gestohlen.«

»Saphire.«

»Also fahren wir hin und reden mit ihm und da hat er den ganzen Fall schon gelöst. Weiß, wer der Täter ist – hat das bis ins Kleinste ausgetüftelt –, und erzählt uns genau, wo wir ihn finden. Das war der einfachste Fall meiner gesamten Laufbahn. Und das absonderlichste Kind, das ich je erlebt habe.«

Ich möchte ihn korrigieren, wüsste aber nicht, wie.

»Na, jedenfalls dachten wir, das wäre doch eine hübsche Werbeaktion für die Polizei, wenn wir den Kleinen aufs Revier holen und für unseren Lokalhelden eine Ehrung auf die Beine stellen. Dazu haben wir auch gleich die von Channel Five eingeladen, damit sie es filmen. Ich habe mir meine blaue Ausgehuniform angezogen und dem Kerlchen eine kleine Medaille ans Revers geheftet.« Er grinst mich an. »Weißt du noch?«

Als könnte ich den besten Tag meines Lebens je vergessen. Nicht einmal an diesem heutigen Tag, der wohl zu den schlimmsten zählt.

»Man müsste meinen, dass die Sache damit erledigt ist, oder?«, fragt er Garcia. »Der Kleine kriegt seine Medaille, er kommt ins Fernsehen, alle sind hin und weg und die Welt dreht sich weiter. Aber nicht für unseren jungen Herrn Detektiv hier.«

Das macht er nicht, oder? Er wird jetzt nicht den anderen Teil der Geschichte erzählen? Oder?

»Vielleicht zwei Jahre später hören wir wieder von ihm. Diesmal geht es nicht um Schmuck, sondern um einen Lehrer an der Highschool.«

Damit ist es offiziell: Heute ist der drittschlimmste Tag meines gesamten Lebens, denn der Chief zwingt mich, mir den zweitschlimmsten noch einmal in Erinnerung zu rufen.

»Irgendwie hatte sich der junge Herr Detektiv in den Kopf gesetzt, dass der Fotografie-Lehrer an der Presidio Highschool einigen seiner Schüler falsche Ausweise verkauft ...«

Ich habe es mir nicht »in den Kopf gesetzt«. Das Gerücht hatte sich bis in meine Mittelschule herumgesprochen. Ich war nur der Einzige, der beschloss, der Sache auf den Grund zu gehen.

»Und wissen Sie, was? Wir haben ihm versprochen, das zu überprüfen« – er sieht mich von oben herab an –, »was wir auch getan haben, aber ganz offensichtlich war nichts an der Sache dran. Trotzdem rief er immer wieder an, gab einfach keine Ruhe.«

Ich dachte damals, wenn ich den Erfolg von meinem ersten richtigen Fall wiederholen und eine noch größere Straftat noch besser lösen könnte, würde alles wieder so werden wie früher. Meine Privatdetektei würde wieder Kundschaft bekommen, Lily wäre wieder meine beste Freundin, die Leute würden mich wieder ernst nehmen.

Doch je länger der Polizeichef erzählt, desto deutlicher wird, was ich vorher nicht sehen wollte: Sie hatten mich sowieso nie ernst genommen.

»Und wieder müsste man doch meinen, damit wäre die Sache erledigt. Dass er den Wink versteht und Ruhe gibt. Aber stattdessen hat der kleine Herr Detektiv ...« Er hält inne, als merkte er erst jetzt, dass ich mich noch im selben Raum befinde. »Möchtest du es ihm erzählen?«

Ich habe meine Meinung geändert. Dies ist der zweitschlimmste Tag meines Lebens und er ist noch nicht einmal vorbei.

Der Polizeichef deutet den vermutlich mordlüsternen

Ausdruck auf meinem Gesicht falsch. »Nein? Na gut. Also, da er nicht die erhoffte Unterstützung bekommt, versucht er an einem Wochenende, in der Highschool durch ein Fenster einzusteigen, weil er nach Beweisen suchen will. Und dann – kein Scheiß – bleibt er stecken.«

Durch das Bürofenster sehe ich Lily. Priya hat beide Arme schützend um sie gelegt und die beiden gehen zusammen an den Schreibtischen vorbei auf den Ausgang zu. Lily sieht mich nicht. Sie schaut auch nicht in meine Richtung.

»Ein Nachbar meldet es, deshalb fahren wir mit der Feuerwehr hin, und es taucht auch noch jemand von einem der Fernsehsender auf, weil die den Funk abgehört haben und dachten, es wäre ein echter Einbruch, und so bekam der Kleine an dem Abend wieder etwa zehn Sekunden Sendezeit in den Nachrichten.«

Damals wurde weder mein Name genannt noch mein Gesicht gezeigt. Das spielte aber keine Rolle. Es brauchte nur ein Elternteil den Bericht über den Knaben mit Trenchcoat und Fedora sehen, schon wusste es die ganze siebte Klasse. Es verbreitete sich wie ein Lauffeuer. Oder die Pest.

Ich hatte mich damals darüber geärgert, einfach ignoriert zu werden. So war mir gar nicht in den Sinn gekommen, dass es schlimmer sein könnte, wenn man mich stattdessen auslacht. Aber das steckte ich weg, weitestgehend jedenfalls.

Was ich nicht wegsteckte, war das Mitleid.

»Was für ein Spektakel«, sagt der Polizeichef. »Aber wie nicht anders zu erwarten, war es damit nicht vorbei. Du bist vom Unglück verfolgt, was, Herr Detektiv?«

»So heiße ich nicht.« Ich presse jedes Wort einzeln heraus.

»Na endlich.« Garcia seufzt. »Wie heißt du dann?«

»Es ist eine Farbe. Brown?« Der Polizeichef schnippt mit den Fingern. »Nein, Green.«

Actionhelden kämpfen auf Leben und Tod, Cowboys ballern mit ihren Knarren bis zum Untergang, aber wir sind hier nicht in so einem Film. Ein Detektiv weiß, wann er eine Niederlage akzeptieren muss. Ich blicke Garcia direkt in die Augen.

»Mein Name ist Gideon Green und das Restaurant meines Vaters heißt Verde.«

Mit dem Auto sind es vom Verde zum Polizeirevier mindestens fünfzehn Minuten. Mein Vater ist in neun Minuten da.

»Hallo«, ruft er, als er durch die Tür stürzt. »Ich bin George Green, man hat mich angerufen, ich suche …« Da entdeckt er mich. Er lässt die Schultern sinken und seufzt zwei volle Sekunden lang. »… ihn.«

Ich habe schon erlebt, wie er die Nacht durchgemacht hat, um ein neues Gericht für die Speisekarte zu perfektionieren, oder wie er sich nach einer Muttertags-Doppelschicht aus Mittags- und Abendservice nach Hause geschleppt hat. Aber noch nie hat er so erschöpft ausgesehen wie jetzt.

Der Stellvertretende Polizeichef Garcia deutet auf den Stuhl neben mir. »Nehmen Sie Platz, Mr Green.«

Dad betritt das Büro, setzt sich aber nicht gleich hin. Er streicht kurz über meinen Kopf und mustert mich von oben bis unten. Ich weiß nicht genau, wonach er sucht, aber zumindest brüllt er noch nicht.

»Mit dir alles in Ordnung?«, fragt er leise und ernst.

»Alles in Ordnung.«

»Sicher?«

Am Oberarm könnte ein blauer Fleck entstanden sein, dem freundlichen Polizisten sei Dank, aber das scheint mir nicht der Erwähnung wert. »Ja, Dad, mir geht's gut.«

Er nickt und setzt sich schließlich neben mich.

»Danke, dass Sie gekommen sind«, eröffnet Garcia das Gespräch.

»Selbstverständlich.«

»Es tut mir leid, dass ich Sie von der Arbeit wegholen musste. Ihr Sohn hat gesagt, Sie sind Koch?«

»Koch und Eigentümer, ja«, sagt Dad. »Ich habe gerade ein neues Restaurant eröffnet, das Verde.«

»Was für ein pfiffiger Name – ›Grün‹«, sagt Garcia. »Mexikanische Küche?«

»Mexikanische Fusionsküche.«

Ich warte auf Dads Lieblingswitz, dass er mit einer mexikanischen Mutter und einem weißen Vater auch das Ergebnis einer Fusion sei. Aber es kommt nichts.

Garcia legt die Hände auf den Tisch. »Also, Folgendes ist passiert.«

Als Garcia ans Ende seiner Geschichte gelangt – inklusive »muss eine Aussage machen und wird nicht angeklagt, aber ...« –, spüre ich, wie Dads Blick mir ein Loch in den Schädel brennt. Ich starre meine Hände an und bewege keinen Muskel. Versuche, mich zu verhalten wie bei einem Bärenangriff: keine schnellen Bewegungen, möglichst auf einen Baum klettern und beten, dass Gott es gut mit mir meint.

»Gideon, um Himmels willen, was ist nur in dich gefahren?«, will Dad wissen.

Es gibt keine Antwort, mit der ich meine Lage verbessern

könnte. Wenn ich die Wahrheit sage, flippt er aus, zieht Lily wieder in die Sache hinein und ruiniert unsere Recherche. Wenn ich lüge, tun sie mich – was würde Ellicot sagen? – als *dummes Kind* ab.

Vielleicht ist es manchmal besser, unterschätzt zu werden. Auch wenn dadurch mein Stolz verletzt wird.

»Ich weiß auch nicht.« Es klingt weinerlich. »Wir haben uns gelangweilt.«

»Wir?«

»Das habe ich gar nicht erwähnt: Er war mit einem Mädchen unterwegs«, sagt Garcia.

Dads Augenbrauen wandern wieder gen Himmel. »Ein Mädchen, was für ein Mädchen?«, fragt er mich.

»Kein *richtiges* Mädchen«, sage ich und spüre, wie mein Gesicht rot anläuft. »Es war nur Lily.«

Das scheint Dad noch mehr zu verwirren. »Lily? Wie hast du sie denn dazu überreden können?«

Für eine ehrliche Antwort müsste ich ihm die Wahrheit über alles Mögliche sagen, deshalb starre ich nur meine Schuhe an.

»Dir war langweilig«, wiederholt Dad. »Was Blöderes fällt dir nicht ein? Das kaufe ich dir nicht ab.«

Das solltest du mir auch nicht abkaufen, denke ich. Ich lüge hier wie gedruckt.

Garcia, der wohl merkt, dass Dad kurz vor einem Tobsuchtsanfall steht, beugt sich über den Tisch und sieht mir tief in die Augen.

»Es tut mir sehr leid, dass du in diesen Unfall hineingeraten bist«, sagt er. »Ich hoffe, das wird dir eine Lehre sein und du treibst dich in Zukunft nicht mehr auf Baustellen herum.«

Den Bruchteil einer Sekunde verletzt mich sein herablassender Ton, aber dann denke ich *Unfall?*«

Ich dachte, er wüsste Bescheid.

»Es war kein Unfall«, sage ich.

Das schockt ihn, und mich schockt, dass er geschockt ist. Er hat wirklich keine Ahnung. Aber er bekommt sich schnell wieder in den Griff. »Doch, war es«, sagt er. »In der Gegend erwischt öfter mal einer eine Überdosis und der Tote war als drogenabhängig bekannt. Wir haben auf dem Gerüst eine Tasche mit Drogenutensilien gefunden, von dem Schlauch um seinen Arm mal ganz zu schweigen …«

»Ja, gut.« Ich kenne ja den toten Typen nicht und muss Garcia das alles schon glauben. »Aber ein Unfall war das nicht.«

»Was redest du da«, sagt Dad leise und eindringlich. Es ist weniger eine Frage als die flehentliche Bitte, den Mund zu halten.

»Es war Mord«, sage ich nur. »Er wurde ermordet.«

Einen Moment lang starren mich beide schweigend an. Dann stößt Garcia einen tiefen Seufzer aus. »Er ist vom Gerüst gestürzt. Das passiert leicht in diesem Zustand. Es war kein Mord.«

»Warum behauptest du so etwas überhaupt?«, fragt Dad.

»Alles gut, Mr Green«, versichert ihm Garcia. »Das ist eine völlig normale Reaktion nach so einem traumatischen Erlebnis.«

»Ich sage das aber nicht, weil ich traumatisiert bin. Ich sage es, weil es Mord war.«

»Hör auf«, sagt Dad.

Garcia räuspert sich. »Ich nehme mal an, du möchtest nach Hause und das alles in Ruhe verarbeiten.«

»Ja. Danke«, sagt Dad.

»Aber ...«

Dad schneidet mir das Wort ab. *»Nein.«*

»Wir brauchen noch eine Aussage darüber, was er gesehen hat«, sagt Garcia. »Und wir müssen seine Fingerabdrücke nehmen, um die auszuschließen, die er am Tatort hinterlassen hat.«

Dad blickt düster drein, nickt jedoch. »Natürlich.«

»Aber wenn das erledigt ist, können Sie ihn mitnehmen.« Garcia schaut vom einen zum anderen. »Irgendwelche Fragen?«

Dad schüttelt den Kopf.

»Ja«, sage ich.

»Gideon«, sagt Dad warnend.

»Werden meine Fingerabdrücke an die US-Datenbank übermittelt oder nur an die kalifornische?«

»Gideon!«

Garcia schaut mich verdutzt an. »Hast du ... etwa vor, künftig Straftaten zu begehen?«

»Ich schätze, in dem Fall würde ich Handschuhe anziehen. Aua!« Ich reibe mir die Rippe, in die mir Dad gerade seinen Ellbogen gerammt hat.

»Da fällt mir nichts mehr ein«, sagt Garcia.

Dad hebt abwehrend beide Hände. »Willkommen in meiner Welt.«

Kapitel 14

Nachdem man meine Fingerabdrücke genommen und Garcia mich noch einmal eindringlich ermahnt hat, mich künftig von Privatgrund fernzuhalten, darf Dad mit mir nach Hause fahren.

Er spricht kein Wort, bis wir auf die Schnellstraße abbiegen. Und auch da sagt er nur:

»Erklär's mir.«

»Was denn?«

Er sieht mich an, als wolle er mich gleich ermorden. Und ich kann das beurteilen, mit Mord kenne ich mich aus.

»Alles natürlich!«

»Der Deputy Chief hat doch schon alles erzählt …«

»Nicht alles«, sagt Dad. »Du hast heute bei mir angerufen und mich nach dem Clownfisch gefragt – den hier kein Mensch verarbeitet –, und fünf Stunden später greift dich die Polizei in der Clownfisch-Brauerei auf!«

Ich habe wirklich gehofft, dass er das vergessen hat. Aber das gute Gedächtnis liegt bei uns in der Familie.

»Wie erklärst du das?«, fragt er.

»… Zufall?«

Er presst die Zähne zusammen. »Hältst du mich für einen Idioten?«

»Nein.« Ich warte kurz. »Das darf man grundsätzlich nicht.«

»Du lügst mich an.«

»Soll man wirklich nicht.«

»Über das, was heute Abend passiert ist!«

Wenn ich eine Lüge abstreite, beißt sich die Katze sozusagen in den Schwanz, aber was bleibt mir anderes übrig? »Nein.«

»Natürlich lügst du«, schnauzt er mich an. »Ich weiß nicht, warum, und ich weiß nicht, wie du da sitzen und mir ins Gesicht lügen kannst, aber du tust es.«

»Ich hatte gehört, dass es in der Brauerei cool ist«, sage ich. Ich wünschte, ich hätte mir rechtzeitig eine bessere Geschichte zurechtgelegt. »Ein paar aus der Schule waren schon bei Dunkelheit drin und haben sich ein bisschen umgesehen. Und ich dachte, du wüsstest vielleicht etwas darüber, weil es dieselbe Branche ist, aber ich wollte nicht, dass du weißt, dass ich weiß …«

»Und da hast du so getan, als wüsstest du nicht, was das ist?« Seinem Blick nach zu schließen, könnte es fast sein, dass er mir die Geschichte abkauft. Ganz bestimmt aber zweifelt er an meiner Intelligenz.

»Ja. Man könnte wohl sagen, ich habe … im Trüben gefischt.« Ich lache kurz auf. Er starrt mich an. Lange. »Hast du den verstanden? Wegen dem Clownf…«

»Du bist wirklich unglaublich«, sagt er. »Hast du auch nur eine vage Vorstellung davon, was mein Vater mit mir getan hätte, wenn er mich auf einem Polizeirevier hätte abholen müssen?«

»In der Wüste ausgesetzt?« Seine Hände schließen sich fester um das Lenkrad. »Oder … wolltest du gar nicht, dass ich rate?«

»Nein. Ich wollte nicht, dass du die Antwort auf eine rhetorische Frage rätst.«

Auf Fragen gibt man Antworten. Das ist der Sinn der Sache. Rhetorische Fragen sind idiotisch.

Dad schüttelt den Kopf. »Du hättest bei diesem Mann keine Woche überlebt.«

Ein Detektiv würde das als unüberprüfbare These bezeichnen, da mein Großvater schon vor meiner Geburt gestorben ist. Ich bin mir nicht sicher, ob ich ihn andernfalls kennengelernt hätte – Dad und ich kommen vielleicht nicht gerade toll miteinander aus, aber bei ihm und seinem Dad war es noch viel schlimmer. Ich glaube, sein Vater hat ihn geschlagen, auch wenn Dad nie damit herausgerückt ist. Er deutet es nur an, wenn er richtig sauer auf mich ist. So wie jetzt. Dass ich Glück habe, sein Kind zu sein und nicht das meines Großvaters.

Und ja, natürlich bin ich froh, dass Gewalt nie Dads Stil war.

Aber wenn er von mir erwartet, dafür dankbar zu sein, finde ich das irgendwie daneben.

»Wenn du dich abends davonschleichst – na ja«, sagt Dad. Ich bin nicht sicher, ob man das als »davonschleichen« bezeichnen kann, wo ich doch allein zu Hause war, aber ich behalte meinen Einwand lieber für mich. »Du bist sechzehn, da ist das normal. Nicht in Ordnung, aber normal. Aber …« Seine Stimme schwillt an. »… dann ziehst du los und verunreinigst einen Tatort … Warum? Du findest die Detektive in den Kriminalfilmen toll, und schon glaubst du, du wärst selbst einer?«

Ich erschrecke kurz. Wenn er wüsste, was wir in Wahrheit vorhatten, würde er das nicht sagen. Wenn er eine Ahnung hätte, wie weit wir schon gekommen sind, würde er mich ernst nehmen.

»Du hast es mir versprochen«, ruft er mir in Erinnerung. »Weißt du noch? Als ich dich das letzte Mal auf dem Polizeirevier abgeholt habe, hast du mir versprochen, dass du mit dem Detektivkram aufhörst.«

»Habe ich auch!« Eilig füge ich hinzu: »Ich ... habe mich zur Ruhe gesetzt.«

»Aber du *hast* nicht aufgehört. Das Ganze hat sich nur verschoben. Erst waren es die Filme und die Klamotten, jetzt rennst du durch die Gegend und brichst irgendwo ein. Und nur fürs Protokoll: Es ist absurd, wenn du sagst, du hättest dich ›zur Ruhe gesetzt‹.«

»Was soll ich sonst sagen? Ich hatte Kundschaft. Ich habe Fälle gelöst.«

»Und du bist bei der Polizei gelandet«, sagt er, »mit zwölf Jahren.«

»Ein Mal!« Ich zögere. »Na ja, bisher einmal ...«

»Aber das war ja noch lange nicht alles. Ich wurde von anderen Eltern angerufen, die fragten, warum du in ihrem Müll nach ›Spuren‹ suchst. Der Kunstlehrer in der Grundschule schlug eine Therapie vor, weil du nichts anderes gezeichnet hast als Männer mit Fedora und Pistole. Der Rektor deiner Mittelschule beschwerte sich, weil du im Sportunterricht den Trenchcoat nicht ausziehen wolltest, weil ›Philip Marlowe auch mit Mantel ganz gut rennen konnte‹.«

Und geht es nicht ständig genau darum? Dass ich es immer wieder schaffe, ihn zu blamieren?

»Aber das heute Abend ist wirklich der Gipfel«, sagt er. »Was gibt es Schlimmeres, als eine Leiche anzufassen?«

»Ich habe meinen Ärmel dafür benutzt!«

»Um eine Leiche anzufassen!«

»Es ist ja nun nicht die erste Leiche, die ich gesehen habe.« Ich bedaure den Satz in der Sekunde, in der ich ihn ausgesprochen habe. Dad sagt nichts, sondern schluckt nur so laut, dass ich es hören kann. Die Luft im Auto zieht sich zusammen, sodass wir beide in aller Stille ersticken.

Sag was, will ich ihn anbrüllen. Oder ihn anflehen. Zwei völlig unterschiedliche Impulse, und ich verstehe nicht, warum ich beides will. *Sag was. Nur einmal in zehn Jahren, sag irgendwas.*

Er tut es nicht. Eine Minute lang sagt er nichts. Er spricht erst wieder, als wir in unser Viertel abbiegen.

»Ich verstehe nicht, warum du diesen Teil deines Lebens nicht loslassen kannst.«

Zuerst denke ich, er spricht über sie, und will schon sagen: *Welchen Teil? Den, in dem ich Vater und Mutter hatte?* Aber er fügt hinzu: »Das Leben hat mehr zu bieten als ein Spiel, das du als Kind gespielt hast.«

Für mich war es nie ein Spiel. Das ist es auch jetzt nicht, nach allem, was ich heute Abend gesehen habe.

»Es war das letzte Mal, dass ich das Gefühl hatte, mich nimmt jemand ernst«, sage ich. *Du eingeschlossen,* sage ich nicht.

»Du willst ernst genommen werden, aber du hast keine Ahnung, welche Folgen das haben könnte.«

»Wie meinst du das?«

»Ich meine, es gibt auch eine Kehrseite der Medaille, Gideon«, sagt er. »Es kann gefährlich werden, wenn die Leute dich ernst nehmen, dich vielleicht sogar als Bedrohung sehen.«

Ich schüttele den Kopf. »Ich …«

»Du solltest dem Polizisten, der dich heute Abend hochgenommen hat, auf Knien danken, dass er dich *nicht* ernst genommen hat. Und dem Stellvertretenden Polizeichef, dass er dich hat laufen lassen. Deine mexikanischen Cousins hätten niemals so viel Glück.«

»Glück …?«

»Ja!«, sagt er schnell, ehe ich noch etwas nachschieben kann. »Du hast Glück, dass dich die Leute für einen dummen, harmlosen Jungen gehalten haben. Wenn sie etwas anderes in dir gesehen hätten …«

Er schluckt wieder, diesmal so schwer, dass es beim Zusehen wehtut.

»Kannst du dir auch nur im Entferntesten vorstellen, wie schlimm das hätte ausgehen können?« Seine Stimme ist leiser, aber nicht weniger scharf. »Kapierst du, dass sie dich hätten verhaften oder auf dich schießen können oder …« Er holt tief und zitternd Luft. »Und ist es dir wirklich völlig egal, wie es für mich war, diesen Anruf zu bekommen?«

»Ich weiß«, murmle ich, »es war Abendservice.«

»Abendservice …«, wiederholt er ungläubig. »Ich meine, wie es mir dabei ging!«

Ich dachte, er sei nur wütend – wütend, weil ich ihn gezwungen habe, das Restaurant zu verlassen, wütend, weil ich ihn blamiert habe. Aber vielleicht hat die Wut nicht alles andere überdeckt. Vielleicht ist da noch Platz für andere Gefühle, die ich nicht richtig einordnen kann. Ich warte darauf, dass er es mir erklärt.

Er tut es nicht. Er fährt nur schweigend weiter, bis wir in die Einfahrt unseres Hauses einbiegen. Als ich mich auf den Weg zur Haustür mache, hält er mich auf.

»Warte mal.«

Ich presse die Augen zusammen. Wofür kann er mich jetzt noch zusammenstauchen? Haben wir nicht alles durchgekaut?

Er öffnet den Mund. Schließt ihn wieder. Und als er ihn wieder öffnet, kommen die Worte heraus: »Bist du sicher, dass mit dir alles in Ordnung ist?«

»Ja«, sage ich überrascht.

»Ich meine …« Er reibt sich das Genick. »Möchtest du darüber reden?«

»Worüber genau?«

»Dass du die … was du gesehen hast.«

»Oh«, sage ich. »Nein.«

Er nickt und wendet den Blick ab, und so nehme ich an, dass ich endlich entlassen bin. Aber bei meinem zweiten Versuch, ins Haus zu gelangen, sagt er: »Ich wusste nicht, dass du dich noch daran erinnerst.«

Ich weiß, was er meint. Ich frage trotzdem.

»Woran?«

»Die Beerdigung. Ihre Beerdigung.«

Ich will sagen: *Die Beerdigung meiner eigenen Mutter?* Und ich will fragen: *Wie kommst du nur darauf, dass ich mich an den schlimmsten Tag meines Lebens nicht erinnern kann?* Aber ich sage nur:

»Ja. Ich erinnere mich sogar noch ziemlich gut.«

»Oh.«

Ich warte, dass er sagt: *Ich auch.* Und ich warte darauf, dass er fragt: *Möchtest du darüber reden?*

Er tut es nicht. Stattdessen räuspert er sich und sagt: »Du wirst dich nicht ewig daran erinnern. Es wird mit den Jahren verblassen. Du wirst schon sehen.«

Ich möchte fragen: *Soll mich das etwa trösten?* Und ich möchte sagen: *Und wenn ich es gar nicht vergessen will?* Aber bevor ich dazu komme, fügt er hinzu:

»Wer weiß, vielleicht vergisst du eines Tages sogar den

heutigen Abend.« Er schüttelt den Kopf und lacht bitter. »Ich werde ihn hoffentlich vergessen.«

Mir fällt sein Blick ein, wie er Garcias Büro betrat und als Erstes fragte, ob alles in Ordnung sei. Und noch mal nachfragte, zur Sicherheit. Ich stelle mir vor, wie seine Empfangsmitarbeiterin in die Küche kam, um ihm zu sagen, dass sein eigenes Kind – der einzige Mensch, den er noch hat – von der Polizei aufgegriffen wurde. Ich überlege – versuche mir wirklich vorzustellen –, wie das für ihn wohl gewesen ist.

»Dad ...« Ich zögere. »Ist... ist alles gut?«

»Alles gut«, sagt er. »Ich bin nur ...« Er schaut auf, ohne zu blinzeln. »Guter Gott, Gideon, du hast mich heute zu Tode erschreckt.«

Kein noch so lautes Gebrüll könnte mir ein schlechteres Gewissen machen.

»Es tut mir leid«, sage ich. Und ich meine es ernst. »Das war keine ...«

Er wedelt ungeduldig mit der Hand. »Lass stecken.«

»Was denn?«

»Sag nicht, dass es keine Absicht war.«

»Aber es stimmt!«

»Es spielt keine Rolle.«

Ich runzle die Stirn.

Er seufzt. »Geh einfach ins Bett.«

Kapitel 15

An manchen Tagen meint man, wenn morgens der Wecker schrillt, man wäre erst vor zehn Sekunden eingeschlafen.

Heute ist so ein Tag, allerdings habe ich den Wecker gar nicht gestellt, weil Samstag ist. Dafür schreckt mich das Klingeln meines Telefons auf und am anderen Ende ist Lily.

»Bist du schon wach?«, fragt sie. »Ich wollte nicht zu früh anrufen.«

Ich sehe auf den Wecker auf meinem Nachttisch. Acht Uhr. Weiß Lily eigentlich, wofür das Wochenende gut ist?

Ich reibe mir die Augen. »Ja, jetzt bin ich wach.«

»Was ist passiert, nachdem sie uns getrennt haben? Meine Moms haben gefragt, ob sie dich nach Hause bringen können, aber der Beamte sagte Nein.«

»Ich habe den Anruf bei meinem Vater noch hinausgezögert. Ein bisschen jedenfalls.«

»Oh Gott.«

»Nein, das war gut. Ich habe dabei ein paar Sachen erfahren. Nützliche Sachen.«

Ich erzähle ihr von O'Hara und dass er offenbar völlig von der Rolle war. Und vom Polizeichef, der wirkte, als könne ihn gar nichts erschüttern.

»Gott, oh Gott, das wird alles so kompliziert«, sagt Lily. »Je mehr wir erfahren, desto weniger blicke ich durch. Tess weiß genau, dass ich ihr etwas verschweige, und wenn wir die Story nicht bald unter Dach und Fach haben, werde ich nie Chefredakteurin.«

»Wir kommen schon noch dahinter«, verspreche ich ihr und versuche, zuversichtlicher zu klingen, als ich bin. Jemand muss ja Optimismus verbreiten. »Kannst du vielleicht etwas über den Polizeichef herausfinden? Hast du noch deinen Computer und die anderen Sachen?«

»Äh, klar. Warum denn nicht?«

»Ich dachte, sie nehmen ihn dir vielleicht weg. Oder dein Handy.«

»Meine Moms? Du kennst sie doch! Priya will ständig mit mir besprechen, welche Gefühle der Anblick einer Leiche in mir ausgelöst hat, und Zanna erzählt, wie oft sie früher auf Demos festgenommen wurde.«

»Wir wurden nicht festgenommen.«

»Sag das ihr, nicht mir.«

»Ja, und sag meinem Dad, dass er sich aufführt, als hätte ich den Typen selbst ermordet.«

»Das heißt, er ist wirklich sauer?«

Dad wählt diesen Moment für seinen Auftritt. Er reißt die Tür auf, ohne anzuklopfen. Das ist etwas Neues.

Er deutet mit einem Nicken auf mein Handy. »Wer ist das?«

»Lily.«

»Gib sie mir.« Er streckt die Hand aus.

»Warum?«

»Was ist los?«, fragt Lily.

»Keine Diskussion«, sagt Dad.

»Keine Diskussion«, sage ich zu Lily.

Da nimmt mir Dad das Handy einfach aus der Hand.

»Lass mich wenigstens Tschüs sagen!«, protestiere ich.

Er ignoriert mich. Stellt auf Lautsprecher. Hält das Gerät in die Luft.

»Hallo, Lily«, sagt er.

»Oh, ähm, hi, Mr Green.«

»Hör mal, ich will mich für meinen Sohn bei dir entschuldigen, dass er dich da mit reingezogen hat.«

»Oh Gott.« Ich vergrabe das Gesicht in den Händen. »Dad!«

»Mr Green, so war das eigentlich nicht.«

Er scheint weder mich noch sie zu hören. »Und ich muss dir sagen, dass Gideon für den Rest des Tages nicht mehr zur Verfügung steht. Vielleicht für den Rest des Schuljahres. Das habe ich noch nicht entschieden. Grüße deine Mütter von mir.«

»Äh, okay, aber …«

Er beendet das Gespräch und steckt sich das Handy in die Tasche.

»Das war so peinlich«, sage ich.

»Was Peinlichkeiten angeht, sitzt du ja wohl im Glashaus und solltest nicht mit Steinen werfen.«

Diese Metapher finde ich immer verwirrend. Niemand sollte Steine werfen, auch wenn das Haus nicht aus Glas ist. Und wer lebt schon im Glashaus? Außer Pflanzen.

»Kann ich mein Handy wiederhaben?«, frage ich hoffnungsvoll. Vielleicht wollte er ja nur mit Lily reden.

»Ich behalte es erst einmal.«

Vor ein paar Monaten hätte mir das nichts weiter ausgemacht. Deshalb hat er es mir wahrscheinlich auch nie weggenommen.

Aber jetzt haben Lily und ich etwas zu erledigen und daher brauche ich es.

Ich verlege mich auf praktische Argumente. »Aber wenn du es mir wegnimmst, wie willst du mich dann orten?«

»Das brauche ich gar nicht. Du wirst den ganzen Tag da sein, wo ich dich beobachten kann.«

Hä? Es ist Samstag und in zwei Stunden muss er sich um den Brunch kümmern ...

Oh nein.

»Offensichtlich kann ich mich nicht darauf verlassen, dass du allein zu Hause bleibst, deshalb kommst du mit mir ins Verde. Du kannst den Nachmittag über die Nebenarbeiten erledigen.«

»Nebenarbeiten«, das sind im Gastrosprech die beknackten Aufgaben, die keiner machen will. Besteck einrollen, Ketchupspender auffüllen, Tische abwischen, wenn die Gäste gehen. Das nervt sogar, wenn es keine Strafe ist. Ich habe es schon gemacht.

»Das ist Kinderarbeit«, erkläre ich ihm. Als Antwort verdreht er nur übertrieben die Augen.

»Pobrecito.« Ich frage mich, ob er dieses Wort, »Du Armer!«, schon einmal anders als spöttisch verwendet hat. Ich frage mich, ob es überhaupt jemand ohne Spott verwendet.

»Zieh dich an. Ich will nicht wegen dir zu spät kommen.«

Im Auto, auf halbem Weg zum Verde, beschließe ich, eine neue Verteidigungsstrategie auszuprobieren. Ich bitte nicht um volle Straffreiheit, sondern nur um Strafumwandlung.

»Dad, ich weiß, du bist wütend auf mich ...«

»Gut, dass du das bemerkt hast«, sagt er.

»Aber das ist eine total übertriebene Reaktion.«

»Nein, es ist die logische Konsequenz deines Handelns. Da ich nicht darauf vertrauen kann, dass ich dich problemlos allein lassen kann, lasse ich dich eben nicht mehr allein.«

»Aber du hast mir doch gesagt, ich soll mal aus dem Haus.«

»Damit habe ich nicht gemeint, dass du nachts auf einer Baustelle herumgeistern sollst!«

»Vielleicht hättest du es mir genauer erklären müssen.«

Er blinzelt. Dann dreht er sich zu mir. Bei dem Blick, mit dem er mich taxiert, sinke ich tiefer in meinen Sitz.

»Du bewegst dich auf sehr dünnem Eis«, sagt er.

Ich starre meine Schuhe an und verschränke die Arme vor der Brust. Ich sollte wirklich den Mund halten. Ich weiß, ich sollte den Mund halten. Aber ich habe noch Fragen.

»Was heißt das, wirst du mich jetzt jedes Wochenende mit ins Restaurant schleppen?«

»Nein«, sagt er. »Ich werde dich jeden Tag mitschleppen.«

Mir sinkt der Magen in die Kniekehlen. »Was soll das heißen, jeden Tag?«

»Das soll heißen, wenn ich nachmittags zur Arbeit gehe, kommst du mit. Deine Hausaufgaben kannst du in meinem Büro machen.«

Ein Detektiv kennt keine Panik, deshalb gerate ich definitiv nicht in Panik. Allerdings hämmert mein Herz und meine Lungen ziehen sich zusammen oder was immer das ist. Wie soll ich Lily helfen, wenn ich in Dads Büro eingeschlossen bin? Und, Moment mal, ganz abgesehen von der Recherche, was ist mit …

»Was ist mit der Schülerzeitung?«

»Also …« Er seufzt. »Damit ist mir auch nicht so richtig wohl, glaube ich.«

»Wie bitte?«

»Vielleicht in ein paar Wochen, wenn ich merke, dass du dir Mühe gibst …«

Ich pfeife drauf, dass das Eis dünn ist. Lieber würde ich ertrinken.

»Das kannst du nicht machen!«

»Entschuldigung?«

Entschuldigung ist das Codewort für *Formulier das bitte um,* aber das ist mir egal. Ich habe genau diese Worte gemeint. »Ich habe gesagt, das kannst du nicht machen.«

»Wer, glaubst du, hat hier das Sagen?«, fragt Dad. »Du oder ich?«

»Ich habe in der Schülerzeitung eine Aufgabe übernommen. Die anderen verlassen sich auf mich. Du kannst mich nicht einfach zwingen …«

»Darüber reden wir später«, unterbricht er mich. Mir ist gar nicht aufgefallen, dass wir schon auf den Parkplatz hinter dem Verde eingebogen sind.

Kaum sind wir durch die Tür, hat Dad seinen Geschäftsführer an der Seite. Immer wenn ich Mario begegne, ist er damit beschäftigt, meinen Vater zu beruhigen, was ich zu schätzen weiß als einer, der Dad ständig auf die Palme bringt.

»Wir haben da ein kleines Problem«, sagt Mario.

Dad reibt sich die Schläfen. »Oh Gott.«

»Ich sagte, ein kleines, mit kleinem *k.*«

Dad geht gar nicht darauf ein. »Was ist?«

»Sarah hat sich mal wieder nicht blicken lassen.«

»Himmel noch mal, schon wieder?«

»Ich rufe schon dauernd bei ihr an, aber ich bekomme immer nur den AB.«

»Gut, hinterlass ihr die Nachricht, dass sie gefeuert ist.«

»Und was machen wir jetzt?« Mario nickt mit dem Kopf zu dem einzigen Kellner hin, der sich hinter der Bar gerade die Schürze umbindet. »Ich habe nur Josh. Er schafft die meisten Tische, aber nicht alle.«

»Den Rest übernimmt Gideon.«

Mario und ich sehen erst einander, dann Dad an und sagen im Chor: »Was?«

»Gib Josh die Tische, die er schaffen kann, und Gideon die anderen.«

»Gideon hat keine Erfahrung«, sagt Mario.

Dad schaut auf die Uhr. »Wir haben noch eine Stunde, gib ihm einen Crashkurs. Es ist ja keine Raketenwissenschaft.«

»Dad.« Meine Stimme klingt fast flehend. »Nein.«

»Als ich meine erste Bestellung entgegengenommen habe, war ich jünger als du. Du bist absolut imstande, das auch zu schaffen.«

Soll mich das trösten? Ist es eine Anklage? Nach dem Motto: *Ich konnte das schon mit vierzehn. Wenn du es nicht hinbekommst, stimmt was nicht mit dir.*

Er nimmt mich am Arm und beugt sich ein wenig näher zu mir, als wolle er eine besondere Weisheit mit mir teilen. Oder eine uralte Prophezeiung. Über Menschenopfer.

»Es ist einfach.« Ich hasse es, mit welcher Leidenschaft er mich mal wieder in etwas hineinzieht, auf das er abfährt, für das ich aber ganz und gar nicht geschaffen bin. »Lächle, wenn du zum Tisch gehst. Sei höflich, auch wenn die Gäste unhöflich sind. Und sprich deutlich. Verstanden?«

Ich starre ihn an. Er wartet.

»Und du sagst …?«

»Das ist eine schreckliche Idee.«

»Nein.« Er schüttelt den Kopf. »Versuch's noch mal.«

Mit zusammengebissenen Zähnen erwidere ich: »Ja, Chef.«

Mario tut sein Bestes: Er gibt mir ein weißes Hemd und eine Schürze, spricht sämtliche Gerichte auf der zum Glück überschaubaren Speisekarte mit mir durch und sieht zu, wie ich mich mit dem Korkenzieher abmühe. Doch wir wissen beide, dass die Katastrophe unausweichlich ist. Er zögert es, solange er kann, hinaus, mir einen Tisch zuzuweisen, aber irgendwann ist der Brunch in vollem Gange, und ihm bleibt nichts anderes übrig.

Wenn mein Leben ein Film noir wäre, dann wäre hier eine Filmmontage fällig. Im Film noir gibt es keine Montagen, aber anders lässt sich das heillose Chaos gar nicht erfassen. Etwa so:

RESTAURANT – INNEN –
TAG – MONTAGE
SCHNELLE SCHNITTE:
GIDEON tippt hektisch auf dem
Orderman herum.
GIDEON wird an Tisch sieben
gerufen (obwohl das gar nicht
sein Tisch ist). Er soll ein
Schälchen Ranch-Dressing
besorgen.
Die Frau an Tisch sechs schickt
GIDEON dreimal in die Küche,
um nachzufragen, ob in der Gaz-
pacho auch wirklich keine Nüsse

sind, obwohl in Gazpacho grundsätzlich keine Nüsse kommen.
Die Frauen an Tisch drei fragen, wo ihre Getränke bleiben,
und GIDEON versichert, sie
seien gleich fertig, obwohl
er völlig vergessen hat, die
Bestellung einzugeben.
Für Tisch sieben wird ein
kleines Keramikschälchen mit
Dressing gefüllt, obwohl es
unter Strafe gestellt werden
sollte, ein leckeres Omelette
dermaßen zu verhunzen.

»Du wirst an Tisch sechs gebraucht«, flüstert mir der andere Kellner, Josh, zu, als wir einander begegnen. »Die sehen
aus, als hättest du ihnen ins Müsli gepinkelt.«

»Die haben doch gar kein Müsli bestellt.«

Er geht kopfschüttelnd weiter.

Als ich zu Tisch sechs komme, schaut mich die Dame an,
als hätte ich ihren Hund mehrmals überfahren und wäre anschließend mit dem Schlachtruf »*Ich werde wieder töten!*«
davongerast.

»Kann ich etwas für Sie tun?«, frage ich.

»Meine Suppe ist kalt.«

Ich lache. Sie nicht. Da merke ich erst, dass es kein Witz
ist.

»Ich meinte, ja sicher«, sage ich. »Das ist Gazpacho.«

»Es ist mir egal, wie das heißt. Es ist kalt.«

»Aber es soll k —«

»Es ist absolut inakzeptabel, dass Sie kalte Suppe servieren.«

»Ich habe sie ja nicht zubereitet.«

Das steigert offenbar nur ihre Wut. »Nehmen Sie sie einfach wieder mit.«

Ich schnappe mir die Schale und stapfe in die Küche.

»Sie hat gesagt, die Suppe ist kalt.« Ich stelle die Schale wieder auf die Ausgabetheke.

Dads Sous-Chef guckt mich ungläubig an. »Wir haben nur Gazpacho.«

»Ich weiß.«

Er stöhnt, nimmt die Schale und stellt sie in die Mikrowelle, die über seinem Kopf angebracht ist. Aus meinem Blick spricht offenbar Entsetzen, denn er fügt hinzu: »Die Kundin hat immer recht. Auch wenn sie strohdumm ist.«

»Ja«, stimme ich ihm zu, »aber muss sie das an mir auslassen?«

Dad, der gerade vorbeikommt, bleibt abrupt stehen. »Wer muss was an dir auslassen?«

»Ich wollte der Frau erklären, dass Gazpacho immer kalt ist, und da hat sie gesagt, aber nicht *so* kalt, und ich habe ihr erklärt, dass ich sie ja nicht zubereitet habe …«

»Gideon, um Himmels willen«, blafft er mich an. Dann ruft er über die Schulter: »Héctor –«, und es folgt eine rasende Salve spanisch-englischen Mischmaschs, von dem ich nur die letzten Worte verstehe: »… aufs Haus«.

Während Héctor in fliegender Eile eine Schinken-Käse-Platte herrichtet, dreht sich Dad wieder zu mir um. »Und du gehst zu ihr, sagst, die Platte geht aufs Haus, und entschuldigst dich. Verstanden?«

»Bei *der?* Aber das ist eine blöde Nuss!«

»Ist egal.« Er nickt zur Theke hin, auf der schon Suppen-schale und Platte bereitstehen.

Die Gazpacho ist heiß, die Schüssel verbrennt mir die Hände, aber das merke ich gar nicht, so geladen bin ich. Er verlangt, dass wir nett zu denen sind, und wofür? Für sein Ego, für sein Restaurant, das, was ihm am allerwichtigsten ist. Zum Teufel damit. Zum Teufel mit ihm.

»Ihre Suppe.« Ich stelle die Schale vor der Dame auf den Tisch. »Die Schinken-Käse-Platte geht aufs Haus.« Ich stel-le auch sie ab. »Wir bedauern die Unannehmlichkeiten.«

Nachdem ich die kochende Gazpacho serviert habe, komme ich an den Frauen an Tisch drei vorbei, und ein Ge-sprächsfetzen erregt meine Aufmerksamkeit.

»Ich erkläre Andy dauernd, er soll nicht in Gastro inves-tieren«, sagt eine Frau in blauen Leggins zu ihren Freun-dinnen. »Die Branche ist unberechenbar. Schaut euch nur diese Brauerei an. Jetzt bauen die schon fast zwei Jahre und das Ding wird nicht einmal mit Fred Willets' Geld fer-tig.«

Ich bleibe wie angewurzelt stehen.

»Haben Sie Fred Willets gesagt?«, platze ich heraus.

Die Dame in blauen Leggins hebt die Augenbrauen. »Ja, und?«

»Fred Willets ist der Besitzer der Clownfisch-Brauerei?«

»Er hält einen großen Anteil …« Sie schaut in die Runde. »Entschuldige, wolltest du etwas?«

An dem Vierertisch ist der Stuhl neben ihr noch unbe-setzt, daher bin ich so frei und nehme Platz. »Woher wissen Sie, dass er Anteile hält?«

Die Dame in blauen Leggins rückt ein winziges Stück-chen von mir ab. »Mein Mann hat auch investiert.«

»Kümmert sich Willets denn um den Bau? Und hat er wohl einen Schlüssel zum Gebäude?«

Eine Dame in schwarzen Leggins räuspert sich. »Kleiner, vielleicht könntest du uns noch einen ... Tee bringen?«, fragt sie mit aufdringlich süßer Stimme. »Wie wäre es mit ... Eistee?«

»Oh ja«, stimmt die in blauen Leggins ein. »Eistee wäre einfach wunderbar.« Sie lächelt mich mit gebleckten Zähnen an. »Wenn du wohl ... gehen und ihn holen könntest?«

Ich hätte mich wahrscheinlich nicht zu ihnen an den Tisch setzen dürfen.

»Ja, natürlich«, sage ich und springe auf. »Ich bringe ihn sofort.«

Aber das tue ich nicht. Stattdessen marschiere ich durch den Speisesaal und auf direktem Weg durch die Küche in Dads Büro, wo ich mein Handy aus seiner Schreibtischschublade fische.

»Hi«, sagt Lily. Sie klingt verwirrt. »Hat dir dein Dad das Handy nicht abgenommen?«

»Mach dir darüber keine Gedanken.«

»Wie wäre es, wenn du mal einen Tag lang einfach nur chillst, ehe du ihn wieder auf die Palme bringst?«

Um ihre Strafpredigt abzukürzen, komme ich direkt auf den Punkt: »Die Brauerei gehört Fred Willets.«

»Was?«

»Clownfisch. Er ist der Besitzer. Oder jedenfalls ein Investor.«

Es folgt eine lange Pause. Schließlich sagt Lily fast flüsternd: »Das ist ja echt schräg.«

»Ich weiß.«

»Nein, das ist noch schräger, als du ahnst«, sagt sie.

»Kannst du dich noch erinnern, wie Luke uns erzählt hat, dass er ein Geschäft besprühen sollte? Mittlerweile ist es geschlossen, aber als ich mit der Recherche anfing, habe ich nachgesehen: Das hat auch Willets gehört.«

»Araceli hat gesagt, er besitzt alle möglichen Unternehmen in der Stadt, weißt du noch?«, sage ich. »Es könnte also auch Zufall sein.«

»Vielleicht.« Es folgt eine längere Pause. »Ich schaue mal, was ich herausfinden kann.«

Fred Willets hat Geld in die Clownfisch-Brauerei gesteckt, überlege ich, als ich endlich den Krug mit Eistee in der Hand habe. Vielleicht war der Ort kein Zufall. Vielleicht hat ihn jemand ausgewählt, weil er leicht zugänglich war.

Vielleicht hat ihn aber auch jemand ausgewählt, um die Brauerei zu ruinieren, ehe sie überhaupt in Gang kommt.

Die Frau an Tisch sechs winkt mich mit einem Fingerschnipsen herbei. Ich werfe einen Blick auf Tisch drei, aber die drei Damen sehen aus, als seien sie froh, mich los zu sein. Der Eistee kann warten.

»Möchten Sie gern bezahlen?«, frage ich hoffnungsvoll.

»Ich nehme die Churros zum Nachtisch«, erwidert sie, ohne mich auch nur anzusehen.

»Nein.«

Nun blickt sie doch hoch. »Wie bitte?«

»Nein, sie nehmen nicht die Churros zum Nachtisch.«

»Sie sind wohl aus?«

»Da sind Walnüsse drin«, sage ich. Sie glotzt mich nur an. »Eine Nussart. Und gegen Nüsse sind Sie doch allergisch.«

Sie tut das mit einem ungeduldigen Wedeln ihrer Hand ab. »Das geht schon, ein bisschen kann ich essen.«

Ich frage mich, wie viel Ärger ich wohl bekäme, wenn ich jetzt einfach ihren Tisch umwerfe.

Ich kann mich nur mit Mühe beherrschen. »Dann sind Sie wohl gar nicht allergisch«, presse ich heraus.

»Ich habe um Churros gebeten.« Sie steckt die Nase in die Speisekarte. »Nicht um deine Meinung.«

Ich mache gleich etwas richtig Dummes, und es wird mir noch leidtun, ich weiß. Aber mein Zorn geht mit mir durch.

»Das ist keine Meinung. Das ist eine Tatsache. Wenn Sie Nüsse essen können, sind Sie nicht allergisch gegen Nüsse, und das ist merkwürdig, denn Sie haben vorhin definitiv gesagt, und ich zitiere, Sie hätten eine ›schwere Nussallergie‹. Wenn ich also behaupten würde, dass Sie lügen«, sage ich viel zu laut, aber das ist mir nun auch egal, »wäre das ebenfalls eine Tatsache.«

Im Restaurant ist es so still geworden, dass man eine Stecknadel fallen hören könnte. Wenn jemand eine Stecknadel mit ins Restaurant bringen würde, was niemand tut.

Auch an Tisch sechs herrscht Stille. Totenstille. Die Dame verschränkt die Finger.

»Hol mir sofort den Geschäftsführer.«

Es braucht viel gutes Zureden, bis Mario die Dame an Tisch sechs endlich beruhigt hat. Wenn ich nicht so erleichtert wäre, dass ich meine Ruhe habe, würde ich mich fast darüber ärgern, wie gut er das macht. Er nickt mit ernstem Gesicht, während sie über meine Unzulänglichkeiten schimpft, und sein Ton ist so ruhig und mitfühlend, dass man fast glauben könnte, er wäre ihrer Meinung.

Was natürlich nicht stimmt. Es war nicht meine Schuld.

Als die letzten Brunch-Gäste gegangen sind, kommt er dennoch kopfschüttelnd zu mir.

»Also …« Er räuspert sich. »Deine erste Schicht hätte wohl besser laufen können.«

»Ja. Ich weiß.«

»Ich habe schon erlebt, dass ein Kellner an seinem ersten Tag heiße Suppe verschüttet, Messer verloren und Weinflaschen zerbrochen hat.« Er geht kopfschüttelnd zur Küche. »Aber ich kann mich nicht erinnern, dass ich sämtlichen Tischen etwas spendieren musste.«

Als ich allein im Speisesaal warte, kommt mir das ein bisschen vor wie früher, wenn ich als Kind etwas kaputt gemacht habe. Ein Krachen und dann Stille. Man wusste, jetzt kommt etwas Schlimmes, und versuchte, sich einzureden, dass man es nicht verdient hatte.

Zumindest werde ich nicht lange auf die Folter gespannt, denn schon bald höre ich Dad aus der Küche brüllen. Wahrscheinlich könnte ich ihn noch in der nächsten Stadt brüllen hören.

»Er hat *was* gesagt?«

Ich zucke zusammen.

Dad stürzt durch die Schwingtüren in den Speisesaal. Ich mache einen großen Schritt nach links, damit die Empfangsmitarbeiterin strategisch günstig zwischen uns steht.

»Komm her.« Er winkt mich mit dem Zeigefinger heran. Ich bleibe, wo ich bin. »Hast du was an den Ohren? *Komm. Her.*«

Ich bewege mich Zentimeter für Zentimeter auf ihn zu, bis ich mehr oder weniger direkt vor ihm stehe und er mehr oder weniger aussieht, als wollte er mich k. o. schlagen.

»Verdammt noch mal, was ist eigentlich los mit dir?«

Meine Kehle ist voller Sägemehl. »Ich …«

»Was hast du dir dabei gedacht, so mit einem Gast zu reden? Hältst du das für witzig oder hältst du es vielleicht für clever?«

»Ich habe der Dame nur gesagt …«

»Du hast einfach wild darauflosgequasselt.«

Um uns versammelt sich ein kleines Publikum. Die Blicke der Köche ruhen gnädigerweise auf Dad, nicht auf mir. Offenbar merkt er aber, dass er beobachtet wird, denn er verstummt.

Wäre es ihm lieber, er hätte mich nicht so vor allen anderen angebrüllt?

Er blickt sich um. Holt tief Luft. Und schreit wieder los.

»Du plapperst, was dir gerade in den Kopf kommt, egal, mit wem du es zu tun hast! Das kann ich sein, das kann ein Gast sein, es kann ein Polizist sein, der dich auf der Wache festhält. Dir ist das alles piepegal!«

Mein Nacken wird heiß, als er die Polizei erwähnt. Das muss doch nicht die ganze Küche erfahren.

»Dad, es war keine …«

»Nein, es ist nie Absicht! Es ist auch nie deine Schuld, stimmt's?«

Ich habe das alles schon gehört. Es ist nichts Neues. Aber es ist ein Unterschied, ob man im stillen Kämmerlein zusammengeputzt wird oder ob einem der eigene Vater in einem Saal voller fremder Leute unter die Nase reibt, was für ein Versager man ist.

»Wie wird deine Zukunft wohl aussehen, wenn du nie den Mund halten kannst und einfach nicht darauf hörst, was andere zu sagen haben?«

Er will nur, dass ich den Mund halte? Kein Problem. Ich

beiße mir auf die Innenseite meiner Wange, verschränke die Arme vor der Brust und antworte nicht.

»Komm schon, sag es mir«, sagt er. »Sag mir genau, was du dann noch mit deinem Leben anfangen kannst.«

»Na ja«, sage ich, und die ganze Wut und Beschämung, die sich in meinem Brustkorb angesammelt hat, quillt aus meinem Mund. »Wenn sonst nichts mehr geht, kann ich es immer noch irgendwo in einer Küche probieren!«

Oh Scheiße.

Damit bin ich zu weit gegangen.

Einen kurzen Augenblick rührt sich niemand. Niemand atmet. Ich zumindest atme nicht.

Doch da wirft Dad seine Schürze auf den Boden und macht einen schnellen Schritt auf mich zu. Ich überlege fieberhaft, wo der Notausgang ist.

Ich stolpere einen Schritt zurück und lande direkt an Tisch sechs.

Mit einer Hand halte ich mich an der Tischkante hinter mir fest.

Als wir uns Auge in Auge gegenüberstehen, starrt er mich böse an. Ich schlucke.

»Jetzt hörst du mir mal zu.« Er hält mir den Finger so nah vors Gesicht, dass ich instinktiv zurückzucke. »Ich muss viel mit dir aushalten, ich muss mehr einstecken als auf eine Kuhhaut geht. Aber ich werde es nicht hinnehmen, dass du die Leute beleidigst, die für mich arbeiten.«

Meine klamme Hand rutscht über die Tischkante. Ich packe fester zu. Es tut weh.

»Das ist nicht irgendeine Küche, es ist meine Küche und mein Restaurant, und das erwirtschaftet, verdammt noch mal, auch das Essen, das du auf den Teller bekommst, mein

Lieber. Also pass besser auf, was du sagst. Hast du verstanden?«

Dads Angestellte beobachten uns noch immer schweigend und mit unergründlichem Gesichtsausdruck. Haben sie Mitleid mit mir? Oder finden sie, ich habe es nicht anders verdient?

»Das war eine Frage«, hakt Dad nach. »Darauf gibt es eine Antwort.«

Ach, diesmal ist es keine rhetorische Frage?, würde ich gern zurückblaffen. Aber da ich nicht sterben will, schließe ich die Augen und sage sehr leise: »Ja.«

Er verlagert sein Gewicht auf die Fersen. Ich atme tief durch. Aber er ist noch nicht fertig.

»Wie du dich hier hinstellen und alles heruntermachen kannst, was wir tun, wie du alle beleidigen kannst, die dir heute geholfen haben – das geht wirklich über meinen Verstand.«

Aber so habe ich das doch nicht gemeint, hätte ich fast gesagt. *Ich wollte niemanden beleidigen, das war nicht meine Absicht.* Gestern Abend hat er gesagt, Absicht oder nicht spielt keine Rolle, aber es muss doch zumindest ein bisschen was ausmachen, oder?

Vielleicht. Aber vielleicht zählt eben wirklich nur, dass ich die Worte ausgesprochen habe.

»Du würdest auch in deiner Bestform in jedem dieser Jobs baden gehen – auch in deiner absoluten Bestform.«

Die Szene verschwimmt und verwischt, als hätte jemand die Kameralinse mit Vaseline eingeschmiert. Nicht weil ich den Tränen nahe bin, vor all diesen Leuten, vor diesem Vater, dem ich es nie werde recht machen können. Ich bin nicht gut genug und ich werde es auch nie sein.

»Ich weiß schon, du denkst, du bist zu gut für das alles, Gideon, aber die Wahrheit ist, und du glaubst es mir besser, wenn ich es dir sage: Du bist nicht annähernd gut genug.«

Wenn ich meinen Kopf schnell senke, merkt es vielleicht niemand. Vielleicht wird sich der verschwommene und etwas feuchte Boden unter mir öffnen und mich mit Haut und Haaren verschlingen. Man darf ja noch träumen.

Entweder ist Dad der Meinung, dass es damit genug ist, oder er hat, was er wollte. Jedenfalls wendet er sich ab.

»Geh und warte im Auto.«

Kapitel 16

Dad gelangt offenbar zu dem Schluss, dass die Nachteile meiner Anwesenheit im Restaurant die Vorteile bei Weitem überwiegen, denn am Sonntag nimmt er mich nicht mit. Er redet auch kaum mit mir und ich revanchiere mich mit Schweigen. Als ich am Montagmorgen aufwache, finde ich auf dem Küchentisch mein Handy und eine Nachricht.

Fahre ins Verde. Bin gegen 2 Uhr wieder da.

Geh nach der Schule direkt nach Hause.

Sogar schriftlich bemüht er sich, mit knappen Worten auszukommen. Kein gutes Zeichen. Ebenso wenig wie der gelbe Zettel auf meinem Handy: **Die Ortung bleibt an.**

Da ich Lily in der Mittagspause nirgends finden kann, lasse ich mein Essen stehen und ziehe mich hinter die Container zurück, um sie anzurufen.

»Bist du nicht in der Schule?«, frage ich, als sie drangeht.

»Ich habe beschlossen, dass der Anblick einer Leiche einen Krankheitstag rechtfertigt.«

Verständlich. »Hast du noch etwas herausgefunden? Über O'Hara? Und den Polizeichef?«

»Ich …« Einen Moment lang herrscht Funkstille. »Ich bin mir nicht sicher, ob wir …«

»Was?«

»Ob wir weitermachen sollen.«

Das kann nicht ihr Ernst sein. Gerade, wo die Sache Gestalt annimmt, wo wir beweisen können, dass sie die ganze Zeit recht gehabt hat – es wird ja schließlich niemand aus Versehen ermordet –, jetzt ausgerechnet will sie aufgeben?

»Du willst aufhören? Wir können nicht aufhören.«

»Das am Freitag, das hat mir eine Scheißangst eingejagt, verstehst du das?«

»Klar versteh ich das, Lily, aber …«

»Wir haben einen Toten gesehen. Es war zwar nur ein schrecklicher Unfall, und eigentlich hast du den Toten gesehen, nicht ich, aber wir geraten da in Dinge hinein, auf die wir überhaupt nicht vorbereitet sind …«

So kann ich das nicht stehen lassen. Lily musste schließlich nicht über sich ergehen lassen, dass der Polizeichef genüsslich bis in die kleinste Kleinigkeit ihre größte Niederlage ausgebreitet hat. Der Chief hat diese Geschichte offenkundig schon öfter erzählt, und ich kann das nicht einfach abhaken, ebenso wenig wie die Art, wie Dad mich Freitagnacht aus dem Revier geholt hat. Mal wieder.

Wenn der Chief die Geschichte das nächste Mal erzählt, soll sie anders ausgehen. Dafür muss ich sorgen.

»Vielleicht ist es am besten«, sagt Lily, »wenn wir eine Pause einlegen.«

»Aber es war kein Unfall«, platze ich heraus, ehe sie sich endgültig aus der Sache herausreden kann.

Ich höre ein Rascheln, so als würde sie sich plötzlich im Bett aufsetzen. »Was redest du da?«

»Es war kein Unfall, und es war auch kein Zufall, dass wir die Leiche gefunden haben. Wir sind nicht einfach über eine Tragödie gestolpert – ich meine, tragisch ist es schon, jemand ist tot. Aber getan hat das der, den O'Hara treffen wollte.«

Eine Weile ist es so still, dass ich mich frage, ob Lily aufgelegt hat. Dann stammelt sie: »Willst du … damit sagen, dass ihn jemand umgebracht hat?«

»Nicht jemand«, sage ich. »Die Person, die den Zettel geschrieben hat.«

»Oh Gott.« Sie stößt hörbar die Luft aus. »Oh …«

»Und da ist noch etwas. Wo immer dieser Typ herkommt, den wir gefunden haben: Der war kein Niemand.«

»Himmel, was sonst?«

»Nein, ich meine, er war kein unbeschriebenes Blatt. Die Polizei kannte ihn. Oder … wusste von ihm.« Ich schildere ihr das Gespräch zwischen den beiden Polizisten. »Was, glaubst du, ist die Einsatzgruppe OK?«

»Oklahoma?«, schlägt sie vor. »Vielleicht kommt der Tote ja daher.«

»Das ist aber ganz schön weit weg.«

»Dann weiß ich es auch nicht.«

»Er heißt … hieß … es klang wie Prince.«

»Der ist doch schon seit Jahren tot!«

»Ich meine seinen Nachnamen. Kannst du mal nachschauen? Wer das sein könnte?«

Lily seufzt in den Hörer. »Gideon …«

»Wir können nicht aufhören. Die Polizei stuft das nicht einmal als Mord ein.«

Und in diesem Moment wird mir klar: Natürlich sollen der Polizeichef und all die anderen merken, dass sie sich in mir täuschen und sich schon immer in mir getäuscht haben. Aber es gibt noch etwas, das viel wichtiger ist und mit mir gar nichts zu tun hat.

»Ein Mann ist tot«, sage ich, »und er bekommt keine Gerechtigkeit. Es sei denn …«

»Es sei denn, wir, zwei Jugendliche, lösen den Fall?«

»Wenn du es so formulierst, klingt es nach einer ziemlich blöden Idee«, erwidere ich.

»Absolut schrecklich«, stimmt sie mir zu.

»Aber du tust es, oder?«

»Ich …« Sie seufzt wieder. »Ich recherchiere mal ein bisschen.«

Das ist kein Ja. Aber es ist auch kein Nein. Deshalb gebe ich mich damit zufrieden.

Als ich die nächste Nachricht von Lily bekomme, sitze ich in der sechsten Stunde Mathe und lasse einen Vortrag über Potenzrechnung über mich ergehen. Lily hat Glück, denn immerhin bin ich noch so wach, dass ich das Vibrieren meines Handys in der Tasche spüre. Schnell stelle ich es auf leise, damit die Lehrerin nichts hört, und halte das Handy unter den Tisch, um zu sehen, was sie mir geschickt hat.

Zuerst eine Textnachricht.

Ist er das?

Dann ein Bild.

Und da schaut mich der Tote an. Der Tote oder jedenfalls der Mensch, der er im Leben war. Breite Schultern und zurückgegelte schwarze Haare, Diamantohrstecker im linken Ohr und …

… eine Uhr.

Am Handgelenk, er hält sie in die Kamera, gibt offensichtlich damit an. Ist offensichtlich stolz darauf. Die Uhr, die gefehlt hat. Wusste ich es doch.

Ich schreibe Lily möglichst unauffällig zurück.

Ja, das ist er, definitiv. Wer ist das?

Die nächste Nachricht enthält zwei Links. Der erste führt zur Website eines Bestattungsinstituts. Ganz oben sieht man dasselbe Bild des Toten. Und darunter folgt ein Nachruf.

MARCO L. VINCE
**Marco L. Vince, geliebter Sohn und Bruder,
ist überraschend von uns gegangen …**

Es sind nur wenige Sätze, aber ich bin so begeistert, mit der
Uhr recht gehabt zu haben, dass ich den Text nur oberflächlich überfliege.

> **Hochgeschätzter Mitarbeiter von Vince
> Enterprises LTD. Er hinterlässt seine
> Schwestern Jasmine und Alexis, seine Mut-
> ter Roberta und seinen Vater Paul. Toten-
> wache in der katholischen Kirche Holy
> Redeemer.**

Mit der Uhr lag ich richtig, aber die beiden Polizisten auf
der Wache habe ich falsch verstanden. Sie haben nicht
»*Prince*« gesagt, sondern »*Vince*«.

Als ich mit dem Nachruf fertig bin, schreibe ich direkt
an Lily:

Kommt wohl aus einer reichen Familie

Hast du dir den zweiten Link nicht angeschaut?

Ich klicke den Link an und gelange zu einem Zeitungsartikel mit der Überschrift »Sohn eines ortsansässigen Multimillionärs offenbar nach Überdosis tot aufgefunden«.

Der Artikel ist viel zu lang, als dass ich ihn im Unterricht
lesen könnte, daher schreibe ich:

Bin in Mathe, brauche Zusammenfassung
Bitte

Paul Vince ist Geschäftsmann
Na ja
„Geschäftsmann"

?

Theoretisch besitzt er eine Möbeldiscountkette
In Wahrheit ist das nur eine Fassade für Geldwäsche und jede
Menge zwielichtiger Geschäfte
In San Diego wurde ausgiebig gegen ihn ermittelt, man hat
ihn sogar ein paarmal verhaftet, konnte ihm aber nie etwas
nachweisen.
Nichts, das hängen geblieben wäre
Seit einiger Zeit expandiert er nach San Miguel
Gerade wurde wieder ein Laden eröffnet, in der Nähe
der Brauerei

Geldwäsche, windige Geschäfte: Die Polizisten meinten
nicht Oklahoma, als sie von der Einsatzgruppe OK sprachen. Sie meinten »Organisierte Kriminalität«.

Gibt's eine Verbindung zur Kneipe?

Kann keine finden

Die Mathestunde zieht sich. Wenn ich schon vorher nicht
richtig aufgepasst habe, befinde ich mich jetzt auf einem
anderen Planeten.

Ich versuche, die neuen Fakten zusammenzusetzen, meine Gedanken rasen.

Folgendes weiß ich:

Der Tote hat endlich einen Namen.

Er war der Sohn eines zwielichtigen Geschäftsmannes, womöglich war er selbst einer. Und das heißt, er war der Sohn eines Mannes, der Feinde hat, womöglich hatte er selbst welche.

Niemand hält seinen Tod für einen Mord – die Polizei nicht, die Medien nicht, nicht einmal seine Familie.

Aber das ist nur Spekulation. Das mit der Familie weiß ich nicht, ich vermute es. Nur weil die Polizei einem Journalisten erzählt hat, dass es eine Überdosis, also ein Unfall war, und nur, weil der Journalist die Geschichte auch so gebracht hat, und nur, weil sich der Nachruf liest, als wäre der Mann friedlich im Schlaf dahingeschieden, heißt das noch lange nicht, dass niemand an einen Mord glaubt.

Es heißt nur, dass jemand es so aussehen lassen will.

Zwei Schulstunden später ist der Unterricht vorbei, und ich kann mich innerlich immer noch nicht von der Frage losreißen, wie Marco L. Vince sein Leben auf dem Boden der Clownfisch-Brauerei ausgehaucht hat – und warum. Als ich im Flur nach einem ruhigen Fleckchen Ausschau halte, wo ich Lily anrufen kann, bin ich so vertieft, dass ich fast mit Tess zusammenstoße.

»Hey«, sagt sie. Sie runzelt die Stirn. »Wo willst du denn hin?«

»Äh …«

»Zur Redaktion geht es aber da lang.« Sie deutet über meine Schulter.

Mist. Stimmt. Ich muss die Schülerzeitung an den Nagel hängen, und das ausgerechnet am Beginn einer Spätschicht-Woche. Das finden die andern bestimmt besonders toll. Vor allem Tess.

»Ich habe nach Lily gesucht«, lüge ich.

»Oh, die hat sich krankgemeldet.« Sie zieht mich leicht am Ärmel. »Da brauchst du nicht weitersuchen.«

Wir sind die Ersten im Büro und Tess setzt sich sofort an ihren Lieblingscomputer.

Weil ich nie wieder ein kleineres Publikum haben werde als jetzt, atme ich einmal tief durch und mache mich bereit, eine der wenigen Aktivitäten hinzuschmeißen, die mir jemals Spaß gemacht haben.

»Tess?«

Sie dreht sich zu mir um. »Ja?«

»Ich kann nicht mehr in der Redaktion mitmachen.«

»Was?«

»Es tut mir leid …«

»Schau mal, das Korrekturlesen ist natürlich nicht der weltbeste Job.« Sie steht auf und kommt zu mir. »Aber bitte lass uns nicht hängen.«

»Ich lasse euch nicht hängen …«

»Ah, gut. Wir würden dich echt vermissen.«

Ich *muss* aber aufhören und das müsste ich ihr jetzt auch sagen. Aber plötzlich kommt mir das alles nur noch zweitrangig vor.

»Wirklich?«, frage ich.

»Natürlich.«

»Ich meine …« Ich zögere. »Du auch?«

Nun zögert auch sie. Denn ich glaube, sie weiß, was ich meine. »Ja«, sagt sie sanft. »Ich auch.«

»Oh«, sage ich, und meine Stimme ist genauso sanft. »Okay.«

»Reicht dir das schon, um zu bleiben?« Sie kommt einen Schritt näher. »Dass ... ich es möchte?«

»Ja«, sage ich ohne jedes Zögern.

Ich habe Tess noch nie verwirrt erlebt. Aber wie sie jetzt die Luft einsaugt und nicht recht weiß, was sie mit ihren Händen anfangen soll, wirkt sie fast so.

»Also – ich meine ...«

Schließlich verschränkt sie die Arme und lächelt mich an.

»Super. Wenn das heißt, dass du bleibst.«

»Es ist ja nicht so, dass ich nicht bleiben will«, versuche ich zu erklären. »Ich darf nicht.«

Sie verzieht das Gesicht. »Wie meinst du das?«

»Na ja. Es gab da mehrere Vorfälle, an denen ich natürlich völlig unschuldig war ...«

»Oh Gott. Was hast du getan?«

»Nichts! Ich war nur sozusagen ... zur falschen Zeit am falschen Ort, und mein Dad hat völlig überreagiert, und deshalb darf ich nirgends mehr hin, wo er mich nicht im Blick hat.«

Sie schweigt kurz, ehe sie fragt: »Willst du wirklich bleiben? Oder erzählst du mir das nur, weil du mich nicht kränken willst?«

»Nein, ich bin gern dabei«, versichere ich ihr, »wegen der Spätschicht und dem gemeinsamen Abendessen und wegen ...«

Wenn wir im Film wären, würde mein letztes Wort lauten: *dir*. Aber wir sind im echten Leben und ich bin ein Feigling. Also sage ich es nicht.

»Wegen allem«, beende ich den Satz. Und ich muss ihn erst laut aussprechen, um festzustellen: Er ist wahr.

Ich will hier sein, weil Tess hier ist, aber ich will auch hier sein, weil ich hier bin.

Das klingt unlogisch. Ist es vielleicht auch.

Wenn ich hier bin, fühlt es sich nicht nach dem ewig gleichen Schulalltag an. Ich langweile mich nicht, ich zähle nicht die Minuten und Stunden, bis ich endlich woanders sein kann. Hier bin ich nicht die Schattengestalt in der Ecke, an der alle anderen vorbeilaufen.

Wenn ich in diesem Raum bin, habe ich das Gefühl, *wirklich* hier zu sein.

»Mein Dad hat halt ein Problem damit«, sage ich. »Ich habe versucht, ihm zu erklären, dass ich nicht alles hinschmeißen kann, dass das nicht fair wäre, aber er versteht es einfach nicht ...«

»Ruf ihn an.«

Ich schrecke zurück. »Wie bitte?«

»Geht er ran, wenn du ihn anrufst?«, fragt sie. Ich nicke. »Dann ruf ihn an.«

»Und was soll ich ihm sagen?«

»Sag ihm ...« Sie überlegt kurz. »Sag ihm, Mrs Flueger will mit ihm reden.«

Ich schaue mich um. »Sie ist aber doch noch gar nicht da.«

»Das kann er ja nicht wissen.« Tess lächelt. »Ruf ihn an.«

Ich versuche es übers Festnetz, weil er wahrscheinlich schon zu Hause ist. Beim zweiten Klingeln hebt er ab. Ich erwarte als Erstes die Frage, warum ich nicht auf dem Heimweg bin, aber sie bleibt aus.

»Soll ich dich abholen?«

»Nein.« Ich zögere. Aus dem Augenwinkel sehe ich, wie Tess den Daumen nach oben reckt. »Ähm, aber Mrs Flueger möchte mit dir sprechen.«

»Wer?«

»Die Lehrerin, die für die Schülerzeitung zuständig ist.« Ich blicke Tess an. Sie bedeutet mir mit einem Kreisen der rechten Hand, dass ich weitersprechen soll. »Du weißt schon, weil du gesagt hast, ich muss aufhören …«

Er seufzt. »Ach so, ja. Gib sie mir mal.«

Als ich Tess das Telefon reiche, richtet sie sich kerzengerade auf, wirft das Haar in einer für sie völlig untypischen Art über die Schulter und spricht mit einer Stimme, die langsam, geschmeidig und beunruhigend erwachsen klingt.

»Hallo«, sagt sie gedehnt. »Spreche ich mit Gideons Vater?«

Dad bestätigt das wohl – wie beruhigend, dass er mich zumindest nicht verleugnet –, denn sie fährt fort: »Ich freue mich, Sie kennenzulernen, Mr Green. Ich muss sagen, Sie haben Ihren Gideon hervorragend erzogen. Er ist ja so ein angenehmer Schüler.«

Hör auf, forme ich mit den Lippen. Sie zwinkert mir zu.

»Nein, überhaupt keine Probleme«, sagt sie nach einer kurzen Pause. »Er ist eine große Bereicherung für die Schülerzeitung, und wir wären wirklich traurig, wenn wir auf ihn verzichten müssten. Ich frage mich, ob ich Sie irgendwie umstimmen kann.«

Tess hört zu, während Dad redet. »Ja, er hat etwas erwähnt …« Wieder hält sie inne, diesmal länger. Dann sieht sie mich mit hochgezogenen Augenbrauen an. »Die Polizei? Wirklich?«

Ich vergrabe mein Gesicht in den Händen.

»Oh ja, ich verstehe voll und ganz, dass Sie besorgt sind.« Sie wartet kurz. »Nein, natürlich nicht. Aber hier ist er völlig sicher. Ich habe ja durchweg die Aufsicht.«

Das ist, genau genommen, keine Lüge.

»Und wissen Sie, viele Eltern schätzen es wegen der College-Bewerbung, wenn ihre Kinder in der Redaktion mitarbeiten. Es macht sich hervorragend im Lebenslauf, aber …« Tess senkt den Kopf ein wenig und die Stimme gleich mit. »Ich glaube, es geht um mehr. Für Ihren Sohn.«

Mir stockt der Atem. Denn diese Worte spricht sie nicht mit ihrer Mrs.-Flueger-Stimme, sondern mit ihrer eigenen.

»Korrigieren Sie mich, wenn ich mich täusche, aber mir scheint, dass Gideon viel allein war. Allein mit seinen Gedanken. Vielleicht hatte er das Gefühl, dass er ein bisschen fehl am Platz war? Dass er nirgends richtig hingehörte?« Und sie sieht mir in die Augen. Denn sie hat nicht Dad gefragt. Sondern mich.

Ich nicke langsam. Tess lächelt traurig.

»In der Redaktion sind alle miteinander befreundet«, sagt Tess zu Dad. »Das ist sozusagen eine Familie. Und mir scheint, es tut Gideon gut, dass er dazugehört. Er würde etwas verlieren, wenn er mit der Redaktion aufhören müsste.«

Wenn man etwas hört, das man sich insgeheim schon immer gedacht hat, wird es plötzlich Realität. Wie das wohl kommt? Es liegt nicht daran, dass mir die Worte gefehlt haben und ich dankbar bin, weil Tess sie für mich gefunden hat. Ich glaube, es steckt mehr dahinter. Tess weiß, was in mir vorgeht, obwohl ich es ihr nie erzählt habe. Sie hat es nicht erraten. Sie ist ja keine Hellseherin. Sie hat es nicht entschlüsselt. Sie ist ja keine Detektivin.

Sie hat es einfach gewusst. Weil sie solche Gefühle kennt. Und sie kennt sie, weil es ihr auch schon so ergangen ist.

»Ich verspreche Ihnen, dass er hier in Sicherheit ist und …« Sie grinst mich an und kann das Lachen kaum noch unterdrücken. »… auf keinen Fall in einer Haftzelle landet.«

Das werde ich mein Leben lang nicht mehr los.

»Ja«, antwortet sie auf eine Frage meines Dads. »Ich lasse ihn nicht aus dem Blick.«

Tess gibt mir das Handy zurück, setzt sich an einen anderen Tisch und tut so, als würde sie nicht zuhören.

»Sie klingt nett«, sagt Dad zu mir.

»Ist sie auch.«

»Und sie scheint dich wirklich zu mögen.«

Mein Gesicht wird heiß, und ich drehe mich weg, damit Tess es nicht sieht. »Kann sein.«

Er schweigt einen Moment, als wüsste er nicht, wie es weitergehen soll. »Gideon, wegen Samstag.«

Guter Gott, müssen wir das noch mal durchkauen? Hat es nicht gereicht, dass er mich vor versammelter Mannschaft zusammengebrüllt hat? Aber er atmet einmal tief durch und sagt: »Es tut mir leid.«

Da muss ich mich setzen.

»Äh …«, presse ich heraus, aber er unterbricht mich sofort.

»Ich war wütend und enttäuscht, und nach der Nacht auf der Wache war das der Tropfen, der das Fass zum Überlaufen gebracht hat …« Er macht eine kurze Pause. »Aber ich hätte das nicht tun dürfen. Ich hätte nicht so mit dir reden dürfen. Erst recht nicht vor allen anderen.«

Mein Vater entschuldigt sich grundsätzlich nicht bei mir. Ich habe das nie für eine große Charakterschwäche gehalten – die Detektive in den Kriminalfilmen bitten auch eher selten um Verzeihung, obwohl die noch ganz andere Sachen abziehen als Dad. Ich fand allerdings immer, ich sollte mich dann auch nicht entschuldigen, weil er sonst gewonnen hätte. Aber vielleicht ist das ja auch gar kein Wettbewerb. Idealerweise. Vielleicht ist es ein Geben und Nehmen. Idealerweise.

»Mir tut es leid, dass ich den Kellnerjob verbockt habe«, sage ich.

»Das ist wahrscheinlich einfach nicht dein Ding.« Er zögert. »Das jetzt aber schon?«

»Was meinst du?«

»Deine Lehrerin scheint der Meinung zu sein, dass ich dir einen schlechten Dienst erweise, wenn ich dich zwinge, mit der Zeitung aufzuhören. Dass es gut und wichtig für dich ist.«

»Ja, da hat sie recht«, sage ich und sehe zu Tess hinüber. Unsere Blicke begegnen sich. Sie lächelt. »Sie hat so gut wie immer recht, deshalb ...«

Tess formt mit dem Mund ein *Oh* und mit den Händen ein Herz. Was mein Herz zum Hüpfen bringt und mir die Kehle zuschnürt.

»Geht in Ordnung«, erlöst mich Dad.

»Äh ...«, stottere ich. »Echt?«

»Ja.« Aber das Wort kommt seufzend, als wäre er noch nicht ganz überzeugt. »Hör mal. Ich schlage dir folgendes Geschäft vor: Du behältst dein Handy bei dir, die Ortung bleibt aktiv. Du bist entweder auf dem Schulgelände oder zu Hause, wenn ich nachsehe. Falls das klappt, ist alles gut. Verstanden?«

»Verstanden.«

»Wenn nicht, kommst du wieder mit ins Verde und wickelst Besteck ein, bis dir die Finger abfallen.«

Ich verdrehe die Augen wie immer, wenn er es nicht sehen kann. »Okay.«

»Wir sehen uns später. Viel Spaß!«

Ich beende das Gespräch und stecke mir das Handy in die Tasche.

Tess ist offenbar sehr mit sich zufrieden, Dad überredet zu haben, und scheint davon auszugehen, dass ich sie am liebsten dafür küssen würde.

»Klingt, als hätte es geklappt«, sagt sie.

»Tess«, sage ich, »du bist der fantastischste Mensch, dem ich je begegnet bin.«

Ich sage die Wahrheit, aber ich glaube, das ahnt sie nicht, denn sie lacht nur. »Du musst definitiv mehr rausgehen.«

Sie hat gut reden. Sie wurde ja auch noch nie aus einer Kneipe geworfen oder beim Einbruch auf einer Baustelle erwischt oder in ein Polizeiauto verfrachtet.

»Ich versuche es«, sage ich.

Sie neigt den Kopf. »Darf ich dir eine Frage stellen?«

»Ja, du kannst mich fragen, was du willst.«

Da muss sie wieder lachen. »Wo bist du am allerliebsten?«

Weder im Doc Holliday's noch in der Clownfisch-Brauerei und erst recht nicht auf dem Polizeirevier von San Miguel.

»In meinem Zimmer.«

Tess verzieht das Gesicht. »Echt jetzt?«

Fast bestätige ich es. Weil es so lange gestimmt hat. Aber stattdessen erwidere ich: »Nein. Eigentlich nicht.«

Sie zuckt mit den Achseln, als wollte sie sagen: *Wo dann?* Ich brauche eine Weile, bis ich auf die Antwort komme, weil sie meilenweit von dem entfernt ist, was lange Zeit gegolten hat. Ich dachte immer, die grundlegenden Dinge ändern sich nie. Ich dachte, es gibt nur eine richtige Antwort, und wenn man eine neue findet, dann nur, weil man bis dahin auf die richtige nicht gekommen ist, weil man sie einfach nicht gekannt hat.

Nun denke ich: Es ist viel komplizierter.

»Hier«, sage ich. Schlicht, wahrheitsgemäß. »Hier bin ich am liebsten.«

Ihr Gesichtsausdruck verändert sich. Ist es Mitleid? Verständnis? Ich weiß es nicht.

Ich setze mich neben sie an den Tisch, mit einem Abstand, der nicht zu klein, aber auch nicht zu groß ist. »Wo bist du denn am allerliebsten?«

Sie zögert keine Sekunde. »Pacific Beach.«

»Ah ja«, sage ich. »Da bin ich mal vorbeigefahren. Sieht nett aus.«

Tess sieht mich verblüfft an. »Du warst noch nie richtig da?«

»Mein Dad ist nicht so der Strandtyp und ich eigentlich auch nicht …«

»Dann lass uns hingehen!« Ihre Begeisterung erinnert mich an ein kleines Kind, das vor den Toren von Disneyland steht. »Da musst du mal hin.«

»Jetzt gleich?«

»Nein, nicht jetzt, am Wochenende. Du musst das sehen, wir sollten da wirklich mal hin.«

Wir?

»Du meinst, du und ich?«, frage ich. »Zusammen?«

»Nur wenn du willst.«

»Ja.«

»Gut«, sagt sie. »Nächstes Wochenende geht es bei mir nicht, aber vielleicht am übernächsten Samstag? Wir beide?«

»Cool«, sage ich. »Abgemacht, das ist ein D...« Doch ich breche ab. Denn das Wort, dass ich sagen wollte, war »Date«. Und ich weiß nicht, ob es ein Date wird. Ich weiß auch nicht, wohin mit meinen Händen, und ich frage mich, warum sie so schwitzig sind.

Sie sieht mich verwirrt an. »Das ist was?«

Ich rede mich heraus. »Ein Deal.« Als sie mich immer noch verwirrt anschaut, versuche ich es noch mal. »Gebongt. Alles paletti.«

»Aha.«

»Aber nur, wenn du willst«, füge ich schnell hinzu. Und merke sofort, dass ich Unsinn rede.

Sie hebt eine Augenbraue. »Ja, klar.«

Ich will schlucken, aber weil sich mein Mund anfühlt, als wäre er voller Watte, huste ich stattdessen ein »Cool« heraus.

»Aber erst ... musst du mir noch etwas sagen.«

Mein Herz hämmert, mein Magen rumort. Es wäre wahrscheinlich ein schlechtes Omen für unser Nicht-Date, wenn ich den Tisch vollkotzen würde. Ich reiße mich zusammen.

»Ja?«, sage ich. »Was du willst.«

Tess lehnt sich nach hinten und lächelt mich an. »Wie bist du nur auf der Polizeiwache gelandet, Gideon Green?«

Kapitel 17

»Du hast was?«, schreit Lily mich an, als ich sie am nächsten Tag vor dem Redaktionsraum des *Herald* abpasse.

»Ist doch kein großes Ding.«

»Entscheidest du das allein? Ob das ein großes Ding ist?«

Ich habe angenommen, dass sie sauer reagiert, aber ich dachte, sie hört es besser von mir als von Tess. Vielleicht habe ich mich da verschätzt.

»Lily …«

»Nein, du hast mich hintergangen!«

»Ich hatte keine Wahl! Ich musste ihr ja die ganze Sache mit der Polizei erzählen …«

»Klar.« Lily nickt. »Natürlich. Mit so was musst du natürlich hausieren gehen.«

»Es war nicht meine Schuld!«

»Ist es ja nie.«

»Gott, du klingst genau wie mein Dad.«

»Das sollte dir zu denken geb…« Sie bricht ab. Schüttelt den Kopf. »Der Punkt ist, dass du es Tess erzählt hast, ohne mir vorher Bescheid zu geben. Warum? Willst du ihr an die Wäsche?«

Mein Gesicht wird heiß. »Nein!«

»Nein? Nicht *nur* deswegen?«

Mittlerweile glühen meine Wangen. »Ich will … ihr nicht an die Wäsche.«

»Du bist so ein Lügner.«

»Bin ich nicht!«

Unzählige Gründe sprechen dagegen, dass ich ein Lügner bin. Erstens kann ich nicht erkennen, warum Tess, wenn ich ihr von Lilys und meinen verdeckten Ermittlungen erzähle, gleich mit mir ins Bett hüpfen sollte. Das ist überhaupt nicht logisch. Zweitens ist mir ihre Wäsche noch nie in den Sinn gekommen.

»Redest du dir etwa ein, dass du gerade besonders diskret bist, Gideon? Du warst schon immer so diskret wie ein Vorschlaghammer!«

»Ich habe keine Ahnung, worauf du hinauswillst.«

»Ich will sagen, dass du deine Gefühle noch nie verbergen konntest. Auch nicht, wenn du verknallt bist.«

»Verknallt sein« ist etwas für romantische Komödien. In den Filmen, die ich mir ansehe, heißt das Leidenschaft, Hingabe, Liebe. Und meistens endet die Sache mit Verrat oder Tod. Oder beidem. Im Film noir zerstört einen die Liebe häufiger, als dass sie einen rettet. Ich habe noch nicht herausfinden können, ob das in der echten Welt auch so ist.

»Ich bin nicht verknallt.«

»Wenn ihr beide diese Kitsch-Schiene fahren und alles leugnen wollt – na gut. Es ist widerlich, aber was soll's.«

»Beide, was meinst du mit beide?«

»Aber dass du Informationen ausplauderst, über die du nicht einfach so verfügen kannst, das ist der Gipfel.«

Ich habe keine Ahnung, was ich darauf sagen soll, daher schaue ich Lily nur hilflos an. Sie seufzt und scheint einzulenken, zumindest ein bisschen.

»Du hättest mich fragen müssen«, sagt sie.

»Ich weiß.«

»Ich hatte meine Gründe, warum es niemand erfahren sollte.«

»Es tut mir leid.«

»Und was hat Tess gesagt?«

Da ertönt plötzlich eine Stimme hinter uns: »Du kannst mich ruhig selbst fragen.«

Lily schreckt zusammen. Als wir uns umdrehen, lehnt Tess im Türrahmen.

»Wie lang stehst du schon da?« Ich schaffe es nicht, die Panik aus meiner Stimme zu verbannen.

Tess hebt die Augenbrauen. »Zwei Sekunden vielleicht. Warum?«

»Nur so.« Ihre Brauen wandern noch höher. Ich wende den Blick ab.

Lily übernimmt. »Also.« Sie verschränkt die Arme. »Ich schätze, du willst, dass wir mit der Recherche aufhören?«

»Nein.«

Lily lässt die Arme hängen. »Wirklich nicht?«

»Schau mal, ich will nicht so tun, als wäre ich begeistert«, sagt Tess. Sie sieht von mir zu Lily und wieder zurück. »Ich meine, ihr wisst doch, dass ihr schon gegen mehrere Gesetze verstoßen habt?«

»Aber das Gute daran ist, dass wir nur einmal erwischt wurden«, betone ich.

»Oh ja«, sagt Tess mit todernster Miene, »dein Anwalt wird für dieses Argument dankbar sein.«

»Es ist nicht das erste Mal, dass der *Herald* etwas wagt«, sagt Lily. »Stimmt's?«

»Ein umstrittener Kommentar ist nicht dasselbe wie toter Mann.«

»Ein ermordeter Mann«, korrigiere ich.

»Ein ermordeter Mann.« Tess überlegt. »Ich will euch vertrauen, Lily. Aber ihr riskiert viel und ich gleich mit, und das macht mir Sorgen. Ich habe wegen euch etwas riskiert, ohne dass ich überhaupt davon wusste.«

»Also willst du doch, dass wir aufhören.«

»Nein.« Tess seufzt. »Journalismus ist … ein seltsames Geschäft. Die berühmtesten Enthüllungsberichte, die besten investigativen Recherchen sind entstanden, weil Leute etwas gemacht haben, was kein vernünftiger Mensch tun würde. Nehmen wir Nellie Bly: Um Himmels willen, wer hätte sich im neunzehnten Jahrhundert schon freiwillig in ein Irrenhaus einsperren lassen! Oder Woodward und Bernstein: Bestimmt nicht die ungefährlichste Idee, den Präsidenten der Vereinigten Staaten zu stürzen, und das mithilfe eines anonymen Informanten, der sich nach einem Pornofilm benannt hat.«

»Was?«, frage ich.

Lily schließt die Augen. »Tess, Deep Throat hat sich nicht selbst so genannt …«

»Ich will sagen: Eine richtig gute Story bekommt man nicht vom Rumsitzen. Ich weiß das. Auch wenn ihr, um die Story zu bekommen, riskante und waghalsige Dinge tut – und noch einmal: illegale …« Sie schüttelt den Kopf. »Jedenfalls müsst ihr weitermachen. Aber bevor ich mich mit dem Risiko einverstanden erkläre und bereit bin, euch den Rücken zu stärken, falls ihr damit auf die Schnauze fallt, will ich wissen: Ist da wirklich etwas dran?«

»Ja«, sagt Lily. »Ich – wir – wissen nicht genau, was, aber da ist definitiv etwas dran.«

Tess hebt abwehrend die Hände. »Mehr muss ich nicht wissen.« Dann fügt sie hinzu, und ich finde, es klingt wirklich gekränkt: »Das ist *alles,* was ich von euch wissen muss.«

Lily starrt auf den Boden. »Ich dachte, du wärst sauer.«

»Warum denn? Weil du mein Nein nicht akzeptiert hast?«, fragt Tess. »Wenn da wirklich etwas dahintersteckt, bin ich froh, dass du deinem Instinkt folgst. Und ich finde es gut, dass du nicht lockerlässt.«

Lily reagiert gereizt. »Ausnahmsweise, meinst du wohl?«

Nun sieht Tess gereizt aus. »Das habe ich nicht gesagt.«

Ich hebe eine Hand. »Was soll das denn?«

Meine Worte holen die beiden offenbar wieder ins Hier und Jetzt. »Wir stürzen uns wieder in die Recherche, aber …« Lily wendet sich Tess zu. »Wir brauchen deine Hilfe.«

»Was ihr wollt«, sagt Tess.

»Klar, wir haben Spätschicht, aber weißt du, was Gideon und ich gut gebrauchen könnten?«

»Ich wage fast nicht zu fragen.«

»Ein oder vielleicht zwei Stunden, in denen du uns Deckung gibst.«

»Was?«, sagen Tess und ich gleichzeitig.

»Zum Abendessen sind wir wieder da.« Lily hat schon die Schlüssel in der Hand. »Ich weiß, wo wir als Nächstes hinmüssen.«

Auf dem Weg zum Parkplatz schildert mir Lily in Windeseile ihren Plan, und ich muss zugeben, er ist nicht schlecht. Erst im Auto fällt mir ein, dass ich etwas vergessen habe.

»Mist. Was mache ich mit meinem Handy?«

»Deinem Handy?«, fragt Lily.

»Ja, das ist die neue Masche meines Vaters, seit der Sache mit der Polizei. Die Ortung muss anbleiben, und wenn er nachsieht, soll ich in der Schule oder zu Hause sein. Nirgendwo anders.«

»Na gut«, sagt Lily. »Dann lassen wir das Handy eben bei dir zu Hause, das liegt sowieso auf dem Weg. Und ich stelle es so ein, dass Anrufe zu mir umgeleitet werden.«

»Das kannst du?«

»Das schaffe ich in fünf Minuten. Als sich Mia mit ihrem Freund treffen wollte, ohne dass ihre Eltern davon Wind bekommen, habe ich das dauernd gemacht.«

Lily hält Wort und braucht nur vier Minuten zweiunddreißig Sekunden, um die Weiterleitung einzustellen. Weitere fünf Minuten dauert es, bis sie die Kleider aus ihrem Rucksack angezogen hat: eine weiße Bluse, einen schmalen Rock und hohe Schuhe. Legere Geschäftskleidung, nicht Femme fatale. Ich erschrecke, wie erwachsen sie durch den Outfitwechsel plötzlich wirkt. Ich sehe im Anzug immer aus, als käme ich von meiner eigenen Kommunion.

Ich lege das Handy auf meinen Schreibtisch, ehe Lily und ich uns auf den Weg zu Vinces Discount-Möbeldepot machen.

»Die Website ist minimalistisch«, sagt Lily. »Logo, ist ja auch eine Fassade. Aber als Geschäftsführer ist Marco Vince angegeben.«

»Und ein Geschäftsführer hat ein Büro«, füge ich hinzu. Die Idee, dass wir uns sein Büro mal anschauen sollten, stammt von mir. Lily wollte sich eigentlich nur umhören.

»Wir müssen darauf gefasst sein, dass die Polizei es schon durchsucht hat ...«

»Warum denn? Die denken doch, es war eine Überdosis.«

»... oder dass die Familie seine Sachen abgeholt hat.

Aber zumindest können wir uns dort ein besseres Bild von ihm machen. Das ist auch schon mal hilfreich.«

Kann sein, aber »spannend« wäre mir lieber als »hilfreich«.

Als wir auf dem Parkplatz ankommen, steht nur ein einziges Auto da. Lily zeigt triumphierend mit dem Finger darauf. »Siehst du? Ich habe doch gesagt, da ist niemand. Es gibt auch keine Bewertungen im Netz, weder gute noch schlechte: Kein Mensch geht hier einkaufen.« Sie stellt das Auto ab. »Zum Glück haben die aber Fotos online gestellt, sonst hätte ich keine Ahnung, wie es dadrin genau aussieht.«

Der Grundriss des Gebäudes ist ein wichtiger Faktor, ebenso wie die Reihenfolge, in der wir hineingehen – Lily zuerst. Ich stelle mich lässig neben das große Schaufenster, als würde ich darauf warten, dass mich jemand abholt oder so. Im Laden steht ein einsamer Verkäufer gelangweilt neben der Kasse. Lily marschiert ins Geschäft und starrt auf ihr Handy, als müsste sie etwas nachsehen. Als sie die Tür öffnet, ertönt kein Gong oder Klingeln – zum Glück, denn sonst würde unser Plan nicht aufgehen.

Ich beobachte, wie Lily ziellos durch den Laden schlendert und ganz hinten stirnrunzelnd stehen bleibt. Als hätte sie sich verlaufen.

Der Verkäufer bemerkt es und folgt ihr. Lily dreht sich schnell zu ihm um, sodass er mit dem Rücken zur Tür steht. Das ist mein Signal: Ich drücke, so leise ich kann, die Tür auf und schleiche zum Verkaufstresen, ohne die beiden aus den Augen zu lassen.

»Ich habe ein Vorstellungsgespräch mit Mr Vince«, sagt Lily gerade.

Der Mann ist überrascht. Wie erwartet. »Wie bitte?«

»Um vier Uhr.« Sie schaut auf ihr Handy, als müsse sie noch einmal nachsehen. »Wir haben den Termin vor ein paar Wochen ausgemacht. Vor ein paar Tagen habe ich versucht, per E-Mail eine Bestätigung zu bekommen, aber er hat nicht geantwortet. Also ...« Sie zuckt leicht mit den Schultern und strahlt den Verkäufer an. »Da bin ich.«

»Oh Gott.« Er blickt an die Decke. »Ich weiß nicht, wie ich Ihnen das sagen soll, aber, äh ... er ist gestorben.«

»Gestorben?«

»Letzte Woche.«

Mittlerweile habe ich den Verkaufstresen erreicht.

»Oh, wie furchtbar. Ist es ...« Sie blickt sich im Raum um. »Es ist aber nicht hier passiert?«

»Nein, nein«, sagt er. »Mr Vince, also der andere Mr Vince, Marcos Vater, hat jemanden vorbeigeschickt, um uns Bescheid zu geben, aber der hat ... Sie wissen schon ... nichts Genaueres erzählt.«

»Ich wusste nicht, dass es ein Familienunternehmen ist.«

»Ja, sonst wäre Marco hier wohl kaum Geschäftsführer geworden«, sagt er spöttisch, wiegelt aber sofort ab: »Scheiße, tut mir leid. Das klingt so – er war halt einfach nicht besonders clever. Oder auch nur ... organisiert. Ich kann mir gar nicht vorstellen, dass Sie es geschafft haben, einen Termin mit ihm zu vereinbaren. Verstehen Sie?«

Lily nickt. »Könnten Sie mir vielleicht Mr Vinces Telefonnummer geben? Oder seine E-Mail-Adresse? Oder einen neuen Termin? Ich wäre sehr an der Stelle interessiert.«

»Es geht mich natürlich nichts an, aber Sie scheinen wirklich nett zu sein, und ...« Er schüttelt den Kopf. Senkt die Stimme. »Der Job ist nicht das Richtige für Sie.«

»Warum denn nicht?«

»Erstens ist die Atmosphäre total vergiftet. Vielleicht wird es ja künftig besser, aber die beiden Vinces hatten ein grottenschlechtes Verhältnis.« Als er mit dem Daumen über seine Schulter deutet, werfe ich mich fast zu Boden. Aber er dreht sich nicht um, sondern zeigt nur in die Richtung einer Tür mit der Aufschrift »Personal«. »Er ist nicht mal gekommen, um Marcos Büro auszuräumen.«

Bingo. Ich schnappe mir den Schlüssel, schleiche vom Tresen zu den Sesseln und Sofas, die an der gegenüberliegenden Wand aufgereiht stehen, und absolviere den bequemsten Hindernislauf der Welt.

»Ich weiß ja nicht, ob Sie auf Provisionsbasis arbeiten wollen, aber …« Ich schließe vorsichtig die Tür mit der Aufschrift »Personal« auf. Der Verkäufer senkt wieder die Stimme und sagt noch leiser als zuvor: »Hier wird nie etwas verkauft.«

»Das verstehe ich nicht.« Lily spielt die verwirrte Unschuld.

»Das ist wahrscheinlich auch besser so.«

»Tja«, sagt Lily, als ich die Tür leise hinter mir schließe. »Danke jedenfalls. Ich weiß Ihre Hilfe zu schätzen.«

Was er darauf sagt, wird von der Tür verschluckt. Den Rest des Gesprächs kann ich mir sowieso nicht anhören, denn ich habe etwas anderes zu erledigen.

Gleich über der ersten Bürotür steht Marco Vinces Name und ich atme erleichtert auf. Das könnte einfacher werden als gedacht. Doch als ich die Tür aufschließen will, werde ich enttäuscht.

Mist!, denke ich und stecke mir den gestohlenen Schlüsselbund in die Hosentasche, weil er mir hier nichts nützt.

Das Büro lässt sich nicht mit einem Schlüssel öffnen, sondern mit einem Zahlencode.

Das Türschloss sieht ähnlich aus wie das am Büro meines Dads im Verde und dort hat der Code vier Ziffern. Dads Passwort besteht aus Monat und Jahr meines Geburtstags. Marco Vinces Geburtstag kenne ich nicht.

Wenn mein Leben ein Film noir wäre, würde ich mir überlegen, was ich alles über ihn weiß, und eine winzige Kleinigkeit, ein abwegiges Hobby würde mich zur Lösung führen. Aber ich bin nicht im Film, und ich weiß nur, dass Marco Vince nicht besonders helle war.

Ich hole tief Luft und gebe die dümmste Kombination ein, die mir einfällt.

1-2-3-4.

Die Tür öffnet sich mit einem Klicken.

Ein Hoch auf die Dummheit.

BÜRO DES GESCHÄFTSFÜHRERS – INNEN – TAG

Es herrscht das totale Chaos: Die Papiere stapeln sich so hoch, dass die Farbe des Tisches ein Rätsel bleibt. In den Ecken liegen Staubmäuse und auf einem Stapel Kartons gammeln die Reste eines Sandwiches vor sich hin. GIDEON blättert durch die Papierberge, gibt aber rasch auf, weil er nichts Interessantes findet. SCHNITT: GIDEON zieht die oberste Schreibtischschublade heraus.

Stifte, leere Zigarettenschachteln
und abgegriffene rote Feuerzeuge.
SCHNITT: Die mittlere Schublade.
Sie ist leer.
SCHNITT: Die unterste Schublade,
die beim Öffnen ein schnalzendes
Geräusch von sich gibt. Es liegt
nur eine zusammengeknüllte Fleece-
Decke darin.

Ich richte mich auf. Das ist merkwürdig. Im Büro ist es brütend heiß. Wofür brauchte er eine Decke? Da fällt mir ein kaputtes Klebeband auf, sauber in zwei Hälften getrennt: Die eine Hälfte klebt seitlich an der Schublade, die andere innen am Schreibtisch. Das also hat so geschnalzt, als ich die Schublade geöffnet habe.

Oh Gott, der klassische Anfängertrick. Man klebt eine Schublade oder eine Tür fest, damit man es merkt, falls sie jemand öffnet. Eine stümperhafte Falle, aber ich bin hineingetappt. Wäre Marco noch am Leben, wäre der Ärger vorprogrammiert. Aber immerhin weiß ich jetzt, dass sich in dieser Schublade etwas Wertvolles befindet.

Als ich die Decke zur Seite schiebe, finde ich darunter eine einzelne dicke Fächermappe.

Mein Herz rast, als ich sie aufschlage. Sie enthält … tja … alles.

Da sind ausgedruckte Screenshots von Handynachrichten und E-Mails, Fotos von Männern, die ich erkenne – Jackel, Pyro, O'Hara – und anderen, die ich noch nie gesehen habe. Rätselhafte Notizen wie diese:

17.11. PV Treffen PO @ 13.45 wg. Übergabe

»PV« muss Paul Vince sein, also der ältere Vince, aber »PO«? Police Officer, also ein Polizist? Bestimmt O'Hara.

Es gibt unzählige Seiten wie diese, aber mir fehlt die Zeit, alle oder auch nur die meisten davon zu lesen. Unser Plan ist einfach: Ich suche zusammen, was ich in fünf Minuten finden kann, verschwinde durch die Hintertür und treffe Lily im Frozen Joghurt Café um die Ecke. Ich bin schon viel zu lange hier. Dann muss ich eben alles mitnehmen. Ich klemme mir die Mappe unter den Arm, lasse das Chaos auf dem Schreibtisch zurück und öffne die Bürotür.

In diesem Moment überkommt mich die Panik. Es gibt keinen Hintereingang.

Da ich mein Handy nicht dabeihabe, kann ich Lily weder anrufen noch schreiben. Wie soll ich hinauskommen, ohne dass mich der Verkäufer sieht? Ich könnte einfach losrennen, aber wenn ich an den Sportunterricht und meine Zeiten im Hundert-Meter-Lauf denke, ist das keine gute Idee.

Lily war überzeugt, dass es eine Hintertür gibt, doch dem ist nicht so. Vor mir liegt nur ein langer Flur, der bis auf einen Eimer und einen Wischmob völlig leer ist. Ich lege den Kopf in den Nacken, in der schwachen Hoffnung, dort ein Oberlicht zu finden, aber ich sehe nur Spinnweben und ganz hinten einen Rauchmelder.

Einen Rauchmelder.

Damit könnte ich etwas anfangen.

Ich laufe ins Büro zurück und schnappe mir ein Blatt Papier vom Tisch und ein Feuerzeug aus der Schublade. Anschließend schiebe ich möglichst leise den Bürostuhl in den Flur. Er wackelt und dreht sich, als ich darauf steige, aber ich schaffe es, mich auszubalancieren und aufrecht hinzustellen.

Mit dem Feuerzeug entzünde ich eine Ecke des Papiers und halte es in Richtung Rauchmelder. Dann warte ich.

Kaum setzt der ohrenbetäubende Alarm ein, springe ich vom Stuhl, werfe den angekokelten Zettel in den Eimer, rolle mit dem Drehstuhl zurück in Marcos Büro und schließe die Tür hinter mir. Kurz darauf reißt der Verkäufer die Flurtür auf und rennt fluchend zu dem kreischenden Rauchmelder. Ich spähe durch die Tür und sehe, dass er aus einem anderen Büro eine Leiter holt. Sobald er mir den Rücken zudreht, stürze ich hinaus, laufe durch die offene Flurtür in den Laden, lege den Schlüsselbund auf den Tresen und sprinte aus dem Geschäft.

Wir stehen auf einem Parkplatz, wenige Kilometer vom Möbelladen entfernt, nachdem wir geflohen sind, als stünde das Gebäude in Flammen. Lily starrt die Mappe auf meinem Schoß an.

»Was sagt uns das denn nun, dieses – ich weiß nicht einmal, wie man das nennen soll.«

In einem Film noir wäre das ein Dossier. Also nenne ich es auch so. »Ein Dossier.«

Sie blättert durch die Mappe, als hätte sie nicht schon alles gelesen. Zweimal. »Was wissen wir jetzt, was wir vorher noch nicht wussten?«

Ich ziehe als Erstes die Fotos von Jackel und Pyro heraus. »Wir wissen, dass Vince Senior für die Verhaftungen verantwortlich war.«

Als Nächstes fische ich den ausgedruckten E-Mail-Wechsel zwischen Vince und Charlie Kirk heraus, Barmann und offenbar auch Besitzer des Doc Holliday's. Vince sagt ihm darin zu, jeden der vielen saftigen Strafbescheide für seine

Kneipe zu begleichen. »Wir wissen, dass Barmann Charlie die beiden gegen Geld verraten hat. Vielleicht ist noch mehr geflossen als die Bußgelder des Gesundheitsamts, aber mindestens mal die.«

Lily nickt und wühlt durch die anderen Fotos der Männer, die ich nicht erkenne. »Und die Typen hier, die sind alle auf meiner Liste der Festgenommenen. Lauter Bagatelldelikte, alle haben geringe Haftstrafen bekommen ...«

»Das heißt, sie wurden geopfert, genau wie Jackel und Pyro. Barmann Charlie hat seine kriminellen Kunden ans Messer geliefert, damit ihm seine Kneipe nicht dichtgemacht wird.«

»Aber ich habe alle auf meiner Liste überprüft«, wendet Lily ein. »Keiner dieser Männer hatte eine Verbindung zum Doc Holliday's.«

»Vielleicht arbeitet Paul Vince nicht nur mit Charlie zusammen.« Ich denke nach. »Vielleicht ist er nur der Einzige, von dem wir wissen.«

Während Lily zur Schule zurückfährt, gehe ich die übrigen Papiere Schritt für Schritt durch. Es hilft, wenn man seine Gedanken laut ausspricht.

»Die Kurznachrichten über PO, das Foto von O'Hara – das untermauert alles unsere Theorie. Charlie hat die Jungs verraten und O'Hara genau gesagt, wann und wo er sie erwischen kann, und Vince hat beide bezahlt. So konnte auch O'Hara seine Schulden begleichen.«

»Aber ... warum?« Lily zieht die Nase kraus. »Was hat Vince davon?«

Darauf finde ich auch keine Antwort. »Keine Ahnung.«

»Und warum hat er die Mappe an einer Stelle aufbewahrt, wo man sie finden konnte?«, fährt Lily fort. »An Paul Vince ist nie ein Vorwurf ernsthaft kleben geblieben. Dafür ist er viel zu schlau.«

Ich denke an den Code zu Marcos Bürotür. »Im Gegensatz zu seinem Sohn.«

»Sein Dad hätte es nie zugelassen, dass er die Informationen in Papierform aufbewahrt.« Da geht ihr ein Licht auf. »Und das hat er auch gar nicht. Marco hat sie ihm geklaut.«

»Ich glaube, sein Vater hat ihn aus allem rausgehalten«, sage ich. »Er hat ihn mit dieser Möbelladen-Fassade beschäftigt. Vielleicht wegen seiner Drogenprobleme, vielleicht gab es auch noch andere Gründe, ich weiß es nicht. Und Marco hat sich darüber geärgert. Als einziger Sohn hätte er ja alles erben müssen. Er war aber nicht der Erbe, sondern er wurde aufs Abstellgleis geschoben, und das hat ihn bestimmt gewurmt.« Mir würde es jedenfalls so gehen. »Kann ja sein, dass er einfach ein bisschen mitspielen wollte.«

»Dann war das ein Druckmittel.«

Ich überlege. »Oder sogar Erpressung.«

Lilys Telefon klingelt. »Das ist wahrscheinlich Tess, die sich fragt, wo wir bleiben.« Sie drückt den Knopf für die Freisprechanlage. »Hallo?«

Am anderen Ende herrscht Schweigen. Dann sagt eine Stimme, die mir das Herz in die Hose plumpsen lässt: »Wer ist da?«

Lily runzelt die Stirn. Ich klopfe ihr auf den Arm, und als sie mich ansieht, forme ich mit den Lippen die Worte *Es ist mein Dad.*

»Oh!«, sagt sie. »Entschuldigen Sie, Mr Green, ich bin's, Lily.«

»Hallo, Lily.« Er klingt verwirrt. »Wo ist mein Sohn?«

Im Bad, sage ich lautlos. Sie sieht mich ratlos an. »Ähm, in Mathe?«

Ich werfe verzweifelt die Hände in die Luft.

»Er ist in Mathe?«, wiederholt Dad.

»Ja, also, ähm, wir arbeiten am neuen *Herald,* und Gideon ist gerade für eine Minute raus ... Mathe-Nachhilfe.«

Langsam und geräuschlos schlage ich den Kopf gegen das Armaturenbrett.

Es folgt eine noch längere Pause. »Aber – warte mal, mein Handy sagt mir, dass er zu Hause ist und nicht in der Schule.«

Das bringt mich blitzschnell wieder in die Senkrechte. Scheiße. Scheiße!

»Habe ich *Herald* gesagt?« Lilys Stimme ist etwa eine Oktave höher geworden. »Ich meinte, wir arbeiten an einem Artikel für den *Herald,* wir beide, aber bei Ihnen zu Hause, deshalb ...«

Ich ziehe die Hand quer über den Mund wie bei einem Reißverschluss, damit sie endlich still ist. Sie verstummt. Ich hole einmal tief Luft und übernehme.

»Hi, Dad«, sage ich möglichst gelassen. »Was gibt's denn?«

»Hallo«, erwidert er. »Warum ist Lily ans Handy gegangen? Und sie hat gesagt, ihr wärt in Mathe ...«

»Nein, wir sind zu Hause. Ich war in ...« Ich überlege mir fieberhaft eine gute Ausrede. »Ich war in Mr Bakers virtueller Nachhilfe. Ich habe ein paar Fragen gestellt und mein Handy auf der Kücheninsel liegen lassen. Deshalb hat Lily mich erst holen müssen.«

»Oh«, sagt Dad. »Ist mit ihr alles ... in Ordnung?« Ich

schaue Lily an. Sie wirkt gekränkt. »Sie klang ein bisschen verwirrt.«

Lily geht's gut, sie ist nur grottenschlecht im Improvisieren, denke ich. »Ja, ich weiß.« Ich senke die Stimme, als wollte ich nicht, dass sie mithört. »Sie ist ziemlich gestresst in letzter Zeit. Habe ich dir schon erzählt, dass sie acht College-Vorbereitungskurse belegt hat?«

Lily verdreht die Augen.

»Wow. Nein. Dann verstehe ich, dass sie gestresst ist.«

»Ja, da kannst du wohl froh sein, dass ich keinen einzigen mache, oder?«, sage ich.

Ich kann sein Kopfschütteln förmlich durch das Telefon sehen. »Mhm.«

»Gern geschehen!«

»Mach nur weiter deine Mathe-Nachhilfe«, sagt er. »Wir sehen uns später.«

Als Dad das Gespräch beendet, schaltet Lily die Freisprechanlage aus und blitzt mich von der Seite böse an. »Acht Kurse?«

»Genau. Du bist offensichtlich fertig mit den Nerven.«

»Aber wir haben nur sieben Schulstunden zur Verfügung.«

»Du hast einen Zusatzkurs belegt«, schlage ich vor. »Altgriechisch.«

»Gibt's nicht.«

»Mesoamerikanische Geschichte.«

»Auch nicht.«

»Wirtschaftswissenschaft.«

»Ah.« Sie biegt auf den Schulparkplatz ein. »Na gut, dann Wirtschaftswissenschaft.«

Kapitel 18

Am darauffolgenden Montag wartet Dad vor dem Haus auf mich, als ich aus der Schule komme. Ich ahne bereits, dass etwas nicht stimmt – er müsste sich für die Arbeit fertig machen, hat aber noch seine Freizeitkleidung an. Seine Miene verrät, dass etwas faul ist. Panik liegt auf seinem Gesicht, als würde er fast durchdrehen vor Angst, sich aber vor mir zusammenreißen.

Ich bleibe abrupt stehen. »Was ist denn?«

»Wenn du da reingehst«, sagt er langsam, »wartet der Stellvertretende Polizeichef Garcia in der Küche auf dich.«

Mir fällt der Rucksack aus der Hand. »Was?«

»Er sagt, er muss mit dir reden. Es sei nur ein informelles Gespräch, aber ...« Dad blickt sich zum Haus um. »Gideon, muss ich dir einen Anwalt besorgen?«

Garcia kann aus allen möglichen Gründen gekommen sein. Vielleicht haben sie herausgefunden, dass ich den Feueralarm im Möbelgeschäft ausgelöst habe. Oder dass Lily nachforscht, warum Marco Vince ermordet wurde. Verdammt, vielleicht befragen sie mich ja auch, weil ich als Minderjähriger im Doc Holliday's Bourbon getrunken habe.

Oder es geht um den Mord selbst.

»Glaubst *du* denn, dass ich jemanden umgebracht habe?«

Er schließt die Augen. »Natürlich nicht.«

»Als du in der Küche mal eine Maus gefangen hast, habe ich darauf bestanden, dass du sie in den Park bringst und auf der Wiese aussetzt.«

»Ja, ich kann mich erinnern.«

»Ich habe niemanden umgebracht.«

»Ich weiß«, sagt er. »Aber könnte es sein, dass du Probleme bekommst, weil du etwas gesehen hast? Verschweigst du mir etwas?«

Ich schüttele den Kopf. Er stößt die Luft aus, allerdings ist es nicht gerade ein Seufzer der Erleichterung.

»Na gut. Gehen wir rein und reden mit ihm.«

Dad weist mir am Küchentisch den Platz gegenüber von Garcia zu und stellt sich hinter mich. Normalerweise würde es mich stören, dass er so direkt hinter meinem Rücken steht, aber diesmal nicht.

»Ich muss deine Aussage über den Fund der Leiche auf der Baustelle noch einmal mit dir durchgehen«, sagt Garcia. »In Ordnung?«

»Sicher«, sage ich. »Was hat sich denn geändert?«

»Geändert?«

»Etwas muss sich ja geändert haben, sonst würden Sie nicht noch mal mit mir sprechen. Entweder haben Sie neue Erkenntnisse oder neue Aussagen. Also ...« Ich zucke mit den Schultern. »Was hat sich geändert?«

»Wir haben den Bericht des Gerichtsmediziners bekommen und befragen nun alle noch einmal.«

»Sie haben ihn jetzt erst bekommen?« Im Film geht das immer viel schneller.

»San Miguel hat keine eigene Rechtsmedizin. Die Leiche wurde nach San Diego geschickt und dort gab es eine Art Stau.« Er hält inne. »Man hat es als verdächtigen Todesfall eingestuft.«

Oh.

»Sie wissen jetzt, dass er ermordet wurde.« Ich bemühe

mich, nicht allzu aufgeregt zu wirken, weil es eben doch Mord war. Aber ... »Ich hatte recht. Und Sie wissen, dass ich recht hatte und es Mord war.«

»Das habe ich nicht gesagt. Ich sagte, es sei ein verdächtiger ...«

»Weil er nicht erst eine Überdosis genommen hat und dann gefallen ist.«

»Er ist gefallen«, sagt Garcia. »Seine Verletzungen passen zu einem Sturz vom Gerüst.«

»Aber nicht, weil er high war.«

»Der toxikologische Befund deutet nicht darauf hin, nein.«

»Und das heißt?«

Garcia sieht über meinen Kopf hinweg Dad an. Er seufzt und wendet sich wieder an mich.

»Die forensischen Hinweise – am Tatort und an der Leiche – geben uns Grund zu der Annahme, dass noch jemand da war, als er abstürzte. Und diese Person hat entweder zugesehen und ihn langsam an einem Subduralhämatom sterben lassen.« Garcia macht eine kurze Pause. »Oder sie hat den Sturz verursacht.«

Mein Magen macht einen Satz, meine Kehle schnürt sich zu. Das Bild – Marcos Kopf in der Blutlache, die Augen weit geöffnet – taucht so plötzlich und klar vor meinem inneren Auge auf, dass ich Garcia kaum noch sehe.

Wird es realer, nur weil Garcia mir recht gibt? Oder ... habe ich tief in meinem Innern gar nicht gewollt, dass ich recht habe?

»Aber ich glaube, das wusstest du schon«, sagt Garcia. Das Bild verschwindet, nicht aber meine Beklommenheit. »Oder?«

Ich schrecke so unvermittelt zurück, dass mir Dad die Hand auf die Schulter legt. »Nein, ich wusste nur, dass jemand ihn umgebracht hat. Wie, wusste ich nicht …«

»Ich bin heute hier«, sagt Garcia und beugt sich zu mir über den Tisch, »weil ich erfahren muss, was du gesehen hast. Ich muss das wissen.«

»Ich habe nichts gesehen. Ich habe Ihnen doch erzählt und Lily auch, dass wir ihn so gefunden haben und sonst niemand da war. Wir haben jedenfalls …«

»Warum hast du dann gesagt, es war Mord?«

»Seine Uhr war weg.«

Garcia hebt beide Augenbrauen. »Welche Uhr?«

»Genau.«

»Gideon …« Dad drückt meine Schulter. »Spuck's einfach aus.«

»Er hatte einen hellen Streifen am Handgelenk«, sage ich. »Die Haare waren da auch etwas kürzer; wie wenn dort etwas immer ein bisschen gescheuert hätte. Zum Beispiel eine Uhr. Ich glaube, sie war ziemlich groß.«

Da setzt ein rasanter und gnadenloser Schlagabtausch ein: Kaum bin ich mit einer Antwort fertig, schmettert mir Garcia schon die nächste Frage entgegen. Solche Befragungen findet man in Drehbüchern oft – oder in Prozessmitschriften.

```
GARCIA
Würde das nicht auf einen Raub
hinweisen statt Mord?
ICH
Das habe ich auch gedacht, aber
dann hat der Polizist mich
```

gefragt, ob ich weiß, wie der
Tote heißt. Er wusste es offensichtlich nicht. Also hat man
keinen Ausweis und keine Kreditkarten gefunden, aber Geld
hatte er in der Brieftasche,
und er trug einen Diamantohr-
ring. Warum sollte jemand
alles mitnehmen, auf dem
sein Name steht, die Wertsachen
aber dalassen? Weil es gar
nicht
ums Geld ging. Man wollte
seine Identität verbergen.
GARCIA
Warum dann die Uhr?
ICH
Vielleicht hatte sie eine Gravur. Ich weiß es nicht.
GARCIA
Du hast den Schlauch an seinem
Arm gesehen. Richtig?
ICH
Ja.
GARCIA
Aber du hast nicht an eine
Überdosis geglaubt? Du bist
nicht davon ausgegangen, dass
er high gewesen war?
ICH
Nein.

GARCIA

Warum?

ICH

Am Anfang vielleicht schon,
aber wirklich nur am Anfang.
Als ich mir die Szene innerlich
vorstellte und mir die Details
ansah, passte das alles nicht
zusammen.

GARCIA

Was meinst du damit?

ICH

Der Schlauch war festgezogen.
Wie beim Arzt, wenn er Blut ab-
nimmt. Wie hätte er das allein
machen sollen? Und außerdem war
da noch der weiße Streifen auf
der Haut.

GARCIA

Was war damit?

ICH

Er war am rechten Handgelenk,
das heißt, er trug die Uhr
rechts. Und an der linken Hand
hatte er seitlich einen breiten
Farbstreifen. Ich vermute, das
war Tinte.

GARCIA

Und ...?

ICH

Er war Linkshänder.

GARCIA

Wie kannst du dir da so sicher
sein?

ICH

Ich bin auch Linkshänder. Wenn
ich etwas schreibe, verschmieren
die Wörter leicht, weil ich die
Seite ja von links nach rechts
beschreibe.

GARCIA

Und was spielt das für eine
Rolle? Dass er Linkshänder war?

ICH

Der Schlauch war um den linken
Arm gebunden. Welcher Linkshänder
setzt sich mit der rechten Hand
einen Schuss?

Dad unterbricht den Schlagabtausch. »Was weißt du denn davon?«, mischt er sich ein.

»Das hast du alles gesehen«, sagt Garcia. »In nur wenigen Minuten. Im … Dunkeln.«

»Nein«, sage ich. »Ich hatte eine Taschenlampe.«

»Ich frage mich auch, warum du ausgerechnet an diesem Abend dort warst«, sagt er milde. »Und warum du, obwohl du so wenig wusstest, die Todesursache richtig erraten hast. Meine eigenen Polizisten haben nicht dieselben Schlüsse gezogen wie du.«

Ja klar, die wussten ja auch nicht, wonach sie suchen mussten. Eine Gegend, in der oft Drogen konsumiert werden, spricht für eine Überdosis oder einen entsprechenden

Unfall. Wenn ein Drogensüchtiger stirbt, braucht man nicht mehr genauer hinzuschauen. Die Polizisten haben das gesehen, was sie erwartet haben, weil sie es vorher schon so oft zu Gesicht bekommen hatten. Ich dagegen wusste nicht genug, um solche Vermutungen anzustellen.

Das sage ich nicht laut. Garcia ist auch noch gar nicht fertig mit seinem Vortrag.

»Und ich muss nun entscheiden, was wahrscheinlicher ist: Dass du so was wie ein Savant bist und *wieder mal* rein zufällig über einen Tatort gestolpert bist. Oder dass du mehr weißt, als du mir sagst.« Er hält kurz inne. »Was meinst du, was ist wahrscheinlicher?«

»Das hängt ein bisschen davon ab.« Ich sehe ihn an. »Was ist denn ein Savant?«

»Wissen Sie was, ich glaube, wir sind fertig.« Dads Stimme klingt angespannt, aber entschlossen. »Gideon hat Ihnen gesagt, was er weiß. Sie können sich bestimmt vorstellen, dass es ihm schwerfällt, darüber zu sprechen.«

»Was meinst du damit, es …«, beginne ich. Dad zwickt mich in die Schulter. »Äh, ja, das Ganze ist echt traumatisch.«

»Offensichtlich«, stimmt Garcia mir zu. Sein Blick wandert zu Dad. »Danke, dass Sie sich die Zeit genommen haben. Ich werde es Sie wissen lassen, falls ein weiteres Gespräch notwendig wird.« Er legt eine kleine Karte vor mir auf den Tisch. »Wenn dir noch irgendetwas einfällt, Gideon, hier ist meine Karte.«

Ich nehme sie nicht. »Okay.«

»Und tu mir einen Gefallen.« Garcia steht auf. »Halte dich ab sofort aus dem Fall heraus.«

Kapitel 19

Am Freitag haben wir wegen Lehrerfortbildung keine Schule, und so bietet sich mir die seltene Gelegenheit zu erleben, was Dad so treibt, während ich in der Schule bin. Die Antwort lautet: Er steht spät auf, frühstückt und sitzt stundenlang am Küchentisch vor seinem Laptop, wahrscheinlich mit der Buchhaltung für das Verde.

Ich wünschte, ich hätte es nicht so lange hinausgeschoben. Ich hätte ihn schon viel früher fragen sollen, als er locker drauf war. Für mein Anliegen müsste er gute Laune haben und am Computer regt er sich immer auf.

Doch mir geht die Zeit aus. Morgen ist Samstag und Tess erwartet mich am Pacific Beach.

Es könnte klappen, versuche ich, mir einzureden. *Vielleicht erlaubt er es mir ja.* Zwei Wochen sind seit den Vorfällen auf dem Polizeirevier und im Verde vergangen, zwei Vorfälle in meiner gesamten Teenagerzeit. Ist doch so, oder? Das gibt mir zumindest Verhandlungsspielraum.

»Hey, Dad?«

Er blickt nicht von seinem Laptop auf. »Hm?«

»Kann ich ... morgen weg?«

Er heftet den Blick fest auf den Monitor. »Nein.«

So viel zum Verhandlungsspielraum. »Ach, komm schon.«

»Hast du wirklich gedacht, das wäre drin, nach dem, wie du dich in letzter Zeit aufgeführt hast?«

»Ich dachte, du fragst vielleicht zumindest, wo ich hinwill.«

»Na gut.« Er schließt den Laptop und ermuntert mich mit einer Geste. »Wohin also?«

»An den Strand.«

Er runzelt die Stirn. »Nein ernsthaft, wohin?«

»Doch, ernsthaft. Pacific Beach.«

»Ich kann gar nicht Ja sagen, wenn du mich so offensichtlich anlügst, das weißt du genau.«

»Ich lüge aber nicht!« Er schaut mich weiter skeptisch an. »Was hast du vor? Willst du mich aufs Polizeirevier schleppen und einen Lügendetektortest machen?«

»Immer mit der Ruhe.«

»Ich lüge nicht.«

»Du konntest mit dem Strand doch noch nie etwas anfangen.«

»Stimmt«, sage ich, und da ich es mir so sehnlich wünsche, platze ich, ohne nachzudenken, heraus: »Aber sie.«

Dad stutzt. »Sie?«

»Ähm …«

»Meinst du Lily?«

»Nein«, sage ich. »Sie heißt … Tess.«

Dad zieht bedächtig den Stuhl neben sich zurück. Ich schaue ihn groß an. Er deutet auf den Stuhl. Ich wittere eine Falle, aber was habe ich schon für eine Wahl? Ich setze mich.

»Wer ist Tess?«, fragt er leichthin.

»Sie ist die Chefredakteurin der Schülerzeitung. Tess Espinoza. Sie ist eine Klasse über mir, deshalb waren wir nie zusammen in einem Kurs, aber wir sind, äh, befreundet.«

»Wolltest du deshalb unbedingt bleiben? In der Redaktion?«

»Es … könnte damit zu tun haben«, gebe ich zu.

»Erzähl mir von ihr.«

»Was denn?«

»Na ja. Wie ist sie so?«

Bei dieser Frage beginnt mein ganzer Körper zu krib-beln. Es sollte nicht so schwer sein, mit meinem Dad zu sprechen, aber ich habe es so lange nicht mehr getan, habe ihm schon so lange nichts mehr anvertraut, dass es mir peinlich und unangenehm ist.

Aber wenn es sein muss, damit ich mich morgen mit Tess treffen kann, mache ich es. Für sie würde ich so gut wie alles tun, abgesehen mal von Mord und Brandstiftung, und zu Brandstiftung würde ich mich vielleicht auch überreden lassen.

»Sie ist unheimlich intelligent«, sage ich, weil mir das als Erstes einfällt. »Viel klüger als ich, und man sollte doch meinen, dass mir das gegen den Strich geht, oder? Weil ich doch so rechthaberisch bin, das sagst du ja auch immer. Aber ich finde es toll, dass sie klüger ist als ich. Und dass sie so viel weiß, von dem ich keine Ahnung habe.« Ich hole Luft. »Sie ist auch echt lustig, aber nicht auf die fiese Art. Sie haut niemanden in die Pfanne. Ich glaube nicht, dass sie überhaupt jemandem wehtun könnte. Deshalb ist sie, glau-be ich, auch so eine gute Chefredakteurin. Sie gibt immer ihr Bestes, für alle.«

Dad lächelt. »Das klingt toll.«

»Hübsch ist sie auch«, füge ich hinzu. »Nicht dass das eine Rolle spielt, nicht dass es wichtig wäre …« Ich ver-stumme. »Es ist nicht das Wichtigste, dass sie hübsch ist. Aber sie ist hübsch.«

»Seid ihr beiden …« Dad stockt kurz. »… ein Paar?«

»Nein«, sage ich rasch. »Nein, wir haben noch nicht mal …« Ich zucke mit den Achseln. »Das kann ich mir noch gar nicht vorstellen.«

Dad schweigt. »Möchtest du es denn?«

Nun bin ich derjenige, der schweigt, denn ich weiß nicht, was ich darauf antworten soll. *Ja, das möchte ich.* Aber …

»Ich will nichts wollen«, stoße ich aus.

Er schaut mich verwirrt an. »Was meinst du damit?«

»Ich glaube, ich gehöre einfach nicht zu denen, die mit so etwas Glück haben«, sage ich langsam, mit Bedacht. »Deshalb will ich es nicht wollen. Wenn es sowieso nicht klappt.«

»Aber wie kommst du darauf?«, hakt Dad nach. »Warum glaubst du nicht, dass du …«

»Ich bin ein schwieriger Fall«, sage ich. Unter dem Tisch grabe ich die Fingernägel in die Handflächen. »Du weißt schon. Mit mir kommt man halt nicht so leicht aus und ich will nicht …« Wie soll ich das jemandem wie ihm erklären? Wie kann ich ihm sagen, was in mir vorgeht, ohne dass es so klingt, als wäre er daran schuld? Auch wenn es so wäre?

»Ich kann es mir einfach nicht vorstellen«, sage ich schließlich.

Dad erwidert eine Weile nichts. Er schaut mich nur an und ich kann seinen Gesichtsausdruck nicht deuten. Ist er traurig? Oder ratlos? Oder vielleicht … gekränkt?

»Du solltest hingehen«, sagt er dann. »Du darfst gehen, meine ich. Am Samstag.«

Ich seufze erleichtert auf. »Danke.« Ich schiebe den Stuhl zurück und stehe auf. »Ich lasse das Handy auch die ganze Zeit an …«

»Was bringst du ihr mit?«, fragt er.

»Was ich mitbringe?«

»Zu deinem Date.«

»Es ist kein Date.«

»Du solltest trotzdem etwas mitbringen.« Er überlegt. »Was isst sie denn gern?«

Mit Sicherheit weiß ich nur, dass sie Pommes Animal Style mag. »Keine Ahnung.«

Dad ist bereits aufgestanden und geht in der Küche auf und ab. »Ihr seid am Strand, also muss es etwas sein, das ihr aus der Hand essen könnt. Etwas, das nicht gekühlt werden muss ...«

»Dad, nein, du brauchst nichts ...«

Doch er steht schon vor dem Schrank und zieht eine riesige Packung Mehl heraus. »Lass uns Marranitos backen.«

Allein schon diese Worte versetzen mich in meine Kindheit zurück. Als ich in der Grundschule war und Dad noch nicht so viel um die Ohren hatte, haben wir oft Marranitos gebacken. Ich liebte diese Plätzchen, nicht nur wegen dem Zucker und dem Ingwer, sondern auch wegen ihrer Form: kleine Schweinchen mit Ringelschwanz.

Ich frage mich, ob ihn das auch in seine Kindheit zurückversetzt. In die winzige Küche in Bakersfield, wo er mit seiner Mom den Teig ausrollte.

»Hol doch mal den Ausstecher«, sagt er. »Der ist irgendwo bei den Tupperdosen.«

Dad stellt Zucker, Butter und Mehl auf die Kücheninsel. Er nennt das Mise en Place, was im Gastrosprech nichts anderes bedeutet, als dass man alle Zutaten zusammensucht, ehe man anfängt. Auch darin sind Dad und ich grundverschieden: Ich würde mich immer am liebsten kopfüber ins Backen stürzen.

Als er mir die Butter gibt, damit ich sie auspacke, sagt er: »Ich dachte nie, dass ich mal heiraten würde.«

Ich lasse die Butter sinken. »Wirklich?«

Er kann nicht dieselben Gründe gehabt haben wie ich – Dad kommt schon immer gut mit anderen aus. Sonst hätte er doch nie zwei Restaurants eröffnen können.

»Ich war kaum älter als du, als ich von Zuhause wegging«, sagt er und holt die Rührschüsseln aus dem Schrank. »Dadurch war ich ziemlich unabhängig, vielleicht sogar ein bisschen distanziert gegenüber anderen. Ich dachte, ich bräuchte niemanden. Ich dachte, ich komme auch ganz gut allein durchs Leben.« Er zuckt mit den Achseln. »Deshalb ging ich wohl davon aus, dass ich allein bleiben würde.«

Man soll einen Fall nicht auf bloßen Vermutungen aufbauen. Offenbar ist es mit dem Leben genauso.

»So denken die Menschen eben, wenn sie jung sind.« Er sieht mich aus dem Augenwinkel an. »Für sie ist alles absolut.«

Warum sagt er das? Warum sagt er »sie«, wenn er in Wahrheit »besonders du« meint?

»Das klingt ganz schön herablassend.«

Er sieht mich streng an. »Gideon.«

»Wenn man jung ist, hat man grundsätzlich von nichts eine Ahnung?«

»Wenn man jung ist«, sagt er, »kann man sich nicht vorstellen, welche Möglichkeiten sich einem noch eröffnen. Nichts gegen dich, aber man hat einfach noch nicht lange genug gelebt, um zu wissen, was für Chancen man bekommt. Das ist alles.«

»Warum hast du denn deine Meinung geändert?«

Er zieht die Luft durch die Zähne ein, so tief, dass sich seine Schultern heben.

»Wegen deiner Mom.«

Oh.

»Weil sie heiraten wollte?«, frage ich. Meistens wollen doch die Mädchen zuerst heiraten, oder? So ist es jedenfalls in den Filmen.

»Weil ich heiraten wollte. Nachdem ich sie kennengelernt hatte, wollte ich nicht mehr allein sein.« Er lächelt, als ginge ihm eine Melodie durch den Kopf. »Warum hätte ich allein sein wollen, wo doch … tja. Es war eben deine Mom, weißt du?«

Das trifft mich tiefer, als sämtliche Messer im Messerblock neben dem Spülbecken schneiden können. Es brennt heißer als die Herdplatte, die Dad einschaltet, um die Butter zu schmelzen. Wie kann er so etwas sagen? Gerade so, als wüsste ich Bescheid?

»Ich weiß nichts über Mom«, fauche ich ihn an, bevor ich es mir anders überlegen kann.

Er tritt einen Schritt von der Arbeitsplatte zurück, nur einen kleinen. »Aber ja doch.«

Ich kann es nicht leiden, wenn er das tut: Ich sage etwas und er wischt es mit absoluter Gewissheit weg. *Ja doch.*

»Nein.« Ich sehe ihm in die Augen. »Ich weiß gar nichts.«

Dad hantiert mit den Rührschüsseln herum. »Du weißt, dass sie Lehrerin war. Du weißt, dass sie aus Redding kam, also aus den Bergen. Du weißt, dass sie herkam, um an der Uni von San Diego zu studieren.« Er schluckt. »Du weißt, dass sie dich geliebt hat.«

Am intensivsten ist die Erinnerung an Wärme. Nicht innere Wärme oder nicht nur innere Wärme. Ich glaube nicht, dass sie jemals etwas Langärmeliges getragen hat, und so hat sie immer ihre bloßen Arme um mich geschlungen. Mich mit bloßen Armen hochgenommen. Und ihre Arme waren immer warm.

Moms Gesicht ist in meiner Erinnerung unscharf. Ich müsste mich doch genau daran erinnern, aber das tue ich nicht. Ich weiß nur noch, dass ihre Haut weich und warm war, mit Sommersprossen.

»Das ist nicht dasselbe«, sage ich. »Das heißt nicht, dass ich *sie* kenne.«

»Sie hatte eine beste Freundin, Jane. Erinnerst du dich an Jane? Sie war sehr groß, kurzes Haar, komische Brille.«

»Hm, kann sein.«

»Ich glaube, ich habe noch ihre Telefonnummer.« Er dreht sich um und will schon gehen, als hätte er einen Fluchtweg gefunden. »Sie könnte … du weißt schon.«

»Reden?«

»Ja.«

Er schaltet den Backofen an.

»Warum kannst du es nicht?«

Er richtet sich auf. Dreht sich zu mir um. Blinzelt. »Was denn?«

»Warum kannst du es nicht?«, wiederhole ich. »Warum kannst du nie über sie reden?«

Dad schweigt. Ich bin kurz davor, meine Frage zu wiederholen, als er tief durchatmet und sagt: »Ich dachte, so wäre es leichter.«

»Wie meinst du das, leichter?«

»Wie ich es gesagt habe. Ich dachte, es wäre leichter, nicht dauernd darüber zu reden. Es wäre leichter, nicht ständig … darauf herumzureiten.«

»Ja?«, frage ich. »Leichter für wen?«

»Für dich.« Es klingt scharf und verletzt. »Nicht für mich. Für dich.«

»Für mich?«

»Du warst noch so klein, als es passierte, du hast dich kaum daran erinnert – ich dachte, es wäre leichter für dich.«

»War es nicht«, sage ich. »Ist es nicht.«

»Ich wollte nicht, dass du sie noch mehr vermisst. Mehr als unbedingt nötig.«

Er wollte mich vor etwas schützen, vor dem er mich nicht schützen konnte. Er hat es versucht, aber man kann niemanden vor einer Tragödie beschützen, so, wie man schon die Tragödie nicht verhindern kann. Deshalb ist es ja eine Tragödie.

Dad wollte nicht, dass ich den Menschen vermisse, den ich verloren hatte. Und deshalb trauerte ich um einen Geist.

»Sie war meine Mom. Ich werde sie immer vermissen.«

Eine Minute lang ist nur das gelegentliche Knacken des Backofens zu hören, der sich langsam aufheizt.

»Es tut mir leid«, sagt Dad schließlich und schaut dabei seine Hände an. »Es tut mir einfach nur leid.«

Tut es ihm leid, dass er nie über sie geredet hat? Oder tut es ihm leid, dass ich ohne Mutter aufwachsen musste? Ich bin mir nicht sicher. Vielleicht ist es gar nicht entweder … oder, denke ich, sondern beides.

Ich straffe meine Schultern, hole tief Luft und stelle die Frage, die ich seit meinem sechsten Lebensjahr stellen wollte: »Kannst du mir etwas über sie erzählen?«

»Ich …« Er wirkt geschockt. »Was willst du denn hören?«

»Geschichten.«

»Geschichten?«, wiederholt er.

»Genau. Die Fakten kenne ich ja. Ich weiß, wo sie geboren wurde und wo sie gearbeitet hat, aber ich kenne überhaupt keine Geschichten.«

Fakten waren mir immer wichtig, als Detektiv und auch sonst. Vielleicht war es für mich deshalb auch jahrelang kein Problem, nichts außer diesen Fakten zu haben. Aber es ist, wie Tess gesagt hat: Fakten existieren nicht für sich allein. Sie werden uns von Menschen erzählt und jeder Satz und jedes Wort einer Geschichte entspringt einer persönlichen Entscheidung. Darin, wie eine Person eine Geschichte erzählt, kann sich widerspiegeln, wie es ihr geht – mit allen Konsequenzen. Ich möchte eine Geschichte über meine Mom hören. Und ich will sie so hören, wie Dad sie erzählt.

Fakten sind wichtig, denn sie offenbaren die Wahrheit. Aber ich beginne zu begreifen, dass Geschichten nicht weniger wichtig sind.

Dad legt beide Hände auf die Arbeitsfläche und starrt das Fleckenmuster der Platte an, als könnte er darin verschwinden.

»Sie hatte rotes Haar.«

»Das ist auch nur ein Fakt.«

»Gideon ...« Er hebt die Hand. »Mir fällt das nicht leicht. Okay?«

Ich nicke. Und warte. Und lausche.

»Es war das Erste, das mir auffiel«, fährt Dad fort. »Ich habe in einem kleinen Lokal in der Innenstadt gearbeitet. Die Küche hatte eine Durchreiche in den Gastraum, deshalb konnte ich von meinem Arbeitsplatz aus immer einige der Gäste sehen. Und jeden Mittwoch kam dieses Mädchen mit den fantastischen roten Haaren.«

Ja, sie waren fantastisch, das weiß ich noch genau. Es ist, als würde in meinem Hinterkopf ein Riegel geöffnet. Es ist, als würde eine Kiste aus dem hintersten Regal des Lagerraums geholt und aufgemacht. Ihr Haar war lang, und es fiel spiralförmig über mein Gesicht, wenn ich bei ihr auf dem Schoß saß. Ich griff immer nach einer ihrer Locken, nicht um an ihnen zu ziehen, sondern um sie zwischen den Fingern zu spüren. Nichts fühlte sich so weich an wie ihr Haar.

»Sie trank immer nur einen Kaffee«, erzählt Dad weiter. »Und sie saß immer allein da, mit einem Buch. Da habe ich angefangen, ihr über die Kellnerin ein Stück Gebäck bringen zu lassen, jedes Mal ein anderes. Sie hat es nie abgelehnt. Und dann wurde ich fast gefeuert, weil ich nicht aufhören konnte, sie anzuschauen. Ich habe in der Küche das reinste Chaos angerichtet. Irgendwann habe ich mir überlegt, dass das alles für etwas gut sein sollte. Deshalb habe ich sie gefragt, ob sie mit mir ausgehen will.«

»Sie hatte keine große Familie oder stand ihr jedenfalls nicht besonders nahe und bei mir war es dasselbe. Wir wollten zusammen eine Familie gründen, eine Familie, wie wir sie beide nicht gehabt hatten. Und ... so haben wir es gemacht. Ein paar Jahre, ein paar perfekte Jahre lang waren wir diese Familie.«

»Sie ging gern essen – welche Regionalküche, war ihr egal –, kannte sich aber nicht gut aus. Als ich sie zum ersten Mal in ein Sushi-Restaurant einlud, steckte sie sich den ganzen Wasabi-Klumpen auf einmal in den Mund. Mir tat das furchtbar leid, aber sie lachte nur, obwohl ihr die Tränen über das Gesicht liefen.«

»Ich kannte sie nur acht Jahre lang. Acht Jahre und zwei

Monate ab dem Tag, an dem ich sie das erste Mal sah, bis zu dem Tag, an dem sie starb.«

Das haut mich fast um. Acht Jahre. Dad hat mich schon doppelt so lang gekannt wie sie. Und sie ist schon länger tot, als die beiden zusammen waren.

Dad missversteht meinen Gesichtsausdruck. »Ist dir das zu viel?«, fragt er sanft. Ich schüttele den Kopf. Seine Geschichten sind mir nicht zu viel, ganz und gar nicht. Sie sind ehrlich.

Du warst ehrlich zu mir, hat Tess einmal zu mir gesagt. *Deshalb sollte ich auch ehrlich sein.*

So geht es mir jetzt auch. Ich sollte ihm etwas anvertrauen, damit er weiß, dass er nicht zu viel preisgegeben hat, und damit er eines Tages vielleicht mehr erzählt. Das soll kein Tauschgeschäft sein, sondern eher … ein Geschenk. Aufrichtigkeit. Aber nicht nur das, denn es kann auch wehtun. Einen verwundbar machen.

»Für mich war da so … eine Wand, als sie nicht mehr da war«, sage ich. Er blickt erstaunt auf, als hätte er nicht erwartet, dass ich mich zu Wort melde. »Jedes Mal, wenn meine Gedanken in diese Richtung gingen, stellte ich mir innerlich eine Backsteinwand vor, die ich höher und höher bauen konnte, so hoch, wie ich sie eben brauchte. Um es …« – ich schiebe etwas Unsichtbares von mir weg – »von mir fernzuhalten, schätze ich.«

Dad nickt. »Für mich ist es wie eine Kiste. Sie ist da, alles ist sicher verwahrt, die vielen …« Er holt tief Luft. »Die vielen Erinnerungen. Ich kann sie herausholen, wenn ich will, manchmal. Aber meistens bleiben sie, wo sie sind. Weggeschlossen.«

»Sollte das so sein? Sollte man … so damit umgehen?«

Dad schüttelt den Kopf. »Ich habe keine Ahnung, wie man damit umgehen sollte.«

Und ich dachte immer, er wüsste, was er tut. Auch wenn ich es für falsch oder für unfair hielt, ging ich zumindest davon aus, dass er sich seiner Sache sicher war. War er aber nicht. Ist er nicht.

»Du hast gesagt, für dich *war* es wie eine Backsteinwand«, sagt Dad plötzlich. »Heißt das, es ist jetzt anders?«

Ja, ich habe die Vergangenheitsform benutzt. Ich weiß nicht, ob das so stimmt. Wenn ich es hier mit einem Zeitungsartikel zu tun hätte, den ich Korrektur lesen soll, würde ich *war* wahrscheinlich unterkringeln und ein Fragezeichen danebensetzen.

»Ich habe Tess von Mom erzählt«, gebe ich zu. »Das musste ich nicht, aber ich habe es getan. Wahrscheinlich habe ich es deswegen so gesagt.«

»Wenn dir in deinem Leben jemand wichtig ist, passiert das manchmal«, sagt Dad. »Dass sie oder er zu dir durchdringt.«

So wie er das sagt, ist es keine Plattitüde – um ein Wort zu benutzen, dass Tess gefallen würde. Er weiß es, weil es ihm schon passiert ist.

»Erzählst du mir noch eine Geschichte?«

Er atmet scharf durch die Nase ein. »Ich …«

»Bitte, nur noch eine.« Hilfe, ich klinge wie ein Kleinkind. Ich fühle mich auch wie ein Kind, das Kind, das ich einmal war und das ihn anbettelte, mir vor dem Einschlafen noch *ein* Bilderbuch vorzulesen. Und das hat er auch immer getan – ich hatte das ganz vergessen. Er hat jedes Mal nachgegeben, zumindest einmal: noch ein Buch, noch eine Geschichte.

Vielleicht fällt ihm das auch gerade ein, denn sein Blick ruht auf der Arbeitsplatte, und er sagt:

»In dem Jahr, in dem wir geheiratet haben, schickte uns Grandma Felicitas eine Osterkarte. Ein grässliches Ding.«

»Warum denn – war Jesus am Kreuz drauf?« Wir sehen Grandma nicht oft, aber ich kann mich erinnern, dass wir sie, als ich noch klein war, in Bakersfield besuchten. Damals hatte ich eine Riesenangst vor dem gigantischen Kruzifix, das bei ihr an der Wand hing.

»Nein«, sagt Dad. »Es war so ein Häschen.«

»Ein Häschen?«

»Ein Teufelshäschen. Ich habe keine Ahnung, was den Künstler geritten hat, aber der Hase sah aus, als wollte er dir die Seele auffressen. Ich habe die Karte sofort ins Altpapier geworfen. Aber deine Mom ...« Er grinst. »Sie hat sie hinter meinem Rücken wieder rausgefischt.«

»Als ich am nächsten Morgen den Spiegelschrank im Badezimmer geöffnet habe, um die Zahnpasta herauszunehmen, klebte die Häschenkarte an der Innenseite der Spiegeltür. Ich bekam fast einen Herzinfarkt. Eine Woche später wollte ich etwas aus der Speisekammer holen und – zack –, da starrt mir vom obersten Regalfach das Teufelshäschen entgegen. Abends schlage ich die Bettdecke nach hinten und da hat das Teufelshäschen meine Bettseite beschlagnahmt. Und jedes Mal steht deine Mutter mit diesem engelsgleichen Lächeln daneben.«

»Warum hast du die Karte nicht einfach weggeworfen?«

»Oh, das habe ich«, sagt er. »Sie hatte Kopien gemacht.«

Da breche ich in Gelächter aus und er stimmt ein. Ich weiß gar nicht, wann das zuletzt passiert ist: dass wir miteinander gelacht haben.

»Ich konnte nicht einmal so tun, als würde mich das ärgern. Ich habe nur gelacht und gesagt, dass ich sie liebe. Und sie hat …« Er zögert einen Moment. »Sie hat mit einem Lied geantwortet.«

»Sie hat ein Lied daraus gemacht?«, frage ich.

»Sie hatte da so ein Lied«, sagt er. »Ihr Lieblingssong, von Irving Berlin. Er heißt ›Always‹.«

»Den kenne ich nicht.«

»Na ja, er ist auch ziemlich alt, aus den Dreißigerjahren oder so. Sie war da sehr eigen. Das war die einzige Musik, die sie mochte: alte Musicals, Bigband-Jazz, du weißt schon.«

Ja, ich weiß. Sie hat sich vielleicht nicht die Filme angesehen, die ich so liebe, aber ähnlich ist das schon. Ich spüre eine Nähe.

»Mom hat alte Songs gemocht?«, frage ich. Meine Augen brennen und auch Dads Blick verschwimmt. »Aus den Dreißigern und Vierzigern? Hat sie die ganze … Ära gemocht?«

Dad atmet scharf ein, als werde es ihm jetzt erst bewusst. »Ja, stimmt.«

Und ich stehe da, sprachlos, weil es doch sein könnte, dass ich mir etwas von ihr bewahrt habe. Dass es ein winziges gemeinsames Etwas gibt, das uns verbindet.

»Hast du ihn noch?« Mein Blick wandert in Richtung Wohnzimmer, wo neben dem Fernseher Dads alte CDs stehen. »Den Song, ihren Song.«

Dad holt sein Handy aus der Hosentasche, wischt und tippt darauf herum. Dann legt er es auf den Tisch, dreht die Lautstärke hoch und zögert eine Sekunde, ehe er auf Play drückt.

Zuerst ertönt eine Geige, die sich gemächlich nach oben schraubt. Es folgt die tiefe, volle Stimme eines Mannes, der langsam singt:

I'll be loving you, always
With a love that's true, always

Ich kann nicht entscheiden, ob die Melodie fröhlich oder traurig ist. Im einen Moment klingt sie lieblich und leicht, im nächsten fällt sie wieder ab. Ist die Stimmung wehmütig? Schicksalsergeben? Zufrieden?

Ich stelle mir den Mann vor, der das Lied geschrieben hat, und möchte verstehen, was er meinte, welche Gefühle ihn trieben und was es in mir auslösen soll, fast ein Jahrhundert später – ein Jahrzehnt, nachdem meine Mom es sang.

Heiterkeit oder Trauer? Freude oder Schmerz? Tragödie oder Liebesgeschichte? Dann überlege ich: Vielleicht ist es gar nicht entweder oder, sondern sowohl als auch?

Tragödie *und* Liebesgeschichte. Alles auf einmal.

Diese Gefühle sollen in mir geweckt werden. Dieses »alles«.

Days may not be fair, always
That's when I'll be there, always

Ich überlege, ob ich in einigen Jahren, irgendwann einmal wohl jemandem erzählen werde, was gerade geschieht. An diesem Nachmittag, in diesem Moment. Mit jedem Atemzug, mit jedem Ton, den ich zum ersten Mal höre, frage ich mich, ob ich mich vielleicht in einer Geschichte befinde.

Und ich schließe jedes kleine Detail dieser Situation in mir ein. Das kann ich schließlich ganz gut.

Regen, der über die Fensterscheiben rinnt. Der Duft der

Marranitos, die im Ofen aufgehen. Und Dad, der das Lied mitsummt.

Not for just an hour
Not for just a day
Not for just a year
But always

Kapitel 20

Aus der Küche schallen die Morgennachrichten zu mir herüber. Dad mag Hintergrundgeräusche, wenn er den Tag beginnt. Wieder etwas, das uns grundlegend unterscheidet. Was hat es für einen Sinn, den Fernseher einzuschalten, wenn man nicht hinschaut?

Ich versuche, die Geräusche auszublenden, weil sowieso nie etwas Interessantes kommt – die ganze Woche wird sonnig und warm, schau mal an, was für eine Überraschung –, aber da höre ich eine Stimme, die mir bekannt vorkommt.

»Das ist nur ein politisches Manöver«, erklärt jemand laut und forsch, in einem fast schon gelangweilten Tonfall. »Das ist doch völlig offensichtlich.«

Diese Stimme habe ich schon mal gehört. Bestimmt habe ich sie schon gehört.

Ich laufe in die Küche und sehe Polizeichef Thompson im Fernseher. Er steht auf den Stufen des Polizeireviers, hinter ihm seine Assistentin, vor ihm ein Schwarm Mikrofone und Aufzeichnungsgeräte.

Ich drehe die Lautstärke hoch.

»Befürchten Sie, dass es zu einem Misstrauensvotum kommt?«, fragt jemand aus dem Off.

Thompsons Augen wandern zu einer Karteikarte, die er in den Händen hält.

»Ein Misstrauensvotum wäre ein politischer Angriff auf die Polizei von San Miguel, inszeniert von einem Stadtrat, dem es im Wahlkampf um das Bürgermeisteramt nur um sein eigenes Re…« Er gerät ins Stottern, hält inne und studiert stirnrunzelnd die Karte. Dann grinst er die Reporter an, als wäre alles nur ein großer Witz. »Entschuldigung. Die Schrift meiner Assistentin. Die reinste Sauklaue.«

Die Frau hinter ihm läuft rot, wenn nicht gar lila an. Gott, was für ein Arsch.

»Inszeniert von einem Stadtrat, dem es im Wahlkampf um das Bürgermeisteramt nur um sein eigenes Renommee geht«, entziffert der Polizeichef. »Ein solches Votum würde lediglich beweisen, wie stark die Polizei von der Verwaltung behindert wird. An meiner Entschlossenheit, die Menschen dieser großartigen Stadt zu beschützen und ihnen zu dienen, ändert sich dadurch rein gar nichts. Danke schön.« Er zieht den Kopf ein und verschwindet aus dem Bild.

»Schaust du dir das tatsächlich an?« Ich drehe mich um. Dad steht mit der Kaffeetasse in der Hand am Spülbecken. Ich habe ihn nicht einmal bemerkt.

»Was ist ein Misstrauensvotum?«, frage ich.

Dad schüttelt den Kopf. »Das weiß ich auch nicht genau. Thompson hat in den letzten Jahren ziemlich an Beliebtheit verloren, da könnte es wohl einfach heißen, dass sie ihn loswerden wollen.«

Lily weiß es bestimmt. Und wenn nicht, kann sie es herausfinden, schneller jedenfalls als Dad oder ich. Ich fische mein Handy aus der Tasche und schreibe ihr:

Der Polizeichef war im TV, irgendwas mit Misstrauensvotum

Der Stadtrat hat auch was damit zu tun, ich glaube, Willets sägt am Stuhl des Chiefs

Glaubst du, das hängt mit unserem Fall zusammen?

»Ist das … Tess?« Dad bemüht sich erfolglos um einen lockeren Ton.

Ich stecke das Handy wieder in die Hosentasche. »Ja.«

»Du hast gesagt, ihr trefft euch um elf?« Ich nicke. »Ich muss dich ein bisschen früher absetzen, damit ich rechtzeitig im Verde bin.«

»Kein Problem«, sage ich. »Danke, dass du mich fährst.«

»Ist doch klar«, erwidert er und lächelt. »Es ist … aufregend.«

Ich spüre, wie mein Nacken heiß wird. Ich wünschte, er würde nicht solche Sachen sagen – mich macht das nur noch nervöser. »Es ist kein Date.«

Er hebt abwehrend die Hände. »Okay, es ist kein Date.« – Mit einem Nicken deutet er zur Kücheninsel, wo ich erst jetzt den mit Folie abgedeckten Teller sehe, zu meinem Entsetzen verziert mit einer gigantischen Schleife aus grünem Geschenkband.

Oh Gott, denke ich.

»Oh Gott«, sage ich.

Er runzelt die Stirn. »Ich dachte, das wäre mir ganz gut gelungen.«

»Sie denkt bestimmt, ich bin ein Serienmörder!«

»Weil du etwas für sie dabeihast?«

»Aber ich habe es ja nicht gemacht, so etwas würde ich nie machen. Das ist genau das, was *du* machen würdest!«

Dad schweigt, richtet sich auf und blickt mich so gekränkt an, dass ich einen Schritt zurückweiche.

»Ich bemühe mich«, sagt er. »Okay?«

Und er geht kopfschüttelnd aus der Küche.

Ich stehe allein da und weiß zwar, dass ich mal wieder alles falsch gemacht habe, aber nicht genau, was eigentlich. Stimmt es denn etwa nicht? Das ist sein Stil, nicht meiner. Ich kapier's nicht.

Aber ich habe ihn gekränkt. Eindeutig. Ich habe keine

Ahnung, warum, aber vielleicht spielt es auch gar keine Rolle, dass ich es nicht kapiere. Ich habe solche Sachen einfach nicht im Griff. Und ich kann auch die Worte nicht zurücknehmen, mit denen ich ihn gekränkt habe.

Als sich Dad um zehn Uhr hinters Steuer setzt und den Teller mit den Plätzchen – samt grüner Schleife – auf meinem Schoß sieht, sagt er nichts. Aber er lächelt, während er den Motor startet.

Tess kommt etwas zu spät. Das ist mir sogar ganz recht. So kann ich am Strand schon mal den besten Platz heraussuchen – den aus meiner Sicht besten jedenfalls: so weit weg vom Wasser, dass nicht plötzlich eine Welle das Handtuch durchnässt, so weit weg von der Strandpromenade und Seebrücke, dass wir nicht von Touristenhorden gestört werden, und nahe genug an einem Schild, das vor gefährlichen Strömungen warnt und das ich für Tess als markanten Treffpunkt fotografiere.

Tess winkt, als sie mich sieht. Sie hat Shorts und T-Shirt an. Vielleicht will sie gar nicht ins Wasser, was für mich völlig in Ordnung wäre.

»Hey«, sagt sie grinsend und lässt sich zu meiner Überraschung gleich aufs Handtuch plumpsen. »Tut mir leid, dass ich zu spät bin.«

»Nein, nein, ist okay.«

Tess öffnet ihren Rucksack und zieht ihr eigenes sichtlich oft benutztes Strandtuch heraus. Sie breitet es neben sich aus und rutscht hinüber. Dann schaut sie über die Schulter in Richtung Strandpromenade. »Ob der Imbiss wohl schon offen hat?«

Ein besseres Stichwort kann ich mir gar nicht wünschen. »Magst du Marranitos?«

»Wahnsinnig gern«, sagt sie. »Aber ich glaube, am Imbiss gibt es die nicht.«

Ich drehe mich um und stelle den Teller mit den Plätzchen zwischen uns.

»Mein Dad hat welche gebacken und mich praktisch gezwungen, sie mitzunehmen …«

Ein Lächeln breitet sich auf ihrem Gesicht aus. »Echt? Das ist ja nett von ihm.«

»Kein großes Ding«, sage ich und entferne die Folie. »Er ist Koch. Das ist sein Job.«

»Liebe geht durch den Magen, du undankbarer Mensch.« – Sie beißt in einen Marranito. Zuerst das Ringelschwänzchen, genau wie ich es immer mache. »Hast du das noch nie gehört?«

Das mit dem undankbaren Menschen ist ein Witz, glaube ich jedenfalls. Aber der Rest … Natürlich kenne ich den Spruch, dass Liebe durch den Magen geht. Aber bei mir zu Hause ist Essen auch mit Stress und Geld und Sorgen verbunden. Alles Gute und alles Schlechte hängt mit Essen zusammen.

Während Tess ihren Marranito kaut, habe ich meinen noch in der Hand. Ich bin zu sehr damit beschäftigt, ihre Worte zu verdauen, als dass ich etwas essen könnte. Noch einmal rufe ich mir mein Gespräch mit Dad in der Küche in Erinnerung. Vielleicht wollte er mir gar nichts aufdrängen. Klar, er *war* aufdringlich, aber das war vielleicht nicht seine Absicht. Möglich ist es. Ein guter Detektiv muss alle Möglichkeiten in Erwägung ziehen, auch wenn sie erst einmal nicht logisch erscheinen.

»Ich bemühe mich«, hat er gesagt, und ich wusste nicht, was er meinte, machte mir auch keine weiteren Gedanken.

Worum bemühte er sich? Wollte er etwas mit mir teilen? Mir näherkommen?

»Liebe geht durch den Magen«, hat Tess gesagt, und das ist vielleicht die offensichtliche Spur, die ich übersehen habe.

Könnte es sein, dass jemand, der einer anderen Person einen Teller mit Plätzchen in die Hände drückt, damit seine Liebe zum Ausdruck bringt? Weil er die Worte nicht so leicht aussprechen kann, es noch nie konnte?

Möglich.

In diesem Moment hüpft ein bunter Strandball auf uns zu. Tess hebt ihn auf. Als der Besitzer – ein vielleicht zehnjähriger Junge – angelaufen kommt, um ihn abzuholen, hält sie ihm den Ball mit beiden Händen hin.

Er nimmt ihn nicht. Stattdessen fragt er stirnrunzelnd:

»Was ist mit deiner Hand?«

Und nur für den Fall, dass Tess nicht weiß, welche er meint, zeigt er mit dem Finger auf ihre linke Hand.

Das geht dich nichts an, du kleines Arschloch, denke ich, aber wie immer ist Tess schneller.

»Du meinst, die Finger? Die hat mir ein Hai abgebissen. – Sie deutet hinaus aufs Meer. »Genau an diesem Strand.«

Wie immer ist Tess nicht nur schneller, sondern auch frecher und mutiger und hat stets eine neue Überraschung parat.

»Ein Hai?«, fragt er.

»Ja, gleich da drüben bei der weißen Boje.«

Der Junge geht erschrocken einen Schritt vom Wasser weg. »Aber hier gibt es doch keine Haie.«

»Seit ich das Ein-Frau-Haikiller-Kommando gegründet habe, nicht mehr«, stimmt Tess ihm zu. »Gern geschehen.«

Er schaut sie mit kugelrunden Augen an. Sie lächelt wie ein Engel.

»Aber den, der mich erwischt hat, habe ich noch nicht gefunden. Deshalb bin ich an besonders günstigen Tagen – Sonne, viele Leute, das mögen sie am liebsten – immer hier und warte. Ich weiß, er wird wiederkommen. Vielleicht heute?«

Der Kleine starrt sie noch kurz an, wendet den Blick erneut zum Wasser, macht auf dem Absatz kehrt und rennt in die Richtung davon, aus der er gekommen ist.

»Wow, Captain Quint«, sage ich.

Sie setzt sich die Sonnenbrille auf. »*Der weiße Hai,* nehme ich an?«

»Genau.«

»Habe ich noch nie gesehen.«

»Das war eine tolle Geschichte. Hast du dir die speziell für neugierige kleine Kinder ausgedacht?«

»Nein.« Tess lacht. »Wenn sie noch richtig klein und nur neugierig sind, sage ich ihnen die Wahrheit. Großstadtlegenden hebe ich mir für die auf, die groß genug sind, dass sie es eigentlich besser wissen müssten.«

»Das muss trotzdem hart sein«, sage ich. »Dass du ständig darauf angesprochen wirst.«

Sie zuckt mit den Achseln. »Ist schon in Ordnung.«

»Wirklich?«

»Was, glaubst du etwa, ich flunkere dich an?«, fragt Tess, und hinter ihrer Sonnenbrille heben sich die Augenbrauen.

»Nein, ich glaube nur …« Und dann muss ich innehalten, weil ich meine Gedanken erst sortieren muss, ehe ich sie ausspreche. »Es gibt etwas dazwischen. Nur weil etwas keine Lüge ist, heißt es nicht, dass es die volle Wahrheit ist. Verstehst du?«

Tess schweigt einen Moment lang. »Den Eltern ist das immer viel peinlicher als mir. Sie ziehen ihre Kinder weg und flüstern ihnen unüberhörbar zu, sie sollen höflich sein, und – das verstehe ich schon. Aber ich will nicht, dass ein kleines Kind … also dass es mich und meinen Körper mit Stress in Verbindung bringt. Das finde ich dann doch nicht in Ordnung. Da ist es mir schon lieber, wenn sie fragen. Wenn ich ihnen eine Antwort geben kann.«

Ich nicke, denn das kann ich nachvollziehen. Es ist schon schwer genug, wenn man das Gefühl hat, anders zu sein, auch ohne dass die Leute so tun, als wäre das peinlich, als dürfe man es gar nicht beachten. »Das kann ich verstehen.«

»Das ist schön«, sagt sie plötzlich. »Mich haut es manchmal total um, aber es ist schön.«

»Was denn?«

»Dass dir Wahrheit so wichtig ist. Und dass du, wenn du dich nach der Wahrheit erkundigst … sie auch wirklich hören willst.«

»Ist das bei anderen nicht so?«, frage ich.

Sie schüttelt den Kopf. »Nein.«

Hat mich überhaupt schon mal jemand so gemocht wie Tess? Nicht trotz allem, was mich von anderen unterscheidet, sondern – gerade deswegen?

»Mir ist warm.« Sie bindet sich die Haare zu einem Pferdeschwanz. »Komm, gehen wir ins Wasser.«

»Geh du schon mal«, sage ich. »Ich bleibe da.«

»Kannst du etwa nicht schwimmen?«

Ich wurde in Südkalifornien geboren, im Land der tausend Schwimmbäder. »Doch, ich kann schwimmen.«

»Dann komm mit.«

Tess steht auf und zieht sich ohne Zögern und ohne jede Befangenheit das T-Shirt über den Kopf, unter dem ein himmelblaues Bikini-Oberteil zum Vorschein kommt. Schick und praktisch, die Art Bikini, die auch eine größere Welle unbeschadet übersteht. Schlicht und ohne Schnickschnack, das erstaunlichste Kleidungsstück, das ich in meinem Leben je gesehen habe.

Barbara Stanwycks perfekt gestylte blonde Locken verblassen gegen die windzerzausten braunen Haarsträhnen, die aus Tess' Pferdeschwanz gerutscht sind. Mary Astors scheuer Blick, ihr roter Lippenstift sind nichts gegen Tess' durchdringende braune Augen und ihr breites Labello-Lächeln. Ava Gardner könnte es in ihrem schicksten kleinen Schwarzen niemals mit Tess in Bikini und abgeschnittenen Shorts aufnehmen.

»Wa–«, stottere ich und hüstle nervös, ehe ich noch mal ansetze. »War das eine Art Bestechungsversuch?«

Tess grinst. »Wieso, hat es funktioniert?«

Da weiß ich gar nicht mehr, was ich sagen soll.

Das ist etwas Gutes, oder? So wie sie mit mir spricht, wie sie mich ansieht – mag sie mich. Glaube ich. Vielleicht. Es ist eine Möglichkeit und man muss doch alle Möglichkeiten in Erwägung ziehen. Auch wenn sie einem Angst machen.

»Vielleicht.« Ich beschwöre meine Stimme, sich nicht zu überschlagen.

»Also.« Sie legt den Kopf zur Seite. »Willst du im T-Shirt schwimmen gehen oder …?«

Welcher Kerl hat Angst vor einem Mädchen, das ihn mag, nicht aber vor einer Leiche? Was ist das für einer, der sich cool in eine Rockerkneipe schleicht, aber die Flatter kriegt, wenn ein fast unbekleidetes Mädchen ihn auch fast unbekleidet sehen will?

Was zum Geier stimmt nicht mit mir?

Ich ziehe mir das T-Shirt deutlich umständlicher aus als Tess. Dann sitze ich da: ohne Trenchcoat, ohne Hut, ohne irgendetwas, das mir die anderen Menschen vom Leib hält und mich schützt. Mich schützt ... und einsam macht.

Jetzt bin ich nicht einsam. Tess steht vor mir und hält mir die Hand hin. Und ich sitze einfach nur da und nehme allen Mut zusammen, sie zu ergreifen.

»Komm schon«, sagt sie und beugt sich noch ein bisschen tiefer. Als ich ihre Hand nehme, ist sie so warm, dass ich dahinschmelzen könnte.

Kaum bin ich auf den Füßen, lässt sie zu meiner Erleichterung los – noch eine Sekunde länger, und sie hätte gemerkt, wie verschwitzt meine Hände sind. Sie dreht sich um und marschiert zum Wasser, ohne auf mich zu warten. Auch darüber bin ich erleichtert, denn wenn wir zusammen gehen würden, könnte sie meinen rasenden Atem bemerken.

Zuerst bleibe ich hinter ihr, um die sichere Distanz zu wahren. Ich muss mich zusammenreißen und ein bisschen Abstand ist immer gut. Oder? Ja.

Abstand bringt Sicherheit. Abstand verhindert, dass andere einem wehtun, dass sie einfach gehen, wenn sie einen nicht verstehen – oder überhaupt, dass sie gehen.

So ist es logisch. So ist es richtig. Aber ehrlich gesagt, ist es nicht das, was ich will.

Ich will zu ihr aufschließen und ihr den Arm um die Taille legen. Ich will ihre warme Hand wieder in meiner spüren, nicht nur einen kurzen Moment lang. Ich will sie küssen, wenn sie das auch will.

Nichts davon geht mit Abstand, egal, wie viel Sicherheit er mir bringt.

Und mir wird klar – so plötzlich und so heftig, dass es mir fast die Luft aus den Lungen presst –, dass ich diesen Abstand nicht mehr will.

Genau in dem Moment, in dem sie ins Wasser geht, dreht sich Tess zu mir um. Und als sie lächelt, ist es, als würde ein Damm brechen oder eine Mauer einstürzen oder vielleicht auch nur ein Seil reißen. Und ich renne, renne immer weiter, bis ich direkt neben ihr bin. Unter derselben Sonne, in demselben Wind, die Knöchel in denselben kalten Wellen.

Wir waten tiefer ins Wasser, und ich lasse sie den Weg vorgeben, bleibe aber dicht bei ihr. Ich versuche mitzuhalten. Ich versuche, sie nicht anzustarren – wie das Licht in ihr Haar fällt, die Wassertropfen auf ihren Armen glitzern –, aber ich kann es nicht verhindern, und schließlich fällt es ihr auch auf.

»Du tust so, als hättest du noch nie ein Mädchen im Bikini gesehen«, sagt sie.

»Doch«, sage ich, während das Wasser höher steigt und mir um die Taille plätschert. »Aber nicht wie …« Ich stocke. »Keins wie dich.«

Sie lacht. »Willst du damit sagen, dass ich nicht wie andere Mädchen bin?«

»Doch, du bist wie andere Mädchen«, sage ich, und eine Zeile aus einem Film noir fällt mir ein. »Nur mehr.«

Als sie wieder lacht, ist es das zauberhafteste Geräusch, das ich je gehört habe.

Die Art, wie Tess schwimmt, ist etwas, das ich noch nie

gesehen habe. Das liegt nicht nur daran, dass sie schnell ist oder anmutig, obwohl beides zutrifft. Als wir an eine ruhige Stelle ohne Wellengang kommen und sie sich auf den Rücken dreht und sich treiben lässt, wirkt sie – als wäre sie hier zu Hause. Wir alle haben jemanden oder etwas, das uns das Herz öffnet, und für sie muss es das Meer sein.

In den Filmen, die ich liebe, herrscht der Schatten. In den Anfangsjahren des Film noir mag das am kleinen Budget dieser Filme gelegen haben: Eine billige Kulisse wirkt in schummrigem Licht besser als in hellem. Aber mit der Zeit entwickelte sich das Zwielicht zu einem festen Genremerkmal, das die Leute erwarteten. In der Renaissance sprachen die Maler von »Chiaroscuro«, dem Kontrast zwischen Hell und Dunkel. Im Film noir fällt Sonnenlicht durch die Jalousie des Detektivs. Schwarze Schatten verbergen das Gesicht einer Frau bis auf ein helles Band über den Augen. Ein Mann im Trenchcoat tritt aus einer dunklen Gasse in das grelle Licht einer Straßenlaterne.

Wenn ich an mein Leben dachte, kam es mir immer genauso vor: dass ich überwiegend im Schatten lebte – unsichtbar, verborgen, unkenntlich – und nicht viel Zeit im Licht verbrachte. Und mir gefiel es so, dachte ich. Es ist einfacher, im Schatten zu stehen als im Licht. Man kann sich besser verstecken.

Im Meer gibt es keine Schatten. Dort ist nur die Sonne, die von oben herabbrennt und im Wasser funkelt, und überall Licht, so viel Licht. Die Sonne wärmt meine Haut, sie erzeugt Punkte, die vor meinen Augen tanzen. Und Tess – verdammt. Die Sonne bringt sie zum Leuchten.

Plötzlich dreht sich Tess wieder auf den Bauch und schwimmt auf mich zu, so schnell, dass ich schon das Salz in ihrem Haar rieche und jeden Wassertropfen auf ihren Wimpern sehe.

»Kannst du stehen?«, fragt sie.

»Was?«

»Kannst du stehen?«, wiederholt sie lachend. »Du weißt schon, mit den Füßen?«

Vorsichtig strecke ich die Beine aus, bis meine Zehen über den Sand unter mir streichen. Als ich die Füße auf den Boden setze, geht mir das Wasser nur halb über die Brust. »Ja. Warum?«

»Weil es so viel leichter ist.«

Tess legt mir die eine Hand auf die Schulter und die andere in den Nacken, und ihre Lippen pressen sich auf meine, ein diffuses Gemisch aus Salzwasser und Süße.

Mein Gehirn braucht einen Moment, bis es mitkommt, und als es die zugehörigen Worte findet – *Tess küsst mich, ich küsse Tess* –, habe ich schon die Arme um ihre Taille geschlungen und ziehe sie näher heran, bis es nicht mehr den Hauch von Abstand zwischen uns gibt.

Das Leben sollte beides sein: Schatten und Sonne. Tragödien und Triumphe. Gutes und Schlechtes in allem, überall, in jedem.

Doch in diesem Moment und im nächsten und im nächsten sehe ich, obwohl ich die Augen geschlossen habe – nur Licht.

Kapitel 21

Die Woche nach dem Strandsamstag zieht sich wie Kaugummi. Ich habe dauernd das Gefühl, wir müssten uns mit etwas anderem beschäftigen und der nächsten Spur folgen. Doch wie Lily mir freundlicherweise in Erinnerung ruft, haben wir keine nächste Spur. Das Dossier sagt uns, was da abläuft, aber nicht, wo wir als Nächstes suchen müssen. Es sagt uns auch nicht, wer letztlich das Sagen hat.

»Wir wissen, dass Paul Vince Leute besticht«, überlegt Lily.

»Zum Beispiel Barmann Charlie im Doc Holliday's.«

»Ja, und noch ein paar zwielichtige Gestalten in der Stadt, die bereit sind, Kleinkriminelle in die Pfanne zu hauen.«

»Die Infos gibt er an O'Hara weiter und bezahlt ihn, damit er die Leute verhaftet.«

Lily blättert durch die Mappe. »Aber warum? Was hat er davon?«

»Vielleicht weniger Konkurrenz?«

»Könnte jemand wie Luke Dobson für Paul Vince Konkurrenz sein? Das ergibt doch gar keinen Sinn. Nein, davon muss noch jemand anders profitieren«, sagt Lily entschlossen. »Vergiss nicht: *Cui Bono?*«

Aber es ist auch schön, mit Tess zusammen zu sein. Auch wenn es nur in der Spätschicht ist und wir es noch niemandem gesagt haben. Tess befürchtet, Ryan und Noah würden sich völlig danebenbenehmen, wenn sie davon wüssten, und dasselbe vermute ich bei Lily. Irgendwann werden wir es ihnen sagen – wenn es sein muss. Aber im Moment ist es mir ganz recht, dass wir es für uns behalten. Dass nur wir beide davon wissen.

Deshalb jagt mir Lily einen Mordsschrecken ein, als sie mich am Montag darauf in der Mittagspause zur Seite nimmt und sagt: »Also, ich finde es wichtig, dass wir einander alles sagen …«

»Wir wollten nichts verheimlichen«, platze ich heraus. »Es ist einfach passiert.«

Sie starrt mich an. »Was meinst du denn?«

»Nichts.« Ich hüstle nervös. »Was meinst *du?*«

»Ich … gehe morgen zur Stadtratssitzung«, sagt sie.

»Oh. Warum?«

»Laut Tagesordnung wird über das Misstrauensvotum debattiert. Ich dachte, da könnte sich irgendwo eine Spur ergeben. Deshalb habe ich mit Araceli ausgemacht, dass ich an ihrer Stelle gehe.«

»Das ist eine gute Idee. Um wie viel Uhr soll ich dort sein?«

Sie verzieht das Gesicht. »Wenn zwei vom *Herald* da auftauchen, sieht das vielleicht komisch aus. Araceli geht immer alleine hin. Aber die Sitzungen werden gestreamt, du könntest also live zuschauen.«

Und so verbringe ich den Nachmittag im Bett: Ich lasse Asta an meinen Fingern knabbern und schaue mir die stumpfsinnigste Fernsehübertragung an, die ich je erlebt habe.

Der Mensch, der die Kamera bedient, ist offenbar ein Amateur, die Beleuchtung grottenschlecht. Aber der Livestream einer Stadtratssitzung ist ja auch nicht gerade ein Fritz-Lang-Film und daher *kann* er meinen cineastischen Ansprüchen gar nicht gerecht werden. Zumindest die Perspektive ist nicht schlecht: Am Bildrand entdecke ich Lilys ordentlich hochgebundenen Pferdeschwanz und ihre frisch gebügelte rosa Bluse.

»Das Votum, betreffend die Polizei von San Miguel und Polizeichef Thompson, wird in zwei Wochen stattfinden«, erklärt eine Stadträtin müde.

»Ich glaube nicht, dass ein Aufschub notwendig oder hilfreich ist«, wendet Fred Willets ein. »Wenn der Stadtrat heute kein Vertrauen in Chief Thompson hat, wird das in zwei Wochen auch nicht anders sein.«

»Darf ich Stadtrat Willets daran erinnern, dass die Zwei-Wochen-Frist gesetzlich vorgeschrieben ist und nicht zur Anwendung kommt, um ihn persönlich zu verärgern?« Mit jedem Wort, das die Stadträtin spricht, wirkt sie erschöpfter.

Fred Willets wirft ihr einen düsteren Blick zu, sagt aber nichts weiter.

»Wenn der Stadtrat Chief Thompson das Vertrauen entzieht«, fährt sie fort, »wird er auch seine Entlassung empfehlen.«

Das hatte Lily nicht erwähnt. Vielleicht wusste sie es nicht. Wenn das Misstrauensvotum gegen einen Polizeichef durchgeht, ist das kein symbolischer Akt: Er wird gefeuert.

Die Vorsitzende ordnet den Papierstapel vor sich. »Kommen wir zum nächsten Tagesordnungspunkt.«

Fred Willets hebt die Hand. »Ich möchte einen Antrag stellen ...«

Aber ich höre nicht mehr, was er sagt. Denn an dem erhobenen Arm, dem linken Arm, erhasche ich einen Blick auf eine goldene Uhr, die unter seinem Hemd hervorschaut und fast aussieht wie ...

Nein.

Nein.

Ich setze Asta schnell in sein Gehege, schnappe mir mein Handy und suche nach dem ersten Foto von Marco Vince, das Lily mir geschickt hat. Das Bild, auf dem er mit seiner Uhr protzt, seiner goldenen Uhr, auf die er offensichtlich so stolz war. Und von der die Person, die ihn umbrachte, wusste, dass sie sie besser einstecken sollte.

Ich untersuche das Zifferblatt, das Gelenkarmband, jedes kleine Detail, an dem man die Uhr identifizieren könnte. Dann fahre ich den Stream zurück und stoppe an der Stelle, an der Fred Willets' Uhr sichtbar wird. Es ist nur eine Sekunde.

Aber die reicht aus. Die Uhren sind identisch.

In meinem Kopf dreht sich alles. Mein Magen rotiert. Die Lungen verkrampfen sich.

Ich stütze mich am Bettpfosten ab und zwinge mein Gehirn zur Arbeit. Benutz deinen Verstand! Denk nach!

Fred Willets hat Marco Vinces Uhr. Er trägt Marco Vinces Uhr.

Er weiß, wer ihn umgebracht hat, oder er hat es selbst getan.

Aber warum sollte er so etwas tun? Es sei denn …

Er war Paul Vinces Partner. Paul Vince will seine Geschäfte auf San Miguel ausweiten und Fred Willets will Bürgermeister werden.

Cui bono? Wer profitiert?

Willets profitiert.

Wer profitiert, wenn in der Stadt die Kriminalitätsrate durch die Decke geht? Wer kann einen fantastisch hohen, einen astronomischen Anstieg der Verbrechensrate für seinen Wahlkampf nutzen?

Willets.

Wer profitiert davon, dass es Bagatelldelikte sind? Keine Überfälle, keine Gewalt, nichts, das die Leute in Panik versetzt und dazu verleitet, ihr Haus zu verkaufen. Kleinere Straftaten: Vandalismus, Diebstahl, Brandstiftung …

Keine Todesfälle. Kein Chaos. Gerade so viel Stress, dass die Leute Angst bekommen, so viel, dass sie sich einen starken Mann an der Rathausspitze wünschen, der dafür sorgt, dass ihr Auto nicht geplündert und ihr Geschäft nicht mit Graffitis besprüht wird.

Aber … O'Hara. Warum O'Hara? Willets hasst den Polizeichef, er hasst die Polizei.

Er hasst die Polizei. Aber er braucht sie auch.

Der Chief ist schon immer blind gewesen, er sieht nicht, was genau vor seiner Nase passiert. Das war damals so, als ich zehn war, und jetzt wieder, wo Willets ihn nach Lust und Laune manipuliert. Es muss jemand verhaftet werden, damit ein Verbrechen an die Öffentlichkeit gelangt, die Zeitung über das Urteil schreibt und Willets den Bericht in seiner nächsten Rede zitieren kann. Tess hatte recht, wie sie immer recht hat: Eine gute Story kann viel bewirken. Und Willets hat einen Weg gefunden, wie er die Story, die er braucht, in die Welt setzen kann.

Es ist, als hätten sich mein Gehirn und mein Körper aufgespalten. Während die Rädchen in meinem Kopf unablässig gerattert und die Punkte des Rätsels miteinander verbunden haben, waren meine Hände auf Autopilot: haben die Schuhe geschnappt und über die Füße gezogen, den Haustürschlüssel eingesammelt. Ich stecke gerade das Handy ein, als sich mein Gehirn wieder einklinkt und meinen Körper daran erinnert, dass ich es zu Hause lassen muss.

Die Ortung ist noch an, und ich möchte nicht, dass Dad erfährt, wo ich hingehe:

Ins Rathaus.

Meine Beine schmerzen und meine Lungen brennen von dem Sprint, den ich von zu Hause bis zum Rathaus zurückgelegt habe, aber das kümmert mich nicht weiter, denn ich nähere mich dem Höhepunkt, dem Ende, dem allerbesten Teil der Ermittlung.

Es ist der krönende Moment jeder Detektivgeschichte, und die darf man nicht mit einem Film noir verwechseln, auch wenn es Überschneidungen geben kann: Der Detektiv versammelt alle Beteiligten – Verdächtige, Helfer und Polizisten – und entlarvt den Mörder. Er legt bis ins Detail dar, wie das Verbrechen begangen wurde, und macht klar, dass der Verbrecher fast damit davongekommen wäre. Dass er straflos geblieben wäre, wenn er den Detektiv nicht unterschätzt hätte. Das war ein fataler Fehler. So ist das immer.

Auf der Rathaustreppe nehme ich mir drei Sekunden Zeit, keine Sekunde länger, um mir den Schweiß von der Stirn zu wischen und wieder zu Atem zu kommen. Einatmen, ausatmen. Einatmen, ausatmen. Einatmen, ausatmen. Wenn ich in den Ratssaal gelangen will, darf ich nicht auffallen. Ich muss mit dem Hintergrund verschmelzen, ehe ich das Scheinwerferlicht anknipsen kann.

Ich mache mich groß, aber nicht zu groß, und gehe schnell, aber nicht zu schnell durch die Eingangstür, vorbei am Metalldetektor und an dem gelangweilten Wachmann, der ganz und gar mit seiner Chipstüte beschäftigt ist, durch den Gang, den Schildern zum Ratssaal folgend.

Mein Leben ist vielleicht kein Film noir, aber heute darf

ich wie Nick Charles in *Der dünne Mann* klug und witzig sein, immer auf der richtigen Spur. Ich kann die Person sein, die den Fall vor allen anderen ausbreitet und löst.

RATSSAAL – INNEN – HALBDUNKEL, ABER MIT KÜNSTLICHER BELEUCHTUNG, ALSO WAS SOLL'S.

NAMENLOSE STADTRÄTIN

Das Komitee »Rettet unsere Straßen« schlägt für die Polizeiarbeit eine Ausgabensteigerung vor. Angesichts des jüngsten Anstiegs der Fälle von Einbruch, Vandalismus ...

GIDEON (m, 16, angehender Lokalheld) platzt in den Saal.

GIDEON

Und Mord!

NAMENLOSE STADTRÄTIN

Äh ...

NAMENLOSE STADTRÄTIN NR. 2

(schaltet sich ein)

NAMENLOSE STADTRÄTIN NR. 2

Der Tagesordnungspunkt »Fragen der Bevölkerung« wurde noch nicht aufgerufen ...

GIDEON

Ein Mann wurde in der Clownfisch-Brauerei kaltblütig ermordet.

LILY (w, 16, aus unergründlicher
Ursache zutiefst entsetzt)
Oh mein Gott. Oh mein Gott ...
GIDEON
Und der Mörder sitzt heute hier
im Saal. Er sitzt an diesem
Tisch.
Die Kamera schwenkt zum
Ratstisch.
GIDEON
Dieser Mörder ist sehr
clever. Er wollte vielleicht
nicht töten, aber als es
geschah, dachte er sich schnell
einen Plan aus, wie er alles
vertuschen konnte. Ist es
nicht so, Mr Willets?
Die Kamera schwenkt auf FRED
WILLETS (blond, Mitte vierzig,
Mörder)
NAMENLOSE STADTRÄTIN (zum
KAMERAMANN)
Jordan, beenden Sie den Stream.
Beenden Sie den Stream!
GIDEON
Er hat alles genau geplant. Man
kann einen Bürgermeister-Wahl-
kampf ja wohl kaum besser an-
kurbeln als mit einem Kreuzzug
gegen das Verbrechen und einer
Kampagne für mehr Sicherheit

auf den Straßen. Das einzige
Problem war, dass es nicht
genug Verbrechen gab. Einen
weniger ehrgeizigen Mann
hätte das aufgehalten, nicht
aber Fred Willets.

NAMENLOSE STADTRÄTIN
Rufen Sie die Security!

GIDEON
Und so hat er sich mit den Bos-
sen der Kleinkriminellenszene
und des einschlägigen Milieus
in der Stadt verschworen, um
eine Verbrechenswelle in Gang
zu setzen. Mithilfe von Männern
wie Paul Vince und Charlie ...
Barmann Charlie, die ihre An-
gestellten und ihre Kundschaft
mit vorab geplanten Bagatelldelikten ins Messer laufen lie-
ßen. Und die Zeitungsberichte
über die Einbrüche und Brand-
stiftungen haben Willets'
ständige Rede über den Nieder-
gang der Stadt erhärtet.

NAMENLOSE STADTRÄTIN
Junger Mann – entschuldigen
Sie, junger Mann, die Security
wurde gerufen! Sie müssen ...

GIDEON
Aber warum haben Sie Marco

Vince umgebracht? Er wollte doch
nur seinen Anteil, Mr Willets.
Er hatte Beweise für
die Verschwörung und wollte ein
bisschen was abschöpfen, war
es nicht so? Wie viel hat er
gefordert? Für Sie war es
jedenfalls zu viel. Er bat um
ein Treffen, und Sie haben Ihre
eigene Brauerei vorgeschlagen,
denn die ist abgelegen, da
kommt niemand zufällig vorbei.
Ein Ort, an dem Sie sich sicher
fühlten. Und als er drohte, Sie
zu erpressen, haben Sie ihn
umgebracht.
NAMENLOSE STADTRÄTIN
Wo zum Teufel bleibt Mark?
(Resigniert.) Na gut, rufen Sie
ihn noch mal, das ist ja völlig
irre hier, das ist ...
LILY
Gideon! Mensch, hör auf!
GIDEON
Ich glaube nicht, dass es Absicht war. Wenn es Absicht war,
wäre es sauberer abgelaufen,
durchdachter. Aber der Mann war
tot und Sie hatten ein Problem.
Sie wussten von seinem Drogenkonsum, und siehe da, er hatte

auch etwas dabei. Also haben
Sie das Ganze aussehen lassen
wie eine Überdosis, und weil
Sie nicht wollten, dass er allzu schnell identifiziert wird,
haben Sie ihm die Kreditkarten
weggenommen, den Führerschein –
und seine Uhr. Die Uhr, die Sie
am linken Handgelenk tragen.
Fast wären Sie damit durchge-
kommen. Fast hätten Sie ihr
Leben einfach als freier Mann
weitergelebt. Aber Sie waren
sich Ihrer Sache zu sicher.
Und deshalb konnten Sie nicht
widerstehen und haben eine
Trophäe mitgenommen.

Das ist eine Bombe. Und sie ist gerade hochgegangen.

Ich hole tief Luft und warte auf die unvermeidliche Reaktion. Dass Fred Willets schuldbewusst alles zugibt oder
dass er sich wütend, aber vergeblich gegen die Anschuldi-
gungen zur Wehr setzt. Er muss nur reagieren.

Aber Fred Willets wirkt nicht wütend. Er wirkt nicht einmal eingeschüchtert. Er wirkt … belustigt.

Da stimmt was nicht.

Das müsste völlig anders laufen.

»Bist du fertig?«, fragt er, und sein lässiger Ton erschüttert mich mehr, als wenn er mich angebrüllt hätte. »Ich will
dich nicht unterbrechen, ehe du alles gesagt hast.«

»Ich bin …«, stottere ich. »Ich bin fertig. Und Sie können das nicht abstreiten, oder, Mr Willets?«, frage ich mit zittriger Stimme.

Fred Willets lächelt. Das läuft nicht nach Drehbuch.

»Komm mal her.« Er winkt mich heran.

»Fred!«, ruft die Frau neben ihm erschrocken, doch er geht nicht darauf ein.

»Reg dich nicht auf, Sheila, das ist doch noch ein Kind.« Willets deutet auf mich. »Komm mal zu mir hoch.«

Langsam, vorsichtig wie ein Fuchs in fremdem Revier, schleiche ich zur Mitte des Ratssaals und bleibe direkt vor Fred Willets stehen.

»Als Kind hatte ich eine unbändige Fantasie«, sagt er. »Du würdest dich wundern – oder vielleicht auch nicht. Ich habe mir ganze Welten ausgedacht, wusste genau, wie in diesen Welten alles abläuft, und es gab keine Überraschungen, weil ich ja die Regeln aufstellte.«

Hinter mir öffnen sich wieder die Schwingtüren und der Wachmann stolpert keuchend in den Saal. Als er mich vor dem Ratstisch stehen sieht, fixiert er mich mit stechendem Blick.

»Du«, sagt er. »Komm mit.«

Doch Fred Willets hebt abwehrend eine Hand. »Nein, alles in Ordnung, Mark. Noch einen Moment.« Er wendet sich wieder mir zu. »Das Problem war, dass diese Welten für mich zu real waren. Verstehst du? Ich habe anderen von meinen ausgeklügelten Fantasien erzählt und nicht verstanden, warum sie nicht daran glaubten. Oder jedenfalls nicht so wie ich. Das lag daran, dass mein Gehirn die erfundenen Geschichten mit der Realität verwechselte.«

Man muss kein Genie sein, um zu erkennen, was für eine Parallele er da zieht. Aber ich fantasiere hier ja kein Märchenland mit Einhörnern und Drachen zusammen. Meine Geschichte ist real, und ich habe recht, ich muss recht haben, denn wenn nicht …

»Irgendwann habe ich mich damit arrangiert. Ich habe mich nicht mehr von der Fantasie vereinnahmen lassen und mich stattdessen auf die Welt konzentriert, in der ich lebe. Darauf, wie ich diese Welt verbessern könnte. So bin ich hier gelandet.«

Oh Gott! Nun wird mir klar, dass er mich benutzt. Deshalb hat er mich nicht gleich vor die Tür setzen lassen, sondern mich zu sich gewunken: Er benutzt meine Aktion für seinen Wahlkampf. Ich zerstöre ihn nicht, das wird er nicht zulassen. Er dreht den Spieß einfach um.

Und das tut er, weil er sich absolut sicher ist.

Weil er sich absolut sicher ist, dass ich nichts gegen ihn in der Hand habe.

Er weiß etwas, das ich nicht weiß.

»Aber …« Ich atme scharf ein. »Sie – Sie haben …«

»Es ist die Uhr, stimmt's?« Er hebt die Hand und zeigt mir das goldene Zifferblatt. »Darum dreht sich alles. Daran machst du dieses wilde Gedankengebäude fest, das du dir in deinem Kopf zusammengezimmert hast. Alles dreht sich um die Uhr.« Er legt eine kurze Pause ein. »Korrekt?«

Er weiß etwas, das ich nicht weiß. Und ich glaube, ich werde es gleich erfahren.

»Komm schon, du hattest doch vorhin so viel zu sagen. Was ist jetzt anders? Merkst du etwa, dass deine Fantasie mit dir durchgegangen ist?«

Nein, will ich sagen. *Ich bin nur nicht bescheuert. Ich merke doch, was Sie da treiben, und es wäre ein Fehler zu antworten.*

Er zieht den Moment in die Länge, indem er bedächtig den Verschluss des Uhrenarmbands löst.

»Das ist die Uhr eines Toten.« Er hält sie hoch. »Dir zufolge. Und ich will sie dir zeigen.«

Dann hält er sie mir lächelnd hin. Wie ein Geschenk. Oder wie eine Trumpfkarte.

Ich mache noch einmal drei Schritte – ich zähle sie einzeln –, und er lässt die Uhr in meine offene Hand fallen. Als Erstes drehe ich sie um. Dem Lächeln nach, das sich über sein Gesicht ausbreitet, hat er damit gerechnet.

Es könnte neu sein, rede ich mir ein. *Er könnte es auch erst letzte Woche gemacht haben.* Aber das stimmt nicht und ich weiß es. Diese Gravur ist nicht neu. Sie ist glatt und abgenutzt vom jahrelangen Tragen, genau wie die Uhr selbst.

»Na los«, sagt Willets. »Sag den Leuten, was da steht.«

»›Für Fred‹«, lese ich. »›In Liebe. Mom.‹«

Kapitel 22

»Sie müssen mich nicht hinter sich herziehen«, sage ich dem Wachmann, der mich durch den Flur zum Haupteingang zerrt. »Merken Sie nicht, dass ich freiwillig mitkomme?«

Der Klassiker: Er hat meinen Mantelkragen zusammengeballt in der Faust. Wenn ich wollte, könnte ich einfach aus den Ärmeln schlüpfen und den Mantel zurücklassen. Er reagiert nicht.

»Oder ist das etwa ein Bonus in Ihrem Job, dass Sie Leute durch die Gegend zerren dürfen?«

Eins seiner Augen zuckt. »Ein Komiker.«

»Danke.«

»Mal sehen, wie komisch du es findest, wenn die Polizei kommt.«

Bei diesen Worten rotiert mein Magen. »Warten Sie, nein …«

»Oh ja«, sagt er.

»Ich gehe auch«, verspreche ich ihm. »Ich gehe sofort durch diese Tür, und Sie sehen mich nie wieder, Sie brauchen nicht die Po…«

»Gideon Green?«, sagt eine beklagenswert vertraute Stimme hinter uns.

Und ich dachte, dieser Tag könnte nicht noch schlimmer werden.

Der Wachmann dreht sich um und mich gleich mit. Vor uns steht, wie ich es schon erwartet habe …

»Deputy Chief Garcia«, sagt der Wachmann. Er deutet mit einem Nicken auf mich. »Sie kennen ihn?«

»Wir sind uns schon begegnet.«

»Zweimal«, sage ich.

»Zweimal«, bestätigt er.

»Was denn, ist Ruhestörung so eine Art Hobby von dir?«, fragt der Wachmann.

»Das war mein erstes Mal«, sage ich. »Ich glaube, ich verlege mich wieder aufs Stricken.«

»Warten Sie«, mischt sich Garcia ein. »Ruhestörung? Wie denn?«

»Er ist in die Stadtratssitzung gestürmt und hat …«

Gestürmt. Bei ihm klingt das wie die Landung der Alliierten in der Normandie.

»… hat so verrücktes Zeug gefaselt, dass Willets – Sie kennen Willets, oder?«

»Ja.«

»Tja, also, dass da eine große Verschwörung am Laufen ist und Willets Leute bezahlt hat, damit sie krumme Dinger drehen, und dass er sogar einen Typen umgebracht und ihm die Uhr geklaut hat.«

Garcia starrt auf mich hinab. Er schüttelt den Kopf. »Sie machen Witze.«

»Nein«, sagt der Wachmann. »Genauso war es.«

Garcia wendet den Blick nicht von mir ab. »Ich habe dir doch gesagt, du sollst dich da raushalten, oder nicht?«

Ich schaue auf meine Schuhe und schweige.

»Wissen Sie, was? Mark, ich übernehme ihn«, sagt Garcia, und ich hebe ruckartig den Kopf.

»Wirklich?« Der Wachmann klingt so überrascht, wie ich mich fühle.

»Ja, ich wollte sowieso gerade gehen, und der Bursche ist so eine Art Dauergast, daher …«

Unwillig lässt Wachmann Mark mich los. Nicht weniger unwillig streiche ich mir den zerknautschten Mantelkragen glatt und schließe mich Garcia an. Er deutet auf den Haupteingang, lässt mich aber selbstständig aus dem Rathaus gehen.

Auf dem Weg zum Parkplatz frage ich: »Was meinten Sie mit Dauergast?«

»Das sind Leute, die das ganze Polizeirevier kennt, weil sie immer wieder auf dem Rücksitz eines Polizeifahrzeugs landen.«

»Ich finde, das ist eine Übertreibung.«

»Ich finde, du solltest einfach mal still sein.«

Also halte ich den Mund.

Doch die Stille nagt an mir. In jeder Sekunde, die ich schweige, spielt sich in meinem Kopf ein erbarmungsloses Trommelfeuer ab: *Du hattest unrecht, du hast es vergeigt, du hast es total verbockt.* Bis ich es nicht mehr aushalte und herausplatze:

»Wollen Sie mir gar nicht sagen, warum Sie mich verhaften?«

»Würde ich«, sagt er, »wenn ich dich verhaften würde.«

»Na gut, festhalten, was auch immer.«

»Ich halte dich nicht fest. Es ist auch gar keine Ruhestörung, wenn man eine Stadtratssitzung unterbricht. Auch wenn du einen Staatsdiener des Mordes bezichtigt hast.«

»Dann …«

»Ich bringe dich zu deinem Dad. Soll der sich um dich kümmern.«

Das ist gleichzeitig die schlimmste Nachricht des gesamten Tages und das Beste, worauf ich hoffen konnte. »Ja, okay.«

Er sieht mich überrascht an. »Einfach so? Diesmal ohne stundenlanges Mauern?«

Ich schüttele den Kopf.

Auf dem Parkplatz öffnet Garcia die hintere Tür seines Polizeiautos, und als ich mich angeschnallt habe, sagt er: »Wie wäre es, wenn du deinen Dad anrufst, damit wir wissen, wo er ist?«

»Ich habe mein Handy nicht dabei.«

»Ein Teenager ohne Handy.« Er schüttelt den Kopf. »Du bist wirklich ein Spezialfall.«

»Ich musste es zu Hause lassen, weil er es hin und wieder ortet.« Ich überlege. »Das hätte ich Ihnen besser nicht sagen sollen.«

»Ist er eher zu Hause oder im Restaurant?«

Ich schaue auf die Uhr am Armaturenbrett. Fast sechs Uhr abends. »Im Restaurant.«

»Flores Street, stimmt's?«

Ich nicke elend. Das wird ätzend.

»Sie glauben also nicht, dass ich etwas damit zu tun habe?«, frage ich. Kann er eigentlich nicht, wenn er mich nur in den Gewahrsam eines Elternteils übergibt.

»Ich habe nie geglaubt, dass du jemanden umgebracht hast, wenn du das meinst. Ich dachte eher, du wüsstest mehr, als du gesagt hast.« Er zuckt mit den Achseln. »Aber wenn sich deine Theorie um Willets gedreht hat, habe ich dein Wissen wohl überschätzt.«

Ich warte kurz, ehe ich frage: »Was meinen Sie denn, wer ihn ermordet hat?«

»Glaubst du wirklich, ich habe vor, das mit dir zu besprechen?«

»Nein, aber …«

»Ich kann nur sagen, dass wir Spuren verfolgen. Und davon gibt es jede Menge.«

»Wegen seinem Dad.«

Er seufzt. »Das weißt du natürlich.«

Es stand sogar in der Zeitung. Das ist nicht einmal Detektivarbeit, ich habe es nur gelesen.

»Aber ich frage mich schon die ganze Zeit, ob es das wirklich ist«, füge ich hinzu. Garcia sagt nichts. »Ob er umgebracht wurde, weil er der Sohn seines Vaters war. Ich dachte, vielleicht hatte es eher damit zu tun, wer *er* war.« Er schweigt immer noch und einen Moment lang schweige auch ich. »Ich frage mich, ob er gestorben ist, weil er dauernd nur Scheiße gebaut hat.«

»Wie bitte?«

Ich weiß nicht, ob ihn der Kraftausdruck stört. »Er war doch total verkorkst, wurde wegen Trunkenheit verhaftet und solchen Sachen, hatte ein Drogenproblem, bekam nicht mal den Möbelladen in den Griff, obwohl der von Anfang an nur für die Geldwäsche genutzt wurde.«

Noch ein Seufzer. »Das weißt du natürlich auch.«

»Da habe ich mich gefragt, ob er vielleicht deswegen sterben musste. Weil er so leichtfertig und dumm war und die ganze Situation letztlich selbst heraufbeschworen hat. Oder …« Und über diese Theorie denke ich nicht gern nach. Aber es muss sein. »… oder weil sein Dad es zugelassen hat.«

Garcia zuckt zusammen. »Um Himmels willen. Nicht einmal Vince würde seinen eigenen Sohn opfern.«

»Ich spreche nichtd von einem Opfer«, sage ich. »Ich meine, es könnte doch sein, dass es ihm egal war, ob er seinen Sohn in Gefahr bringt. Vielleicht hat er alles laufen lassen, weil er es so satthatte, sich mit dem Söhnchen herumzuschlagen, das ihm nichts als Ärger einbrachte. Dem Versager, der sich sowieso nie nützlich machen, nie das Familienunternehmen übernehmen würde.«

»Unternehmen? Das ist ein Verbrechersyndikat.«

»Er könnte doch befürchtet haben, dass er Tag für Tag von ihm enttäuscht werden würde, eine ständige ... *Niederlage.*«

»Junge«, sagt Garcia leise. »Gideon – hör auf. Das ist ... hör auf.«

Aber ich kann nicht. »Nein, ich meine, eine echte Niederlage, weil er eine Vorstellung davon hatte, was aus seinem Sohn einmal werden sollte, und die einfach nicht eintraf. Seine Erwartungen wurden nicht erfüllt. Und als er merkte, dass er nie den Sohn haben würde, den er sich wünschte, war das eine Niederlage, ein Verlust. Er verlor die Zukunft, die er sich vorgestellt hatte.« Ich schlucke. »Er hat sie gleich zweimal verloren.«

Es ist still. Jetzt kann auch ich still sein. Es ist, als hätte ich jedes Wort, das ich in mir hatte, ausgespuckt. Und wäre leer.

Straßen und Gehsteige und Häuser verschwimmen, während ich durch die Windschutzscheibe schaue, und deshalb merke ich nicht gleich, dass Garcia falsch abgebogen ist. Ich warte einen Moment, dann noch einen und noch einen, ob er seinen Fehler erkennt. Aber ... nichts. Er fährt nur weiter.

Scheiße. *Scheiße.* Er bringt mich doch wieder aufs Revier. Ich muss etwas gesagt haben, das ihn veranlasst, mich noch einmal zu befragen. Vielleicht hat er es sich auch anders überlegt und will mich eine Weile in die Zelle sperren, nur um sicherzugehen, dass ich nie wieder in eine Stadtrats-sitzung platze.

Als könnte ich das. Dieser Fall ist tot. Und ich würde es sowieso nicht noch einmal tun. Die Leute da waren die reinsten Schlaftabletten.

»Wo bringen Sie mich hin?«, frage ich.

»Wohnt ihr nicht in der Daybreak Street?«

Ich blinzle erstaunt. »Ja.«

»Da bringe ich dich hin.«

Ich kapiere es nicht. Ist ihm das Verde doch zu weit? Das wäre unsinnig, denn es liegt näher am Polizeirevier als unser Haus. Und wenn er vorhat, sich mit Dad zu treffen, warum ruft er ihn nicht vom Auto aus an?

Als Detektiv bin ich heute nicht gerade in Topform.

Garcia räuspert sich. »Du befasst dich gern mit Rätseln. Soweit ich gesehen habe – und der Chief hat es mir auch erzählt –, bist du geradezu besessen davon.«

»Besessen« klingt gleich so negativ. Könnte nicht mal jemand einfach »begeistert« sagen?

»Ich habe als Kind auch gern Rätsel gelöst«, fährt er fort. »Weniger Detektivisches, sondern eher … Denkaufgaben, könnte man wohl sagen. Das hat mir Spaß gemacht.«

Für meinen Geschmack recht bescheiden, aber das reibe ich ihm natürlich nicht unter die Nase.

»Ich hatte Spaß daran, Sachen auszutüfteln. Und dafür musste man immer erst mal vergessen, was man wusste.«

»Wie meinen Sie das?«, frage ich.

»Die eigenen Vorurteile. Vorgefasste Meinungen. Man durfte nichts auf scheinbare Wahrheiten geben und musste stattdessen darauf achten, was man da tatsächlich vor sich hatte. Es konnte zum Beispiel vorkommen, dass ich, wenn in einer Denksportaufgabe ein Arzt erwähnt wurde, gleich an einen Mann dachte. Aber war das wirklich gemeint? Nein. Es war nur meine Annahme.«

»Ich würde das nicht annehmen.«

»Tja. Hut ab vor der neuen Generation.«

»Na ja, mein Arzt ist eine Ärztin und heißt Carolyn, deshalb …«

»Ich will damit sagen, dass man erst herausfinden muss, welche Annahmen man hat, und sich dann eine Welt vorstellt, in der diese Annahmen nicht stimmen.«

»Tun das nicht alle Detektive? Analysieren sie nicht unvoreingenommen den Tatort, betrachten ihn aus verschiedenen Perspektiven?«

»Und das liegt dir«, sagt er. »In der Clownfisch-Brauerei bist du genauso vorgegangen.«

»Ich habe es versucht.«

Er hält kurz inne. »Machst du das auch mit anderen Leuten?«

»Meinen Sie … Verdächtige?«, frage ich verwirrt.

»Nein«, sagt er. »Ich meine Leute.«

Ich schüttele den Kopf und gebe, wenn auch ungern, zu: »Ich verstehe nicht, was Sie meinen.«

»Auch Menschen können einem Rätsel aufgeben. Können verwirrend, kompliziert sein, ein wirres Knäuel aus Gefühlen und Motivationen und Verhaltensweisen, und nichts davon ist logisch. Für dich jedenfalls nicht. Weil du ja auch in einem solchen Knäuel verheddert bist, nur wieder anders.«

Wir haben mittlerweile vor meinem Haus gehalten, doch er redet weiter. Und ich höre weiter zu.

»Was tust du, um ein Rätsel zu lösen?«, fragt er. Da ich

merke, dass es eine rhetorische Frage ist, bleibe ich die Antwort schuldig. »Du lässt alles beiseite, was du zu wissen glaubst. Du bemühst dich zu erkennen, was du tatsächlich vor dir hast. Aber du musst auch zulassen, es zu sehen.«

Ich dachte immer, ich könnte Dinge besser sehen als andere. Aber vielleicht stimmt das gar nicht. Vielleicht habe ich manche Perspektiven noch nie ausprobiert. Weil ich mir meiner selbst so sicher war.

»Verstehst du, was ich sagen will?«

»Ich weiß es nicht genau«, sage ich schlicht und ehrlich.

»Manchmal ist das gut.« Er gibt mir ein Zeichen auszusteigen. »Wenn man nicht alles genau weiß.«

Kaum habe ich mich in mein Zimmer geschleppt, den noch immer laufenden Fernseher ausgeschaltet und mich aufs Bett geworfen, klingelt es an der Haustür.

Weil ich hoffe, dass es nur der Postbote ist, der ein Päckchen ablegt, ignoriere ich das Klingeln.

Aber es schellt wieder. Und dann unerbittlich noch einmal, so als würde jemand seine Wut an unserer Klingel auslassen.

»Hi«, sage ich, als ich die Tür öffne.

Lily starrt mich böse an, eine Hand noch auf dem Klingelknopf, die andere umklammert mit eiserner Faust den Riemen ihrer Tasche. »Das ist alles, was du zu sagen hast? Hi?«

»Ich denke mal, das sagen die meisten Leute, wenn sie die Tür öffnen«, erwidere ich.

»Die meisten Leute«, wiederholt sie so ruhig, dass es mir Angst macht. »Na gut. Dann will ich dir mal sagen, was die meisten Leute tun, denn ich glaube, du weißt es nicht.«

»Warte mal, ich …«

»Die meisten Leute würden ihre Freundin warnen, wenn sie vorhaben, einen Verbrecher auffliegen zu lassen, hinter dem sie schon seit Monaten her ist. Die meisten Leute würden vorher ihre Meinung einholen.« Ihre Stimme wird mit jedem Wort lauter. »Die meisten Leute würden ihr von der großartigen Lösung, die sie gefunden haben, erzählen, ehe sie es vor dem gesamten Stadtrat und im Fernsehen rausposaunen!«

Ich schlucke. »Ich … glaube, die meisten Leute kommen gar nicht in so eine Situation.«

»*Du* hättest nicht in diese Situation kommen dürfen!«

»Kannst du bitte aufhören, mich anzubrüllen?«

»Nein!«

Ich öffne die Tür etwas weiter. »Kannst du dann wenigstens drin weiterbrüllen?«

»Na gut!«

Sie stapft in den Flur, lässt die Tasche fallen und legt wieder los, kaum dass ich die Tür geschlossen habe.

»Ich finde es einfach unerhört, was du dir da geleistet hast! Das ist alles, was ich im Moment denken kann: Das ist absolut unerhört …«

»Ich dachte, ich hätte die Lösung.«

»Auf welcher Grundlage? Der Uhr?«

»Es war nicht nur die Uhr, es deutete einfach alles in die Richtung: Ihm gehört die Brauerei, er hat kurze blonde Haare, genau wie die, die wir auf Marcos Jacke gefunden haben, und er hatte gute Gründe, sich einen Anstieg der Kriminalitätsrate zu wünschen …«

»Aber er war nicht einmal hier!«

Ich horche auf. »Was?«

»In der Nacht, in der Marco Vince ermordet wurde, war Fred Willets gut hundertfünfzig Kilometer weit weg in Palo Alto und nahm an einem Wohltätigkeitsdinner für die Krebsforschung teil. Es wurde darüber berichtet. Es gibt Bilder davon.«

Wenn ich auch nur ein Fünkchen Hoffnung gehabt habe, ist es jetzt verpufft.

»Wie hast du …?«

»Ich recherchiere«, faucht sie. »Und wenn du mir deine Theorie verraten hättest, hätte ich dir sagen können, dass sie falsch ist.«

Ich dachte, noch mieser könnte ich mich heute nicht mehr fühlen. Aber Lily legt wie immer noch eins drauf. Das hätte alles nicht passieren müssen. Das wäre alles nicht passiert, wenn ich vorher auch nur eine Sekunde nachgedacht hätte.

»Es tut mir leid«, sage ich. »Ehrlich. Ich dachte wirklich, ich hätte den Fall gelöst.«

»Aber du hast mich nicht einmal angerufen! Es war dir völlig egal. Du bist einfach in eine Sitzung geplatzt – obwohl du wusstest, dass ich dort war – und hast alles vergeigt.«

Ich schaudere, denn … sie hat recht. »Ich wollte nicht …«

»Nein, du wolltest den fiktiven Detektiv aus dem frei erfundenen Film spielen und den Fall aufklären, damit du der große Held sein kannst. War es nicht so?«

Ich wende den Blick ab.

»War es nicht so?«, fragt sie noch mal.

»Ich hätte deinen Anteil erwähnt«, sage ich, ohne ihren Verdacht zu bestätigen, aber auch ohne zu lügen. »Ich stand kurz vor der Auflösung und dachte, wenn die Leute sehen, dass ich recht habe …«

»Es geht nicht um meinen Anteil! Du hast alles ruiniert, was ich mit viel Mühe erarbeitet habe, und das nur wegen deinem bescheuerten Ego!«

»Lily, es war keine Absicht …«

»Es war peinlich für dich«, sagt sie. »Und es war peinlich für mich.«

Bei diesen Worten macht in meinem Kopf etwas klick. Als würde ein Zahnrad aus einem Getriebe springen.

»Darum geht es, ja?«, frage ich.

»Worum?«

»Dass es peinlich für dich war.«

Wie ein Zahnrad, das herausspringt und das ganze Getriebe zerschmettert.

»Du hast mich aus meiner eigenen Recherche rauskatapultiert«, sagt sie, »und du hast völlig planlos …«

»Aber es geht um die Blamage«, sage ich. »Das ist der Punkt, mit dem du überhaupt nicht zurechtkommst.«

»Ich habe keine Ahnung, was du …«

»Unsere Freundschaft war zu Ende, als du dich wegen mir geschämt hast.«

Zum ersten Mal, seit ich ihr die Tür geöffnet habe, fällt Lily nichts ein. Aber nur eine Sekunde lang. Sie war noch nie auf den Mund gefallen.

»Es ist normal, dass sich Freunde auseinanderentwickeln«, sagt sie. »Neue Freunde finden. Besonders in der Mittelschule.«

Wir haben uns nicht auseinanderentwickelt.

Sie hat mich kaltgestellt. Hat mich aufs Abstellgleis gesetzt.

»Na gut. Dann sage ich dir mal, was normal ist«, bricht es aus mir heraus, »weil du es offenbar nicht weißt.«

»Oh Gott …«, stöhnt sie, denn sie hat das alles schon längst abgehakt. Ich nicht. Und ich werde gerade erst warm.

»Es ist nicht normal, dass meine beste Freundin in die Sommerferien fährt und, als sie zurückkommt, nichts mehr mit mir zu tun haben will. Es ist nicht normal, dass der Mensch, mit dem ich jeden Tag verbracht habe, mich in der Schule plötzlich ignoriert und nicht sagt, warum. Es ist, verdammt noch mal, nicht normal, Mia McElroy mit der Botschaft zu schicken, dass meine beste Freundin nichts mehr mit mir zu tun haben will, ja, dass sie mich nie wiedersehen will!«

»Ich wusste nicht, dass sie das gesagt hat.« Lily verzieht den Mund. »Ich habe sie nie gebeten, das zu sagen.«

»Es spielt überhaupt keine Rolle, wie sie es gesagt hat – du hast mich abserviert!«

»Und ich weiß, das war schrecklich von mir!«

»Wirklich?«

»Natürlich.«

»Dann ist es komisch, dass du dich nie dafür entschuldigt hast.«

Lily verschränkt die Arme vor der Brust. Will sie sich schützen? Oder verteidigen? Keine Ahnung.

»Aber ich habe es doch wiedergutgemacht«, sagt sie. »Ich weiß ja, ich habe dich gekränkt, aber habe ich es denn nicht gutgemacht?«

Ich schnaube. »Wie denn?«

»Ich habe dich in meine Recherche eingeweiht, habe dich mithelfen lassen. Ich habe dich in die Redaktion gebracht …«

Ich wende mich ab, weil mich das bis ins Mark trifft. So

wie sie das sagt, klingt es wie ein Almosen. »Tu doch nicht so, als hättest du mir einen Riesengefallen getan.«

»Wenn ich nicht gekommen wäre, würdest du immer noch Schwarz-Weiß-Filme gucken, statt dich mit dem richtigen Leben zu befassen.«

Ich wirble zu ihr herum. »Du hast das nicht für mich getan. Du hast es für dich getan.«

Sie tritt einen Schritt zurück. »Was?«

»Du hast das nicht aus Herzensgüte gemacht. Ich glaube nicht einmal, dass dein schlechtes Gewissen etwas damit zu tun hatte. Du brauchtest etwas von mir. Hast mich helfen lassen, was für ein Schwachsinn. Ohne mich wärst du in dieser Recherche noch keinen Schritt weiter.«

»Ach was, ohne denjenigen, der das Ganze in der Stadtratssitzung gerade in den Sand gesetzt hat? Ja, was würde ich nur ohne dich tun?«

»Du hättest recherchiert und dir in deinem bequemen Zimmer Statistiken angeschaut und nichts erreicht. Du betonst immer, wie ehrgeizig du bist, und wahrscheinlich stimmt das auch. Aber ich kenne dich seit deinem sechsten Lebensjahr, und deshalb weiß ich, dass du es dir grundsätzlich einfach gemacht machst.«

»Hör auf.«

»Du gehst schon seit der siebten Klasse den Weg des geringsten Widerstands. Damals hast du dir ausgerechnet, dass es einfacher ist, nicht mehr mit mir zu reden, als dich mit dem Horror eines uncoolen Freundes herumzuschlagen!«

»Ich habe dir die Freundschaft nicht aufgekündigt, weil du nicht cool warst«, blafft Lily zurück. »Ich habe sie aufgekündigt, weil du ein Idiot warst.«

Nun bin ich es, der einen Schritt zurückweicht.

»Weißt du eigentlich, wie das ist, sich ständig wie die Handlangerin des großen Zampano zu fühlen?«, sagt sie.

»Nein. Natürlich nicht. Du warst in deiner Geschichte schließlich immer die Hauptfigur.«

Das stimmt doch gar nicht. Oder doch? Habe ich ihre Hilfe selbstverständlich vorausgesetzt, weil ich mich für wichtiger hielt? Das kann nicht sein. Ist ja nicht meine Schuld, wenn sie an eine Lüge geglaubt hat, die sie sich selbst ausgedacht hat.

»Wir waren Partner«, sage ich.

»Nein, Gideon, wir waren keine Partner. Wir waren Kinder, die Detektiv gespielt haben, und eine Weile hat das Spaß gemacht. Mir hat es Spaß gemacht, bis mir klar wurde, für wie viel klüger du dich gehalten und wie wenig du dich um meine Gedanken geschert hast.«

»Das ist nicht wahr.«

Da sieht mir Lily in die Augen und ihr Blick ist steinhart und gekränkt. »Es ist immer noch wahr.«

Nein! Oder? Ich weiß doch, was wahr ist und was nicht. Oder?

»Du hättest es mir sagen können. Du hättest mit mir reden können. Aber das wäre schwierig gewesen, stimmt's? Für dich war es leichter, mich einfach in die Wüste zu schicken.«

»Ich wusste nicht, was ich tun sollte, ich war noch ein Kind! Wir waren beide noch Kinder. Du bist sauer auf jemanden, den es gar nicht mehr gibt.«

Sie kann sich doch nicht damit herausreden, dass sie älter geworden ist. Auch wenn sie erst zwölf war: Was sie getan hat, hat sie getan.

»Du hast dir doch nur dasselbe in etwas cooler einge-handelt.«

»Cooler …?«

»Willst du mir etwa erzählen, dass Mia dir zuhört? Dass sie dich nicht wie eine Handlangerin behandelt?«

Lily beißt sich auf die Lippe, sagt aber nichts.

»Tu nicht so, als hättest du mich abserviert, weil ich ein Idiot war, wo du dir doch gleich eine viel schlimmere Idi-otin angelacht hast. Tu nicht so, als wäre das der einzige Grund.«

Sie beißt sich so fest auf die Lippen, dass sie weiß wer-den, sagt aber immer noch nichts.

»Ich werde immer der sein, der ich bin. Ich werde immer toll finden, was ich eben toll finde, auch wenn es sonst nie-mand verstehen kann. Ich werde mich immer so anziehen, wie ich es will, auch wenn alle anderen mich blöd anstar-ren.« Ich schlucke schwer. »Und ich habe es satt, mir ein schlechtes Gewissen zu machen oder … mir wie ein Frem-der vorzukommen, nur weil mich andere nicht so mögen, wie ich bin!«

»Das ist nicht …«

»Nur weil du dich geschämt hast, war ich noch lange kein Blödmann.« Ich hole tief Luft. »Das hat nur gezeigt, wie oberflächlich du bist.«

»Gott.« Als sie blinzelt, laufen ihr zwei Tränen über die Wangen. »Gideon.«

»Ich bin nur …«

»… ehrlich, ja, ich weiß schon«, sagt sie, schnappt sich ihre Tasche und geht stocksteif an mir vorbei zur Haustür.

»Ich werde mich nicht entschuldigen, nur weil ich nicht lüge.«

Lily bleibt stehen und dreht sich noch einmal zu mir um. »Dir ist die Wahrheit eben viel wichtiger als Freundlichkeit.«

»Die Wahrheit ist auch wichtig.«

»Freundlichkeit ist auch wichtig.« Sie reißt die Haustür auf. »Und ohne Freundlichkeit kommt deine ganze Wahrheit einfach nur grausam rüber.«

Ehe mir eine Antwort einfällt, ist sie weg.

Kapitel 23

In einem anderen Leben hätte Lily eine hervorragende Generalin abgegeben. Die Taktik der verbrannten Erde hat sie voll im Griff.

Eine gute Einsiedlerin wäre sie vielleicht auch gewesen. Sie versteht es perfekt, andere mit Schweigen zu strafen.

In einer Spätschicht nimmt mich Tess zur Seite. »Was ist denn mit euch beiden los?«

Offenbar hat Lily Tess nichts erzählt. Und bestimmt wäre sie nicht gerade glücklich, wenn ich ihr Vertrauen missbrauchen würde. Schon wieder.

»Wir … haben da so eine Art Streit.«

»Oh.« Tess runzelt besorgt die Stirn. »Das ist superlästig. Bitte vertragt euch wieder.«

Damit hat sie natürlich recht. Aber jedes Mal, wenn ich mit Lily reden will, läuft sie weg. Sie lässt mir sogar die Seiten, die ich Korrektur lesen soll, über Noah zukommen. Ich glaube, Versöhnung steht nicht auf dem Programm.

Da es mit der Recherche vorbei ist, hocke ich wieder jeden Tag, den ich nicht beim *Herald* oder mit Tess verbringe, in meinem Zimmer. Dad fällt das erst nach etwa einer Woche auf, doch dann nimmt er sich der Sache sofort an.

»Willst du mir sagen, was los ist?«, fragt er eines Tages vor der Arbeit. Genau wie an den letzten drei Tagen.

Ich wende den Blick nicht vom Fernseher und der *Frau ohne Gewissen* ab. »Nein.«

»Gideon.«

»Nein, habe ich gesagt.«

»Sprich nicht in diesem Ton mit mir.«

Dann komm mir nicht ständig mit derselben Frage. »Ich habe es dir doch gesagt. Ich will nicht darüber reden. Alles gut.«

Er geht zum Fernseher und schaltet ihn aus. »Es sieht aber nicht so aus.«

»Ist aber so!«

»Noch mal, nicht in diesem Ton«, sagt er. »Wenn etwas nicht stimmt, muss ich das wissen.«

»Warum denn? Du würdest dich nur aufregen.«

»Sollte ich?«

Innerlich mache ich eine Bestandsaufnahme meiner jüngsten Sünden. Ich wurde von einem Polizisten nach Hause gebracht. Ich habe meine Freundschaft mit Lily geschreddert. Ich habe einen Stadtrat öffentlich des Mordes bezichtigt.

Ja. Wahrscheinlich müsste er sich aufregen. Mit Sicherheit würde er sich aufregen. »Wieso? Du bist doch sowieso immer sauer auf mich.«

»Du hast in letzter Zeit auch ziemlich viel verbockt, Gideon.«

Ich weiß. Schließlich würde ich nicht allein in meinem Zimmer hocken und dieses qualvolle Gespräch mit ihm führen, wenn ich keinen Mist gebaut hätte. Ich bin sauer auf mich selbst, aber ich kann ihm nicht sagen, warum, und das macht mich noch wütender, auf mich und irgendwie auch auf ihn, und diese ganze Wut breitet sich heiß und sengend unter der Haut aus, bis ich überkoche. »Ja nun, das erklärt ja auch gleich alles, oder?«

»Was denn?«

»Dass du mich nicht magst!«

Da bleibt ihm die Spucke weg.

»Bestimmt sagst du gleich, wie sehr du mich liebst und so, aber das heißt nicht, dass du mich magst. Du magst mich nicht.«

»He, mal langsam …«

»Du findest mich sonderbar, und du findest die Sachen, die ich mag, sonderbar, und du würdest dir wünschen, ich wäre jemand völlig anders.«

»Gideon …« Er setzt sich auf mein Bett, aber ich rutsche weg, sodass wieder derselbe Abstand zwischen uns ist.

»Du denkst anscheinend, ich wüsste das nicht.« Ich rede mich in Fahrt. »Natürlich weiß ich es! Natürlich merke ich es! Ich merke alles, so bin ich eben, nicht dass du das gut fändest. Ich merke es an der Art, wie du mich ansiehst. Wie du mich schon immer angesehen hast. Und es tut mir leid – ehrlich, niemandem tut es mehr leid als mir –, dass ich für dich so eine maßlose Enttäuschung bin, Scheiße noch mal.«

Er brüllt nicht zurück. Er verbietet mir nicht den Mund. Er schimpft nicht einmal, weil ich geflucht habe. Er starrt nur seine Hände an und fragt:

»Hasst du mich?«

Diesmal bleibt mir die Spucke weg. »Was?«

»Ich habe meinen Vater gehasst«, sagt er, »als ich in deinem Alter war. Wirklich, ich habe ihn gehasst, abgrundtief gehasst, und ich dachte: Wenn ich ein Kind habe, werde ich es nie so behandeln.«

So habe ich das nicht gemeint. Das wollte ich damit nicht sagen.

»Aber das hast du ja auch nicht«, erwidere ich. »Du hast mich nicht so behandelt.«

»Man muss nicht zuschlagen, um jemanden zu verletzen.«

Das stimmt. Man kann andere auf unterschiedlichste Art und Weise verletzen. So wie Lily mich in der siebten Klasse verletzt hat. Oder ich sie.

»Ich hätte auch nicht mit ihm reden wollen, wenn es Probleme gab«, fährt Dad fort. »Nicht dass wir überhaupt viel geredet hätten, Probleme hin oder her. Aber ich hätte ihm auch nichts erzählen wollen, weil … ich ihm nicht vertraut habe. Und ich glaube, du vertraust mir auch nicht.«

Die aufrichtige Antwort wäre: *Das stimmt.* Oder vielleicht auch nicht. Die aufrichtige Antwort könnte auch lauten: *Ich wünschte, ich könnte dir vertrauen.* Aber dann denke ich: Was würde das eine oder das andere jetzt bringen? Er weiß es ja schon, sonst hätte er es nicht gesagt.

»Du hast gesagt, du hast ihn gehasst.«

»Ja.«

»Vergangenheitsform.«

Er nickt. »Ja.«

»Was hat sich verändert?«

»Ich bin erwachsen geworden.« Er lächelt ein wenig traurig. »Du wurdest geboren.«

Ich? Was habe ich damit zu tun? Vielleicht kann er die Frage an meinem Gesicht ablesen, denn er fährt fort:

»Je älter du wurdest, desto weniger konnte ich ihn noch hassen. Ich konnte ihm nicht alles verzeihen, aber … hassen konnte ich ihn auch nicht.«

»Aber warum?«

»Weil ich gemerkt habe, dass man leicht wie jemand wird, der man nicht sein will. Er war ja das einzige Vorbild, das ich hatte.« Er schüttelt den Kopf. »Ich denke dauernd

308

an diesem Tag im Verde – wie ich dich da heruntergeputzt habe.«

Ich habe schon seit Wochen nicht mehr daran gedacht. Nicht zu glauben, dass ihn die Sache länger verfolgt als mich.

»Mein Vater ist seit fast zwanzig Jahren tot, aber kaum bin ich sauer auf dich, was kommt da aus meinem Mund? Seine Worte. Seine Phrasen. Obwohl ich es eigentlich nicht so meine, haue ich sie dir um die Ohren. Da kann ich ja wohl nicht überrascht sein, wenn du denkst, ich mag dich nicht. Wenn du mir nicht vertraust.« Er zuckt hilflos mit den Schultern. »Genauso hätte ich auch reagiert. Und du *bist* genau wie ich.«

Wenn er behauptet hätte, Außerirdische wären auf unserem Dach gelandet, wäre ich nicht so erschüttert.

»Wie meinst du das, wir haben doch völlig unterschiedliche …«

»Na gut, du liebst Filme, ich nicht, und ich koche gern Gerichte, die du nicht magst, okay. Ich rede nicht über unsere Vorlieben, Gideon, nicht darüber, was wir mögen.«

Ich sehe ihn stirnrunzelnd an. Er fährt fort: »Mit dreizehn war ich auch bereit, aus meiner Heimatstadt abzuhauen. Ich war unabhängig wie du, und die Dinge, die mir wichtig waren, verfolgte ich mit Leidenschaft, und ich war unglaublich frustriert von der Welt.« Er starrt meine Bettdecke an. »Ich weiß, wie es ist … wie du dich fühlst. Ich weiß vielleicht nicht alles. Aber … viel.«

Hier, wo ich ihn am wenigsten erwartet habe, öffnet sich ein winziger gemeinsamer Raum.

»Es tut mir leid«, sagt er, »dass ich dir dieses Gefühl vermittelt habe. Es tut mir leid, dass du meinst, du könntest mir nicht vertrauen. Ich strenge mich an. Und ich strenge mich künftig noch mehr an, das verspreche ich dir.«

Dads Hand zuckt, als wollte er nach etwas fassen, aber dann legt er sie wieder auf sein Knie. Er räuspert sich und steht auf.

Wenn wir in einem Film wären, würde ich ihn aufhalten, ehe er aus dem Zimmer geht, denn ich müsste etwas sagen. Ich weiß nur nicht, was. »Wir können nichts daran ändern, wer wir sind«, sagt Dad mit der Hand am Türknauf. »Aber vielleicht … können wir etwas daran ändern, wie wir miteinander umgehen.«

Er schließt die Tür sanft hinter sich, doch ich rühre mich nicht. Ich habe so ein Gefühl, wie wenn man einer Spur folgt oder eine Bemerkung hört, von der man weiß, dass sie wichtig ist, aber man kommt einfach nicht dahinter, warum.

»Wir können nichts daran ändern, wer wir sind.«

Niemand weiß das besser als ich.

»Aber wir können etwas daran ändern, wie wir miteinander umgehen.«

Im Film besteht eine Figur aus ihren Charakterzügen und ihrer Hintergrundgeschichte. Aus dem, wie sie ist und was ihr zustößt.

Aber nein. Das stimmt nicht. Das würde nur stimmen, wenn sie in der Zeit eingefroren wären, wenn sie nur in einem einzigen Moment existierten, und so ist das bei Filmen nicht. Filme sind Geschichten, und eine Geschichte ist nicht gut, wenn eine Figur keinerlei Entscheidung treffen muss. Eine Geschichte besteht nicht nur aus dem, was den Figuren zustößt. Sie besteht auch aus dem, was sie tun.

Ein Mensch ist mehr als seine Charakterzüge und seine

Hintergrundgeschichte. Ein Mensch wird geprägt von dem, was er tut.

Einige der Dinge, die ich getan habe, lassen sich nicht ändern, denn im richtigen Leben können Szenen nicht nach Bedarf neu gedreht werden. Und sie können auch nicht vergessen, Bild für Bild aus dem Gedächtnis geschnitten werden.

Ich kann nichts daran ändern, wer ich bin, und selbst wenn ich es könnte, will ich es nicht. Aber ich kann etwas daran ändern, wie ich mit anderen umgehe – auch wenn sie mich nicht verstehen.

Kapitel 24

Ja, ich gehe gern mit Tess zu ihr nach Hause. Ihre Oma lässt uns nicht aus dem Haus, ohne uns vorher den Kalorienbedarf einer Woche vorgesetzt zu haben (Widerspruch zwecklos), und ihre Conchas sind sogar noch besser als Dads Schokobrötchen (nicht dass ich ihm das jemals sagen würde). Das gemeinsame Essen ist auch eine ideale Gelegenheit, wertvolle Informationen über Tess zu bekommen. Zum Beispiel, dass sie in der Kindheit den bezaubernden Spitznamen Conejita trug, »Häschen«.

»Ich mochte Karotten für mein Leben gern«, erklärt die leidgeprüfte Tess.

Aber es lässt sich nun mal nicht wegdiskutieren, dass wir bei mir zu Hause viel ungestörter sind.

Und so schauen wir uns an diesem Nachmittag in meinem Zimmer, zusammengekuschelt auf dem Bett, *Kennwort 777* an.

Der Krimi gilt nicht unbedingt als Klassiker, und es ist umstritten, ob er überhaupt ein Film noir ist. Aber weil er in einer Zeitungsredaktion spielt, dachte ich, dass Tess ihn vielleicht mag. Und tatsächlich kann sie sich damit identifizieren. Besonders mit dem grundanständigen Chefredakteur.

»Manchmal wünschte ich, ich könnte das auch«, sagt sie plötzlich, etwa bei der Hälfte des Films, bei der Szene mit dem Chefredakteur und seinem Starreporter.

Ich betrachte den Schauspieler Lee Cobb. »Eine Packung am Tag Kette rauchen?«

»Dableiben, in der Redaktion«, sagt sie. »Echte Chefredakteure machen ihren Job nicht nur ein Jahr, sondern sie bauen wirklich etwas auf.«

Ich unterbreche den Film. »Soll das heißen, du willst deinen Abschluss nicht machen?«

Ich will nicht, dass sie ihren Abschluss macht, aber das auch nur, weil ich nicht ohne sie an dieser blöden Schule bleiben will. Klar, sie wird im Herbst nur fünfzehn Kilometer weiter an der Universität von San Diego studieren, aber wir wissen doch, dass damit alles anders wird. Auch wenn wir noch nicht darüber geredet haben, wissen wir es beide.

»Ich bin schon bereit, von der Highschool abzugehen«, sagt Tess. »Aber das heißt nicht, dass ich alles hinter mir lassen will, besonders den *Herald*. Ich … mache mir Sorgen.«

»Warum?«

»Weil ich die ganze Arbeit einfach jemandem übergeben und hoffen muss, dass die Zeitung überlebt.«

»Natürlich wird sie überleben«, verspreche ich ihr. »Lily macht das bestimmt super.«

Tess sieht schnell weg. Zu schnell. Ich suche ihren Blick. »Willst du sie denn nicht an Lily übergeben?«

Sie wirkt unsicher. »Ich … weiß nicht.«

»Aber Lily wäre gut. Glaubst du nicht? Sie kann super schreiben, das hast du selbst gesagt, und sie ist gut organisiert und klug und …«

»… sie hat kein Rückgrat.«

»Wie bitte?«, frage ich erstaunt.

»Ist dir das noch nicht aufgefallen?«

Ich will ihr nicht die Wahrheit sagen, aber lügen will ich

auch nicht. »Bei unserer Recherche hat sie sich nicht unter-kriegen lassen.«

»Das stimmt nicht. Sie hätte für den Artikel kämpfen können. Sie hätte mit mir diskutieren können. Aber das war ihr zu schwierig. Deshalb hat sie hinter meinem Rücken dich mit an Bord geholt. Und dann der Artikel über den Model-UN-Club …«

»Warte mal«, unterbreche ich sie. »Was für ein Artikel?«

»Zu Beginn des Halbjahrs wollte Lily über den örtlichen Schülerclub berichten, der an den Konferenzen der Model United Nations teilnimmt. Sie hat den Artikel vorgeschla-gen und wollte ihn selbst schreiben. Ich habe gesagt, okay, mach das. Ein paar Wochen später liefert sie ihn ab, und er ist toll: gut geschrieben, supersorgfältig recherchiert und viel differenzierter, als ich es erwartet hätte. Offenbar muss-te die letzte Schatzmeisterin des Clubs zurücktreten, weil es Beweise dafür gab, dass sie Gelder veruntreut hatte. *Sie* behauptete, der ganze Club wäre in die Sache verwickelt und hätte sie vor die Tür gesetzt, um sich selbst zu schüt-zen – ein Skandal. Also habe ich gesagt, toll, erledigt, wir bringen das auf der Titelseite. Aber als ich am Donnerstag zur Spätschicht in die Redaktion komme und mir die Titel-seite anschaue, ist da, wo Lilys Artikel sein müsste, nur ein großes Loch. Und Lily erzählt mir, die Präsidentin des Mo-del-UN-Clubs, offenbar eine Freundin von ihr, hätte spitz-gekriegt, dass sie die ehemalige Schatzmeisterin interviewt hatte, und sie aufgefordert, den Artikel zurückzuziehen.«

Ich ahne, wo die Sache hinläuft. »Und sie war einver-standen?«

»Sie hat nachgegeben. Bei dem kleinsten Anzeichen ei-ner Konfrontation hat sie einfach …«

»… den Schwanz eingezogen?«, schlage ich vor.

»Ich wollte sagen, ›das Handtuch geworfen‹, aber genau«, erwidert Tess. »Jedenfalls habe ich die vom Club angerufen, ihnen erklärt, dass der Artikel mit oder ohne ihre Zustimmung erscheint, und ihnen angeboten, einen Leserbrief zu schreiben, wenn sie sich ungerecht behandelt fühlen.«

Ich zucke mit den Achseln. »Klingt, als hättest du damit alles geklärt.«

»Stimmt! *Ich* habe es geklärt, nicht Lily! Wenn Lily mir oder ihrer Freundin nicht die Stirn bieten kann, wird sie sich dann wehren, wenn Mrs Flueger im nächsten Jahr irgendwas ändern will? Stellt sie sich hinter einen umstrittenen Artikel, wenn Wallace sie ins Direktorat zitiert? Oder … wird sie tun, was sie immer tut?«

Den Weg des geringsten Widerstands gehen. Genau das habe ich Lily vorgeworfen. Und jetzt habe ich ein schlechtes Gewissen, denn es war zwar die Wahrheit … aber freundlich war es nicht.

»Können wir den Film weiterschauen?«, lenkt Tess ab.

»Klar.« Ich hätte das Thema gar nicht anschneiden dürfen. »Natürlich.«

Ich stelle den Film wieder an. Tess kuschelt sich an mich und legt den Kopf auf meine Brust. Es ist nicht dasselbe, ob man einen Film allein oder zu zweit anschaut. Man ist ein bisschen unsicher, weil man nicht weiß, ob die andere Person den Film genauso mag wie man selbst. Aber zu zweit ist es schöner, weil man nicht nur den Film zu sehen bekommt, sondern auch beobachten kann, wie die andere Person ihn zum ersten Mal erlebt.

Die beiden Auftragsmörder in *Rächer der Unterwelt*,

die sich Unheil verheißend an den Tresen des Diners setzen. Rita Hayworth in *Gilda* auf der Bühne ihres Nachtclubs, wie sie sich Zentimeter für Zentimeter einen langen schwarzen Handschuh auszieht. Humphrey Bogart, der in *Die Spur des Falken* die Statuette des Malteser Falken in seiner Hand mit den Worten beschreibt: »Das ist der Stoff, aus dem die Träume sind.«

Ich halte den Film noch mal an.

»Tess?«

Sie sieht durch ihre zarten dunklen Wimpern zu mir hoch. »Ja?«

»Hattest du als Kind eine besondere Vorliebe?«

»Was denn?«

»Etwas, von dem du so richtig begeistert warst. Als Kinder hatten doch die meisten von uns so etwas, zum Beispiel Feuerwehrautos oder Frösche oder Disney-Prinzessinnen oder …« Ich versuche, mich zu erinnern. »Bei Lily waren es Ponys, diese superrealistischen Plastik-Pferde, die extrem zerbrechlich waren. Du hast sie nur scharf angeschaut und schon war ein Bein ab.«

»Und dann musste man es mit so einem Mini-Plastik-Gewehr notschlachten?«, fragte sie.

»Nein, dann musstest du schauen, dass du wegkommst, weil Lily *dich* sonst umgebracht hätte.«

Sie lacht und denkt kurz nach. »Ich schätze, bei mir waren es Quizfragen.«

»Welches Thema denn?«

»Alle möglichen. Bevor ich bei meinen Großeltern einzog, war ich oft bei ihnen zu Besuch, und abends um sieben schaute ich mit meiner Oma immer *Jeopardy*. Ich fand das so cool, wenn die Kandidaten die vielen Fragen aus den unterschiedlichen Kategorien beantworten konnten. Ich wollte auch so sein. Deshalb habe ich mir dicke Wälzer aus der Bücherei geholt, und mein Opa hat mir auf dem Flohmarkt eine ganze Enzyklopädie gekauft – die Bände waren ziemlich veraltet, auf den Karten war noch die UdSSR eingezeichnet, aber trotzdem versuchte ich, mir so viel wie möglich in den Kopf zu stopfen.«

»Um gut vorbereitet zu sein, wenn du mal als Kandidatin in *Jeopardy* auftreten würdest?«

»Nein«, sagt sie, »damit ich es weitererzählen konnte. Ich wollte immer gern diejenige sein, die anderen einen neuen Wissenshappen gibt, den sie einen Tag oder meinetwegen auch ein Leben lang behalten konnten.« Sie wischt sich eine Haarsträhne aus dem Gesicht. »Vielleicht habe ich mich deshalb in den Journalismus verliebt. Es ist dasselbe: Man erzählt den Leuten etwas, das sie noch nicht wissen.«

»Man gibt ihnen eine Geschichte«, sage ich, mehr zu mir selbst. »Man schenkt ihnen etwas, das sie vorher noch nicht hatten.«

»Ja, das ist ein Geschenk«, bestätigt sie mit einem entschiedenen Nicken. »So muss man das sehen.«

»Auch wenn es andere vielleicht nicht so sehen. Denn die gibt es sicher.«

»Genau.« Sie lacht und legt ihren Kopf wieder auf meine Brust. »Erzähl mir etwas, das ich noch nicht weiß.«

Ich könnte weiter still und zufrieden daliegen. Oder ich könnte tun, worum sie mich gebeten hat. Ich könnte ihr etwas geben.

»Ich war als Kind Detektiv.« Die Worte sprudeln aus mir heraus, ehe ich es verhindern kann.

Tess richtet sich wieder auf und setzt sich mir im Schneidersitz gegenüber. »Moment mal.« Sie zieht die Augenbrauen zusammen. »Wie bitte?«

Ich holte tief Atem, schaue Tess direkt in die Augen und erzähle ihr alles, von der Gründung der Green-Privatdetektei über Mrs Cabots Saphirschmuck bis hin zu meinem letzten verheerenden Fall in der siebten Klasse.

Ich habe die Geschichte schon oft gehört – von Lily und dem Polizeichef, von Dad und in den Nachrichten –, aber diesmal ist es anders. Ich erzähle sie selbst, ohne dass mich jemand unterbricht, ohne dass mir eine Version übergestülpt wird, die mir nicht entspricht, ohne dass ich irgendetwas anderes bezwecke, als angehört zu werden.

Ich habe diese Geschichte tausendmal gehört – und zum allerersten Mal ist es meine Geschichte.

Als ich fertig bin, schweigt Tess. Zunächst jedenfalls. Es ist, als warte sie noch, bis ich auch so weit bin.

»Wow«, stößt sie dann hervor. »Ich meine ... wow!«

Da stelle ich die Frage, vor der ich mich die ganze Zeit gefürchtet habe. »Erinnerst du dich nicht daran?«

»Ich hatte noch nie ein besonders gutes Gedächtnis.« Es klingt fast wie eine Entschuldigung, obwohl sie sich nicht entschuldigen müsste. So oft mir mein Gedächtnis schon geholfen hat, ist es vielleicht auch eine Gabe, wenn man vergessen kann. Anderen Menschen begegnet, als wären sie ein unbeschriebenes Blatt.

»Aber stimmt, man sollte meinen, dass ich mich an so eine Geschichte erinnern müsste«, sagt sie. »Wow.«

»Okay.« Ich merke, wie sich mein Nacken verkrampft. »Ist das ein ›Wow, du warst aber ein begabter Zehnjähriger‹ oder ein ›Wow, du warst und bist ein Spinner, und ich schaue besser, dass ich wegkomme‹?«

»Du hast einen anderen Blick auf die Dinge«, sagt Tess und schiebt ihre Hand in meine. »Das ist alles.«

Alles kann wirklich alles sein – das ganze Ich. Aber *alles* kann auch das Gegenteil sein: überhaupt nichts. Meine Sicht der Welt ist nicht mein ganzes Ich, aber ein Teil von mir, also ist es immerhin mehr als nichts.

»Ich hatte immer das Gefühl, dass ich die Welt durch eine völlig andere Linse sehe als alle anderen«, sage ich und füge achselzuckend hinzu: »Ich wusste nie recht, ob das eine Gabe ist oder ein Fluch.«

Tess neigt den Kopf. »Warum bist du dir so sicher, dass es eins von beiden sein muss?«

»Wie?«

»Vielleicht ist es keins von beiden«, sagt sie. »Vielleicht ist es eben einfach nur so?«

Auch Detektive sind anders als andere Menschen, zumindest in den Filmen. Genau das zeichnet sie aus. Sie sind einsame Wölfe, sie sind sonderlich, zynisch – und das ist eine Gabe. Nur so können sie ihre Fälle lösen. Man braucht kein Mitleid mit ihnen haben, denn sie sehen die Welt genau so, wie man sie sehen sollte.

Daran hielt ich mich fest, weil mir nichts anderes übrig blieb. Es war wie eine Boje mitten auf dem Pazifik, die mich nur knapp über Wasser hielt. Gut, ich war anders, also spielte es keine Rolle, dass mich die anderen nicht verstanden. Denn das war der Beweis dafür, dass ich klüger war als sie. *Besser* als sie.

Aber was, wenn es gar keine Boje war? Was, wenn es nur ein Stein war, der mich immer weiter in die Tiefe zog?

Ich dachte, das Anderssein machte aus mir einen besseren Menschen, und alle anderen schienen das Gegenteil zu denken. Nun frage ich mich zum ersten Mal, ob wir alle danebenlagen. Vielleicht hat Tess ja recht und es ist keins von beidem?

Weder Gabe noch Fluch. Weder gut noch schlecht. Weder schwarz noch weiß.

Es ist eben einfach so.

Je mehr ich dem Gedanken Gelegenheit gebe, sich zu setzen, es sich in meinem Kopf gemütlich zu machen, sich in den Gassen meines Gehirns, in die ich sonst niemanden hineinlasse, zu Hause zu fühlen, desto wahrer kommt er mir vor. Und je wahrer er mir vorkommt, desto lauter stellt sich mir die Frage, warum ich bis zu dieser Erkenntnis so lange gebraucht habe. Warum habe ich das früher nicht sehen können?

Ich betrachte Tess, die mir gegenüber sitzt und mich offen und unverwandt anschaut und bereit ist für die Geschichte, die ich ihr als Nächstes erzähle, egal welche. Ich spüre ihre Hand warm und stark in meiner und wir beide passen zusammen wie perfekt ineinandergreifende Puzzleteile.

Da Tess nicht in meinen Kopf blicken kann, wundert sie sich vielleicht, dass ich den Abstand zwischen uns aufhebe und sie küsse. Vielleicht wundert sie sich auch nicht, denn sie erwidert den Kuss, lang und tief und endlos, bis wir in die Bettlaken und ineinander verschlungen sind.

In Schwarz-Weiß habe ich schon tausend Küsse gesehen, vielfach geprobt, bestens ausgeleuchtet und begleitet von anschwellender Filmmusik. Aber keiner von ihnen, kein einziger, könnte so perfekt sein wie dieser.

»Was ist mit dem Film?«, fragt Tess, als wir auftauchen und nach Luft schnappen.

Ich ziehe sie wieder an mich. »Der kann warten.«

Kapitel 25

Die Sonne knallt auf meinen Tisch, wie immer in der Mittagspause. Vor einem Monat hätte ich mich vielleicht über den heiter aufdringlichen südkalifornischen Sonnenschein beschwert, aber Verlässlichkeit hat auch ihre guten Seiten.

Mein Handy vibriert, eine Nachricht von Tess:
Komme später, Präparierkurs dauert länger

Das ist schon das dritte Mal, dass du kurz vor dem Mittagessen was sezieren musst

Das weiß ich auch GIDEON

Während ich das Telefon wieder einstecke, spüre ich Schritte auf dem Betonboden – viele Schritte – und höre ein Räuspern – ein einzelnes Räuspern. Ich weiß, wer es ist, bevor ich aufblicke, denn mein Leben mag kein Film noir sein, aber manchmal kommt es mir vor, als bestünde es aus lauter Wiederholungen.

»Nein«, sage ich zu Mia, bevor sie überhaupt fragt. »Nicht schon wieder.«

»Genau, nicht schon wieder«, sagt sie. »Du belegst ganz allein einen riesigen Tisch.«

Ihren Freundinnen, die sich hinter ihr versammelt haben, scheint die Sache peinlich zu sein, vor allem Lily. Sie steht ganz hinten und starrt auf den Stapel Bücher in ihren Armen hinab.

»Ich bin gerade nicht in einer Beziehung, die du demolieren kannst«, sagt Mia mit einem grimmigen Lächeln. »Warum sparst du uns allen also nicht einfach Zeit und räumst den Tisch?«

Das ist keine Wiederholung. Es ist eine völlig neue Szene, denn ich kann mich anders verhalten.

»Ich gehe nirgendwohin.« Ich deute auf den freien Platz mir gegenüber. »Aber du kannst dich setzen, wenn du möchtest.«

Sie schaut mich groß an. »Was?«

»Setz dich, wenn du möchtest. Du kannst gern hier arbeiten.« Ich sehe zu Lily hin, die schnell den Blick abwendet. »Der Tisch gehört mir ja nicht.«

»Äh ja, deshalb solltest du auch umziehen.«

»Mia.« Lily meidet immer noch demonstrativ meinen Blick. »Komm, wir können uns doch auf den Rasen setzen.«

»Was?« Mia sieht sich empört zu Lily um. »Nein. Ganz bestimmt nicht.«

Lily deutet auf die anderen. »Wir würden sowieso nicht alle an den Tisch passen. Warum gehen wir nicht einfach – «

Aber Mia unterbricht sie. »Lily – halt einfach die Klappe. Ich mach das alleine.«

Lily zuckt zurück, ihre Schultern fallen nach vorne, als wollte sie sich kleiner machen, weniger auffallen … weniger sein. Doch dann geht ein Ruck durch ihren Körper. Sie strafft sich und heftet den Blick auf den Hinterkopf der ahnungslosen Mia.

»Red nicht so mit mir«, sagt Lily.

Mia schaut sich nicht einmal zu ihr um. »Hm?«

»Ich habe gesagt, du sollst nicht so mit mir reden.«

»Wie denn?«, fragt Mia höhnisch.

»So wie du es immer tust! Unterbrich mich nicht dauernd, sag mir nicht, dass ich den Mund halten soll, behandle mich nicht wie eine Dienerin, wo ich doch angeblich deine Freundin bin!«

»Oh-kay«, sagt Mia mit einem nervösen Lachen, mehr zu den anderen als zu Lily. »Ganz schön pathetisch heute, was?«

»Nein, ich sage, wie es ist.« Lily holt tief Luft. »Denn ehrlich gesagt, Mia, wie du mit anderen umspringst – mir ist schon klar, dass du rüberkommen willst wie eine, die knallhart ist und sich nichts gefallen lässt, aber das klappt nicht. Du kommst einfach nur wie ein Arschloch rüber.«

Bei diesen Worten wirbelt Mia endlich wütend zu ihr herum. »Was zum Teufel ist denn los mit dir? Du willst meine *Freundin* sein ...«

Da sehe ich sie, über Lilys Schulter hinweg: Ein wenig abseits von Mias Clique steht Tess. Sie hat ihr Tablett mit dem Mittagessen in den Händen und beobachtet mit sperrangelweit geöffnetem Mund, was sich vor ihr abspielt.

»Ich *bin* deine Freundin«, sagt Lily zu Mia. »Deshalb sage ich dir die Wahrheit, auch wenn du sie nicht hören willst.« Und dann – nur eine Sekunde lang – schaut sie aus dem Augenwinkel mich an. »Das ist mein Job als deine Freundin. Und dein Job als meine Freundin ist es, dass du nachdenkst, bevor du etwas sagst.«

Es ist nicht der richtige Augenblick für eine Versöhnung zwischen Lily und mir, denn hier geht es überhaupt nicht um mich. Ich bin in dieser Szene nicht die Hauptfigur. Aber das heißt nicht, dass ich nicht auch mal einen neuen Weg einschlagen kann.

»Mia …« Ich räuspere mich.

»Was denn, Gideon?«, faucht sie mich an. »Was ist?«

»Es tut mir leid.«

Einen Moment lang wirkt sie verwirrt. Dann stößt sie ein »Hä?« aus.

»Es tut mir leid, dass ich dir gesagt habe, dein Freund hätte dich betrogen, und dass ich dich vor versammelter Mannschaft bloßgestellt habe. Das war echt fies von mir. Es tut mir leid. Ich wollte, dass du das weißt.«

»Okay«, sagt sie mit einem verächtlichen Schulterzucken. »Ich vergebe dir nicht.«

»Ist in Ordnung«, sage ich. »Ist schon okay, wenn du mir nicht vergibst. Ich habe mich blöd benommen und mich in dein Leben eingemischt und …« Ich schaue Lily an, nur für den Bruchteil einer Sekunde. »… das alles tut mir wirklich leid.«

»Was zum Teufel ist hier eigentlich los?«, sagt Mia, an niemanden gerichtet.

»Was hier los ist? Ich habe dir gesagt, was ich denke.« Lily redet jetzt schneller, als müsste sie die übrigen Wörter sofort herausbekommen oder nie. »Auch wenn es dich womöglich auf die Palme bringt – ja, es bringt dich definitiv auf die Palme. Aber wenn ich es immer weiter für mich behalten hätte, wäre ich verrückt geworden. Es musste raus und du musstest es dir anhören. Das ist alles.«

Lily wendet sich an die anderen Mädchen, die dem Wortwechsel mit großen Augen gefolgt sind. »Kommt, wir setzen uns auf den Rasen.«

Damit bleiben Mia und Tess zurück, die mich beide wie vom Donner gerührt anstarren.

Ich starre zurück. »Ich bin genauso überrascht wie ihr.«

Ein paar Tage später, am Donnerstagabend, tue ich etwas, das ich seit Ewigkeiten nicht mehr getan habe: Ich schaue mir im Bett allein einen Film an. Es ist Spätdienst-Woche, und normalerweise wäre ich mit Tess in der *Herald*-Redaktion, aber es ist, als hätte sich das Universum verschworen. Zu unseren Gunsten verschworen. Gibt es positive Verschwörungen?

Da alle Ressorts ihre Artikel rechtzeitig und in gutem Zustand abgegeben haben, war ich schon vor dem Abendessen mit dem Korrekturlesen fertig und die ganze Zeitung vor halb acht in trockenen Tüchern. Einerseits war das ein echtes Wunder und kam so unverhofft, dass es sich der Vatikan einmal genauer anschauen sollte. Andererseits bedeutete das auch, dass ich mich um halb acht von Tess verabschieden musste. Wenn ich die Wahl hätte zwischen Wunder und Katastrophe – die Texte trudeln erst um zehn Uhr abends ein, sämtliche Computer werden von Viren lahmgelegt, und der Drucker fängt spontan Feuer –, würde ich mich für die Katastrophe entscheiden.

Aber ich fand, dass ich einen Tag, der so glatt verlaufen war, mit einem meiner Lieblingskrimis abschließen sollte: *Goldenes Gift*. Dad würde sagen »Das ist der Film noir, in dem ein Tankstellenbesitzer nach Mexiko geht«, aber natürlich steckt viel mehr drin. Jeff – Robert Mitchum in Bestform – war früher Privatdetektiv und flieht vor den Fehlern, die er in seiner Vergangenheit begangen hat. Und Kathie – Jane Greer, die die Figur der Femme fatale auf die Spitze treibt – ist die Frau, die ihn einst zu diesen Fehlern verleitet hat.

»So dürfen Sie nicht spielen.«

»Warum nicht?«

»Weil Sie dann nicht gewinnen.«

»Kann man denn anders gewinnen?«

»Nein, aber eventuell langsamer verlieren.«

Ich sitze senkrecht im Bett.

Spule zurück. Wiederhole den Wortwechsel.

Eventuell langsamer verlieren.

Moment.

Moment mal!

Ich habe völlig falsch gedacht: Ich bin davon ausgegangen, dass von diesem ganzen Fall – den bestellten Bagatelldelikten, den geplanten Verhaftungen und so weiter – jemand profitiert. Dass jemand etwas zu *gewinnen* hätte, wie am Roulettetisch.

Schwarz oder Weiß. Richtig oder Falsch. Gewinnen oder Verlieren. Schon diese Begriffspaare sind reine Theorie. Die Welt, die Menschen lassen sich nicht in so simple Gegensätze einordnen.

Ich habe angenommen, das sei der Schlüssel: Wer profitiert? Derjenige, der etwas zu gewinnen hat, natürlich. Und wer hat etwas zu gewinnen, wenn die Verbrechensrate steigt und er das in der Öffentlichkeit verwenden kann? Wer würde bekommen, was er will? Das Amt des Bürgermeisters? *Er* würde gewinnen.

Aber was ist, wenn das gar nicht der Grund war? Was ist, wenn die Person, die das alles geplant hat, nicht etwas bekommen, sondern etwas verhindern wollte? Nicht einen anderen stürzen, sondern alles so belassen wollte, wie es war? Nicht gewinnen, sondern abwehren?

Was, wenn … er oder sie nur versucht hat, langsamer zu verlieren?

Je mehr ich den Gedanken in meinem Kopf hin und her

wälze, desto logischer erscheint er mir. Und während mein Gehirn auf Hochtouren läuft, schaltet mein Körper auf Autopilot. Schuhe an. Jacke mitnehmen. Telefon unters Kopfkissen.

Ich gehe wieder zu O'Hara, mal sehen, was ich da finden kann – oder vielleicht besser aufs Polizeirevier, denn wenn ich …

Plötzlich halte ich inne, erstarre mitten im Binden meines linken Schnürsenkels.

Denk nach, befehle ich mir, doch diesmal ist es anders. *Denk nach,* sage ich mir – aber nicht, wie ich den Fall lösen oder die Teile zusammensetzen kann. *Denk nach, welche Möglichkeiten du hast.*

Ich könnte das allein durchziehen. Dann müsste ich meine Theorie niemandem erklären, müsste niemanden überzeugen, müsste keine Kränkung riskieren.

Ich könnte das allein durchziehen.

Sollte ich aber nicht.

Als beide Schuhe gebunden sind, stürze ich, einen Arm in der Jacke, durch die Haustür und denke in letzter Sekunde noch daran, hinter mir abzuschließen.

Fünfzehn Minuten, über einen Kilometer Asphalt und einen möglicherweise geplatzten rechten Lungenflügel später stürze ich, vorbei an einem Briefkasten, der früher rosa war, auf eine Veranda, auf der es wie immer von Schuhen wimmelt, und hämmere gegen die Tür, bis ich sehe, dass jemand durch die Vorhänge späht.

»Gideon!«, ruft Lily, als sie die Haustür öffnet. »Was machst *du* denn hier?«

»Was wäre, wenn …«, keuche ich. »Was wäre, wenn ich mich doch nicht getäuscht hätte?«

Kapitel 26

»Wie bitte?«, sagt Lily.

»Was wäre, wenn ich mich nicht getäuscht hätte?«, wiederhole ich. »Du weißt schon, in unserem Fall. Was, wenn ich mich nicht getäuscht habe?«

»Aber du *hast* dich getäuscht«, sagt sie. »Willets war nicht in der Stadt. Es war seine Uhr. Klar, es fällt dir schwer, das zu akzeptieren, Gideon, aber du hast danebengelegen.«

»Ich weiß«, sage ich. »Aber was ist, wenn es nicht ganz daneben war?«

Sie schaut mich groß an und tritt zur Seite. »Komm mal besser rein.«

Wir gehen in ihr Zimmer. Im Haus ist es seltsam ruhig. »Wo sind deine Moms?«

»Abendessen und Kino. Es ist ihr Hochzeitstag.«

In ihrem Zimmer setzt sie sich auf den Schreibtischstuhl, verschränkt die Arme vor der Brust und wartet.

»*Cui bono?*«, sage ich. »Das hast du mir beigebracht.«

»Ja gut, schön zu wissen, dass du mir gelegentlich zuhörst.«

»Ich dachte, ich hätte die Person gefunden, die profitiert«, sage ich. »Es passt alles zusammen. Willets bezahlt Kleinkriminelle – oder Leute, die welche kennen –, um die Rate bestimmter Delikte künstlich in die Höhe zu treiben, damit er in seinem Wahlkampf Recht und Ordnung versprechen kann.«

»Das weiß ich doch alles. Ich saß bei deinem Auftritt in der ersten Reihe – schon vergessen?«

»Wie viele Delikte blieben ungelöst?«

Sie zieht überrascht die Augenbrauen zusammen. »Wie?«

»Wurden von den Verbrechen, die du recherchiert hattest, als du zu mir kamst – von den Straftaten in der Polizeistatistik –, welche nicht aufgeklärt?«

Lily dreht sich zu ihrem Schreibtisch um, nimmt ihr Notizbuch zur Hand und blättert blitzschnell darin herum. Als sie wieder zu mir aufschaut, schüttelt sie den Kopf. »Nein.«

»Das ist eine Verurteilungsrate von hundert Prozent.«

»Ungewöhnlich, stimmt schon«, gibt sie zu. »Aber …«

»Von einer hundertprozentigen Verurteilungsrate hätte Willets nichts. Wenn er an dem Plan beteiligt wäre, würde er auf eine niedrige Verurteilungsrate achten, weil die Polizei damit schlechter dastünde.«

Lily denkt einen Augenblick nach. »So steht sie besser da.«

»Genau.« Ich überlege. »Und wer, von allen Menschen auf der Welt, hätte etwas davon, dass die Polizei von San Miguel besser dasteht?«

Lily schaut mich groß an, dann durch mich hindurch. Schließlich neigt sie langsam den Kopf zur Seite.

Im Film noir gibt es eine Kameraperspektive, die als »Dutch Angle« bezeichnet wird. Die Kamera wird schräg gestellt, damit das ganze Bild Schlagseite bekommt.

So etwas passiert gerade auch in Lilys Kopf, als ihr langsam, aber sicher die Wahrheit aufgeht. Die Welt kippt aus der Waagrechten.

»Nein.« Sie schüttelt den Kopf, diesmal entschiedener. »Das kann … nicht sein, auf keinen Fall.«

»Es kann nicht sein, dass sich ein Polizeichef, der ständig unter Beschuss steht, weil er angeblich inkompetent ist und nicht entschieden genug gegen die Kriminalität vorgeht, womöglich ein paar schnelle Erfolge erkauft?«

Ich müsste es schon längst wissen. Als er für mich die feierliche Ehrung inszenierte, wollte er damit doch nur in die Medien kommen. Hatte ich nicht selbst erlebt, dass er alles tat, wenn es ihm nur nützte? Dass er andere für seine Zwecke missbrauchte?

»Aber er steht doch buchstäblich für das Gesetz. Er *ist* Gesetz und Ordnung …«

»Der Chief ist drauf und dran, seinen Job zu verlieren, weil Fred Willets Bürgermeister werden will und er ihm im Weg steht. Er verteidigt sich dauernd damit, dass er so viele Kriminelle von der Straße holt. Er dürfte wissen, dass man O'Hara kaufen kann, und ihm käme es auch zugute, wenn in einer Brauerei, die Fred Willets gehört, eine Leiche auftaucht. Für das alles hätte er die perfekte Tarnung, denn wie du sagst: Er ist das Gesetz.«

»Deshalb war O'Hara so sauer auf Luke«, sagt Lily murmelnd, mehr zu sich selbst als zu mir.

»Luke?« Ich kann mich kaum noch daran erinnern, dass das alles mit Luke begann.

»Luke war minderjährig und für Minderjährige gilt ein strengerer Datenschutz. Über einen minderjährigen Täter dürfen die Medien nur vage berichten, wenn überhaupt.«

Nun ist auch bei mir der Groschen gefallen. »Und bei einem Resozialisierungsprogramm kommt die Akte unter Verschluss. O'Hara war so wütend, als er Lukes Ausweis sah, weil er wusste, dass er nicht einmal in die Statistik eingehen würde.«

»Aber was ist mit Paul Vince?«, fragt Lily. »Wie passt der da rein?«

»Du hast gesagt, er ist dabei, seine Geschäfte nach San Miguel auszuweiten.« Es könnte, wie ich es vermutet habe, ein Tauschgeschäft sein, allerdings ein anderes. »Vielleicht drückt der Polizeichef beide Augen zu.«

»Du meinst also«, sagt Lily langsam, »die Polizei von San Miguel legt Geld dafür hin, dass Leute Verbrechen begehen, um sie in flagranti zu erwischen?«

»Ich meine …« Ich überlege, wie ich das klarer formulieren könnte, aber mir fällt nichts ein. »Ja genau, das kommt hin.«

»Es ist nur …« Lily runzelt die Stirn und blättert wieder in ihrem Notizbuch herum. »Ich habe mir Dutzende von Interviews mit diesem Typen angesehen, Gideon. Der Chief ist ein Angeber und ein Ekelpaket, aber besonders clever ist er nicht.«

»Vielleicht will er nur, dass wir das glauben«, wende ich ein, muss aber zugeben, dass sie recht hat. Ist er wirklich durchtrieben genug, so etwas durchzuziehen? Oder auch nur auszuhecken?

Aber das war doch von Anfang an mein Problem: Ich habe ihm schon in der fünften Klasse die Rolle übergestülpt, die ich mir für ihn ausgedacht hatte, und dabei das Offensichtliche fast übersehen. Ich habe mich beschwert, dass er mich nie ernst nahm – aber habe ich es nicht mit ihm genauso gemacht?

»Auf Pressekonferenzen bekommt er kaum einen geraden Satz auf die Reihe. Ich bin mir sicher, dass – wie heißt sie noch mal … Penny? Sowieso Overway –, dass die alles für ihn schreibt.«

Bei mir klingelt etwas. »Was hast du da gesagt?«

»Die Sekretärin des Polizeichefs. Ich erinnere mich nicht

an ihren Vornamen, aber sie steht bei Presseerklärungen immer hinter ihm, deshalb habe ich nachgesehen, wer das ist.« Sie zieht die Nase kraus. »Sekretärin klingt so nach den Fünfzigerjahren. Ich kann mich nicht mehr erinnern, wie die Position tatsächlich heißt …«

Oh Mann.

Mannomann.

Ich schnappe mir das Dossier und blättere in den Notizen.

23.15 PV Treffen PO @ V LTD Lagerhaus

$ von PO an Dr. H

Job über PO: Do zwsch 16.00 & 20.30

PO hat die Treffen arrangiert. Hat neue Delikte in Auftrag gegeben und den Zeitpunkt bestimmt, an dem man die Täter erwischen sollte. Den Barkeeper im Doc Holliday's und Paul Vince ausgezahlt und wahrscheinlich noch viele andere, von denen wir noch nie gehört haben.

»PO steht nicht für Police Officer«, sage ich. »Es steht für *Phoebe Overway*.«

Lily nickt. »Klingt logisch.«

Auf die Nachricht von einer gigantischen kriminellen Verschwörung reagiert sie deutlich gefasster als gedacht. »Echt?«

»Ich meine, wenn du recht hast – und das wissen wir nicht so genau –, ist es nur logisch, dass sie als Mittlerin auftritt. Das Risiko ist geringer, weil sie nicht so schnell wiedererkannt wird.«

»Und sie ist die Assistentin des Chiefs«, füge ich hinzu. »Nach dem, was ich auf dem Revier gesehen habe, organisiert sie ihm sein ganzes Leben. Warum sollte sie nicht das auch organisieren?« Und mir dämmert noch etwas anderes. »Paul Vince hatte Belege: E-Mails, Textnachrichten, Quittungen …«

Lily begreift schnell. »Dann hat sie wahrscheinlich auch welche.«

»Und wenn man auf dem Revier nichts Belastendes aufbewahren kann …«

Lilys Blick wandert von mir zu ihrem Notizbuch. Sie dreht den Stuhl zum Computer.

»Okay, Phoebe Overway«, sagt Lily und tippt den Namen ein. »Dann wollen wir dich mal näher kennenlernen.«

»Ist das auch sicher das richtige Haus?«

Lily sieht in ihrem Handy nach. »Ja.«

In Phoebes dunkler zweistöckiger Wohnung sind alle Vorhänge auf, aber wir können keine Bewegung sehen, zumindest von der anderen Straßenseite aus, wo wir geparkt haben. Meine Hände schwitzen vor Aufregung, aber auch, weil sie in Gummihandschuhen aus Lilys Küche stecken. Lily fand das übertrieben, aber als ich sie daran erinnerte, dass unser beider Fingerabdrücke im Polizeisystem erfasst sind, hat sie für sich noch ein Paar Winterhandschuhe mitgenommen.

»Sie ist bestimmt nicht zu Hause«, sage ich. Das ist der beste Zeitpunkt, in der Wohnung nachzuschauen, ob wir etwas finden können: etwas Belastendes, etwas, das den Chief unwiderlegbar mit dem Dossier auf Lilys Rückbank in Verbindung bringt.

Lily scheint sich nicht so sicher zu sein. »Ich gehe mal um das Haus herum«, schlägt sie vor. »Damit wir sicher sein können, dass sie nicht hinten ist.«

Sie zieht los, und ich warte, allein mit mir und einem Gedanken, der mich schon den ganzen Herweg gequält hat: Lily hat ihren Moms eine Nachricht auf dem Küchentisch hinterlassen für den Fall, dass sie vor ihr nach Hause kommen. Ich weiß nicht, was drinsteht, aber immerhin hat sie ihnen Bescheid gegeben. Ich ... bin einfach so abgehauen.

Jedes Mal, wenn Dad letzte Woche in mein Zimmer kam, wusste ich nicht, was ich sagen sollte. Mir fehlten die Worte. Jetzt habe ich etwas vor, das gefährlich ist und ziemlich dumm und sogar tatsächlich kriminell – aber ich glaube, ich finde endlich die richtigen Worte. Die bin ich ihm schuldig.

Lily hat ihr Telefon ungesperrt auf dem Fahrersitz liegen lassen, also wähle ich Dads Nummer so schnell, wie es mit den Gummihandschuhen eben geht. Kaum überraschend nimmt er den Anruf nicht an: Er steckt noch mitten im Abendservice, und wahrscheinlich ist er gehetzt, genervt und gestresst, auch ohne zu wissen, wo ich bin.

»Bitte hinterlassen Sie eine Nachricht«, fordert mich seine Stimme auf. Und das tue ich.

»Hi, Dad«, fange ich an. »Ich bin's, Gideon, wie du hörst. Ich rufe von Lilys Telefon an, meins habe ich zu Hause gelassen, weil du nicht wissen solltest, dass ich weggegangen bin.« Ich halte inne. »Das hätte ich nicht sagen sollen.«

Aber dann schüttele ich den Kopf, obwohl er es nicht sehen kann. »Nein, das stimmt nicht. Ich hätte dir noch alles Mögliche andere sagen sollen. Zum Beispiel haben Lily und ich die Leiche nicht gefunden, weil wir wie dumme kleine Kids eine gruselige Brauerei erkunden wollten, sondern weil wir für die Schülerzeitung etwas recherchiert haben. Und die ganze Sache ist krass aus dem Ruder gelaufen, ich weiß auch nicht …« Ich schlucke. »Ich weiß nicht genau, was auf mich zukommt, deshalb wollte ich dich unbedingt anrufen.« Ich hole tief Luft. »Weil ich dir was sagen muss.«

»Es hat nichts mit dem Fall zu tun«, stelle ich klar. »Und bitte ruf nicht die Polizei an oder so, weil das nichts hilft. Ich kann dir noch nicht sagen, warum, aber du musst mir einfach vertrauen. Klar, ich habe dir in letzter Zeit keinen Grund gegeben, mir zu vertrauen, aber ich hoffe, du kannst es trotzdem. Ich hoffe, du versuchst es wenigstens, denn ich weiß ja, dass du es im Großen und Ganzen versuchst. Und … ich werde es auch versuchen.«

Wenn ich heute Abend nicht sterbe, füge ich innerlich hinzu. Aber ich werde heute Abend nicht sterben. Keine Chance. Oder vielleicht eine einprozentige Chance.

»Ich habe dir nichts davon erzählt«, fahre ich fort, »und ich jage dir bestimmt einen Mordsschrecken ein und …« Ich seufze. »Es tut mir leid. Es tut mir so leid. Ich habe mir nie richtig Gedanken gemacht, dass ich dir wehtun könnte. Ich schätze, weil ich einfach nicht davon ausgegangen bin, dass dir überhaupt jemand wehtun könnte. Verstehst du? Ach, ich weiß auch nicht.«

Ich gerate ins Schwafeln, aber mit jedem dämlichen stotternden Wort komme ich der Sache näher, das merke ich.

»Ich habe dich immer für … unbesiegbar gehalten. Als könntest du alles schaffen. Ich meine, du hast die Restaurants eröffnet, du hast mich allein großgezogen, du hast dich einfach um alles gekümmert.«

Und da ist es, wie ein Lichtlein, das in der Dunkelheit aufflackert. Da kommt das, was ich eigentlich sagen wollte.

»Ich hasse dich nicht. Ich will nicht so tun, als wäre alles perfekt gelaufen oder als wärst du perfekt gewesen, und manchmal hast du mir das Gefühl gegeben, ich wäre ein Stück Scheiße. Aber ich habe dich trotzdem nie, niemals gehasst. Wir sagen das ja nicht so oft, aber … ich liebe dich, Dad. Sehr. Immer, jeden Tag. Auch wenn es nicht so aussieht.«

Es ist so leicht, so läppisch.

»Ich weiß ja nicht, ob du dieselben Gefühle für deinen Vater hattest. Du hast Angst, du könntest wie er sein, dich in ihn verwandeln, aber das glaube ich nicht. Echt nicht.«

So leicht, so läppisch. Und so wahr.

»Du bist nicht dein Dad. Du bist mein Dad.«

An dieser Stelle beende ich die Nachricht. Erst als ich aufgelegt habe, bemerke ich meinen Fehler: Ich habe gar nicht auf seinem Handy angerufen, sondern auf dem Festnetztelefon zu Hause.

Ich überlege, ob ich es noch mal versuchen soll, diesmal mit der richtigen Nummer, als Lily am Autofenster auftaucht. Ich öffne die Tür und sie beugt sich zu mir herunter.

»Alles dunkel«, sagt sie. »Oh – danke.« Sie nimmt mir ihr Handy aus der Hand und steckt es ein. »Hinten ist ein Gartentor mit einem einfachen Riegel, da haben wir wohl die besten Karten.«

Das verriegelte Tor führt in einen winzigen Hinterhof, der eher einer eingezäunten Terrasse gleicht, mit gerade genug Platz für einen Stuhl, einen Tisch und …

»Ein Hund«, flüstert Lily.

»Was?« Mein Blick folgt ihrem Finger, der auf die Hintertür des Hauses zeigt. Tatsächlich, da ist eine Hundeklappe. Und sie ist nicht gerade klein.

»Okay.« Lilys Stimme klingt viel höher als normal. »Das ändert die Sachlage.«

»Er hat nicht gebellt«, überlege ich. »Vielleicht hat sie ihn mitgenommen.«

Das scheint Lily zu beruhigen. »Ja. Man muss mit dem Hund abends noch mal raus, oder? Sie gehen bestimmt Gassi.«

Das ist eine Annahme, aber keine schlechte. »Dann müssen wir schnell rein«, sage ich. »Wir haben vielleicht nicht viel Zeit.«

Die Hintertür ist abgeschlossen und unter der Matte liegt kein Schlüssel. Lily untersucht die Hundeklappe.

»Das schaffe ich«, sagt sie.

»Was?«

»Da passe ich durch.«

»Bist du sicher?« Ich stelle mir schon vor, wie Lily auf halbem Weg stecken bleibt, die Feuerwehr sie freischneidet und dienstbeflissen wegen versuchten Einbruchs der Polizei übergibt. So etwas kann einem echt den Tag verhageln. Ich weiß das.

»Ja.« Sie geht auf die Knie, dreht ihren Körper und rutscht locker durch die Klappe. So locker, dass ich bestimmt auch durchpasse.

Ich hocke schon auf dem Boden, als hinter Lily aus dem Innern der Wohnung ein verschwommener butterfarbener Fleck auftaucht. Ehe ich sie warnen kann, sprintet er los, und man hört Krallen über den Boden klackern. Lily öffnet den Mund, um zu schreien, als ihr der Hund frontal auf den Brustkorb springt …

… und das Gesicht abschleckt.

»Uaah …« Lily will das Tier wegschieben, das sich

aber von dem verzweifelten Versuch, sie zu küssen, nicht abbringen lässt. »Zisch ab!«

Als ich deutlich weniger anmutig als Lily durch die Hundeklappe gekrochen bin, geht der Hund ebenso begeistert auf mich los. Er sieht aus wie eine Mischung aus gelbem Labrador und Seehund – eine riesige, zappelnde Walze aus Pelz und Geifer.

»Hallo!« Ich streichle ihm das glücklich sabbernde Gesicht. »So ein guter Hund!«

Lily wischt sich über die nassen Wangen. »Das ist mal ein Wachhund.«

Ich betrachte die Metallmarke an seinem Halsband. »Na ja, ich kann mir nicht vorstellen, dass man seinen Wachhund ›Toast‹ nennen würde.«

Beim Klang seines Namens peitscht Toasts Schwanz noch heftiger hin und her.

»Wir müssen uns schnell umsehen«, sagt Lily. »Wir wissen ja nicht, wann sie zurückkommt.«

»Vielleicht kann uns Toast helfen. Labradore sind doch angeblich ziemlich klug, oder? Man trainiert sie auch als Blindenhunde.« Ich schlage meine Hände auf die Knie. »Na, wo sind denn die geheimen Beweise? Wo sind sie versteckt, Toast?«

Toast schleckt als Antwort den eigenen Augapfel ab.

Lily steht kopfschüttelnd auf. »Oh Gott.«

»Mit Lassie hat es funktioniert.«

»Lassie ist eine fiktive Figur. Das da«, sie zeigt auf Toast, »ist eine Kartoffel mit Augen.«

Ich richte mich auf. »Hör nicht auf sie«, sage ich zu Toast. »Lily ist ein Katzenmensch.«

Lily steckt den Kopf durch die Küchentür und winkt

mich zu sich. »Wo fangen wir an? Es ist nicht gerade ein Schloss, aber ...«

Während wir durch das Erdgeschoss schleichen, trabt Toast neben uns her. Hier gibt es nur die Küche, ein Wohnzimmer mit Sofa und Fernseher und ein kleines Gäste-WC.

Als wir durch sind, bleibe ich an der Treppe stehen. »Wenn es etwas zu finden gibt, dann oben.«

»Woher willst du das wissen?«, fragt Lily, folgt mir aber über die Hartholztreppe nach oben.

»Was einem wichtig ist, das hat man in seiner Nähe«, erkläre ich. »Wo man sich am sichersten fühlt. Zum Beispiel im Büro ...«

Lily schaut durch eine offene Tür. »Oder im Schlafzimmer?«

»Genau.« Ich spähe über ihre Schulter hinweg in das Zimmer. Es ist unaufgeräumt – ungemachtes Bett, Kleidungsstücke auf dem Boden –, aber es ist nicht dasselbe Durcheinander wie in Marcos Büro. Da eine Tür des begehbaren Kleiderschranks offen steht, sehe ich die sauber beschrifteten Körbe für Socken und Unterwäsche und das eingebaute Ordnungssystem für Schuhe. Marco war immer ein Chaot, Phoebe zumindest früher einmal nicht.

Irgendetwas hat sich verändert. Und sie hat sich mitverändert.

»Pass auf«, warnt Lily, als ich anfange, in den Nachttischschubladen zu stöbern. »Wenn sie merkt, dass etwas anders liegt ...«

»Das merkt sie nicht.« Dafür ist es zu chaotisch. In ihrem Hirn herrscht wahrscheinlich dasselbe Chaos. »Aber ich passe auf.«

Als Toast an meinem Knöchel knabbert, schubse ich ihn weg. »Nein, Toast, das ist meine Socke.«

»Wir suchen die Nadel im Heuhaufen«, beklagt sich Lily aus dem begehbaren Kleiderschrank.

»Wir müssen denken wie sie. Was erzählt uns ihr Schrank über sie?«

»Sie mag teure Schuhe.«

»Ich meine nicht, *was* sie mag.« Ich beginne, den Schrank vom anderen Ende her zu durchsuchen. »Ich meine, *wie* sie ist.«

»Jedenfalls hat sie kein Gespür für Einrichtung.« Lily geht an mir vorbei zurück ins Schlafzimmer. »Was für eine Platzverschwendung.«

Ich horche auf. »Wie meinst du das?«

Lily deutet in die Ecke zu meiner Linken, aus der sie gerade gekommen ist. »Da hat sie einen Schrank reingestellt. Wer würde so was machen?«

»Das kommt darauf an«, sage ich. »Was ist das für ein Schrank?«

»Ein Kleiderschrank.« Lily muss sich sichtlich zusammenreißen, nicht genervt die Augen zu verdrehen. »Wenn du alle Kleider zur Seite schiebst, siehst du ihn.«

Ich tue wie geheißen und tatsächlich: In der hintersten Ecke steht ein Holzschrank. Lily hat recht. Er nimmt eine Menge Platz ein, er gehört nicht hierher, er …

»Das ist seltsam«, sage ich. »Komisch, dass sie ihn ausgerechnet hier reingestellt hat.«

»Sag ich ja.«

Lily späht bereits vorsichtig unter das Bett, doch ich rühre mich nicht. Seltsam. Wenn einem etwas seltsam vorkommt, muss man genauer hinschauen.

Phoebe lebt allein – sie hat nur einen Nachttisch, und als wir am Badezimmer im Obergeschoss vorbeikamen, habe ich nur eine Zahnbürste gesehen. Das heißt, aller Wahrscheinlichkeit nach hat sie dieses Möbelstück selbst in den begehbaren Schrank geschoben. Es sieht schwer aus, das war sicher anstrengend. Und das sagt mir: Es war ihr wichtig.

Erst als ich einen Schritt zurücktrete, um herauszufinden, wie sie den Schrank gekippt haben mag, damit er überhaupt durch die Tür passte, entdecke ich es: In einem freien Bereich zwischen begehbarem Schrank und Schlafzimmertür befinden sich vier L-förmige Abdrücke im beigen Teppich.

»Sie hat ihn von hier hineingeschoben.«

Lily schaut über das Bett zu mir hinüber. »Hä?«

»Der Kleiderschrank stand früher hier an der Wand. Siehst du die Abdrücke?« Ich zeige sie Lily. »Sie hat ihn umgestellt.«

»Na und?«

»Warum hat sie sich die Mühe gemacht?« Ich überlege kurz. »Es sei denn … Jedes Mal, wenn sie in das Zimmer kam, hat sie ihn zwangsläufig gesehen. Und das wollte sie nicht. Deshalb hat sie ihn an den einzigen Ort gestellt, an dem sie ihn nicht sehen konnte.«

Ich gehe schnell zurück zum Schrank, gefolgt von Lily.

»Ich habe schon reingeschaut«, sagt Lily, als ich die Türen öffne. »Es ist nichts drin.«

Leer. Völlig leer. Das ist noch seltsamer. Ich knie mich hin und fahre mit der Hand über den Schrankboden, aber da ist auch nichts. Erst als ich den Boden unter dem Schrank abtaste, spüre ich etwas: eine raue, halbmondförmige Spur auf dem ansonsten glatten Parkett. Ich zeichne sie mit den Fingern nach, und obwohl Geometrie nie meine Stärke war, würde ich wetten, dass ein solcher Bogen entsteht, wenn man das Möbelstück auf einer Seite von der Wand wegzieht.

Vielleicht hatte sie Schwierigkeiten, den Schrank an die richtige Stelle zu rücken. Vielleicht musste sie ein paarmal nachjustieren, ehe er richtig stand. Oder …

Ich springe auf. »Sie schaut immer wieder nach.«

»Was schaut sie nach? Pass auf!«, sagt Lily, als ich eine Ecke des Schranks packe und von der Wand wegziehe. Nur ein paar Zentimeter. Gerade weit genug, um mit der Hand in den Spalt dahinter zu fassen.

Meine Finger fahren über das grobe, unbehandelte Holz der Schrankrückseite. Ich bin schon drauf und dran, meine These zu verwerfen, als ich mit dem Daumennagel auf etwas stoße.

Ich taste weiter. Das, was da an der Rückwand des Schranks hängt, ist weich und leicht geriffelt und größer als meine Hand. Es ist eine Plastikhülle und …

… sie ist nicht leer.

Ich hätte Lust, sie einfach wegzureißen, kann mich aber beherrschen. Das wäre die erste Lösung, die mir einfällt, aber nicht die beste. Stattdessen zwinge ich mich, nach dem Klebeband zu suchen, das die Hülle fixiert, und ziehe es langsam und vorsichtig ab.

»Oh mein Gott«, keucht Lily.

Es ist eine Prospekthülle. Darin liegen vier Plastikkarten, von denen ich keine lesen kann und auch keine lesen muss, denn daneben befindet sich noch eine goldene Herrenuhr.

Sie ist blutbefleckt.

»Ist … ist das … seine?«

Ich muss Lily nicht fragen, wen sie meint. Und wir kennen beide die Antwort. Trotzdem drehe ich die Hülle um, damit ich die Rückseite der Uhr sehen kann.

»›MLV‹«, lese ich. »Marco L. Vince.«

»Oh mein Gott«, wiederholt Lily, während ich mit dem Rücken gegen den Schrank zu Boden sinke. »Oh mein …«

»Er hat sie gar nicht sitzen lassen«, sage ich flüsternd zu mir selbst.

»Was?«, fragt Lily verwirrt.

»Im Polizeirevier habe ich gesehen, wie Phoebe Overway O'Hara so einen Blick zuwarf. Ich dachte, er hätte sie mal sitzen lassen, aber …« Ich schüttele den Kopf. »Nein, er *hat* sie versetzt. Es war bloß kein Date.« Ich schaue zu Lily auf. »Das war ein Treffen.«

»In der Clownfisch-Brauerei?« Lily plumpst neben mir auf den Boden. »Du meinst, sie war dort, gemeinsam mit dem, der Marco umgebracht hat?«

Ich sitze da, mit den Beweisen auf dem Schoß, und in meinem Kopf tobt ein Wirbelsturm.

Eine Person, die an Polizeiabsperrband kommt – aber keine Ahnung hat, wie man es spannt.

Eine Person, die sich genügend auskennt, um die Uhr und die Ausweise mitzunehmen – aber auch wieder nicht so gut, um zu wissen, dass ihn die Polizei trotzdem identifizieren wird.

Eine Person, die weiß, dass die Polizei eine Überdosis womöglich übersieht – aber noch nie im Leben einen echten Drogentoten gesehen hat.

»Nein«, sage ich. »Ich meine, sie hat ihn umgebracht.«

Es ist Lily anzusehen: Genau wie mir dämmert ihr gerade, dass es genau so war. Ich habe nie darüber nachgedacht, wie treffend dieser Ausdruck ist, »dämmern« – der

Moment, in dem Verwirrung und Zweifel weichen wie die Nacht, die sich vor der hellen, warmen Morgensonne zurückzieht. Keine Dunkelheit mehr, nur Licht.

Bis uns die nächste Erkenntnis dämmert: Wenn wir die Mörderin gefunden haben, sind wir im Haus einer Mörderin.

Ich atme zitternd aus. »Wir müssen weg.«

»Ja«, sagt Lily und schluckt hörbar ihre Angst hinunter. »Stimmt. Unbedingt.«

Ich werfe einen letzten Blick auf die Plastikhülle und klebe sie wieder an die Schrankrückseite.

»Warte mal, nehmen wir die nicht mit?«, fragt Lily. »Wir müssen sie doch abgeben.«

»Das geht nicht. Wir können nicht erklären, wie wir da rangekommen sind.«

»Gideon, wir müssen es jemandem sagen«, hakt sie nach, während wir den Schrank wieder an seinen Platz rücken. »Sie hat ihn umgebracht und seine Sachen behalten wie Trophäen …«

Wenn es Trophäen wären, hätte sie sie an die Wand gehängt. Ich weiß nicht, warum sie die Sachen behalten hat, aber das kann ich mir nun doch nicht vorstellen. Die Umstände schreien nicht nach »Achtung, angehende Serienmörderin«. Eher »Achtung, Nervenzusammenbruch«.

»Wir schaffen es schon, die Polizei ins Haus zu bugsieren«, verspreche ich Lily. »Ganz sicher. Aber die müssen die Plastikhülle selbst finden.«

Wenn Lily noch Einwände hat, bekomme ich sie nicht zu Ohren. Denn von unten hören wir beide kurz hintereinander drei Geräusche:

Das Klicken des Türschlosses. Schritte auf der Schwelle. Eine knallende Haustür.

Lily zieht erschrocken die Tür zu, und wir – sie, Toast und ich – sitzen im Halbdunkel des begehbaren Kleiderschranks.

»Was machst du da?«, schreie ich sie flüsternd an.

»Ich weiß es nicht!«, raunt sie zurück.

»Mhm«, wimmert Toast.

»Es hilft uns nicht weiter, wenn wir hier eingesperrt sind.« Ich deute auf Toast, der die Pfoten schützend um einen teilweise zerkauten Stöckelschuh gelegt hat. »Sie merkt doch, dass der Hund nicht da ist!«

Lily sagt nichts. Sie sitzt nur regungslos da, die Augen weit aufgerissen.

»Lily, wir können doch nicht …«

Sie legt einen Finger an die Lippen. *Hör mal.*

Da höre ich es auch. Unter uns – und zwar direkt unter uns – spricht jemand. Und die Stimme klingt alles andere als glücklich.

»Du hast mich den ganzen Abend verfolgt, nur damit du …«

Es ist nicht Phoebe, sondern ein Mann. Und ich habe die Stimme schon mal gehört. Wo nur?

»Was zum Teufel sollte ich denn machen?«, fällt eine höhere Stimme ein. Phoebe. Als Toast sie hört, winselt er etwas lauter. Ich lege ihm sanft die Hand um die Schnauze. Er darf nicht bellen. Auf keinen Fall.

»Du gehst mir aus dem Weg«, sagt Phoebe. »Du sprichst nicht mit mir …«

»Es gibt nichts zu besprechen.«

»Nichts zu besprechen?«

»Wir *müssen* uns aus dem Weg gehen, kapierst du das nicht?« Seine Stimme wird lauter. Er hält kurz inne, ehe er entschieden fortfährt: »Keine Treffen mehr, keine Zettelchen am Briefkasten. Es ist zu gefährlich.«

Lily hebt ruckartig den Kopf. Sie stupst mich an und ich nicke. Es ist O'Hara. Es ist definitiv O'Hara.

»Wir sind noch nicht fertig.« Ihre Stimme zittert vor Panik. »Das Misstrauensvotum ist nächste Woche. Wir brauchen mehr Erfolge.«

»Was hast du an dem Satz ›Es ist zu gefährlich‹ nicht verstanden?«

»Als du eingestiegen bist, wusstest du genau, worauf du dich da einlässt«, faucht sie ihn an. »Und du hast bekommen, was du wolltest.«

»Und jetzt bist du sauer auf mich, weil *du* vielleicht nicht bekommst, was du willst. Stimmt's, Phoebe?«

»Ich habe Jahre meines Lebens darauf verschwendet, dem Mann die Probleme aus dem Weg zu räumen. Wenn der Stadtrat ihn rausschmeißt, wer stellt mich dann noch ein? Wo zum Teufel soll ich denn hin, als ehemalige Assistentin dieses Clowns?« Sie holt hörbar Luft. »Um Himmels willen, ich konnte ihn nicht mal einweihen, weil er auch das noch irgendwie verbockt hätte!«

Ich spule innerlich zurück. Der Chief wusste nicht Bescheid?

»Du hast es auch allein ganz gut verbockt«, erwidert O'Hara höhnisch.

Ich habe den Chief direkt in die Schublade *Bösewicht* und *schuldig* gesteckt, aber so einfach ist es eben auch nicht. Ich kann mir immer noch nicht vorstellen, dass er zu den Guten gehört, und es kann sein, dass er so einiges auf dem Kerbholz hat, aber – diese Sache gehört nicht dazu.

»Wenn du am Freitag gekommen wärst, wie es vereinbart war …«

»Ist doch nicht meine Schuld, dass du dich an den lausigsten Polizeichef gehängt hast, den die Welt je gesehen hat. Und es ist auch nicht meine Schuld, wenn du losmarschierst und einen umbringst.«

Lily schlägt sich die Hand vor den Mund, gibt aber keinen Mucks von sich. Es ist das eine, wenn man herausfindet, dass jemand einen Mord begangen hat. Aber wenn man hört, dass diese Erkenntnis von dritter Seite bestätigt wird, ist das doch noch etwas völlig anderes. Erst recht, wenn man sich *im Schrank der Mörderin versteckt.*

»Ich wollte ihn nicht töten!« Phoebes wimmernde Stimme klingt so panisch, dass sie mir fast leidtut. »Weißt du, ich habe nicht … ich habe ihn nur geschubst, und da ist er mit dem Kopf aufgeschlagen, das war nicht meine …«

Sie ist schuldig, aber es war auch ein Unfall. Sie hat etwas Schreckliches getan und daran geht sie zugrunde. Es war keine Absicht … aber sie hat es getan. In diesem Fall war nichts schwarz oder weiß, ich habe es nur die ganze Zeit so gesehen. Aber so einfach ist es eben nicht. Kriminalfälle und erst recht Menschen sind nicht so einfach.

»Du hast ihn da liegen lassen«, sagt O'Hara. »Du hast ihn sterben lassen. Auch wenn es kein vorsätzlicher Mord war: Du hast ihn umgebracht.«

»Was soll ich dazu sagen? Ich bin völlig durchgedreht!«, erwidert sie mit brechender Stimme. »Er … er lag auf dem Boden, mit offenen Augen, und ich war mir sicher, er ist tot. Wie hätte ich das alles erklären sollen, wenn ich den Notarzt gerufen hätte?«

»Auf jeden Fall hättest du mich anrufen müssen.«

»Tut mir leid, dass mir die Erfahrung mit Leichen fehlt.« – Sie ringt um Luft. »Die finden das heraus, bestimmt. Seit der Bericht des Gerichtsmediziners da ist, führt sich Garcia auf wie ein Hund, der einen Knochen wittert. Die finden das alles heraus.«

»Du wusstest doch, dass es nur eine Frage der Zeit ist, bis sie ihn identifizieren«, sagt O'Hara. Es klingt, als gehe er im Zimmer auf und ab. »Das war kein Obdachloser. Verdammt noch mal, das war Paul Vinces Sohn!«

»Wie oft soll ich das noch sagen? Ich war in Panik!« Sie klingt, als bekäme sie keine Luft. »Er wusste es. Die ganze Sache, bis ins letzte Detail, auch Dinge, die ich seinem Vater nie erzählt habe. Er hat gesagt, wenn ich ihm nicht einen Anteil abgebe, sind wir erledigt. Er hat gesagt, er hätte Beweise, aber nicht, welche.«

»Als der Bericht des Gerichtsmediziners kam, habe ich mir alle Beweisstücke angesehen«, sagt O'Hara. »Aus seinem Haus und von seiner Arbeitsstelle. Da ist nichts.«

Jetzt nicht mehr, denke ich mit grimmigem Stolz. Wir haben es zuerst gefunden.

»Wenn das alles rauskommt, gehe ich nicht allein unter«, warnt sie ihn.

»Oh doch«, sagt er. »Ich lasse dich so schnell fallen, so schnell kannst du gar nicht gucken. Das kannst du mir glauben.«

Die Sache wird so langsam unappetitlich. Ich stupse Lily am Arm. »*Wir müssen weg*«, flüstere ich.

Sie zückt ihr Handy, ruft die Notizen auf und tippt:
Wie??

Ich reiße mir einen Gummihandschuh herunter, schiebe ihn in die Tasche meines Hoodys und gebe ein:

Sie liest es, starrt mich an und tippt:
??????????????????

Ich schnappe mir wieder ihr Telefon und erkläre ihr, so schnell es geht, meinen Plan. Sie liest und schüttelt so heftig den Kopf, dass ihr dabei schwindelig werden muss.

»Keine Chance«, flüstert sie.

Ich zucke mit den Achseln. Sie schließt die Augen, holt tief Luft und öffnet die Schranktür.

Toast will sofort losrennen, aber Lily hält ihn am Halsband fest, während ich mir den linken Schuh und die Socke ausziehe. Als ich sie Toast zum Schnüffeln hinhalte, dreht er wie erwartet durch. Ich werfe die Socke zu den Kleidungsstücken, die auf dem Boden liegen, und er stürzt sich darauf.

Ich stopfe meinen Fuß wieder in den Schuh, während Toast glücklich an meiner Socke knabbert. Jeder Gedanke an Frauchen ist aus seinem erbsengroßen Gehirn verschwunden. Ich fische mir unterdessen den Schlüsselbund aus der Hosentasche, drücke ihn mit einer Hand fest an die Brust und gebe Lily mit der anderen ein Zeichen, mir zu folgen.

Wir schleichen zur Treppe. Phoebe und O'Hara schreien sich immer noch an, und die Richtung, aus der ihre Stimmen kommen, sagt mir, dass sie, wie vermutet, im Wohnzimmer sind. Die Sichtachse zwischen Treppe und Hintertür ist damit frei. Solange die beiden da bleiben, können sie uns nicht sehen.

Oben auf der Treppe wechseln Lily und ich einen letzten Blick. Es gäbe viel zu sagen: *Viel Glück. Ich bin so froh, dass wir Freunde sind. Hoffentlich ist das nicht unser Tod.*

Lily legt die Hände auf meine Schultern. Ich lasse die Schlüssel baumeln. Und gemeinsam schlüpfen wir in die Rolle des weltdümmsten Hundes und springen die Treppe hinunter.

Toast hat vier Beine, wir haben vier Beine. Toast hat eine Metallmarke, die klimpert, ich habe ein Schlüsselbund.

Wir sind schon auf der untersten Stufe, als O'Hara plötzlich innehält. Lily und ich erstarren.

»Was ist das?«, fragt er.

»Der Hund«, blafft Phoebe zurück. »Lenk nicht ab.«

Als wir sicher auf dem Teppich ankommen, klimpere ich weiter mit dem Schlüssel, während wir auf Zehenspitzen zur Hintertür schleichen. Mag sein, dass sie unsere Schritte nicht hören können, aber es erscheint mir unmöglich, dass sie nicht mitbekommen, wie das Herz in meinem Brustkorb hämmert oder das Adrenalin durch meine Finger schießt oder Panik mein Gehirn überflutet und gellend schreit: *Raus hier! Raus hier!*

Ich bin als Erster an der Hundeklappe und klettere so ungeschickt hinaus, wie Toast es wahrscheinlich auch macht. Ich halte die Klappe für Lily auf, während sie sich hindurchwindet.

Und dann rennen wir los.

Kapitel 27

»Was machen wir jetzt?«, fragt Lily. Sie ist völlig außer Atem vom Sprint zum Auto. Da ihre Hände immer noch zittern, nachdem sie drei Blocks gefahren ist, muss sie gleich wieder anhalten. »Was machen wir jetzt, gehen wir zur Polizei, oder …«

Später ja, natürlich. Aber im Moment … »Du kannst deinen Artikel nicht schreiben, wenn du die ganze Nacht in einem Verhörraum sitzt.«

Ihr fällt die Kinnlade herunter. »Meinen was?«

»Du hast alle Informationen, die du brauchst, und du hast dir auch alles aufgeschrieben, das habe ich in deinem Notizbuch gesehen …«

»Ich wollte dir schon lange mal sagen, dass du anderen Leuten nicht dauernd über die Schulter gucken sollst.«

»Wir haben das letzte Puzzleteil. Wenn du die Lücken auffüllst, kannst du deinen Artikel veröffentlichen. Und das musst du heute Nacht erledigen.«

»Heute Nacht? Aber …«

»Sonst erscheint er nicht rechtzeitig vor der Abstimmung im Stadtrat«, rufe ich ihr in Erinnerung. »Und darauf kommt es an, oder? Das war doch die ganze Zeit das Ziel. Nicht dass du Chefredakteurin wirst oder ich wieder einen Fall löse, sondern dass die Leute etwas erfahren, das sie noch nicht wissen. Und sie haben ein Recht darauf, es zu erfahren.«

Wir sitzen lange wortlos da. Wir sitzen so lange da, bis Lily nicht mehr keucht und japst, sondern ihr Atem ruhig und entspannt geht. Wir sitzen so lange da, dass mein Herz aufhört zu rasen und das Adrenalin sich in meinen Armen und Beinen absetzt, die nun schlimmer schmerzen und pochen als bei einem Tausendmeterlauf.

»Was machen wir jetzt?«, fragt Lily erneut.

Wir können das nicht allein durchziehen. Und selbst wenn wir es könnten, sollten wir es nicht tun. »Wir rufen Tess an.«

»Lily?« Tess klingt etwas groggy – vielleicht haben wir sie geweckt. »Es ist halb elf, was ist los?«

»Rein hypothetisch«, beginnt Lily, »was würdest du sagen, wenn Gideon und ich herausgefunden hätten, warum die Kriminalitätsrate so abartig hoch ist?«

»Ich würde sagen, das ist wunderbar, aber eventuell kann das bis morgen früh warten.«

Nun schalte ich mich ein. »Und wenn eine Verschwörung zwischen Polizei und organisiertem Verbrechen dahintersteckt und wir außerdem gerade gehört haben, wie jemand einen Mord gestanden hat?«

Am anderen Ende der Leitung entsteht eine lange Pause. »Ist das … immer noch hypothetisch?«

Lily und ich sehen uns an. »Nein«, sagen wir unisono.

»Denn hypothetisch würde ich annehmen, dass mein Traum eine abartige Wendung genommen hat«, sagt Tess.

»Okay, also ganz praktisch: Was würdest du sagen, wenn wir den Artikel noch heute Abend in die Zeitung bringen müssten, weil er sonst nicht mehr vor der Abstimmung im Stadtrat erscheint und …«

»Warte, warte, warte.« Es klingt, als hätte sich Tess blitzartig aufgesetzt. »Ich habe die Zeitung schon vor Stunden fertig gemacht und die Datei an die Druckerei geschickt. Heißt das, dass du in die Schule einbrechen willst, damit wir den Artikel in der Redaktion noch einbauen können?«

Daran hatte ich nicht gedacht. So spät am Abend ist das Schultor natürlich verschlossen. Also muss ich – *natürlich* – genau das wiederholen, was mir schon einmal den größten Ärger meines Lebens eingehandelt hat, in der Hoffnung, dass es nicht wieder in die Hose geht.

Aus Lilys aufgerissenen Augen schließe ich, dass sie das auch nicht auf dem Schirm hatte. »Du hast doch Schlüssel, oder?«, fragt sie Tess. »Für die Redaktion?«

»Ja, aber nicht für den Haupteingang.«

Ich sehe Lily an. Sie zuckt hilflos mit den Schultern.

»Das heißt dann wohl, dass wir in die Schule einbrechen müssen.«

»Oh Gott«, stöhnt Tess. »Lass mich mal nachdenken. Wie sollen wir überhaupt …?«

»Auf das Schulgelände zu kommen, ist einfach, das schafft jedes Kind«, sage ich, denn, hey, als Kind habe ich es auch geschafft. Klar, am Ende musste die Feuerwehr anrücken, aber … »Es ist ja nicht gerade Sing Sing, oder?«

Eine Pause am anderen Ende. »Gideon, ich habe keine Ahnung. Was ist Sing Sing?«

Ein altes Gefängnis, aber … »Nicht so wichtig. Ich kann uns in die Schule bringen, wenn du uns die Tür zum *Herald* öffnest. Wie lange würdest du brauchen, um hinzukommen?«

Tess seufzt tief. »Das hängt davon ab, wie lange ihr braucht, mich abzuholen.«

»Kannst du nicht dein Auto nehmen?«

»Der Motor klingt beim Start wie ein sterbendes Nilpferd. Keine Chance, dass meine Großeltern da nicht aufwachen.«

»Sie erlauben doch auch, dass du abends länger in der Redaktion bleibst.«

»Aber nicht bis in die Nacht! Für mexikanische Abuelos sind sie ziemlich entspannt, aber das hat auch Grenzen.«

»Gut«, sagt Lily ins Telefon. »Dann holen wir dich ab. Wie ist die Adresse?«

»Gideon weiß, wo ich wohne.«

Lily reißt die Augen auf, richtet den Blick aber weiter auf die Straße. »Ach wirklich?«, sagt sie verschmitzt.

»Äh, ja«, sagt Tess.

»Das ist aber interessant, dass Gideon …«

»Könntest du bitte einfach fahren?«, sage ich.

»Es klingt fast so, als hättet ihr beiden endlich herausgefunden, dass ihr euch mögt …«

»Ich lege jetzt auf«, sagt Tess.

Danach sieht mich Lily immer noch nicht an, kann sich aber ein Grinsen nicht verkneifen.

»Das heißt …«

»Bitte nicht«, flehe ich sie an.

»Ich wollte nur fragen, warum du es mir nicht gesagt hast.«

»Weil … deswegen!« Ich deute mit der Hand auf sie, von oben bis unten. »Dieses süffisante Grinsen …«

»Man darf ja wohl mal stolz sein, wenn man ins Schwarze getroffen hat«, erwidert sie. Dann zwinkert sie mir zu. »Habe ich recht oder habe ich recht?«

Ich verdrehe die Augen. »Na schön. Du hast recht.«

»Oh.« Sie seufzt, immer noch lächelnd. »Weiß ich doch.«

Wir parken bei Tess um die Ecke und Lily schreibt ihr eine Nachricht. Bei dem Gedanken, gleich Tess zu begegnen, frage ich mich, wie ich wohl aussehe nach allem, was in der letzten Stunde passiert ist. Wahrscheinlich habe ich überall Toast-Geifer. Ich schalte das Innenlicht an. Genau. Meine Kleidung ist nicht nur voller Hundesabber, sondern auch …

Oh, oh.

»Lily«, sage ich, »hast du vielleicht eine Plastiktüte?«

Sie sieht mich erschrocken an. »Oh Gott, bitte kotz nicht in mein Auto.«

»Was? Nein. Eine kleine Tüte, am besten mit Zippverschluss. Und die Pinzette aus deiner Handtasche.«

»Woher weißt du, dass ich …«

»Vor ein paar Wochen bist du bei mir zu Hause mit deiner Handtasche ins Bad gegangen, und als du wieder rauskamst, hattest du zwei kleine rote Flecken zwischen den Augen.«

Sie kramt in ihrer Tasche und holt die Pinzette hervor. »Irgendwann«, murmelt sie, »musst du das abstellen.«

»Und die Plastiktüte?«

»Handschuhfach.«

Ich fische eine Tüte heraus und zupfe mir vorsichtig drei kurze gelbe Haare vom Sweatshirt. Ich gebe sie in die Tüte und schließe den Zippverschluss.

»Wozu soll das gut sein?«, fragt Lily kopfschüttelnd.

»Marco Vince hatte Hundehaare auf der Jacke«, sage ich. »Ich dachte, es wären Menschenhaare, wie von einem Mann mit Kurzhaarschnitt. Aber … Ich schätze, das war Toast.«

»Hey«, unterbricht uns Tess, die an der Beifahrerseite auftaucht und sich auf den Rücksitz schwingt.

»Könntest du vielleicht fahren?«

Lily löst ihren Sicherheitsgurt. »Meine Moms hätten nichts dagegen.«

Tess runzelt die Stirn, tauscht aber mit Lily Plätze. »Warum, wolltet ihr vorher noch einen trinken?«

»Erwähnst du in deinem Artikel auch, dass wir in der Kneipe waren?«, frage ich Lily.

»Nein.«

»Wow, das war eigentlich ein Scherz. Welche Kneipe?«, fragt Tess.

»Eine schreckliche Spelunke«, sagt Lily und kramt ihr Notizbuch aus der Tasche. »Ich wollte, dass du fährst, damit ich hier hinten schreiben kann.«

»Du hast noch nicht einmal einen Entwurf fertig?«

»Das meiste habe ich, es fehlen nur noch ein paar Details ...«

»Vielleicht ist das doch keine so gute Idee.« Tess schüttelt den Kopf. »Wir haben keine Zeit, die Fakten zu checken oder auch nur den Text zu redigieren ...«

»Es geht nicht anders«, sage ich. »Die Abstimmung im Stadtrat ist nächste Woche. Wenn wir es morgen nicht veröffentlichen ...«

»Dann lassen wir es vielleicht besser sein. Wir könnten uns doch direkt an die *San Diego Tribune* wenden oder so. Die können Quellen anzapfen, die wir nicht haben. Vielleicht sollten die es besser veröffentlichen.«

»Aber es ist nicht ihre Story«, sage ich, »sondern Lilys. Sie hat kapiert, was da ablief, sie hat die ganze Arbeit gemacht. Sie sollte die Story auch bringen.«

»Lily?« Tess schaut in den Rückspiegel. »Sag was. Hat er recht?«

»Ich weiß nicht, Tess.« Lily ringt die Hände. »Was meinst du?«

»Ich glaube … es ist nicht wichtig, was ich glaube.«

»Doch, natürlich.«

»Ich mache bald meinen Abschluss. Wenn die ganze Sache in die Luft fliegt, musst du dich damit herumschlagen, nicht ich. Also frage ich dich, Lily.« Sie macht eine Kunstpause. »Sollen wir?«

Lily kaut auf der Lippe. Sie schweigt kurz, dann sagt sie: »Ja.«

»Du heimst die Lorbeeren ein, aber hältst du auch den Kopf hin, wenn es schiefgeht?«

Lily nickt und sagt, dieses Mal lauter: »Ja.«

Tess tritt das Gaspedal durch und biegt auf die Zufahrt zur Schnellstraße ab. »Ich wusste immer, dass du das kannst.«

»Ich kann nicht glauben, dass ich in die Schule einbreche«, murmle ich, als wir neben dem Footballfeld vor dem Loch im Zaun stehen. »Schon wieder.«

Sogar im Dunkeln kann ich sehen, wie Lily die Augen verdreht. »Das hast du schon erwähnt.«

»Wie nennt man das, wenn man ein Déjà-vu hat, die Sache aber in Wahrheit schon mal passiert ist?«

»Ähm.« Tess verzieht das Gesicht, während sie den kaputten Zaun anhebt. »Erinnerung?«

Es ist mehr als eine Erinnerung. Es ist eine Art Rückblende. Aber vielleicht geht die Szene diesmal besser aus.

Lily schlängelt sich vorsichtig durch den Zaun, die Arme eng an den Körper gedrückt. »Das ist ja so was von unsicher.«

»Wir können uns ja eine Tetanusimpfung holen«, sage ich.

»Ich meine, hier könnte jeder einbrechen.« Auf der anderen Seite angekommen, stemmt Lily die Hände in die Hüften und betrachtet das Loch im Zaun. »Wir sollten eine Enthüllungsgeschichte im *Herald* bringen.«

»Wenn wir nicht vorher von der Schule geflogen sind.«

Wir laufen los, halten uns möglichst lange am äußeren Rand des Schulgeländes, schleichen von Gebäude zu Gebäude und immer an den Mauern entlang. Das muss man einer Schule mit so viel Grünfläche lassen: Man kann sich im Dunkeln besser verstecken.

Als wir vor der Außentür zur *Herald*-Redaktion stehen, zieht Tess den Karabiner mit den Schlüsseln aus der Jeanstasche, zögert aber.

»Die Tür könnte mit einer Alarmanlage gesichert sein.« – Sie blickt auf. »Vielleicht probieren wir es besser am Fenster?«

Ich schließe die Augen. »Nein.«

»Es sieht groß genug aus, ich wette, da passe ich …«

»Vertrau mir«, sage ich. *»Nein.«*

Tess blinzelt, nickt und schließt auf. Einen angespannten Moment lang warten wir, dass der Alarm losgeht. Nichts passiert.

Tess seufzt erleichtert und stößt die Tür auf.

Lily lässt sich sofort auf das Sofa plumpsen und kritzelt in ihr Notizbuch, doch Tess unterbricht sie.

»Nichts Handschriftliches mehr, du musst das jetzt tippen«, sagt sie. Dann deutet sie auf mich. »Gideon, du loggst dich in einen der Computer ein und änderst das Layout so, dass wir möglichst viel auf die Titelseite bekommen und den Rest im Nachrichtenteil unterbringen.« Sie zückt ihr Handy. »Ich rufe in der Druckerei an.«

Ich melde mich an, öffne die Gesamtdatei für die aktuelle Ausgabe und mache mich ans Werk. Fast wie in einem Puzzle schiebe ich die Artikel hin und her und überlege, welche wir ohne Probleme für die nächste Ausgabe aufheben könnten.

»Hallo, Mike.« Tess hält sich das Telefon ans Ohr. »Tess Espinoza vom *Presidio Herald*.« Sie hält inne. »Gut, danke. Also … ich muss Ihnen eine neue Datei für den Druck zusenden.«

Sie nimmt ihren Schulplaner zur Hand. »Äh … Kundennummer D-387F2.« Sie wartet. »Ja, genau, Schülerzeitung.« Sie hält inne. »Ich weiß, wie spät es ist.« Noch eine Pause. »Gehen wir einfach davon aus, dass ich alles mit Ja beantworte, okay?«

Als sie ein paar Minuten später den Hörer auflegt, verdreht sie die Augen. »Ein dreißigjähriger Kiffer, der fragt, ob meine Eltern wissen, dass ich so spät noch auf bin – was sagt man dazu?«

»Drucken sie es?«, frage ich.

»Ja. Wir müssen die Kosten für den ersten Druck übernehmen, aber ja.« Sie dreht sich auf ihrem Stuhl zu Lily um. »Wie lange noch?«

»Ich weiß nicht, vielleicht eine Viertelstunde? Es ist nicht meine beste Arbeit.«

Was die Viertelstunde angeht, liegt Lily satt daneben. Es vergeht fast eine Stunde, bis sie mit dem Entwurf fertig ist, ich die handschriftlichen Passagen abgetippt habe, Tess den Artikel ins Layout eingepasst hat und ich endlich mit dem Korrekturlesen anfangen kann. Ich habe noch nie einen

Text auf dem Bildschirm bearbeitet, und bestimmt übersehe ich etwas, zumal ich immer wieder abgelenkt werde, weil der Artikel so verdammt gut ist.

Lily hat knackig und klar formuliert, führt nur die Dinge auf, die sie mit harten Beweisen untermauern kann, und bringt alle Leserinnen und Leser, die im Besitz eines Gehirns sind, zu der Schlussfolgerung: In der Polizei von San Miguel ist etwas faul. Als ich den letzten Absatz gelesen habe, bin ich mir sicher, dass sich Lily zumindest in einer Sache geirrt hat: Das *ist* ihre beste Arbeit.

Ich hebe die Hände. »Fertig.«

Tess gibt mir ein Zeichen, ihr am Computer Platz zu machen. »Okay. Lass es mich lesen.«

Während Tess schnell den Text am Bildschirm überfliegt, fällt mir ein, dass ich noch etwas zu erledigen habe.

Lily hat das Dossier auf einem der Tische liegen lassen. Ich sammle die ausgebreiteten Dokumente ein und gehe damit zu dem großen Kopierer neben dem Sofa.

Hier steht mehr auf dem Spiel als die Frage, ob ich den Fall löse oder Lily, wie erhofft, einen wegweisenden Artikel raushaut. Es geht nicht nur um eine Schülerzeitung. Was nicht heißen soll, dass das alles nicht wichtig wäre. Im Gegenteil.

Aber es steht eben mehr auf dem Spiel.

Lily merkt erst jetzt, dass ich am Kopierer stehe. »Was machst du da?«

»Ich kopiere das Dossier«, sage ich, während ich Seite für Seite auflege.

Sie kräuselt die Nase. »Zur Sicherheit?«

»Aus den richtigen Gründen.«

»Gideon.« Sie gähnt. »Du sprichst in Rätseln.«

»Wen soll ich zuerst absetzen?«, fragt Lily.

Der Artikel ist fertig, die Datei abgeschickt. Die Druckerei hat den Eingang der neuen Version bestätigt. Bleibt nur noch, dass wir uns unbemerkt zu Hause einschleichen.

»Ich wohne näher«, sage ich. »Wenn das für Tess in Ordnung geht.«

Sie zuckt mit den Achseln. »Klar.«

Es ist erst kurz nach Mitternacht, und Dad packt im Verde wahrscheinlich gerade seine Sachen zusammen, um nach Hause zu fahren. Ich könnte es vor ihm schaffen. Aber …

»Zuerst müssen wir im Polizeirevier vorbeischauen«, sage ich zu Lily.

Sie zieht die Augenbrauen hoch. »Willst du dich etwa stellen?«

»Nein. Ich möchte das hier abgeben.« Ich halte das Dossier hoch – das Original. Die verschließbare Tüte mit den Hundehaaren habe ich in den Umschlag geklebt, beschriftet mit dem Fundort.

Lily starrt mich an. »Ist das dein Ernst?«

»Der Artikel ist doch fertig. Er wird gerade in gedruckter Form verewigt …«

»In gedruckter Form verewigt«, wiederholt Tess. »Wie pathetisch.«

Wenn man einen Mord aufgeklärt hat, darf man ein bisschen pathetisch sein. »Du brauchst das ja nicht mehr, und falls doch, habe ich eine Kopie gemacht. Aber die brauchen es. Auch falls sie deinen Artikel lesen, brauchen sie trotzdem die Dokumente als Beweismaterial.«

»Das erscheint mir riskant«, sagt Lily. »So ohne triftigen Grund und du hast ja auch nichts davon …«

»Ich habe oft etwas riskiert, weil ich egoistisch gedacht

habe«, sage ich. »Ich glaube, da kann ich zur Abwechslung auch mal selbstlos was riskieren.«

Das Polizeigebäude liegt still da, als ich durch das Drehkreuz hineingehe. Ist wohl keine Nacht für Kriminelle – natürlich einmal abgesehen von dem wiederholten Hausfriedensbruch, den Lily und ich begangen haben. Sogar die diensthabende Beamtin wirkt gelangweilt und schaut nicht einmal auf, als ich sage:

»Ich habe etwas abzugeben.«

»Kekse, Brownies und so weiter müssen einzeln verpackt sein«, sagt sie. »Sind sie einzeln verpackt?«

»Nein, ich meine, ich habe etwas für Deputy Chief Garcia.«

»Also, das tut mir leid, mein Lieber, Garcia ist Diabetiker.«

Verdammt noch mal. »Das ist – schauen Sie doch bitte. Könnten Sie ihm das zukommen lassen?« Ich schiebe den verschlossenen Umschlag mit dem Dossier über ihren Schreibtisch. »Gleich morgen früh? Es ist wichtig.«

Sie knallt mir einen Block mit gelben Zetteln vor die Nase. »Am besten schreibst du ihm eine Nachricht. Er bekommt jede Menge Post.«

Keine schlechte Idee.

FÜR DEPUTY CHIEF GARCIA – SOFORT ÖFFNEN

Sie hatten recht. Auch Menschen können einem Rätsel aufgeben. Ich kann zwar nur davon träumen, sie alle zu lösen, fange aber schon mal damit an.

Das Rätsel hier habe ich aber geknackt.

Als wir in die Seitenstraße zu unserem Haus einbiegen, recke ich den Hals, um zu sehen, ob bei uns Licht brennt. Das Haus kommt in Sicht und ich atme auf. Es ist so dunkel, wie ich es verlassen habe. Ich kann die Einfahrt noch nicht sehen, aber wenn Dads Auto nicht da ist, kann ich direkt reingehen und …

»Mist«, flüstere ich.

Lily hält an und dreht sich zur Einfahrt um. Das Haus ist dunkel, aber nicht nur Dads Auto steht vor der Garage – sondern auch er selbst.

»Oh«, stöhnt Lily. »Schlechtes Timing.«

Sie hat recht. So wie Dad dasteht, den Schlüssel in der einen Hand, die Papiertüte mit Essen in der anderen, muss er gerade erst nach Hause gekommen sein. Buchstäblich in dieser Minute eingetrudelt.

»Willst du, dass wir bleiben?«, fragt Tess.

»Ja klar«, erwidere ich. »Die Polizei wird Zeugen brauchen.«

»Wofür?«

»Wenn er mich umbringt.«

»Das sagst du immer.« Lily verdreht die Augen. »Und doch bist du noch da. Ziemlich lebendig.«

»Du brauchst gar nicht so enttäuscht klingen.«

Lily nickt zur Beifahrertür. »Du bringst es besser hinter dich.«

Tess lächelt. »Viel Glück.«

Kaum habe ich die Autotür zugeschlagen, fährt Lily mit quietschenden Reifen davon. Ich kann es ihr nicht mal verübeln. Dad blickt dem Auto nach, ehe er sich zu mir umdreht und mich verwirrt ansieht.

»Hallo«, sage ich.

»Wo zum Teufel warst du?«, fragt er.

Ich habe so viele Orte zur Auswahl, an denen ich in den letzten Stunden war. Bei Lily zu Hause. Bei Tess zu Hause. Im Haus einer Mörderin. Ich entscheide mich für:

»Äh, in der Schule.«

»In der Schule? Es ist …« Er sieht auf die Uhr. »…Mitternacht. Deine Schule ist zu!«

»Ja«, sage ich, »deshalb mussten wir einbrechen.«

»Du bist *eingebrochen*?«

So hätte ich das nicht formulieren sollen.

»Es ist kein Einbruch, wenn man Schlüssel hat, stimmt's? Man … geht halt rein.«

So hätte ich es auch nicht formulieren sollen.

»Ich glaube, ich verliere so langsam den Verstand, Gideon.« Seine Stimme schwillt an. »Was machst du zu dieser Stunde hier draußen, warum bist du in die Schule eingebrochen, wer hat dich gefahren …«

Was? Warum? Wer? Würde man noch *wie?* und *wann?* hinzufügen, hätte man eine tolle Einleitung für einen Zeitungsartikel.

Aber die Geschichte ist immer komplizierter als der Vorspann. Wenn man sie richtig erzählt. Ich blicke die Straße rauf und runter, die ruhig und friedlich und herrlich leer daliegt. Ich möchte, dass das so bleibt.

»Können wir ins Haus gehen?«, frage ich.

»Oh, *du* wirst das Haus nie wieder verlassen.« Dad schaut sich noch mal um. »War das Lily?«

»Äh – «

»Ich rufe ihre Mütter an.« Kopfschüttelnd geht er an mir vorbei, die Schlüssel in der geballten Hand. »Ich rufe sie sofort an.«

»Dad, tu das nicht, es ist doch alles in bester Ordnung.«

»In Ordnung?« Er schließt die Tür auf und zieht mich ins Haus. »Ganz bestimmt nicht! Wenn mir mein sechzehnjähriger Sohn um ein Uhr morgens vor dem Haus begegnet, ist nichts in Ordnung!«

Vor dreißig Sekunden war es Mitternacht, jetzt ist es ein Uhr morgens. Wahnsinn, wie die Zeit verfliegt, wenn man wütend ist.

»Ich kann das erklären.«

»Ich will nichts hören.«

Nach allem, was ich heute Abend erlebt habe, könnte er mir die ganze Sache wahrlich ein bisschen leichter machen.

»Na gut.« Ich verschränke die Arme. »Du kannst es auch morgen in der Zeitung lesen, wenn dir das lieber ist.«

»Was denn?«

»Dann gehe ich eben ins Bett.«

»Wir sind noch nicht fertig.« Er zeigt auf das Sofa. »Hinsetzen.«

»Gern, wenn du mich endlich erklären lässt …«

»Moment mal«, unterbricht er mich, als sein Blick auf das staubige Festnetztelefon neben dem Spülbecken fällt. »Ich habe eine Nachricht.«

Oh. Stimmt ja.

»Die brauchst du dir nicht anzuhören.« Ich stehe noch in der Tür.

»Warum?« Er lehnt sich gegen die Anrichte. »War das die Polizei?«

»Nein, das war … ich.«

Er blinzelt, dreht sich um und drückt die Abspieltaste.

Es ist erstaunlich, was einem so alles auffällt, wenn man

auf einen seiner Sinne verzichten kann. Ich brauche mir nicht anzuhören, was da läuft, denn ich kenne jedes Wort. Es sind meine Worte und es ist die Wahrheit. Am Ende starrt er die Arbeitsplatte an, auf die er seine linke Hand gelegt hat, als müsse er sich abstützen. Er schluckt. Reibt sich mit der Rechten das Auge. Sieht mich wieder an.

Er sagt nichts, sondern mustert mich nur mit einem Gesichtsausdruck, den ich, auch wenn ich fit wäre, nicht entziffern könnte und jetzt, wo ich gleichzeitig völlig erledigt und adrenalingeladen bin, schon gar nicht.

»Ich wollte dich auf dem Handy anrufen«, sage ich. »Aber ich habe mich vertan.«

Da von ihm immer noch nichts kommt, müsste ich wohl die Initiative übernehmen, nur weiß ich auch nicht, was ich sagen soll. Bei dem Kuddelmuddel in meinem Gehirn merke ich kaum, dass er auf mich zukommt.

Doch da umarmt er mich schon so fest, dass es egal ist, was ich als Nächstes sagen wollte, weil ich sowieso keine Luft mehr in den Lungen habe.

Man kann aufrichtig und gleichzeitig freundlich sein. Die Wahrheit muss kein persönlicher Triumph sein, wie ich annahm, als ich die Stadtratssitzung stürmte, und auch kein Schutzschild wie danach, als Lily und ich uns stritten. Sie kann viel weicher sein.

Die Wahrheit kann wie eine Bombe einschlagen. Oder sie kann eine Zuflucht bieten.

»Das war …«, beginnt er, als wir uns endlich aus der Umarmung lösen. »Ich, ähm … das bedeutet mir viel.«

»Na ja. Ich habe es auch ernst gemeint.«

Er lacht auf. »Und ich bin froh, dass wir uns nicht darüber streiten müssen, wie tief du dich reingeritten hast.«

»Hilft es weiter, dass es gute Gründe gab?«, frage ich hoffnungsvoll.

»Kaum.«

»Und wenn ich eine kriminelle Verschwörung aufgedeckt und ziemlich sicher auch einen Mord aufgeklärt habe?«

Er blinzelt. Öffnet den Mund. Schließt ihn wieder. Dann geht er zurück in die Küche und sagt:

»Ich koche uns mal einen Kaffee.«

Kapitel 28

Wenn eine Geschichte in Form von Zeitungsschlagzeilen erzählt wird, wirkt das so klischeehaft – nicht nur im Film noir, sondern in allen Filmen aus der Zeit, als die Leute ihre Nachrichten noch schwarz-weiß auf Papier lasen und von der Druckerschwärze schmutzige Finger bekamen.

Früher habe ich immer etwas genervt die Augen verdreht, wenn es in einem Film trotzdem geschah: Eine Zeitung fliegt wirbelnd über die Leinwand auf uns zu, bis sie zum Halten kommt und wir die Schlagzeilen erkennen können, die viel zu groß sind für eine echte Zeitung, aber groß genug, dass das Publikum sie lesen kann und erfährt, was es wissen muss.

Mir war schon klar, warum man das so machte: Man konnte schnell neue Informationen vermitteln oder deutlich machen, dass seit der letzten Szene Zeit verstrichen ist. Ich fand es trotzdem nervig.

Mittlerweile sehe ich das anders. Der Trick ist nicht nur zum Klischee geworden, weil er gut funktioniert, sondern auch, weil es ja stimmt: Mit Schlagzeilen kann man ein Bild malen, genau wie mit Öl oder Zelluloid auf einer Leinwand.

Natürlich erzählen sie nicht die ganze Geschichte, aber sie zeigen eine Sichtweise. Eine Perspektive. Und die kann hilfreich sein.

Wenn mein Leben ein Film noir wäre, würden die Schlagzeilen wahrscheinlich so lauten:

SOHN EINES MULTIMILLIONÄRS
ERMORDET: POLIZEI VON SAN MIGUEL
ERMITTELT

POLIZEIBEAMTER IM MORDFALL VINCE
VERHAFTET

OVERWAY LEGT VOLLSTÄNDIGES
GESTÄNDNIS AB, BESCHULDIGT
ANDERE DER BETEILIGUNG AN DER
VERSCHWÖRUNG

SCHÜLERZEITUNG BERICHTET ALS
ERSTE VOM MORD

SECHZEHNJÄHRIGE AUS SAN MIGUEL
DECKT KORRUPTION BEI POLIZEI AUF

EXKLUSIV: SO KAMEN DIE JUNGE
REPORTERIN UND DER HOBBYDETEKTIV
AN IHRE GESCHICHTE

REPORTERIN DER LOKALEN
SCHÜLERZEITUNG: »WIR WUSSTEN,
DAS WIRD EIN GROSSES DING«

Nach der Veröffentlichung des Artikels dreht sich der Me-
dienrummel vor allem um Lily, die es aber nie versäumt,
meinen Namen zu erwähnen, und zwar mitten im Satz, damit man ihn nicht so leicht herausschneiden kann. Das ist
nett von ihr, aber ich hätte auch nichts dagegen, wenn sie

mich verschweigen würde. Oder nicht so oft erwähnen. Um den Ruhm geht es mir nicht – schon lange nicht mehr.

Die ganze Geschichte lässt sich freilich nicht in Schlagzeilen erzählen, weil es viele wichtige Details nie auf die Titelseite schaffen. Zwischen Geburtsanzeigen und Nachrufen verbergen sich Millionen kleiner Geschichten, die nie in gedruckter Form verewigt werden, aber trotzdem weiterleben. Viele Nachmittage mit Tess, die es sich auf dem Bett neben mir gemütlich gemacht hat, die Sonne, die durch das Fenster scheint – das alles verschmilzt zu einer goldenen Erinnerung. Oder ein etwas dramatischeres Beispiel: Garcia taucht bei uns zu Hause auf und bittet Dad um ein kurzes Gespräch.

Dad, der mittlerweile von vielen meiner Missetaten weiß, erwidert: »Ich möchte einen Anwalt hinzuziehen.«

Garcia nimmt die Sonnenbrille ab. »Das ist nicht nötig.«

»Doch«, sagt Dad entschieden. »Gideon sagt kein Wort ohne einen …«

»Gideon braucht überhaupt nichts sagen. *Ich* rede und Gideon wird schweigen und sehr genau zuhören.« Garcia wendet sich an mich. »Klar?«

Ich öffne schon den Mund, um Ja zu sagen, aber vielleicht ist das eine Falle. Also nicke ich nur.

»Großartig.« Garcia setzt sich mir gegenüber an den Küchentisch. »Du und ich, wir wissen beide, wie das alles abgelaufen ist.«

Das kaufe ich ihm keine Sekunde lang ab, aber ich habe eingewilligt, nichts zu sagen, also begnüge ich mich mit einer möglichst skeptischen Miene. Er seufzt.

»Ich kenne vielleicht nicht jedes Detail und vielleicht auch nicht die ganze Geschichte. Aber du kannst die Dokumente und die Hundehaare nicht gefunden haben, ohne Gesetze zu übertreten – egal, was deine Freundin und du der Presse erzählt habt.«

Niemand außer uns wusste etwas von Marcos Dossier. Und genau genommen, ist es keine Lüge, wenn Lily behauptet, jemand hätte ihr die Unterlagen zugespielt. Sicher, wenn bekannt würde, dass dieser Jemand *ich* war, würde das neue Fragen aufwerfen. Aber jedes Mal, wenn Lily danach gefragt wird, ruft sie ihrem Gegenüber mit unschuldigen Rehaugen in Erinnerung, dass sie als Journalistin *ihre Quelle natürlich niemals preisgeben* darf.

»Es ist euer Glück, dass ihr mir die Originaldokumente gegeben habt«, fährt Garcia fort, »denn ich könnte euch immer noch strafrechtlich verfolgen. Und ihr habt Glück, dass Phoebe Overway so schnell gestanden und die Ermittlungen unterstützt hat. Und ihr habt das außerordentliche Glück, dass ich nicht scharf darauf bin, schlechte Presse zu bekommen, weil ich die mutigen Medienlieblinge in den Jugendknast stecke.«

Er lehnt sich zu mir herüber.

»Aber damit wir uns richtig verstehen: Eigentlich müsstest du im Gefängnis sitzen. Und wenn ich dich noch einmal an einem Tatort erwische oder wenn du wieder ein Stadtratsmitglied des Mordes beschuldigst ...«

»Moment mal«, sagt Dad. »Was?«

»... dann wirst du nicht mehr so viel Glück haben«, schließt Garcia. »Damit das völlig klar ist.«

Ich nicke.

Garcia schlägt mit beiden Händen auf den Tisch. »Gut.« Er erhebt sich und wendet sich an Dad. »Sehen Sie? Vorbei und erledigt, ein Anwalt ist nicht nötig.«

»Tut mir leid«, sagt Dad, »mir ist immer noch nicht ganz klar – Mordvorwürfe?«

Ich forme mit den Lippen ein *Danke* in Garcias Richtung, der aussieht, als müsse er sich ein Lächeln verkneifen.

»Sie beide haben einiges zu besprechen«, sagt Garcia. »Dabei will ich nicht stören.«

Wie gütig.

»Gideon Green.« Er streckt mir die Hand hin. »Ich hoffe aufrichtig, dich nie wiederzusehen.«

»Chief Garcia.« Ich schüttele ihm die Hand. »Herzlichen Glückwunsch zur Beförderung.«

Von allen Tagen, die Garcia für einen Besuch auswählen konnte, musste es ausgerechnet der sein, an dem die Party steigen sollte.

»Es ist keine *richtige* Party«, stellte Tess klar. »Wir hängen nur in Noahs Hinterhof ab und essen Burger und Hot-Dogs oder so was. Nichts Großes, das machen wir immer am Schuljahresende. So eine Art *Herald*-Abschiedsparty.«

Mir kam das zunächst unlogisch vor, denn das Schuljahr ist ja noch gar nicht vorbei. Aber Lily hat erklärt, es sei die letzte Gelegenheit, als das aktuelle Redaktionsteam des *Herald* zusammenzukommen. In wenigen Wochen werden diejenigen, die ihren Abschluss machen, ihre Nachfolger ernennen und einarbeiten, damit sie im Herbst übernehmen können.

»Und was ist mit der Chefredaktion?«, fragte ich Tess, nachdem ich das Thema seit unserem Gespräch in meinem Zimmer gemieden hatte.

Tess zupfte an einem Fingernagel. »Es wird eine E-Mail an alle rausgehen. Nächste Woche.«

Wegen Garcias Besuch komme ich mit Verspätung los

und treffe als Letzter bei Noah ein. Lily hat offenbar auf mich gewartet, denn sie läuft gleich zu mir, als ich in den Garten komme.

»Hey! Hattest du heute auch … freundlichen Besuch?«

Ich nicke. »So freundlich, dass ich nichts sagen durfte. Bei dir?«

»Dasselbe. Aber du machst, was Garcia gesagt hat, oder?« Lily legt die Stirn in Falten. »Kleine Brötchen backen? Dich auf deinen Lorbeeren ausruhen?«

»Na klar«, sage ich. »Ich achte penibel darauf, dass mein nächster Fall außerhalb der Stadtgrenzen liegt.«

»Gideon!«

Ich hebe abwehrend die Hände. »War nur ein Witz!«

Und das stimmt auch. Vorerst jedenfalls.

In diesem Moment schlängelt sich Tess zu uns durch, eine Dose Limo in der Hand und ein breites Lächeln auf dem Gesicht.

»Da bist du ja! Ich habe mich schon gefragt, wo du bleibst«, sagt sie und gibt mir einen Kuss.

»Uah, eure Liebe ist so süß, dass einem schon wieder schlecht wird«, stöhnt Ryan im Vorbeigehen.

Tess' Blick fällt auf den Essensberg auf seinem Teller. »Dir wird schlecht? Einem, der sich Ketchup über die rohen Karotten kippt?«

Sobald sich alle satt gegessen haben, versammelt uns Tess im Kreis. Lily hat mich schon auf diese Tradition vorbereitet: Jede und jeder erzählt eine besonders schöne Episode aus der Redaktionsarbeit des vergangenen Jahres. Ich weiß noch nicht, was ich sagen soll, und vielleicht merkt Tess das, denn sie erteilt Ryan, der mir im Kreis gegenübersitzt, als Erstem das Wort.

Eine nach dem anderen fügt eine besonders schöne Erinnerung hinzu. Manches habe ich miterlebt, anderes war vor meiner Zeit. Ich lache trotzdem mit und stelle mir vor, wie es im nächsten Jahr um diese Zeit sein wird, wenn ich alle Begebenheiten kenne. Ich kann es nicht erwarten.

Es dauert eine Sekunde, bis mir die Tragweite dieses Gedankens klar wird: *Ich kann es nicht erwarten.* Das ist so selbstverständlich, so einfach. Und doch so ... neu.

Jahrelang habe ich mich danach gesehnt, dass die Schule zu Ende ist, habe ich die Minuten bis zum Gong gezählt, die Stunden, bis ich mich in mein Zimmer zurückziehen, die Tage, Wochen, Monate, bis ich der Highschool endlich entkommen konnte.

Zum ersten Mal freue ich mich auf die Schule – zum allerersten Mal.

Tess stupst mich am Bein. »Du bist dran, Gideon.«

»Ach«, nuschelt Noah, den Mund voll mit Hamburger. »Ist doch klar, was jetzt kommt.«

Ich weiß, was er meint. Was gibt es schon Tolleres, als einen Skandal aufzudecken? Aber so einfach ist es nicht, nichts ist so einfach. Aus seiner Sicht mag das offensichtlich sein, aber in der Welt gibt es mehr Perspektiven als die, die man gerade vor sich hat.

Je länger ich den Gedanken hin und her wälze, desto sicherer bin ich mir. Nach Ockhams Rasiermesser könnte man wohl sagen, dass das Naheliegendste meist das Richtige ist. Aber macht das Leben mit der einen oder anderen unerwarteten Wendung nicht viel mehr Spaß?

»Nein, das stimmt nicht«, sage ich entschieden, aber lauter als beabsichtigt.

»Was stimmt nicht?«, fragt Tess.

»Dass es klar ist. Meine schönste Erinnerung ist nämlich gar kein einzelner Moment. Ich erinnere mich an ganz viele schöne Momente: jede Spätschicht und jedes Abendessen und jeden Streit darüber, was auf die Titelseite kommen soll. Jedes Mal, wenn mich ein Artikel gefrustet hat, wenn ich über einen Witz gelacht oder einfach nur schweigend am Tisch gesessen habe, hatte ich das Gefühl, Teil von etwas zu sein, ich fühlte mich wie …« Ich schlucke. »… wie zu Hause.«

Die anderen schweigen. Sie warten. Sie hören zu. Ich fahre fort.

»Kann sein, dass ich mich in zehn Jahren nicht an jeden einzelnen Tag oder an einzelne Momente in der *Herald*-Redaktion erinnern kann, aber … dieses Gefühl werde ich nie vergessen.«

Und darauf kommt es an, oder? In Geschichten und im richtigen Leben. Es geht nicht nur um das, was passiert … sondern um das, was man mitnimmt, wenn der Film oder der Moment vorbei ist. Was weiterlebt.

Tess drückt meine Hand. Dann knüpft sie da an, wo ich aufgehört habe, so wie nur sie es kann.

»Mir fällt es auch schwer, einen Moment auszuwählen«, sagt sie. »Wie soll man ein ganzes Jahr – eigentlich vier Jahre – in nur einer Erinnerung zusammenfassen? Und diesmal ist es, glaube ich, besonders schwer, denn … viele Erinnerungen an den *Herald* werden nicht mehr dazukommen. Bald schon, sehr bald, da werde ich zum letzten Mal die Lichter ausschalten und die Tür hinter mir abschließen. Ich versuche, mir dauernd vorzustellen, wie das sein wird.« Sie starrt in die Ferne, als wolle sie sich ein Bild davon machen. »Ich werde die Tür hinter mir abschließen und die

Schlüssel übergeben. Ich glaube, das wird traurig, und es wird mir schwerfallen, aber ich werde trotzdem ein gutes, ein zuversichtliches Gefühl dabei haben.« Tess blickt in die Runde, schaut eine nach dem anderen an. »Weil die Zeitung in gute Hände kommt.«

»Deshalb glaube ich …« Sie holt tief Luft, und ihr Blick wandert zu der Person, die direkt neben ihr sitzt. »Einer meiner schönsten Moment ist der, den ich gerade erlebe. Weil ich verkünden darf, dass Lily Krupitsky-Sharma Chefredakteurin des *Herald* wird.«

Ich habe noch nie erlebt, dass so viele Gefühle auf einmal über einen Menschen hereinbrechen wie in den nächsten fünf Sekunden über Lily: Verwirrung, Schock, Freude, Erleichterung, Triumph. Und bei diesem Gefühlsüberschwang ist es auch nicht weiter erstaunlich, dass sie in Tränen ausbricht.

Als die Party wieder in vollem Gange ist, Musik aus den Lautsprechern dröhnt, die Gäste die späte Nachmittagssonne genießen und Lily sich mit einem breiten Lächeln auf dem Gesicht immer noch die Augen tupft, finde ich Tess hinten auf der Treppe sitzend, wo sie die anderen aus der Ferne betrachtet.

»Ich dachte schon, Lily fällt in Ohnmacht.« Ich setze mich neben sie und lege den Arm um ihre Taille. »Wird der Chefredaktionsposten immer so vergeben?«

»Nein.« Tess lehnt ihren Kopf an meine Schulter. »Aber ist das nicht eine großartige Geschichte?«

Kapitel 29

Wenn ich ehrlich sein soll, hat mir eins am Film noir nie recht gefallen: das Ende.

Nicht weil die Filme tragisch ausgehen, auch wenn das meistens so ist. Tragödien gehören zum Leben dazu und Filme sollen schließlich das echte Leben widerspiegeln. Geschichten sollen uns erzählen, wer wir sind. Sie zeigen uns, wie unsere Welt ist, und manchmal auch, wie eine bessere Welt aussehen könnte. Geschichten können nicht alles erfassen, nicht die ganze Wahrheit, das geht gar nicht. Aber sie können sie reflektieren, wie ein Spiegel, wie eine Wasserfläche.

Was mir am Ende eines Film noir nicht gefällt, ist nicht das tragische Ende, sondern dass es keine Überraschungen gibt.

Der Protagonist ist von der ersten Szene an dem Untergang geweiht. Trotz all seines Könnens und seines Scharfsinns geht es ihm am Ende des Films schlechter als am Anfang. Manchmal verschwindet sein Partner. Oder die Femme fatale verrät ihn. Manchmal knackt er den Fall, klärt den Mord auf, ist aber so einsam wie eh und je. Er verschwindet in einer dunklen Gasse – Vergiss es, Jack. Das ist Chinatown –, oder er verblutet auf dem Rücksitz eines 46er De Soto. Man kennt das tragische Ende vorher nicht, aber man weiß, dass es kommt.

In meinem Leben läuft vieles anders ab als im Film noir. Besonders erfreulich ist, dass es Überraschungen zu bieten hat.

Vor ein paar Monaten hätte ich mir nur schwer vorstellen können, in der Redaktion der Schülerzeitung am großen Tisch zu sitzen und die vor mir ausgebreiteten Ausdrucke Korrektur zu lesen. Aber genauso ist es gekommen. Ich hätte mir nur schwer vorstellen können, mitten in einem solchen Chaos glücklich zu sein: Der Uraltdrucker spuckt ratternd die Seiten aus, Ryan und Noah streiten darüber, welche Schlagzeile mehr hergibt, und Lily – mittlerweile Chefredakteurin, wenn auch noch in Ausbildung – prüft das Layout der Titelseite. Aber genauso ist es: Ich bin glücklich. Und ich hätte mir unmöglich vorstellen können, dass Tess die Arme um mich schlingt und das Kinn in meinen Nacken schmiegt, während sie über meine Schulter schaut und mitliest.

Das versteht man doch unter einer Überraschung: etwas, das unmöglich ist, bis es Realität wird.

Wenn mein Leben ein Film wäre – und das ist es zum Glück nicht –, wäre das wohl eine dieser Szenen ohne Ton. In denen die Handlung weitergeht, aber die Stimmen herausgeschnitten werden. Vielleicht wird sie leise von Musik begleitet. Es ist auch gar nicht wichtig, was die Figuren sagen, sondern was man sieht und welche Gefühle das auslöst. Ganze Geschichten können still ablaufen. Vielleicht kann alles still ablaufen.

Jede Einstellung wäre schlicht, aber sorgfältig ausgewählt. Jede einzelne hätte etwas zu bedeuten.

Das Schwarze Brett über dem Sofa, vollgehängt mit den Zeitungsberichten über Lilys und meine Recherche.

Lily, die mir lächelnd eine neue Seite zum Korrekturlesen hinlegt.

Tess, die im Vorbeigehen mit der Hand über meine Schulter streift.

Noah, der mit einem Stapel Pizzakartons durch die Doppeltür stürmt, gefolgt von Ryan mit einer riesigen Schüssel Salat, noch ohne Dressing.

Wir alle, wie wir gemeinsam am Tisch sitzen, essen, reden, streiten und lachen. »Das ist sozusagen eine Familie«, hat Tess einmal gesagt. Nicht nur sozusagen, finde ich.

Dann würde die Szene langsam ausgeblendet.

Geschichten können eben das Leben nur widerspiegeln und es nicht vollständig zeigen. Eine Geschichte ist nach dem letzten Bild der Filmrolle oder nach dem letzten Punkt des Zeitungsartikels zu Ende. Im wirklichen Leben dagegen überschlagen sich die Geschichten und das könnte von allen die beste Überraschung sein.

Das Ende der einen Geschichte ist der Beginn einer anderen.

Danksagung

Wenn dies ein Film wäre, würde nun der Abspann folgen: eine lange Liste von Namen, die schnell und unpersönlich über die Leinwand rollt. Glücklicherweise ist dies ein Buch und Bücher schenken uns den nötigen Raum. Das zählt zu ihren größten Vorzügen.

Mein Dank geht an:

Ben Rosenthal, der meine Idee vom ersten Vorentwurf an begeistert unterstützt und in die endgültige Buchform gebracht hat. Danke, dass du immer auch über meine schrecklichsten Witze gelacht hast. Ich könnte mir für das Erzählen von Geschichten keinen besseren Partner wünschen und hoffe, wir haben noch oft Gelegenheit dazu.

Natalie Lakosil, die sich in jedem Stadium des Projekts für mich starkgemacht und mir von jeder Klippe geholfen hat.

Sarah LaPolla, die seit Jahren geduldig auf ein Zeitungsbuch wartet.

Das gesamte Team von Katherine Tegen Books einschließlich David Curtis, Tanu Srivastava, Julia Johnson und natürlich Katherine Tegen selbst. Ohne sie alle gäbe es dieses Buch nicht.

Laura Bradford und Taryn Fagerness für ihre anhaltende und hochgeschätzte Unterstützung.

Meinen Autorenkreis: Brian Kennedy, Emily Helck, Michelle Rinke und Siena Koncsol. Wir haben uns in fast einem Jahrzehnt voller Hochzeiten, Geburten, Buchverträge, Umzüge und anderen Ereignissen immer wieder getroffen. Ich bin sehr gespannt, was das nächste Jahrzehnt bringt.

Meine Schriftstellerkolleginnen und -kollegen, insbesondere die Electrics 18s, Class of 2k18 und Naomi Krupitsky. Euer Talent beeindruckt und beflügelt mich immer wieder.

Die Redaktion des *Berkeley High Jacket* (2004-2008). Ohne die chaotischen fröhlichen Spätschichten, die ich mit euch in Raum H102 verbracht habe, wäre ich nicht die Schriftstellerin (oder der Mensch), die ich heute bin. Danke, dass ihr Salat und Dressing für mich immer getrennt mitgebracht habt.

Meine Familie, sowohl die alte als auch die neue, in der Bay Area, San Diego und anderswo. Maria, Doug, Bob, Lynn und die beiden Marys: Danke, dass ihr mich mit offenen Armen aufgenommen habt.

Leah, weil du mich verstehst wie kein anderer Mensch und Caroline in mein Leben gebracht hast.

Mom, die mir den Stadtrat erklärte und weinte, als sie mit der Lektüre dieses Buchs fertig war.

Dad, der mich drei volle Jahre klaglos von der Redaktion der Schülerzeitung abgeholt hat … auch um ein Uhr morgens.

Rob, ohne den ich das Jahr 2020 oder *Gideon Green* nicht überlebt hätte. Vielen Dank für deine Expertise in Sachen San Diego, mexikanische Küche und Jungs im Teenageralter. Danke, dass du mir beim Film-Noir-Binge-Watching Gesellschaft geleistet, mir geduldig beim Entwirren des Handlungskuddelmuddels geholfen und eines Tages vom Computer aufgeschaut und gesagt hast: »Sie sollten so tun, als wären sie der Hund.« Wenn dies ein Film

wäre, würdest du einen besonderen Dank für kreative Be-
raterdienste bekommen, aber so wie es aussieht, wirst du
dich mit meiner ewigen Liebe und Dankbarkeit zufrieden-
geben müssen.

Danke! Danke! Danke!

Natürlich magellan®

FSC
www.fsc.org
MIX
Papier | Fördert
gute Waldnutzung
FSC® C110508

Wir pflanzen Bäume
Für unsere Umwelt
www.magellanverlag.de

Hergestellt in Deutschland
CO_2-Ersparnis durch kurze Lieferwege
Gedruckt auf FSC®-zertifiziertem Papier
Lösungsmittelfreier Klebstoff
Drucklack auf Wasserbasis
Farben auf Pflanzenölbasis

Weitere Infos gibt es hier:

www.magellanverlag.de/natürlich

1. Auflage 2024
© 2023 Magellan GmbH & Co. KG,
Dr.-Robert-Pfleger-Straße 6, 96052 Bamberg
Alle Rechte der deutschsprachigen Ausgabe vorbehalten
Die Nutzung unserer Inhalte für alle Arten von Text- und
Data-Mining, insbesondere für die (Weiter-)Entwicklung und das Training
jeglicher KI-Systeme, im Sinne von § 44b UrhG ist hiermit ausdrücklich
vorbehalten und wird von uns nicht gestattet
Text Copyright © 2022 by Katie Henry
Die amerikanische Originalausgabe erschien 2022 unter dem Titel
„Gideon Green in Black and White" bei Katherine Tegen Books
Zitat Songtext: Irving Berlin, „Always", 1925
Übersetzung: Anne Emmert
Herstellung: Leonie Herr
Druck: Westermann Druck Zwickau GmbH
ISBN 978-3-7348-8239-5

www.magellanverlag.de